GOBOOKS & SITAK GROUP©

戲非戲252

雪中悍刀行

第二部

（四）

杯酒賀新涼

烽火戲諸侯 作

高寶書版集團

道門真人飛天入地，千里取人首級；佛家菩薩低眉怒目，抬手可撼崑崙。
誰又言書生無意氣，一怒敢叫天子露戚容。
踏江踏湖踏歌，我有一劍仙人跪；提刀提劍提酒，三十萬鐵騎征天。

◆目錄◆

第一章　王仙芝坐而論道　袁青山一氣三清

冬去春來，鶯偷百鳥聲。

幽州境內驛路兩旁紛紛吐綠的草木叢中，經常可見成群結隊的小巧黃鶯鳥穿梭其中，可惜北涼民風粗獷，沒有那入春時分便要去聽鶯啼「黃簧」的文人雅士。

道路上，一駕馬車緩緩北行，車廂內女子手上多了個從低矮枝頭摘下的鶯巢，偶爾掀開簾子去看一看沿途風光。

一路行來，為了趕時間，少有在城池裡的停歇，所在皆是前不著村、後不著店。女子最尷尬的莫過於人有三急，她第一次想要如廁，礙於臉面不好意思開口，只好夾緊雙腿，咬牙苦苦堅持了半個時辰。

早已察覺異樣的他偏偏不開口，當她終於憋不住開口要下車，等她低頭反身坐回車廂，還聽他說了個惡劣的笑話。

他說以前有個官員微服私訪體察民意，結果在荒郊野嶺肚子不舒服起來，每次有點念頭就要馬夫幫他尋一處幽靜地方好脫褲子，馬夫替官老爺接連找了幾個地方，可等官老爺每次解開褲腰帶蹲下，就又不想了，到後來每當官老爺問起找著地方沒，馬夫就說沒找到，於是官老爺終於支撐不下去，跳下馬車後邊跑邊脫好不容易終於舒坦了，回來的時候感慨那兒真是一塊風水寶地啊。他最後還火上澆油問了她一句，是不是找著風水寶地了。

她在回來途中順手摘了那只松針草穗編織而成的鶯巢，聽聞過後就狠狠砸過去，被男子單手畫圓輕輕接過鶯巢，笑著遞還給她，將功補過說了件自己的糗事。說他當年遊歷時，一次無意間去茅廁，聽到隔壁動靜不小，百無聊賴，就出口調笑了幾句兄弟你是不是吃大蒜了，結果稍等片刻，他的茅房就給一名臉如冰霜的女俠拿劍拆掉小門，嚇得他差點掉進茅坑裡，趕忙拿手護住襠部，到頭來還被那女俠冷著臉威脅要砍斷他的三條腿。這他娘的真是禍從口出啊，如果不是他急中生智，猛然間鬆開手，讓那女俠好好見識了一番何謂雄風大振，將其嚇退，否則恐怕免不了吃一頓飽揍。

裴南葦看著他說這混帳話時，少有地流露出表面的揚揚得意，哭笑不得，就也沒有再跟他計較什麼。堂堂北涼世子都這麼狼狽過，她一個早已不是藩王正妃的女子也就懶得裝女俠了。

這趟北行邊關，路途中一直不斷有游隼掠簾傳遞密報，徐鳳年自然沒有說那些重要軍情，不過一些無傷大雅的祕聞都盡數說給她聽。例如青羊宮裡的青城王吳靈素如今入京受封，分去了天師府那位羽衣卿相的半杯羹，得以劃江而治，手握大權，一同執掌南北道門。

一向高高在上的龍虎山似乎受不了這等委屈，很快拿出了壓箱底的撒手鐧，據傳掌教趙丹霞修成了道教裡最為艱深的玉皇樓，與老天師趙希翼父子二人悍然連袂飛升，然後朝廷馬上准許京城裡的青詞宰相趙丹坪擔任南方道門掌教，並且破例恩賜天師府年輕道士趙凝神入朝為官，成為一名比黃門郎更讓人眼饞的天子近侍起居郎。

還有一樁事就與廟堂無關，純粹是江湖人江湖事——嗜好吃劍的無名老劍客終於出了一劍，卻不是武帝城王仙芝親自出手，而是任由四名嫡傳弟子一一擋劍，前三名公認天縱之才的徒弟都無力抵擋，最後是被那位一直被師弟遮掩鋒芒的大徒弟于新郎以刀擋下此劍，震動江湖，這名刀客立即被視作可讓顧劍棠大將軍全力一戰的頂尖高手。

聽到這些讓江湖兒郎個個熱血沸騰的隱情內幕，裴南葦提不起半點興致，左耳進、右耳出，只當作解悶的小段子。

臨近邊塞，馬車在青案郡稍作停留，徐鳳年特意帶著裴南葦在一座酒樓吃了頓當地獨有的青精飯，是將南燭樹葉搗爛取汁浸米蒸熟的飯食，其色泛青，香氣誘人。

只是盛飯的大青花碗竟然碗口闊近一尺，看得裴南葦目瞪口呆，她豁出去才吃了小半碗就實在咽不下去，徐鳳年自己那一碗風卷雲湧一掃而空，還不客氣地拿過裴南葦的飯碗，依舊津津有味。

徐偃兵先前沒有進入酒樓，隨後露面時身邊多了一名身穿緞面便服的中年男子。

還在低頭吃飯的徐鳳年招了招手，示意相貌清奇的男子坐下，男子落座後，輕聲說道：「末將參見世子殿下。」

徐鳳年放好空碗和筷子，懶洋洋靠著粗制劣造而略顯崎嶇不平的椅背，笑著打趣道：「皇甫枰，還末將什麼啊，都已經由果毅都尉變成了總領一州軍權的幽州將軍了，當得還習慣？」

已是新任幽州將軍的皇甫枰沒有尋常將領校尉的惶恐和謙虛，只是沉聲道：「萬死不敢讓殿下失望！」

徐鳳年點頭道：「陳亮錫在管理鹽政一事，如果他沒有跟你求助，你皇甫枰就不用自作多情了，任由那些不受管束的地方豪橫去蹦躂，什麼時候陳亮錫開口跟你借兵殺人，你再動手，到時候別手軟。」

皇甫枰在北涼道的躥升速度，僅次於陵州刺史徐北枳，是當之無愧的殿下心腹，不過代價之大實在讓人心寒，那可是眼睜睜看著自己的家族滿門死絕啊。這樣一個官癮大到喪心病狂的皇甫枰，在幽州官場的口碑自然可想而知。只是皇甫枰在北涼本就是背水一戰，這種陰險小人想要結黨也沒人願意跟他同席而坐，這種最適合用作借刀殺人的傀儡，可以說是誰用誰放心，不過在北涼也就徐鳳年有資格握刀而已。

言多必失，加上皇甫枰一向信奉拿功勞換官職，即便飛黃騰達，也給人鬱鬱不歡的錯覺。徐鳳年也不管這位幽州將軍是否吃過，仍是幫他點了一份青精飯，笑道：「你把幽州江湖勢力整合得不錯，我姐那邊對你這件事評價不低，我准你以後大大方方把手腳伸長到涼州。對了，飯錢你付，我就當你盡過了地主之誼。」

站起身恭送世子殿下離去，坐下後，皇甫枰大口扒飯，最後他在酒樓夥計看傻了的眼神中掏出所有金銀，一股腦放在桌上，揚長而去。

地主之誼！

這些隨身攜帶的金銀，就買下了整個幽州的軍權，是昂貴還是便宜？

◆

馬車駛出青案郡城，徐鳳年舒舒服服地躺在車廂內，蹺著二郎腿打著飽嗝，裴南葦譏笑道：「這個聲名狼藉的皇甫枰不正是你所說的沒底線之人，你不也用得舒服舒心？」

徐鳳年笑道：「妳怎麼知道他沒有底線？皇甫枰，甚至是褚祿山，其實都沒有外界想得那麼簡單，他們跟好人自然是八竿子打不著的關係，不過要說有沒有底線，要我來說，比起那些一邊孌童狎妓一邊口口聲聲憂國憂民的清談名士，要有底線多了。太把自己當人的，很容易不把別人當人；瞧著不把自己當人的，反而更能留下一點赤子之心。

打個不太恰當的比方，武當山和龍虎山，同是道教祖庭，天師府的黃紫貴人滿身仙氣，高不可攀，不是達官顯貴都走不進那扇門，武當山上輩分最高的老道人，沒什麼仙氣，倒是能跟百姓香客嘮家常，妳說誰更有人情味一些？皇甫枰給我當走狗，我這個世子殿下也好，皇甫枰自己也罷，都不會否認，可皇甫枰肚子裡的辛酸苦辣，真要讓這幽州將軍倒苦水，妳都不忍心聽。」

裴南葦平淡道：「我也不想聽。」

徐鳳年唏噓道：「家家有本難念的經，也就只有無故翻書的清風知曉了。」

裴南葦愣了愣，笑道：「看不出來，你也會傷春悲秋？」

徐鳳年白眼道：「我好歹是一年作出佳詩百篇的才子好不好？」

裴南葦斜眼拆臺道：「買詩抄詩也算？」

徐鳳年笑道：「如果不是我重金買下這些北涼寒士的詩篇，妳以為他們有足夠盤纏去千里之外的京城趕考？」

裴南葦反問道：「可曾有一人說你的好話、念你的恩情？」

徐鳳年撇了撇嘴，有點罕見的尷尬，「大概是說了我沒聽到而已。」

裴南葦冷笑道：「再者，北涼貧瘠，士子更是凋零，結果都被你雙手奉送給了朝廷，你這個世子殿下，真是好大的肚量！」

徐鳳年摸了摸能盛下兩大青花碗青精飯的肚子，自嘲道：「肚量是不小。不過好人有好報，當下不就有近千外鄉士子來北涼紮根了？」

◆

幽州青案郡再往北便是邊境胭脂郡了，之所以被稱為胭脂郡，在於北郡的婆娘出了名的俊俏，哪怕在中原地帶也久聞其名，江南道一些富貴老翁都以納了一房正值妙齡的胭脂郡女子為榮，許多有些姿色又不甘受苦的胭脂郡女子，大多喜歡離開邊關前往富饒的中原，一去不復還，即便其中許多可憐女子淪落風塵也絕不回頭，被離陽朝廷嘲笑為牆裡開花牆外香。

胭脂郡又有一座同名的胭脂縣，更是盛產水靈美女，能娶個胭脂縣婆姨回家熱炕頭，那真是男人幾輩子修來的福分。幽州官員若是沒一房胭脂女子當侍妾或是通房丫鬟，那都沒臉面出門跟同僚打招呼。

裴南葦可能是厭煩透了那累贅的帷帽，在黃昏中進入胭脂郡客棧過夜時，捨棄了帷帽，被有幸認清她容顏的男女都驚為天人。

今天是祥符元年的元宵佳節，元宵是大節日，官民同樂，一同出門賞燈。幽州境內顯然與有個糧倉的陵州大不相同，街上燈市熱鬧歸熱鬧，卻瞧不出幾分輝煌氣勢，男女衣飾也以簡約居多，不如陵州那般喜好豪奢。

幽州既不是徐家所在的涼州，也不是相對安穩舒適的陵州，一直被幽州官員自嘲為後娘養的，有點出息和門路的都削尖了腦袋往陵州那邊搜刮油水，當然不會忘記捎帶上一、兩位重金購得的胭脂郡縣女子。作為陌生官場進階的敲門磚，送銀子多俗氣，萬一送少了還遭白眼，送女子才既雅氣又實惠嘛。

徐鳳年和裴南葦並肩而行，有點郎才女貌的味道。

夜幕中只能藉著燈火映照，稍遠一些，便看不真切裴南葦的姿容，這才沒有引起太大轟動，只是一些見過她臉龐身段的，就都再不肯遠去，不是自己碗裡的，湊近了多看幾眼別人碗裡的，也能將就著解饞。

幾個遊手好閒的浪蕩地痞膽子不小，想要趁著人頭攢動過來揩油，被徐鳳年一腳踹出去老遠，這幫人都是些色厲內荏的宵小，敢怒不敢言，而且理虧在先，這之後就收斂許多，本來是要裝模作樣喊人來圍毆那公子哥的，只是沒誰樂意少看幾眼那壁畫上腴美飛天般的婦人，也就悻悻作罷，加上幽州境內尋常時候鬥毆官府也就睜隻眼、閉隻眼，但是在元宵燈市上鬧事，肯定得被巡城甲士抓起來剝掉好幾層皮。

在徐鳳年跟裴南葦身前走著三名士子，聽口音是赴涼的中原士子，十有八九是聽聞胭脂郡美女如雲，滿大街唾手可得的良人美眷，就跑來碰運氣了，北涼女子風氣豪放，他們保不齊就有一場露水姻緣了。

三位年輕士子早就看見身後那少婦年歲的絕美女子，礙於禮數和自矜身分沒好意思搭訕，只得放慢腳步故意大放厥詞，嗓門奇大，像是在那裡比誰更語不驚人死不休。有說跟陵州某位官老爺是親戚，很快就要進入郡城官衙擔任官員；有說一直都是離陽王朝心懷叵測在看北涼的熱鬧，如今西楚復國在即，北涼終於也可以端板凳、嗑瓜子，坐下來瞧一瞧朝廷的笑話嘍；也有說自幼便嚮往邊塞的鐵馬金戈，自古無有書生因文治而封萬戶侯，這才放棄了觸手可及的功名，要來這貧苦之地從軍入伍。

徐鳳年聽到一位書生提到那叨叨不休西楚復國的勝負手，笑了笑，加快步子上前，主動問道：「這位公子，你怎知西楚復國註定會在半年之內慘澹收場？」

那確有幾分清雅氣質的書生沒有答覆徐鳳年，牛頭不對馬嘴，目光瞥向裴南葦，自我介紹道：「小子是江南道浣紗郡範氏子弟。」

徐鳳年也順水推舟故作驚訝道：「浣紗郡範氏，那可是舊北漢南邊最著名的郡望大族，不承想范公子家世如此顯赫，整個北涼也挑不出幾家啊，必然是咱們北涼的那些太守大人也要當成座上賓的，榮幸，見到范公子真是榮幸！」

另一名士子也趕緊自報家門，是東越道上的石藻周氏。剩下一名讀書人大概是出身平平的緣故，憤懣無言。其實浣紗范氏跟石藻周氏在春秋期間枝葉繁茂，也不是什麼門檻高不可攀的一等門閥，只要在當地姓范、姓周，多半都能攀上親戚，沒誰會真的當回事。這兩位顯然也是來到眼界不寬的北涼扯大旗，以便濫竽充數。

在這個富貴人家奴僕都能眼尖到憑藉一根腰帶看穿家底是否深厚的年代，這樣的拙劣伎倆實在不值一提，他們顯然小覷了北涼官員的道行。北涼是窮，可窮的都是那些面朝黃土、背朝天的老百姓，當官的，真不窮。

徐鳳年本來還想套話找樂子，沒料到裴南葦的言語才算毋庸置疑的石破天驚，「你們姓甚名誰，關老娘屁事？老娘只喜歡兩百斤以上的健壯漢子，你們仨都滾一邊涼快去！」

三名讀書人如遭雷劈，然後屁都不敢放一個，灰溜溜走掉。

徐鳳年朝裴南葦伸出大拇指。她捋了捋鬢角青絲，轉頭時翹了翹嘴角，一臉「老娘不出手則已，出手必無敵」的稀罕表情。

徐鳳年哪壺不開提哪壺，嘖嘖讚嘆道：「北涼真是一塊風水寶地，裴姐姐也染上豪邁氣概了。」

裴南葦橫眉冷對，一腳踹在徐鳳年鞋背上，往死裡碾了碾。

徐鳳年吃軟不吃硬，更不吃痛，自顧自喃喃自語道：「才半年？曹長卿和孫希濟兩大西楚遺民聯手，不至於如此不濟事吧？」

裴南葦冷淡道：「會死很多人的。」

徐鳳年眼神冰涼，緩緩說道：「是啊，是會死很多人。可妳也要知道西楚有那麼多剃髮逃禪的，不惜自閉於地窖的，遁入山林做野老的，失心瘋了大半夜敲更巡城叫嚷著都是鬼都是鬼的，都是生不如死，這群念念不忘西楚王朝的孤魂野鬼，恨不得拖家帶口，一起死得壯烈些。這樣愚忠的遺民，妳都不知道如何去評價。」

裴南葦恨恨道：「他們想要死得其所，沒誰攔著，但是別連累只想著過安穩日子、睡安穩覺的無辜百姓！」

徐鳳年笑道：「以前總覺得妳死氣沉沉，像是那種出沒於深山古寺裡披著人皮的女鬼，今天才知道妳還能說上幾句人話。要不妳留在這胭脂郡？說不定以後妳就澈底成為一個大活人了。什麼時候懷念聽潮湖邊的蘆葦蕩，再回去看就是了。」

裴南葦毫不猶豫道：「好。」

徐鳳年有了一瞬的失神，這個出口輕巧的字眼，他似乎也曾對人說過。只是徐鳳年很快就恢復常態，點頭微笑道：「那我就只能顯擺一下世子身分了，跟胭脂郡太守大人打聲招呼，給妳置辦一座不會被人打攪的私宅。」

徐鳳年問路問到了太守府邸，不湊巧郡守大人也帶著一大幫家眷跟百姓眾樂樂去了，練就一雙火眼金睛的門房見他氣韻不俗，就讓他在偏門小房內坐著，等了足足兩個時辰，連那位門房都有些佩服這個年輕人的耐性，其間多次殷勤噓寒問暖、端茶送水，這自然是徐鳳年借了胭脂譜上裴美人的光。

郡守洪山東乘興而歸時，揉了揉眼睛，他這輩子還沒踏足過北涼王府，沒認出那位公子哥，但認出那名只能站著的「扈從」，大將軍的貼身侍衛徐偃兵！

有一年大將軍巡視邊關，途經胭脂郡城，洪山東有幸見過一面，此人竟是有資格跟大將軍一同坐著飲食喝酒，所以記憶尤為鮮明深刻。徐偃兵都需要站著，那麼坐著喝茶的年輕人是誰，洪山東又不是缺心眼的傻子，頓時就斂神拂袖，撲通一聲跪地，拜見了這位蒞臨寒舍的世子殿下。

一大堆擁擠在小屋門外的洪家子孫都瞪大眼睛，年齡稍大的，知曉了人情世故，有些畏懼；年齡小的，乾淨的眼神裡則充滿了童真童趣的好奇。別看一郡父母官的太守府邸門檻不算低，可府上迄今為止接見官員中官帽子最大的，也不過是上任幽州將軍。世子殿下是多大的官？等這個年輕人將來穿上正黃蟒袍、當上北涼王，全離陽就都知道了。

在書香濃郁的書房密談，洪山東從頭到尾都沒有膽子去看一眼裴南葦，知道這位沒有什麼明確名分的女子會在胭脂郡住下後，也是有驚沒喜。他洪山東倒是不介意把她當一尊女菩薩供奉起來，這是他應該做的，未必是什麼功績，可自古紅顏禍水，萬一出了丁點兒紕漏，那他原本還算一帆風順的仕途可不就走到頭了？只是世子殿下開了金口，那他洪山東就只算咬碎牙齒也得擠出笑臉應承下來。

當夜，太守大人就折騰出來一棟有山有水的雅致宅子，徐鳳年順便讓死士寅暗中跟胭脂郡諜子打聲招呼，死士寅本就是個積威深重的大諜子，對此類勾當熟門熟路，自可辦得滴水不漏。然後徐鳳年棄了那輛已是多餘的馬車，跟徐偃兵兩騎連夜出城，趕赴並不陌生的倒馬關。

◆

東海武帝城一直口口相傳有三怪，一怪在城中永遠是外鄉人士多過本地居民，二怪在那面插滿兵器的內城牆，最後當然是怪在有一個活了百年來的天下第二。

對離陽江湖而言，沒有來過武帝城，就等於江湖人沒有混過江湖。第一怪其實不奇怪，每年都有幾位二品小宗師甚至是一品高手嘗試登城，希冀著一舉成名。例如當年劍九黃登樓，就引來了曹長卿之流的頂尖高手從旁觀戰，如此一來，就給武帝城吸引了大量來此獵奇的英雄豪傑。第二怪就更加合情合理，若是登樓失敗，就得留下趁手兵器插在牆壁上。

王老怪以舉世無匹的姿態雄踞武帝城一甲子，在頭十年中，往往一天就要迎接三、四場挑戰，久而久之，那面牆也就擠滿了神兵重器，其中就有當年東越劍池宗主宋念卿的一份貢獻。唯獨第三怪，為何王仙芝明明是世間第一人，仍是自稱天下第二，始終無人知曉內幕。

武帝城內有眾多的兵器鋪、典當行和校武場，這個就更好解釋了，來武帝城不靠著打架出名能做什麼？當世許多功成名就的豪俠，都是年輕時候這麼一架一架打出來的。只是最近城內校武場都寂靜下來，委實是前幾天的那場吊詭至極的入城一劍，太過讓人摸不著頭腦。

去年北莽越俎代庖訂立了武評十人榜，劍客中僅有桃花劍神鄧太阿得以登榜，可他傳聞已是出海訪仙，杳無音訊。

但卻有一劍長久懸停武帝城外，等到滿城江湖人都失去耐心的時候，這一劍終於動了。

還是那個砸那柄劍、朝劍丟擲石子的稚童率先發現，等孩子興沖沖跑回家跟開藥鋪的老爹說完消息，老爹翻了個白眼，沒有理會，只當錯過了熱鬧。不說什麼陸地神仙的御劍，便是吳家劍塚的飛劍術，那柄劍估計也早就掠至武帝城的閣樓外了，但是出乎所有人意料，那一劍入城不假，卻極為緩慢，慢到這柄劍飛了一個時辰，才從外城越過城頭，在這柄劍有所動靜的瞬間，閣樓中就有一名成名已久的劍客掠虹般墜至城頭，正是王仙芝的四徒弟樓荒，四十六歲，佩劍「菩薩蠻」。

樓荒可謂驚才絕豔的劍術天才，走了一條棄道求術的歪路，這就像一個人瘸腿走路，但是樓荒一條腿行走，就已經在江湖上一騎絕塵。王仙芝曾經有意在劍池宋念卿二度登樓時，讓樓荒去守閣，只可惜宋念卿暴斃，但是樓荒的劍術造詣可想而知。

樓荒盤腿而坐，橫劍在膝，靜等足足一個時辰，當那柄飛劍以龜速來到城頭，樓荒才彈鞘出劍，以劍尖抵劍尖，雖然那柄入城之劍來勢極不成氣候，但樓荒的菩薩蠻依然不能撼動其絲毫。隨後樓荒起身馭劍菩薩蠻，身形跟隨出鞘劍一同步步後撤。

三個時辰後，樓荒耗竭氣機，手筋寸斷，仍是沒能讓那柄無名長劍有纖毫停頓顫動。

之後三個時辰，是城主三徒弟林鴉接過了擋劍之責。

林鴉三十二歲，亦是胭脂評上的大美人，身材高大不輸北地男子，身段雄奇，偏偏別有韻味，令人嘆為觀止，是天底下首屈一指的拳法宗師。只是不論她如何蓄勢捶打長劍，仍是沒能擋下那柄長劍的勻速前行。

最後一拳，林鴉拔地而起，高入雲霄，一拳砸下，長劍下邊方圓數十丈樓房盡數坍塌粉碎。性格暴烈的林鴉顯然無法接受這個結果，瘋癲一般，奔跑如雷，去校武場扛回一只大鼎，狠狠砸在那把如同看她笑話的長劍上，依舊是無功而返。林鴉頹然坐地，目光呆滯。

隨後便是鍊氣宗師宮半闕登場。作為王仙芝四名弟子中歲數最大的一位，宮半闕光頭，頂有九顆戒疤，不披袈裟卻穿道袍，城內揚言此人身具佛家金剛體魄，卻負六種道門指玄祕術，更精通鍊氣玄通。

宮半闕的手腕也確實讓人眼花繚亂，他沒有像師弟樓荒、師妹林鴉那般近距離接觸那長劍，而是站在內城閣樓，每次揮袖，就捎去牆壁上一件兵器，結果武帝城聽了足足三個時辰的鐘鼓雷鳴，一些內力孱弱的百姓痛不欲生，紛紛逃出城外避難。

宮半闕揮動一百零七袖，也帶去了一百零七件兵器，十之七八都在撞擊中毀掉，最終長劍臨近閣樓不過二十丈，整座武帝城都覺得恐怕城主親自出手，除非傾力而為，否則都擋不下這一劍入閣了。

然後極少露面的王仙芝大弟子于新郎站在了那把劍前，只是當時城頭的真實情況無人親見，只有結局浮出水面後，以訛傳訛，才說成了于新郎出了一刀，擋下了那不求快、反求慢的「無理」一劍。實則當時于新郎根本就沒有帶刀，而是孑然一身飄落長劍之前，繞著飛劍慢悠悠逛蕩了一圈又一圈，在飛劍劍尖相距閣樓不過六丈的時候，再次站在長劍之前，閉上眼睛，雙指輕輕壓在劍尖之上。

此時此刻，閣樓頂層，是一幅沒有誰能想像得到的場景，麻衣麻鞋的魁梧王老怪站在窗口俯瞰全城，閣內坐著那位吃劍怪物，更滑稽的是閣內毫無劍拔弩張的氣氛。

緣於吃劍老祖宗盤腿而坐，在喝一壺酒，而一位半蹲著的綠衣女童在扯動這老怪的那兩縷垂膝白眉，在很認真地打結，小臉龐上的表情異常嚴肅，手上動作更是一絲不苟。而早已不被江湖知曉真名的隋斜谷吃劍老祖宗也不生氣，反而笑著任由小丫頭瞎搗亂，望向她的眼神，有些古怪。

當于新郎雙腳離地，身體懸空，雙指終於將劍尖往下壓斜半寸，王仙芝點了點頭，轉過身，跟隋斜谷相對而坐。綠衣稚童抬起手搖晃了一下白眉繫成的結，邀功一般對那武帝城城主燦爛一笑。

在四名徒弟面前從來都不苟言笑的王仙芝微微一笑，招了招手。綠衣小丫頭搖了搖頭，顯然還是白眉老爺爺的眉毛更好玩些，繼續蹲著仔細打結。世間竟然還能有人不把王仙芝當回事？

吃劍老祖宗笑道：「你對李淳罡也算仁至義盡了，只是以他的強脾氣，才不屑那佛道轉世之說，既不做什麼逍遙神仙，也不願來世續緣。李淳罡便是李淳罡，一世恩怨一世了，一世不平一劍平，這才是讓你王仙芝也願意佩服的劍神啊。李淳罡生生世世都死了，酆都綠袍兒也就隨之死了。鄧太阿嘛，哪怕訪仙歸來，劍術劍道都不輸給李淳罡，對你我來說，還是不如李淳罡更對胃口的。」

王仙芝平淡道：「于新郎只能藉著樓荒、林鴉、宮半闕的餘勢，擋下你半劍而已。怎麼停下了此劍？」

吃劍老祖宗沒有理會，低頭對那綠衣丫頭笑咪咪道：「小妮子，去牆上幫老爺爺取一柄好劍來下酒。」

長得靈氣盎然的女童抬起頭，「哦」了一聲，小跑出去，還真老老實實撅起屁股趴在城頭，略顯吃力地就近拔出一柄長劍，雙手握住劍柄扛回了閣內。

隋斜谷爽朗大笑，雙指掰下一寸劍尖，丟入嘴中。看到綠衣稚童眼巴巴望向自己，彷彿有些嘴饞，吃劍老祖宗哈哈大笑道：「可別學老爺爺吃劍，否則等妳長大以後，會嚇跑男人的。」

隋斜谷見孩子繼續把注意力放在他的白眉上，對王仙芝說道：「既然你讓幾個弟子出手擋劍，明擺著是不想跟我打，也無妨，我暫時也沒穩勝的把握，估摸著鄧太阿也快回來了，相比跟你一戰，我更想知道李淳罡萬里借劍給他，到底借得值不值當。若是我贏了巔峰時的鄧太阿，再跟你打，勝算更大。不過按照你那來者不拒的脾氣，怎麼會讓徒弟露這個面？你不像是快要死的老頭子啊，怎麼做出了類似托孤的行徑？」

王仙芝平靜道：「我在等最後一戰，那之後我便會飛升，等我走後，武帝城也就不復存在了。起先韓生宣要學那高樹露，屠盡江湖上一品三境高手，許多散人都逃入本城，之後武評就有了個規矩，不把武帝城城中人列入榜上。于新郎在內四名弟子，我準備讓宮半闕和樓荒去京城，林鴉去南疆，于新郎何去何從，我仍是沒想好，不過綠衣多半要交給他照料。」

隋斜谷瞪眼道：「聽你語氣，最後一戰不是我，不是鄧太阿，也不像是曹長卿啊，難道是拓跋菩薩？」

王仙芝嗤笑道：「那個北蠻子？在我身後吃灰的命，我王仙芝在世一天，他就一天成為不了天下第一。他此時的武道修為，也不過是三十年前的王仙芝而已。即便被他取了那把兵器，也不過是二十年前的我。有何可戰？」

隋斜谷納悶道：「當初齊玄幀是不願跟你打，後來有望跟你一較高下的洪洗象也已經自行兵解，不過要我看，這兩位，哦，算是一個人，都不如他們在五百年的身分，恐怕那位呂洞玄之後的整整五百年，你王仙芝都是無敵的。像那劉松濤，我當初幫忙守關的逐鹿山教主，比起李淳罡尚且略微稍遜一籌。再往前推個兩百年，吳家劍塚的劍仙家主吳斗柄，時無英雄使豎子成名而已，稱霸江湖四十載，撐死了就是另外一個劉松濤。

四百年前引起浩劫的大魔頭高樹露，把江湖上所有頂尖高手殺得七零八落，確是身手不俗，但也就是比如今的拓跋菩薩稍強。今兒的江湖，可跟以前大不相同，你、拓跋菩薩、李淳罡、鄧太阿，加上那個白衣女子，單獨拎出一個，除了高樹露所在的江湖，否則隨便丟在哪個江湖一百年裡都可以打遍天下無敵手。當然，我也是。」

王仙芝冷笑道：「還不是黃龍士造的孽。」

綠衣丫頭突然跑到王仙芝身邊，好奇問道：「爺爺，你怎麼不自稱老夫了？」

王仙芝揉了揉她的腦袋，用手指了指對面的隋斜谷，微笑道：「這傢伙比爺爺還老了二十幾歲，不過，他啊，也就是年紀大，本事不大的。」

隋斜谷吹鬍子瞪眼，捏斷一截劍，丟入嘴中，怒道：「王仙芝，要不咱們現在就戰一場？」

王仙芝僅是斜瞥了隋斜谷一眼，懶得理睬。

吃劍老頭那兩縷被打了無數個大小結的白眉瞬間滑直，在空中激揚飄蕩。綠衣妮子一看急了，趕忙跑去蹦跳著扯下兩條高過她個頭的長眉，摟在懷裡，繼續耐心打結。

隋斜谷無奈嘆息，問道：「你覺得陳芝豹藉著龍樹僧人圓寂的機會成就儒聖境界，是否已經打得過那藏藏掖掖的顧劍棠？」

王仙芝搖了搖頭。

隋斜谷一臉納悶道：「這小子天資卓絕，實為罕見，怎的跑去太安城當什麼兵部尚書，為何不封王就藩西蜀，也好有好的心境和閒暇工夫去提升境界。」

王仙芝笑道：「陳芝豹在等那同為儒聖的曹長卿戰死於西楚復國，到時候他才能『借勢』，穩勝了顧劍棠，才有資格跟我一戰。」

隋斜谷愣了愣，隨即喟然長嘆：「後生可畏。」

王仙芝默不作聲。

隋斜谷笑問道：「且不說已經在武評上的十人，你覺得未來五十年，誰能出頭？」

王仙芝閉上眼睛，緩緩道：「就劍而言，被你吃掉棠溪劍的盧白頡，原本劍意不俗，可大器晚成，做了兵部侍郎，也就澈底廢了。王小屏原本誤入歧途，如今跟劉松濤形影不離，既有問劍也有佛道砥礪，前途不可限量。城內齊仙俠以往只有龍虎山那半吊子仙氣卻無俠骨，去了趟武當山，下山後如今大有改觀，也有劍道扛鼎的可能。吳六鼎勝負心太重，註定不如女子劍侍翠花走得遠。

說刀，袁左宗肯定可以躋身天象境界，早晚而已。至於江斧丁，不好說，性子太邪，但因為武道路數跟我最為相似，運氣不好，一輩子待在指玄，運氣好，等我飛升，他不是沒有機會直入陸地神仙。吳家劍塚家、北涼徐偃兵，爛陀山和觀音宗這兩位，登頂成為天下第一人希望都不大，但都是有機會成為陸地神仙的人物。如今的江湖變數太大，我也不敢斷言他們的最終成就。不過這些人，撐死了也就是武評十人，僅是位置高低不同而已。但有兩人，變數尤其大——聽潮閣裡那用刀的南宮僕射，已經『悟劍』的西楚亡國公主姜姒。只是後者，多半是曇花一現。」

隋斜谷格外記住了一個名字，「江斧丁？」

王仙芝平淡道：「你可知我習武的心願？」

隋斜谷輕輕皺了皺眉，結果小妮子被雪白長眉拖曳得一個踉蹌，吃劍老祖宗轉頭歉意一笑，綠衣女童報以微笑，擺擺手示意沒關係。

王仙芝雙拳撐在腿上，「你可知李淳罡、你、拓跋菩薩、鄧太阿、曹長卿，你們這些人境界跟我相差其實不多，為何真要死戰，肯定是你們必敗無疑？」

隋斜谷氣笑道：「還不是你這老匹夫仗著皮糙肉厚！」

綠衣女童掩嘴一笑。

王仙芝直視隋斜谷，問道：「你信不信你們幾人聯手與我一戰，我仍可拚死殺盡，絕了你們？」

隋斜谷瞇起眼。

顯然不信。

但他不得不信！

王仙芝站起身，閣樓頂層東西兩向並無牆壁窗欄遮擋，故而東面可遙望東海，王仙芝輕聲說道：「在我王仙芝由武道而非那天道成功躋身陸地神仙境界後，始終自稱天下第二，並非世間有人可以與我作生死之戰，之所以如此，是懷念李淳罡無敵於世的那個江湖，那時候的王仙芝，仰視那一襲仗劍青衫，心服口服。正是他讓我悟得了何謂一個人的江湖，正是李淳罡，讓我走上了今天腳下這條走了一甲子的路。如果說江湖以為我那第二，是在以此嘲笑天下人，我也不會否認。誰有本事，就來做一個他們覺得名副其實的天下第一好了。」

隋斜谷靜待下文。

王仙芝笑了笑，「但更重要的是，我心目中的敵人，是整個天下。」

王仙芝握緊雙拳，東海之上驀然浪潮滔天，只聽他道：「所以哪怕武評身後九人，加上全天下所有一品高手，盡數聚於武帝城，我王仙芝仍是不慮敗，只會勝！」

隋斜谷雙眉從稚童手中抽出，飄拂不定，綠衣丫頭蹦蹦跳跳，想要抓住那兩縷白眉。

王仙芝鬆開拳頭，負手而立，東海復歸風平浪靜，他接著道：「那江斧丁，若是不死在北涼，也就有了與整個江湖為敵的氣概，唯有此，才能有與世為敵的覺悟。到時候的江湖上，也許就是他跟南宮僕射兩人的江湖了，至多加上一個洪敬岩，三足鼎立。你隋斜谷牽掛於劍，曹長卿牽掛於當年那觀棋女子，你們心中都有所執，反而不如那無情無義的江斧丁走得輕鬆。可你們的所執，恰巧是你們成為頂尖武人的根基所在，更無奈之處在於你們即便可以散去一切，東山再起，但是你們仍然不願放棄。」

隋斜谷譏諷道：「你以為誰都是你這樣一輩子心無掛礙的武癡？高樹露也不過是刻意讓自己走火入魔，才到了這種傳說中的天仙境界。王老怪王老怪，你還真是個怪物，我就納悶了，怎麼沒有天仙下來收了你，要不弄幾千道天雷劈死你也成啊。」

王仙芝一笑置之。

天仙？法相就算了，尋常陸地神仙都可以斬殺，根本不入他王仙芝的法眼，就算有真身到了人間，一樣也得講究他王仙芝的規矩。

隋斜谷雙手指尖抹過眉頭，問道：「那你到底是要跟誰打那人間最後一戰？」

王仙芝反問道：「你跟誰借的劍？」

隋斜谷怒道：「放你娘的屁！姓徐的小子有多少斤兩我會不知道？他能宰了韓生宣，還虧得是我那一手千里御劍。他若是一心一意在江湖上混，未必到不了我的高度，可他得當那北涼王，哪能像你王仙芝這般心無旁騖鑽研武學，別說十年，給他一百年，他也沒資格做你最後一戰的對手！」

王仙芝平靜道：「我被他兩拳擊退一千丈。」

隋斜谷瞪大眼睛。

綠衣女童也瞪大眼睛，一老一小，如出一轍。

王仙芝緩緩說道：「他只要敢跨入陸地神仙境，我就會立即讓他死。」

◆

倒馬關，今年尤為春寒料峭，雖說未到凍殺年少的誇張地步，但關內附近村子一些孤寡老人，好不容易熬過了寒冬，還是沒能扛過這道被老百姓說成是「鬼門關」的倒春寒。只不過這樣悄無聲息地去世，驚不起什麼浪花，反正沒死在兵荒馬亂中，老死在家中床上，誰樂意搭理？唯有一些退伍老卒，才能由官府出面潦草安置身後事，算是老有所終，比起離陽那邊已經算是天大的幸運。

有兩騎來到倒馬關，出關之前稍作歇息。

藉著元宵佳節的餘韻，關內集市還算熱鬧，孩子們都在目不轉睛盯著老鴉下棋之類的把戲。風塵僕僕的徐鳳年嚼著一張大餅，牽馬而行，眼尖看到孩子堆裡有個眼熟的小胖墩，便走過去拿腳輕輕踹了小胖子的屁股。

這孩子正看得起勁，頭也不轉拍掉踹他屁股蛋的玩意兒，沒想到那廝踹上癮了，被拍掉後又給他踹在屁股上，不依不饒。事不過三，小胖墩怒氣衝衝轉過頭，正要破口大罵，見著了是位牽馬佩刀的俊逸公子哥，愣了愣，好不容易認出是當初送了他一個肉包子的俠士，趕忙起身，按照私塾先生教誨的禮儀，生疏作了一揖。

徐鳳年笑問道：「右松呢，沒跟你們一起耍？」

小胖墩環視四周，嘿嘿笑道：「剛才還在呢，松子跟他娘一起來集市上買些邊角緞子，這會兒得是被他娘拎著耳朵拽走了。公子，要不我幫你喊一喊松子？」

徐鳳年搖頭道：「不用了，我得馬上出關，你回頭見著右松跟他說一聲就行。」

然後徐鳳看見這小胖子咽了咽口水，盯著他手上的大半張肉餅，徐鳳年笑道：「不嫌棄被我咬過，就拿去。」

小胖子笑臉靦腆，使勁搖頭，眼角餘光瞥見了這位公子腰間有兩柄長短不一的佩刀，越發眼饞。

徐鳳年遞給這孩子肉餅，後者一邊撕咬著肉餅，一邊含糊不清道：「公子，聽我爹說現在出關很難的，好像是倒馬關外的大葫蘆口有好多好多的將卒，年關前後這段時日都沒幾個人入關了。」

徐鳳年微笑道：「我跟關門的官老爺們有些關係，所以不怕。」

小胖墩憨憨笑道：「我就說嘛，公子你肯定是大人物！松子在私塾裡常說你呢，別人都不信，就我幫著松子，跟松子一起說是你闖蕩江湖的大俠。」

徐鳳年揉了揉小胖子的腦袋，轉身離去。背後小胖子馬上跟身邊玩伴吹噓他跟有馬有刀的公子是如何熟悉，先前一同在私塾蒙學的孩子們大多不信他跟趙右松，如今親眼瞧見了胖子得了半張餅的打賞，這份交情總作不得假，小胖子的「江湖地位」頓時上漲了好幾層樓那麼高。

北涼邊軍校武閱兵，將近二十年，始終遵循一年一小校、三年一大閱的老規矩，只是去年的大閱無故被拖延到今年，也定在了從沒有先例的開春時節。接連壞了兩個規矩，加上此次閱兵規模尤為壯大，讓許多邊關將卒都感受到一股不同尋常的氣息。

小小一座邊境關隘倒馬關，廟小，菩薩卻不少，折衝副尉周顯，有勳品垂拱校尉傍身的韓濤，想要從這裡順利出關入關，尤其是貨物值錢的話，都需要小心打點這一雙死對頭。

此時倒馬關地頭蛇周顯和韓濤都畢恭畢敬站在牆頭，大氣都不敢喘息，別說是兩條才入流品的地頭蛇，就是條龍都得老老實實盤曲趴著，因為他們身邊站著兩尊真正可以一言定人生死的大菩薩——幽州副將石遷高和幽州別駕李桂翁，都是從三品大員。

韓濤和周顯這對老冤家，此時此刻也沒了相互下絆子的心思，只得捏鼻子合作，想著如何把這趟差事對付過去，他們還沒有本錢知曉內幕，只得到消息說是有重要人士從倒馬關出關。

折衝副尉的兒子周自如有了邊軍身分，也得以站在牆頭上等候，不過離那兩位幽州權臣很遠。這位曾經差點讓魚龍幫頃刻覆滅的邊關將種，小心翼翼瞥了眼石遷高的鮮亮甲胄，以及李桂翁身上那件繡有孔雀圖案的官服補子，眼神敬畏中又夾雜有熾熱。

石遷高是一名春秋老將，老當益壯，原本這次最有希望順勢遞補成為幽州將軍，結果被當時僅是果毅都尉的皇甫枰捷足先登，倒馬關這邊從上到下戰戰兢兢很大程度是因為這個緣由，生怕被火爆脾氣的石遷高當成出氣筒。倒是李桂翁一直如傳聞中那般對誰都和和氣氣，登城牆時有意走在石遷高身後，抽空跟周顯、周自如父子溫言寒暄了幾句。

周自如不知為何，細心察覺到性格迥異的石將軍、李別駕竟是都有幾分緊張。這次選擇葫蘆口子上的北涼大閱，北涼都護褚祿山早已置身其中，步軍統帥燕文鸞和騎軍統帥袁左宗本就早早到達關外，北涼新貴顧大祖，不屬邊軍行列的涼州將軍和兩位副將，也都在正月初三、初四往北疾行，甚至連北涼經略使李功德也不例外，可以說北涼的大人物，幾乎全部已經在元宵左右到達葫蘆口。周自如猜不出誰能讓石李兩人如此謹慎對待，根基不牢的幽州將軍皇甫枰雖然比他們品秩高出半品，但應該還沒有這份威嚴。

倒馬關石遷高和李桂翁自然是在等世子殿下。

徐鳳年其實可以更早一些進入倒馬關，只是被一名雲遊道人給攔下，死皮賴臉要給他測字算卦看手相，信誓旦旦算不準非但不要錢，還倒貼銀錢。

徐鳳年不動聲色地看了一眼徐偃兵，後者破天荒沒有立即給出答案。徐鳳年就有些玩味了，能讓徐偃兵吃不準深淺，要麼這邋遢道人是真的毫無內力，要麼就是善於偽裝的天象境高人，要不直接就是陸地神仙了。好大的彩頭！

徐鳳年笑著跟那生得賊眉鼠眼的老道人來到路邊攤子前坐著，開門見山打趣道：「老真人，就你這副尊容，想要讓人信你是得道高人，很難啊。」

老道人唉聲嘆氣道：「跟名字一樣，都是爹娘給的，有啥個法子喲。貧道也實在是饑寒交迫，才不得已擺攤做這給人算命的凶險營生。天機不可洩露啊，可不掙錢就得餓死，貧道這可是拿命換命，怎麼都是苦命。」

徐鳳年正要開口，道人好似洞穿人心，已經感慨道：「天機漏一，方能旋轉不息，這個一，在貧道看來就是自身，所以公子哥就別問貧道為何會算命，卻算不準自身命數嘍。」

徐鳳年笑道：「老真人別的不說，察言觀色的功夫相當不差啊。」

自號「四方」的老道人瞪眼道：「哪裡是察言觀色，分明是算準了公子心思。天時地利人和，算天算地算人心，貧道跟那些出身道教祖庭的神仙不一樣，不算天地只算人心。」

徐鳳年訝異「哦」了一聲，笑咪咪道：「那我可得藉機跟老真人好好問道問道。佛不可說，道不可道，那凡夫俗子，如何才能成佛得道？」

老道人跟徐鳳年隔著攤子相對而坐，撚鬚笑道：「貧道不說那虛虛實實雲霧繚繞的言語道理，僅說一些自己走過的路悟出的理，如何？這位公子，行小事不拘小節，逢大事更能大氣，想來能靜下心來聽一聽貧道講述。」

徐鳳年點頭道：「好。」轉頭對徐偃兵說道：「去買一屜小籠包子。」

老道欣慰地點了點頭，也不知是在欣慰那屜能填飽肚子的包子，還是欣慰眼前公子哥終於入甕。等到徐偃兵默默轉身，老道士正了正衣襟，緩緩說道：「修道如登山，行百里者半九十，越行越難。那龍虎山一心只想登頂，彷彿每個甲子不出一位飛升真人就丟了祖宗的臉面，這談不上對錯，但武當山便不修這樣的道。也不知從何時起，世人修道就只盯著『長生』二字，這與當官盼望著『一品』二字有何異？咱們修道如讀書，像公子哥看那些才子佳人小說，說到底還不是那相見相識，運氣好的相親相愛，紅妝到白，運氣不好的相恨相離，再講得露骨一些，也就是從床下到床上那點破事。若是再往大了說，人這輩子更慘，也無非『生死』二字，這麼想，也忒無趣了。公子以為然？」

徐鳳年笑著點頭道：「深以為然。」

老道士繼續說道：「在貧道看來，這人哪，投胎在世走一遭，精髓就是『走著』兩字，走過山、走過水、走過江湖、走過東西南北，到了什麼地方不重要，一路上見到了有趣的人無趣的事，吃苦也好，享福也罷，都是人生百年這一遭而已。遇見了好風景，大可以停下腳步瞧一瞧、看一看，有氣力了，再走。不願意挪腳了，那就別動彈了唄，溫柔鄉英雄塚？嘿，那都是吃不著葡萄的傢伙在喊酸呢。要不咋說只羨鴛鴦不羨仙？

貧道此生雲遊四方，已經好些年月，求仙之人豔羨那山中一日，世上已千年，貧道卻是喜歡在滾滾紅塵裡腳踏實地走走停停，也不怕哪天就突然死在路上，若是為長生而懼死，如何得真正的長生？貧道這輩子，走進過的道觀大大小小，得有六百餘座，去寺廟跟和尚們求教佛門義理，也不下三百位。」

見徐鳳年默不作聲，老道人咳嗽一聲，厚著臉皮小聲提醒道：「公子，這會兒該附和一句，才合情合理。」

徐鳳年笑道：「我在忙著算計老真人如今多大歲數，才能走完六百道觀、三百寺廟。」

老道士搖頭唏噓道：「貧道早忘啦，只記得娶了三位女子。」

徐鳳年忍不住嘴角抽搐了一下。徐偃兵此時拎回一屜包子，放在攤子上。

老道士撿起一只熱氣騰騰的包子，狠狠吹了幾口氣，一口囫圇吞下，滿臉陶醉，提袖抹了抹嘴角油漬，笑道：「春凍筋骨秋凍肉，便是少年氣血旺盛不懼春寒，日子也格外難熬啊。」

徐鳳年笑問道：「老真人可算得出我要去見誰？」

老道人正要去抓起第二只肉包子，聞言漫不經心道：「畫灰老嫗。」

徐偃兵氣息一凝。

老道人仍是無動於衷，輕聲笑道：「行走江湖，技多不壓身，貧道因此什麼都略懂一些，知道這事也就是靠著這一大把年紀，算不得什麼本事。」

徐鳳年平靜道：「我知道老真人是誰了。只不過真人不露相，露相不真人，老真人好像不合規矩啊，怎麼，要給你們的北莽女帝報仇，拿我的腦袋去還徐淮南和第五貉的腦袋的債？」

老道人笑道：「你當真知道貧道是誰？」

徐鳳年皺眉道：「我確實迷糊了，聽說兩禪寺李當心在道德宗，已經拽下浮山，壓死了負劍的麒麟真人。」

老道人哈哈大笑，在自己左肩頭輕輕彈指，右首「飄」出一位姿容嫵媚的年輕道人，二十七八歲光景，背負一柄長劍，對徐鳳年作了一揖。

老道人換手彈指，左邊又「飄蕩」出另一位年邁道人，仙風道骨，手捧一柄拂塵，撚鬚微笑。

這位麒麟真人，分明已經被拓跋菩薩過河後殺死於黃河邊。

始終坐在凳子上的老真人一拍掌，身前「跑出」一個稚童道士，正是那名出現在北院大王徐淮南身邊的孩子。

老道人一手拿著包子，一手撫摸小道童的腦袋，「徐鳳年，我們已經算是第二次見面了。」

這邊景象詭譎，街上路人卻渾然不覺。

老道人吞下包子，拊掌笑道：「三位北莽國師，分別為李當心、拓跋菩薩和一截柳所斬，只是死而不死，亦是不足為外人道。斬三屍、拔九蟲，聖人語焉不詳，世人云云紛紛，如墜雲霧，不知所以然，貧道雲遊四方，竊以為是前生今世來生的情理欲。這三位道德宗麒麟真人，是我又不是我，我是他們則是確鑿無誤。他們很忙，貧道很閒，閒到雲遊北莽離陽三甲子，閒到了親眼所見三位娶親女子慢慢從妙齡到老嫗，閒到了跟四世呂祖都見過面。」

徐鳳年彷彿不知該說什麼，只好伸手去拿一只包子「壓壓驚」，不承想被繞膝嬉耍的稚童國師一掌拍掉，手背傳來一陣火辣辣的疼痛。

徐鳳年愕然，趕忙擺手，示意早已殺氣彌漫的徐偃兵仍是不要出手。

老道人敲了敲小麒麟真人的腦袋，彎腰拿起包子遞給世子殿下，「讀書看逐鹿，書中得幾分，逐鹿失幾分。問道對青山，道外無一事，青山有一事。貧道號四方道人，本名袁青山，修道已有三甲子，飛升在即，今日相見，確有一事相求。」

徐鳳年伸出左手接過包子，不見絲毫顫抖。

袁青山正色道：「貧道為道德宗某位不記名弟子，跟世子殿下求回一枚銅錢。」

徐鳳年握住包子，紋絲不動。

老道士笑咪咪道：「殿下嘗過了包子，再答覆不遲。」

徐鳳年猶豫片刻後，也學著老道人一口吞下包子，啪一聲將那枚銅錢拍在攤子上。

老道士撚起那枚銅錢，彈指一揮，銅錢如同遙遙遠飛千萬里。

他站起身，三位麒麟國師紛紛「融入」袁姓道人的身軀，邋遢老道離去之前留下了四句金玉良言。

「殿下多上武當山，有益無害。

徐龍象本是必死的命格，貧道飛升之前，會給他留下一線生機，但也僅是一線而已。

真武本是天上人，為何多事來世間？小覷將來位列仙班不輸真武的王仙芝，你會死的。

李玉斧散盡自身功德福祿助人飛升之後，他便斬盡雲間垂釣仙人，於是世上再無人可以飛升。人間人做人間事，妙不可言。貧道袁青山不如武當李玉斧多矣！」

◆

人去攤空，只留下徐鳳年跟那只沒了小籠包的竹屜，先前那位四方道人如同「一氣化三清」出來的三位麒麟真人，不論誰出現在面前，皆可算是北莽國師。

徐鳳年知道交出這枚銅錢意味著什麼，怔怔出神，滿腦子都是那四句話。

武當山是他徐鳳年的福地，毋庸置疑，若非老掌教王重樓的大黃庭，他也沒法子在後來走下那兩個江湖，而且如今有李玉斧坐鎮大蓮花峰，武當已有中興跡象。只是逍遙遊後，他告訴了李玉斧在出竅神遊裡見著的河畔稚童，這會兒李玉斧還沒有回山，也不知道他到底是否找著了那孩子。

在牯牛降大雪坪頂，軒轅敬城告誡過他不要讓黃蠻兒躋身天象境，以徐鳳年的心性，別說天象，他甚至都不敢讓黃蠻兒躋身指玄，所以就直接把話跟徐龍象說死了，不許進入那只跟天象一境之隔的指玄，至於麒麟真人所謂的一線生機，天機難測，徐鳳年也不知為何物。

至於關於自己，什麼陸地神仙，什麼王仙芝，徐鳳年反而想得不深。袁青山最後讖語是李玉斧會在助人飛升後，斬盡坐雲垂釣的仙人，為世間修行人關上天門，從此仙人是仙人，世間是世間，兩相厭也好、兩相歡也罷，也都各自遙不可及，徐鳳年對此就更不感興趣了，只要騎牛的轉世後，能夠趕在此之前成功飛升，那就沒有問題。家事國事天下事，既然是徐驍的嫡長子，既然姓了徐，三件事早就混淆不清了。別的藩王世子，世襲罔替就到頭，大不了就是由父輩的藩王降爵為郡王，可北涼以北，卻有北莽百萬控弦之士虎視眈眈。

徐偃兵輕聲說道：「如此近距離，若是袁青山有心要殺殿下，我未必能攔得住。」

徐鳳年笑道：「所以我才乾脆讓徐叔叔去買這屜包子，好讓麒麟真人知道誠意。」

徐偃兵有些遺憾，如果不是殿下在身邊需要護駕，被他遇上了陸地神仙無疑的北莽國師，不拿來試試手真是浪費了。

徐鳳年猛然站起身，臉上紫金兩色交替浮現，霞光熠熠，他苦澀笑道：「耽誤了不少工夫，麻煩徐叔叔送我一程去倒馬關。」

徐偃兵也察覺到世子殿下的異樣，笑了笑，拎住徐鳳年的衣領，輕喝一聲，就將他狠狠砸向倒馬關城頭。

倒馬關城頭陵州副將石遷高跟別駕李桂翁悄然相視，都從對方眼中瞧出了忐忑不安，如此一來，性情豪放的石遷高就越發焦躁，因為身邊李桂翁是出了名的陵州泥塑菩薩，極少流露出慌張情緒。

他們二人都是大將軍的心腹，石遷高當年在景河一役，幾近戰死，是被徐驍從死人堆裡扒出來的，守了他兩天一夜，竟然還真被石遷高從鬼門關還魂回到了陽間，他總說自己欠了大將軍一條命，後來身為鵰鴟營都統的次子石黎平戰死沙場，石遷高也從未有過半點悔恨。

李桂翁出自北涼本地豪橫門第，屬於豪閥「洛陽李」的一支，數百年來，不論是歌舞昇平還是兵荒馬亂，每年都會有家族子弟前往古城洛陽祭祖拜圖。徐驍就藩北涼後，李家第一個投靠徐家。李桂翁擅作辭令，為聽潮閣李義山所推崇，只不過當年李家做了樁弄巧成拙的蠢事，才跟那位北涼首席謀士斷了香火情。

石遷高跟李桂翁的著急情緒逐漸蔓延到了周顯、韓濤這邊，若真是出了意外狀況，牽連到這次北涼大閱，他們一個折衝副尉、一個雜號校尉，扛不下來這份天大罪責。石遷高如同熱鍋上的螞蟻，在城頭上轉彎打圈，右拳一下下砸在左手心上；李桂翁稍好一些，但也踮起腳尖，望向驛路遠處。

倒馬關頭號公子哥周自如丟了個眼神給老爹，周顯輕輕來到兒子身邊，周自如低聲詢問是否需要派遣遊騎去探查情況，結果挨了老爹一記怒目相視，周自如很快回過味，這類祕密軍情，哪裡輪得到他們倒馬關去自作多情地瞎摻和。官場嘛，不做便無功，可撐死了就是不升官，但如果是多做多錯，那可就要丟官帽子了。

城頭劇烈晃動了一下，李桂翁一個踉蹌，差點跌倒，揉了揉眼睛，好像先前看到一物撞上了城頭。攻城車拋來的巨石？石遷高快步走到城牆邊上，探出腦袋一看，瞪大眼睛。

一個人「嵌入」了城牆，而且這傢伙似乎還活著！

掉在坑裡的徐鳳年長長吐出一口紫金霧氣，舒服多了，離開牆上窟窿，一手抓在壁上，輕輕飄到城頭。周顯、韓濤兩位如臨大敵，迅猛抽刀，就要擒拿下這名來歷不明的刺客，城牆下邊的精銳甲士也紛紛擁上城頭。

不料品秩最高的石遷高跟李桂翁都立即跪下，口呼「參見世子殿下」，尤其是別駕大人的打袖功夫很見功底，既不耽誤行雲流水的觀感，又有一種小心翼翼的恭敬做派，文官要想當到這個境界，沒有五品以上，萬萬不會有這等火候。

周顯、韓濤自是拍馬不及，不過聽到「世子殿下」四個字後，嚇得腳軟，順勢就跪拜下去，自報官職，嘶聲竭力，把吃奶的勁頭都搬出來，兩位存心比試誰吼得更洪亮一點。

李桂翁耳邊就跟炸雷一般，讓這位幽州別駕哭笑不得。

徐鳳年笑著讓眾人起身，看到了周自如，當初他戴著面皮出入倒馬關，這位周大公子當然認不出自己，趙右松跟小胖墩兩個孩子之所以能夠「認出」，那都是迷迷糊糊靠著他的佩刀和嗓音。

徐鳳年跟石遷高和李桂翁客套寒暄了幾句，走下城頭的時候，周顯有意壯著膽子讓兒子跟在身邊，想著在世子殿下眼前盡量湊近了混個熟臉，也不指望能跟殿下搭腔，有個馬虎的印象就知足，不承想世子殿下轉過頭，開了金口：「周自如，本世子去年進出北莽，就是從倒馬關這兒路過，知曉你帶兵不錯，回頭本世子跟皇甫枰說一聲，讓你給他當親衛，意下如何？」

周自如在魚龍幫那邊是高高在上的將種子孫，可惡人自有惡人磨，在世子殿下這條北涼惡龍這裡，蝦兵蟹將都算不上，驚呆得沒了往日的圓滑，好在折衝副尉周顯久經宦海沉浮，還有些定力，趕忙拉著兒子下跪謝恩。

天底下誰不知道北涼有個扛旄黨派，日後成就往往十分顯赫，大將軍義子齊當國、青州首富王林泉，都曾是北涼鐵騎的扛旗卒。給大人物擔當貼身親衛，就有異曲同工之妙，皇甫枰如今在幽州如日中天，只要周自如成了幽州將軍的心腹，周顯哪裡還會擔心兒子不能光耀門楣。

徐鳳年讓周自如跟上前同行，周自如走得如履薄冰，徐鳳年笑問道：「倒馬關有沒有一個叫魚龍幫的陵州幫派經常過境？」

周自如心一緊，憑著出眾記憶和那份不可與人說的額外關注，點頭沉聲道：「啟稟殿下，如果卑職沒有記錯，魚龍幫有過六次過境紀錄在案，最後一次出關是小雪時分，入關則是在小寒後兩天。」

徐鳳年「嗯」了一聲，不置可否。這讓周自如提心吊膽，莫不是這魚龍幫跟北莽諜子有沾染？上次在自家陰溝裡都能憋屈翻船後，之後看在魚龍幫會做人的分上，許多昂貴貨物進出，倒馬關在他周自如授意下，都睜一隻眼、閉一隻眼。這個世道訊息阻塞，就算是一些五百里加急軍情的驛路傳遞都有可能石沉大海，就更別說其他一些小道消息了。

徐鳳年在陵州龍睛郡跟懷化大將軍鍾洪武澈底撕破臉皮，事情太大，路人皆知，只是地點在無名小卒的魚龍幫，幽州就沒幾個人清楚了。主要是接任幫主的劉妮蓉在這之後從未扯出世子殿下的大旗，龍睛郡當地也沒誰敢拿這件事嚼舌頭，以往嘲諷世子殿下幾句不打緊，可如今連鍾老將軍都給收拾得淒慘無比，誰還敢拿自己的小命開玩笑。

好在世子殿下沒有讓周家父子戰戰兢兢太久，出關之前對兩位倒馬關地頭蛇說道：「本世子在魚龍幫有個朋友，以後就要周副尉和韓大人多關照了。」

將來萬金之軀尊貴到只比京城坐龍椅那位差上一籌的殿下都發話了，周顯跟韓濤自然是口口聲聲「萬死不辭」。

幽州副將石遷高要隨行關外，別駕李桂翁則不用，當聽到殿下說要贈送自己一幅出自南唐君主手筆的珍貴花卉圖後，李大人笑得合不攏嘴。那幅花卉圖很值錢不假，可從殿下手上交到自己手上，李桂翁在幽州官場也就有莫大底氣了。

殿下在提及贈畫時順嘴說起了胭脂郡太守洪山東，說聽到此人官聲不錯。李桂翁望著三騎遠去，撚鬚沉吟。別駕大人對這個洪山東談不上器重或是不順眼，此人是涼州刺史的得意門生，本身又是一郡長官，他李桂翁想管也管不著，不過既然入了殿下的眼，那他不介意做些錦上添花的勾當。

洪山東一直有意擔當幽州典學從事，以便從地方上轉入幽州官場的中樞，只是這些年一直被幽州刺史攔著，壓在太守位置上不得動彈。李桂翁雖說是刺史的輔佐官員，卻畢竟是「小刺史」之稱的別駕，不是那附庸，李桂翁跟幾位品秩相當的幽州要員關係不俗，真要鐵了心為洪山東鼓吹造勢，連袂提拔洪山東，並非沒有可能。得罪幽州刺史，討好世子殿下，孰輕孰重，本就是徐家這座山頭裡一棵鐵杆莊稼的李桂翁還用多想？

◆

關內，一位小娘被孩子拖曳著往倒馬關關隘快步走去，眉清目秀的孩子猶自念叨不停，「娘親，咱們再不走快些，徐公子可就要出關了。」

在胭脂婆娘中也算極為出彩的小娘抿了抿嘴唇，「嗯」了一聲，告訴自己只是想著與那公子說一聲，欠他的兩百兩銀子，多半能夠還他更快一些了——只要答應下金縷織造局派下的活計，成為一名紡織娘。

可是鄉里鄉親都說陵州那邊富裕是富裕，可紈褲子弟也多，大大小小的多如牛毛，尤其是咱們北涼的世子殿下最是好色，當下正在陵州那邊當什麼陵州將軍，若是萬一被任意其中一個看上了，她一個背井離鄉無依無靠的女子，該如何是好？死？右松怎麼辦？她也不知道那個從未聽說過的金縷織造局怎就相中了她的手藝，說是要讓她去編織制衣，若非那名織造局官員年邁而面善，寡居多年的小娘許清當面就給拒絕了。

富貴對她一名鄉野女子而言，哪裡比得上母子安穩？

娘兒兩人最終還是沒能在冷清的城門口看見那徐公子的身影，趙右松一臉遺憾，蹲在地上生悶氣，也不知是怪娘親走得慢了，還是自責腳力不好，早知道就該自個兒跑來的。

小娘彎腰摸了摸孩子的腦袋，歉意柔聲道：「右松，是娘親不好。」

孩子生過了悶氣，卻也不忍心讓娘親愧疚，揚起一張燦爛笑臉。

許清輕聲道：「娘想好了，再過些日子，就去陵州的織造局，好早些還上那位公子的銀兩。娘會請人照看莊稼地，你安心在學塾裡讀書識字。」

趙右松苦著臉，不知道該說什麼，想說他不願意娘親離開，可是他比誰都知道娘親吃定了主意的事情，怎麼勸都沒用的，這些年那麼多婆婆嬸姨來勸娘親改嫁，可都不見娘親點頭。其實他很想鼓起勇氣跟娘親說一句，如果遇上喜歡的人家，那就嫁了唄，他其實不介意的，只要娘親開心就好。

趙右松站起身，望向城頭，喃喃自語：「娘親，妳說徐公子去關外做什麼？」

許清搖了搖頭，沒有說話。

◆

簡簡單單三騎出關，沒有任何鐵騎護衛。不過石遷高沒有任何擔心，有大將軍的扈從徐偃兵在身側，而且此行去葫蘆口，沿途遊騎斥候無數，相信出不了紕漏。何況都說殿下是宰了北院大王和柔然鐵騎共主的高手，誰敢來這裡造次？

徐鳳年不知為何停下馬，勒馬轉頭南望，倒馬關在視野中只是一個黑點。徐鳳年抬起頭，深呼吸一口氣，閉上眼睛。初春陽光和煦，無風也無雪，天地間安靜祥和。

他在去北莽前跟徐驍在清涼山頂對飲，藉著酒意沒大沒小跟徐驍說了句：老了就老了，可別偷偷摸摸死了。

當時徐驍滿口答應，說他還沒抱上孫子，可捨不得死，還吹牛皮不打草稿說他不想死，閻王爺也沒膽子來收下他徐驍的命。

只是徐鳳年比誰都更能親眼看到徐驍日復一日越發嚴重的老態，老到父子二人一起登山時，都需要停停歇歇。

為人父之前，大多數年輕人很難想像自己的父親會老，會那麼老。

徐鳳年睜開眼睛，繼續策馬北行，畢竟前頭有北涼近十萬參與大閱的鐵騎在等他一人。

有句話，徐鳳年一直沒有跟誰說過，徐驍也不例外。

如果有一天北涼為北莽馬蹄踏破，那他徐鳳年一定已經戰死在邊境了。

要死也要死在徐驍的墳墓以北。

第二章　新涼王校場閱兵　老涼王壽終正寢

一輛簡陋馬車悠悠然南下，先把瓦築軍鎮之外的君子館、茂隆、離谷三座軍鎮都逛了一遍。南朝邊境在去年硝煙四起，北涼鐵騎一路碾壓，勢如破竹，事後卻出人意料並未占據軍鎮，以便把邊境線往北推移，以此抗拒北莽，而是把財物和匠人劫掠一空，揚長而去，甚至連邊境上蛛網一般的驛路都「懶得」破壞，顯然半點都不怕北莽一氣之下順暢地舉兵壓境。

馬車逛過了三鎮，所見皆滿目瘡痍，人心惶惶。馬車的主人偶爾掀起簾子，面無表情，然後就橫折東去，趕往龍腰州跟幽州交界處的留下城。

城牧陶潛稚在去年清明節上墳時暴斃，已經換了一位耶律姓氏的城牧。馬車沒有入城，徑直南下，臨近涼莽邊關，馬車主人似乎心情不錯，坐在馬夫身後，靠著厚重的棉布簾子，拎了一壺自製糯米漿酒，她喝了幾大口，唱了一支熟稔至極的高腔信天遊。

大漠黃沙宏闊萬里，馬車略顯孤苦伶仃，蒼老婦人的曲調不見半分婆姨婉轉低吟，反而蕩氣迴腸。車夫是個貌不驚人的矮壯男子，只是握鞭長臂如猿猴，讓他的身材給人一種荒謬感覺。

中年漢子不苟言笑，期間老嫗拎著酒壺碰了碰他的後背，漢子沒有轉身，只是搖了搖頭，示意他不喝酒。對於他的不識趣，老婦人也不惱火，唱完了調子，仰頭灌了一口濃郁的糯米漿酒，盡顯氣概豪邁。只是江湖女俠如此作態，能讓旁人喝彩叫好，一個白髮蒼蒼的老嫗這般不拘禮儀，可沒誰瞧在眼裡會覺得賞心悅目。

老婦人約莫是知曉馬夫的清淡性子，不奢望他能搭腔，遙望天高雲淡，自顧自說道：「你們男子有錢有權了，都喜好金屋藏嬌，我呢，癖好豢養文豪英雄，養士的本事，比起趙家老皇帝只強不弱。文，先有北院大王徐淮南，後有帝師太平令，還有南邊滿朝的遺老名士；武，有楊元贊、劉珪在內的十二位大將軍，無一不是戰功顯赫，盡在我手啊。

六次敵對雙方舉國之力的戰事，輸二在先，勝四在後，如果不是去年被北涼徐瘸子打了一個措手不及，離陽朝野上下誰不畏懼北莽鐵蹄？不過也好，北涼騎軍這麼一鬧，離陽便小覷了咱們北莽，太安城那邊很快就奪了顧劍棠那小子的兵部尚書，碧眼兒將賦稅傾斜北邊的舉措，終於開始受到浮上檯面的重重阻礙，京城中樞人心不齊，是好事。

我看啊，新任兵部尚書的小人屠，之所以對此不聞不問，甚至有意無意彈壓顧廬武將，任由朝廷上文臣刁難碧眼兒，未必沒有樂得看到北方邊境戰事四起的深沉心機，好讓他一戰定春秋還不夠，再戰就是定天下了。

這樣的雄心壯志，說難聽點就是狼子野心，白衣兵仙的心思和胃口，實在是比他義父要大得太多了。不愧是被罵作『狼顧之相』的年輕人，要是他在咱們北莽，有一個野心勃勃的董胖子我就已經很頭疼了，加上一個他，如何安置你們三人，我還不得愁死啊。

對了，跟太平令同出棋劍樂府的洪敬岩，心眼也不小，只不過他跟董卓之間註定只能有一個在南朝冒頭，我已經賞了他柔玄、老槐、武川三鎮所有的柔然鐵騎，跟董卓如今手握的兵力差得不多，如果這還輸了，也只能怪他只有當江湖高手的福分，沒有逐鹿天下的黃紫命格。不過說心裡話，董胖子為人處世都還算討喜，『有眼無珠』的洪敬岩一看就讓人生厭。拓跋，你肯定比我晚死很久，如果姓洪的真敢勾結宗室，想當幕後皇帝，到時候不管你是否退隱，都殺了他。」

漢子平淡說道：「董卓也能幹出這種謀逆勾當。」

老嫗哈哈笑道：「這倒無妨，誰讓我打心眼裡喜歡這死胖子。自我登基稱帝以後，吃了熊心豹膽敢稱呼我『皇帝姐姐』的，就他一人而已，死皮賴臉得可愛。況且董卓心眼多是多，滿肚子壞水，但最不濟還有他的底線，底線低些，但終究有底線，這樣的人，其實不可怕。怕最怕那些底線飄忽不定的傢伙，大將軍種神通，加上慕容寶鼎，就都是這類奸詐貨色，你一輩子都不知道他們會帶給你怎樣的『驚喜』，做出怎樣噁心人的事。把北莽交到董胖子手裡，慕容、耶律兩姓，不怕斷絕。」

被僅僅稱呼姓氏的漢子又沉默起來。老婦人喝完了確是她親手釀造的壺中糯米漿酒，捧在懷裡，感慨道：「年輕時流離失所，去了一趟離陽兩遼，見到了當時還沒瘸的徐老瘸子，那會兒也沒一見鍾情要死要活，只是覺得這男子有趣，後來徐驍走出遼東，一步步登頂，我總是不信他能做出來的壯舉。

後來處理朝政的閒暇，經常納悶他怎就能出人頭地，長久以往，當年明明已經放下了，很多年後反而又拿起了，有些不甘心。不過這種兒女情長，也就只能想想而已，要我回頭再選，當初還是會選擇回到北莽。真要為了一個男子整輩子柴米油鹽家長里短，我會無聊到想殺人的。

西壘壁一戰過後，我甚至寫信給徐驍，勸他順應大勢自立為帝，我在北莽好與他遙相呼應，承諾將來我南下，他北上，像當年在錦州初見，他分那張大餅一樣，一人一半，一起瓜分了離陽，南北而治。只是他不肯，當然，真的到了那一天，我也會反悔，哪裡能真的共治天下？女子小人難養也，我女子小人都算，所以這個天下，誰能養得起？他是徐驍也一樣，我養他還差不多！」

老婦人嘆息一聲，「三軍輕生，才可戡亂，平定時局，你跟那些大將軍做得都不錯。百姓重生，方能不亂，才沒有揭竿而起的念頭，南朝那幫春秋遺老做得也還行。只可惜大勢仍舊不在北莽，時不我待，不得不只爭朝夕。

別看北莽贏了四場大仗，可離陽從來就只有傷筋，遠未動骨。有碧眼兒謀劃全域，跟顧劍棠聯手打造邊境東線，越往後，北莽的優勢就越小，等到離陽徹底吃掉春秋，養足了氣力，就該往死裡狠揍咱們這個鄰居了。

因此在我死前，不管結局如何，趁著太平令復出，都要打上一架。至於是跟離陽還是跟北涼，我現在還猶豫不決。兩者利弊參半，赫連武威、黃宋濮幾個老傢伙，都執意要先打離陽，還舉例說當年趙家老皇帝就是聽了元本溪的話，不惜滿口鮮血也要先咬下西楚，再去吃掉南唐、西蜀就水到渠成輕而易舉了。

太平令和董卓在內一大批青壯將軍卻堅持先打下北涼，然後一鼓作氣吞併西蜀、南詔，形成東西對峙的格局，這才穩妥。只是有了陳芝豹就藩西蜀的苗頭後，南北兩朝，結果就只剩下太平令跟董胖子仍舊堅持己見，很多人都覺得既要面對徐驍的三十萬鐵騎，又有陳芝豹鎮守西蜀，還不如先去只有顧劍棠一人的東線撈取便宜。

我呢，論起後宮爭寵的手腕，太安城裡的趙稚都得學我，但對於牽繫王朝生死的大事，說出來可笑至極，其實往往都只是憑藉女子的直覺。當年在錦州，徐瘸子說他只要遇上難以抉擇的頭疼事，有個輕鬆的法子——拋銅錢猜正反，聽老天爺的，該咋咋的。我難道也要拋個銅錢？拓跋，你這會兒身上有嗎？」

中年漢子大概是覺得荒誕，這次連搖頭都省了，身板紋絲不動。

在他面前沒有自稱「朕」或者是「寡人」的老嫗自嘲一笑，「你這質樸性子，怎就在黃河邊上大動肝火，打殺了咱們麒麟真人？」

漢子冷笑道：「裝神弄鬼。如果不是急於去北境冰原，什麼一氣化三清，除去國師袁青山本人，都宰了，陛下才省心。」

老嫗一笑置之，摟了摟身上那件好不容易讓人從箱底翻出的老舊裘子，輕聲說道：「朝廷應該如何跟江湖打交道，離陽是跟咱們北莽學的。當初讓徐驍馬踏江湖，吃力不討好，朝廷、江湖，和那個背黑鍋背罵名背習慣了的徐驍，就沒有一個得了好。一個手操權柄的皇帝，親自去跟武人較勁，既掉價兒，也壞了口碑。不如讓江湖人爭著搶著給自己賣命，才是上乘手段。不過，扶持出了幾個江湖門閥，也要留心不要讓其形成尾大不掉之勢，一個人才輩出的門閥，無異於自家後院的武器庫，假使被矛頭對準自己後背，更是遭罪。」

馬夫皺眉道：「那在北莽江湖執牛耳者的道德宗跟棋劍樂府？」

老婦輕描淡寫道：「一個拚了命求那長生，一個拚了命摻和俗世，都有軟肋，興不起風浪，給你拓跋菩薩兩萬兵馬，還擺不平？」

漢子點了點頭。

老婦人晃了晃酒壺，「那婆娘跟慕容寶鼎藏在朱魍裡頭的私生子，如果不是這次在離陽遭了大劫，被打回原形，我差些被李密弼給蒙混過去，不過這老兒也有他的難處，我這回就不跟他計較了。怪不得以前刮地三尺也尋不著，原來就躲在我的眼皮子底下。一截柳，好一個一截柳，真是插柳就成蔭，有斬草難除根的本領。」

漢子對於這樁涉及皇室宗親的醜聞祕事，自是更加不會去評頭論足，他拓跋菩薩這一生，也就只對習武帶兵兩事動心，美人也好，官品也罷，都是可有可無的身外物。

北莽女帝看了眼天色，輕聲笑道：「以前趙家恨不得徐家那孩子早死早超生，等到他沒能夭折，而且認定了那小子跟徐瘸子是相同的一根筋，不會叛投北莽，如今倒是樂意擠出笑臉，等著看北涼三十萬鐵騎拚殺得一個不剩的大笑話，反正他們趙家怎麼都是賺的。假若這孩子奸猾一點，流露出一點點你離陽逼急了我就敢叛逃北莽的異心，也就不至於如此辛酸勞苦了。

不過話說回來，如果這孩子是這樣『聰明』的北涼王，北莽也就沒什麼威脅了，陳芝豹多半也不會離開北涼。有沒有下一任北涼王在西線撐著，會關係到他陳芝豹能否一戰定天下，否則趙家最擅長卸磨殺驢，他再被當今離陽天子器重，也只能老老實實當個手中不過三、四萬精兵的養老蜀王了。被君王不得不倚重，卻不為君王信賴，不是幸事，只會是滔天禍事。這個趙家天子，什麼都好，就是肚量太小，還不如我這麼個婦人，死心眼的徐瘸子攤上這麼個新主，活該他倒楣。」

北莽軍神拓跋菩薩言談無忌，平靜道：「換成我是徐驍，當初白衣案後，也就順水推舟反了。」

依稀可見當年風華的北莽女帝微笑道：「所以你永遠成為不了能讓我、吳素、趙稚三名女子都念念不忘的男子。一個男人，偶爾的孩子氣，滿身的殺氣，看似讓人敬服的仙佛氣，實則都是錦上添花的玩意兒，唯有兄弟義氣和人情味，才是雪中送炭的東西。一個男人連起碼的情誼都不講，我們這些女子，連正眼都不看一下。這個世道，從來不缺聰明人，自己不願意活得輕鬆的傻子才少。徐驍是人屠，是北涼王，也是個傻子。可惜啊，這個一直傻呵呵笑看江山的老傻子，見過了你我後，就要老死了。」

◆

葫蘆口廣袤無邊，臨時搭建起了一座雄偉非凡的校武臺，與校武臺相距三里路的東西方向又各有一座閱兵樓，分別讓於北涼功勳老將跟文官士子，一文一武，形成廟堂大殿佐輔之勢。其中文樓六層，高出武樓一層，這讓此時陸續登文樓的讀書人心底都有些與有榮焉，樓內北涼文臣不乏品秩超群的封疆大吏，除了陵州新任刺史徐北枳外，幽涼兩州刺史都已登上頂樓，跟隨經略使李功德一同憑欄遠眺，但離李功德最近的卻不是涼州刺史胡魁，也不是幽州刺史王培芳，而是兩張新鮮面孔——上陰學宮王祭酒和原本應該去京城御史臺就職的黃裳，高冠博帶，邊塞風沙撲樓之際，衣袖飄搖，襯托得兩位老人清逸如仙。

胡魁按律在北涼道要比陵州刺史高出半階，他相比樓中老人可謂正值壯年，早年是北涼軍列炬騎軍統領，其中大馬營以滿營皆是精銳遊弩手著稱於世，在北涼軍中戰功顯赫。胡魁當年不知何事，原本按部就班便有望在五年內將涼州將軍收入囊中，在八年前，竟擅自領三百輕騎突入龍腰州腹地，斬殺北莽蟄卜軍鎮一千兩百餘北莽鐵騎，事後丟了官職，這才讓接手列炬騎的陳芝豹有了那撥天下第一等的百戰斥候，力壓北莽董卓的烏鴉欄子一頭。

不過胡魁丟官之後，眾叛親離，竟是乾脆棄武從文，從涼州文官皂吏做起，短短七年時間，竟然又給他當上了刺史，被北涼官場私下笑稱為被人尿了好幾泡的死灰都能復燃，沒天理了。

幽州刺史王培芳則是純粹的士子出身，跟有過二十年戎馬生涯的胡魁一向不對付，幾乎每年往清涼山覲見北涼王，千篇一律都是訴苦：胡魁這老兵痞是如何目無法紀，如何放縱部下大肆欺侮他幽州官員。跟性子乖張的胡魁獨自站在頂樓最右邊不同，王培芳既然近不了經略使大人與兩位清譽滿朝野的老者，就跟一些聲名在外的學宮稷下先生客套寒暄，說些去國懷鄉的撫慰言語，聊一聊當下文壇最膾炙人口的遊仙懷古詩作，其樂融融。

胡魁身穿正三品第一階的華美公服，這位涼州刺史沒辜負他爹娘給他取的名字，身材魁梧，在北地男兒當中也要高出小半個腦袋。頂樓多文臣書生，尤其是士子赴涼，大多身形清瘦，越發襯托得胡魁鶴立雞群高人一等。

胡魁登樓以後，跟誰都沒有打招呼，站在欄杆邊上，舉目遠望。黃沙滾滾，北涼一支支虎賁之師臨河列陣，胡魁眼神恍惚，若不是當年那樁禍事，他自己也該身處其中，甚至是有資格站在那裡閱兵校武！

胡魁移了移視線，望向校武臺，一隻手握住欄杆，在北涼文官中已是一人之下、萬人之上的涼州刺史輕嘆一聲。一名被上陰學宮王大先生親自引薦到李功德面前「混臉熟」的年輕書生，姓郁名鸞刀，便是跟經略使大人言談也不卑不亢，性子略顯疏淡，讓頂樓靠後位置的兩地士子都腹誹其不知輕重，委實是太過恃才傲物。

郁鸞刀繫玉帶、佩長刀，面如冠玉，丰姿卓絕。

文樓在無數馬蹄踩踏之下給人在搖晃的感覺，許多外地士子看到北涼鐵騎的森寒軍容，都面無血色。郁鸞刀始終神情自若，趁著黃裳在跟經略使磋商可否容許創建書院以及士子結社兩事，郁鸞刀默默走到胡魁身邊，也未出聲。

兩人並肩遠眺沙場，良久無言，出人意料，竟然是位居高位的胡魁率先開口，平淡說道：「你就是那殷陽郁氏的嫡長孫吧，在上陰學宮求學第一日便一鳴驚人，接連破解了黃三甲留下的『九問』裡的天地六問，宋家二夫子曾作月旦評，也評點你郁鸞刀『言中帶禪，語可解饞。入朝可平步青雲，在野可繼承文脈』，便是咱們那雄才無雙的二郡主，也對你的詩文頗為推崇。只是我胡魁之所以注意你，無他，因為你曾作〈涼州大馬歌〉四十八字祭奠大馬營，我替兩百六十名死去的兄弟謝你一句。」

胡魁一手負後，一手拍欄杆，輕聲道：「『青青黃黃，柙殺野羊。涼州大馬，死在他鄉』。好，真是好，便是我這等粗野武夫讀起來，也不拗口。僅憑這兩句，哪怕你郁鸞刀開口要跟我要一個四品官，明天就要上任，我也會心甘情願許了。馬踏青草黃沙，策馬殺羊吃肉，回首仍不見故鄉。這些淺顯東西，可能很多文人都寫得出來，只是他們不願寫而已。」

郁鸞刀，殷陽郁氏長房長孫，周歲抓週時，一手抓了一部《春秋》，一手扯住了一柄世代珍藏的絕世名刀「大鸞」，四歲作詩，名動天下，十四歲便獨身負笈佩刀求學上陰學宮，舉世側目。他也是此次士子赴涼中最讓離陽朝廷心疼並且惱火的一位年輕俊彥，為此郁氏被趙家天子遷怒，在廣陵道上被打壓得十分淒慘。

郁鸞刀低頭看刀，然後抬頭望向遠方，滿臉溫醇笑意，眼神卻堅毅，「胡將軍，我這趟來北涼可不是跟你求官來的，只是想親眼見一見世子殿下，便此生無憾了。我看不慣驕縱枉法的豪族豪閥，看不慣裝模作樣的國子監，看不慣兔死狗烹的朝廷，唯獨看殿下順眼。我也想親口問一問殿下，若是有朝一日，北涼敵不過北莽百萬鐵騎，他徐鳳年敢不敢戰死沙場，敢不敢真的為中原鎮守西北大門，若是徐鳳年肯點頭，那將來的死人堆裡，就多我一個郁鸞刀！我輩書生，太平盛世求功名，亂世讀書，以死為百姓換太平而已！」

胡魁平靜道：「怕只怕你們讀書人眼高手低，紙上，談得一手好兵，紙下，就是草包一個。」

郁鸞刀聽了涼州刺史這番很煞風景的言辭，反而哈哈笑道：「我也怕這個啊，所以閱兵校武過後，便要去投軍，做一名卒子，是騾子、是馬拉出來遛一遛便知。只是一路行來，見多了不似江南女子婉約的北地佳人，高大頎長，性格豪邁，很對胃口，死前總要娶個這般高挑的媳婦才不負此生，不負北涼行。郁鸞刀在這兒沒有什麼長輩，跟女子家裡投帖時還望胡大人代勞。」

胡魁不置可否，說了句更加不吉利的話：「我胡魁沒有別的大本事，就是收得一手好屍。你郁鸞刀要是哪天死了，我替你收屍便是。」

頂樓許多士子都在樓內站著，沒資格來到廊道憑欄而站，見這位郁氏長孫既能到經略使大人那邊湊熱鬧，還能跟涼州刺史胡魁「相談甚歡」，都眼紅得緊，聽著郁鸞刀的笑聲，有些刺耳，他們哪裡想得到這位名門子弟來北涼是一心求死來了。

雪花稀稀疏疏落下，有漸長趨勢，北涼苦寒，只要下了雪，就澈底剎不住了，註定就是一場不眠不休的鵝毛大雪。

郁鸞刀伸出一隻手，去接住雪花。他的五指白皙修長，想來若是他在富饒的廣陵道，不論撫琴捧書，還是棋枰落子，都很能讓女子心儀。

胡魁嗅了嗅，還有半個時辰，就該校武大閱了。他本就是一等一遊弩手出身，有許多匪夷所思的駁雜技藝傍身，其中就有聞氣斷時的本事，比起憑藉經驗觀測天色來判定時辰還來得精準，至於脫胎於道教山澤通氣的道理，攜帶蓬艾挖坑燃燒，以此望氣打井找水，更是北涼軍必須精通的旁門功夫。徐家鐵騎在春秋初定時，之所以讓趙室忌憚得寢食難安，確實不是沒有理由，徐驍麾下不但猛將如雲，精於旁門左道的「散仙」匠人，一樣讓離陽其餘幾位大將軍難以望其項背。

胡魁突然伸手指向校武臺，意氣風發，笑著說道：「郁鸞刀，半個時辰以後，不妨睜大眼睛看一看，那兒會有誰！你便知道北涼三十萬鐵騎，是否扛得住北莽百萬鐵騎！」

◆

西邊的武樓，低了文樓一層，這讓一大幫子被離陽朝廷罵作「北涼老匹夫」的年邁武人，都不約而同聚在一起跳腳罵娘，都說肯定是他娘的世子殿下的餿主意，否則大將軍才不至於如此打他們這些部下的老臉！

北涼山頭林立，除了燕文鸞和鍾洪武這兩個老軍頭，再就是雖說陳芝豹一系青壯將領去得七七八八，離開北涼到了西蜀，但往上一輩的功勳老將，許多跟陳芝豹關係不淺，大多有雜號將軍在頭上頂著，只是拖家帶口，也不至於老來生事，跑去人生地不熟的西蜀再起爐灶，選擇留在北涼。

除了這三座山頭，還有大將軍義子一脈，以及諸多從騎軍、步軍副統帥退下來的老將，這些老將軍，比起受封雜號將軍的那一撥，自然不可同日而語，在北涼軍中仍是枝繁葉茂，根基深重。武樓原本也該是像文樓那般按資排輩，位高者站高樓，只是今天卻有些反常，緣於一個駕牛車出關的林姓獨臂老頭兒不願登樓，許多跟林老頭有生死之交的同齡傢伙也就懶得去樓上顯擺威風，圍在蓮子營第一任統領的林鬥房身邊。

別看林鬥房跟隨徐家到了北涼後就辭官歸隱，當了小二十年寂寂無名的田舍翁，只是誰不知道林鬥房跟大將軍那真是過命的交情，何況差點就成了親家，加上當初老卒恭送世子入京，林鬥房也出現在涼州城外，那會兒牛車老人跟上任幽州將軍「錦鷓鴣」周康，以及手握大半白羽騎的統帥袁南亭也都身在其中。

林鬥房當年在徐家軍的人緣本來就好，不當官以後，沒了官場上難免傷和氣的傾軋爭鬥，此次「出山」，就顯得更好了，哪怕是當年一些不熟的老將，也都樂得來絮叨幾句，連從步軍副統領這個高位退下來的劉元季，以及去年才騰出屁股底下那個騎軍副統領位置的尉鐵山，都不例外。

這麼一幫戰功顯赫的老傢伙，有資歷、有功勳、有家底，說起話來尤為口無遮攔，比起文樓那邊的文縐縐酸氣沖天根本是一個天、一個地。劉元季這會兒就在破口大罵那世子殿下好生不懂事，武樓高五層也就罷了，竟是比文樓還要低一樓，這不是有意讓他們這撥為北涼打下江山的老傢伙難堪嗎？

劉元季退位有些年數，又是個出名的急躁性子大老粗，聽著他罵罵咧咧，周圍無一例外都佩有一柄柄老舊涼刀的老人都會心而笑，才離開北涼軍不到一年的尉鐵山就要含蓄許多，甚至沒有搭腔。

劉元季一旦捲袖子罵人，那就是鄉野潑婦都要退避三舍，尤其是喝酒之後，當年都敢噴大將軍徐驍滿臉唾沫星子，當然少不了被大將軍氣得拿鞭子抽，抽完了就丟到軍帳外頭喝西北風，當時還跟老邁不搭邊的老將軍也是一根筋，被大將軍丟到了外頭，別人拉他回帳子休息還不肯了，坐在地上繼續罵，罵累了就倒地大睡，那叫一個鼾聲如雷，用劉元季的話說就是俺也不跟大將軍嘔氣，也不敢，就用鼾聲吵得你大將軍一夜睡不好覺！

劉元季罵了世子殿下足足一炷香工夫還不解氣，正想要拿殿下在龍睛郡欺辱懷化大將軍鍾洪武說事，眼角餘光瞅見尉鐵山在給他撇嘴使眼色，正納悶的時候，就狠狠挨了一拳。

劉元季給打懵了，轉過頭，又是當面一拳，頓時鼻青臉腫。

劉元季終於看到是林老頭這老王八出的陰招，頓時氣不打一處來，馬上就還了林鬥房腦袋上一拳，怒罵道：「姓林的，老子想揍你不是一天、兩天了，當年是怎麼跟俺老劉說的？口口聲聲要跟我一起殺北蠻子，咱倆同年同月同日生，分不出大小，就說誰殺蠻子多誰做大哥，你他娘的到了北涼就當縮頭老王八了！還有，當年你跟南唐公主打算私奔，是誰給你把風的？咋的，我罵幾句那不懂事的世子殿下，礙著你林鬥房了？關你卵事！你一個膽小鬼，躲在不知道什麼地方，二十年沒摸過刀了吧，你憑什麼跟老子稱兄道弟！」

兩個老傢伙馬上被身邊各自老人拉開，趁著劉元季罵人這個空當，被往後綁著拉去的林鬥房又踹了劉元季好幾腳，怒氣衝衝道：「劉三兒，你跟我那些事就是糊塗帳，欠你的，老子下輩子給你當牛做馬，皺下眼皮子老子就是你孫子，你狗日的別扯上咱們世子殿下！

好，你罵殿下，那我倒要問問你，當年你那麼多次被大將軍抽鞭子丟到外頭，是哪個孩子偷偷摸摸給你拿好酒喝，是誰聽你講那些翻來倒去的狗屁故事一聽就是一整晚？當年是誰親口跟我林鬥房說大將軍生了個好兒子，還說以後有幾個女兒都一口氣嫁給那小子當媳婦？

劉三兒，好你個劉三兒！當上了步軍副統領，就覺著了不得了是吧？別以為我不知道你那兒子，侵占好幾座官家鹽場，何止日入斗金，別說鹽戶，連官府甲士都敢殺！你劉三兒厲害啊，生了三個比殿下還厲害的兒子，殿下也不過是在青州殺靖安王趙衡的騎將，殺北莽的提兵山第五貉，從不敢殺北涼百姓！劉三兒，你信不信我這就去跟大將軍要個官，什麼都不幹，就專門殺你那幾個喊我義父的王八蛋崽子？」

被一口一個「劉三兒」叫喚的老將軍愣了愣，隨即怒髮衝冠，瞪目罵道：「放你的狗屁！姓林的，你給俺說清楚，誰殺鹽戶甲兵了？我兒子做不出這等傷天害理的事！」

林鬥房不知哪裡來的氣力，掙脫開尉鐵山等數位老人的拉扯，又給了劉元季面門一拳，「全北涼都知道，就只剩下你個老眼昏花的傻缺不知道！」

武樓底層內，瞬間寂靜無聲。

劉元季環視四周，尉鐵山仍是平靜無言，許多老人都躲避這位「劉老三」的眼光，劉副帥終於嘴唇顫抖不止，揮了揮手臂，不要人「攙扶」，一屁股頹然坐地，大口喘氣。

林鬥房猶自氣不過，就要踏步上前給上劉元季一腳，好在尉鐵山趕忙死死抱住，這才好不容易攔下了一手打造出蓮子營的老人。

樓內這等光景，實在是能讓外人目瞪口呆。

林鬥房深呼吸一口氣，拍了拍尉鐵山的手背，後者緩緩鬆開手，林鬥房坐在劉元季身前，相對而坐，轉頭望向樓外飛雪連天，輕聲感慨道：「劉三兒，還有老尉，咱們這些半截身子入土的老傢伙，總念叨著是自己幫著大將軍打天下、守江山，我知道，你們也不是一味老馬戀棧，貪慕富貴，其實對你們來說，子孫可以衣食無憂就差不多了，再多些就是當年拚死拚活攢下來的福氣，以為這也是子孫該有的福分。

你們啊，心底最怕北涼忘了你們以前做出的功勞，怕給人忘了。可你們如此，沒吃過苦頭的子孫們也就有恃無恐了，原先再好的苗子，也得被你們寵壞啊。殿下那些年不務正業，樓內諸位誰不氣？我林鬥房就氣得不行，當年大將軍親自去我家田地裡探望，我從頭到尾，都不樂意轉身見大將軍一面。

可是咱們將心比心，殿下這兩年做了什麼，離陽那邊不承認也就罷了，你們又不是睜眼瞎，會不知道真假？咱們摸著良心說說看，殿下赴京，可曾給北涼丟臉了？襄樊城、廣陵江、鐵門關、北莽弱水河，再加上太安城御道上，樓內誰做得到殿下做的？你一個連兒子都管不住的劉老三？還是越上年紀就越喜歡搗糨糊當和事佬的老尉你？還是你這個這些年只顧著照拂門生官路的韓退之？」

林鬥房收回視線，望向劉元季，「劉三兒，大將軍不欠我們什麼了，殿下更是這樣。咱們是打下了天下，可守北涼的事，咱們既然做不來，想做也做不好，那就老老實實交給文樓那些傢伙好了。文樓高過武樓，又如何？春秋九國，看輕咱們徐家鐵騎的名卿重臣還少了？咱們都已經讓他們吃了大苦頭，若是你們擔心子孫被人瞧不起，就讓他們自己去闖一闖，而不是藉著你們這幫老頭子的功勞作威作福！

大將軍有句話說得糙，但有道理，誰家的兒子都不是生下來就應該吃苦的，也不是就該享福的，別的地方他不管，可在北涼，多大本事，吃多大的苦，享多大的福。所以說，劉三兒，如今是咱們欠徐家的了，咱們也許不欠什麼，但是你們子孫欠下了，欠了很多啊。」

林鬥房拍了拍劉元季的肩膀，然後站起，彎腰，攙扶他起身，幫著劉元季拍去胸口幾個被自己踩出來的鞋印塵土。

劉元季突然咧嘴笑道：「娘的，姓林的，俺只賞了你一拳而已，再看看你，好幾拳好幾腳！」

林鬥房笑道：「早說了，我比你有本事，你不服氣不行，要不是還念著舊情，方才就使出看家本事的撩陰腿了。」

劉元季摟著林鬥房的肩頭，本來想嘴上罵幾句，可碰到那一截空蕩蕩的袖管，就不說話了。當年還是他劉三兒咬著牙幫老兄弟包紮的傷口，當著姓林的兄弟沒好意思，出了軍帳才敢蹲在地上嗚咽，那滋味，彷彿比他自己斷了胳膊還要疼。

劉元季清楚記得那年，林鬥房斷了胳膊，大將軍也受了重傷，那個孩子幫不上什麼忙，但是始終臉色蒼白守在軍帳外，結果一老一小並排靠著軍帳「守夜」。

劉元季、林鬥房、尉鐵山、韓退之，四位老人一起並肩走到武樓門口。大雪紛飛，雖然不復見黃沙裹鐵甲的景象，但是舉目望去，那條河水本就結冰未曾解凍，冰河再往北，盡是白雪壓黑甲。

◆

十萬步騎北涼軍，東西方向分成兩個巨型戰陣，中間留出一線路徑。

白羽騎統領袁南亭得以臨近冰河附近，高坐馬上。

此外還有蓮子營、大馬營、鶺鴒營、先登營，這些老營新營總計三十六，悉數一字排開，氣焰尤為雄壯。

小雪營遊弩手標長李翰林位置稍稍靠後，佩刀負弩，屏氣凝神，身邊是重瞳子陸斗。兩人一同望向那座校武臺，眼神熾熱。

校武臺上空無一人，除了一架巨大戰鼓便也算是空無一物了。

戰鼓未擂，對北涼甲士而言最是熟悉不過的號角此時亦是尚未吹響。

南北向都有石階的校武臺上終於緩緩露出一座小山般的身形。

北涼都護褚祿山，二十年來首次披甲現世！

褚祿山在校武臺正中稍稍靠左位置，拄刀而立。

北涼新任騎軍統帥、天下騎戰第一的白熊袁左宗，與那早就揚名立萬的步軍統領燕文鸞大將軍，一左一右，同時走上校武臺，拄刀而站！

袁左宗本就是世人皆知的玉樹臨風美男子，此時披重甲握涼刀，更顯得氣勢驚人。

燕文鸞如果只論身高體型，遠遠輸給北涼都護和騎軍統帥。燕大將軍身材矮小，比起江南男子興許還要矮上幾分，而且早早就在戰場上為流矢射瞎了一眼，這個不高不壯的男子，曾拔箭吞眼珠，繼續再戰。

西壘壁一戰西楚覆國之前，兵聖葉白夔無敵於春秋九國，只有燕文鸞的步軍，能跟葉白夔的大戟軍打個平手！後宋、西蜀兩國，不宜徐家騎軍馳騁，亦是他燕文鸞立下的汗馬功勞。

他燕文鸞站在那裡，天下誰敢小覷？

然後是步騎兩位跟劉元季、尉鐵山一同擔任多年副統領的陳雲垂、何仲忽！

接下來是兩位新任副帥——南唐將領第一人顧大祖、把持幽州軍權十多年後升任騎軍副統領的周康！

以及緊隨其後的涼州將軍石符、幽州將軍皇甫枰、陵州將軍韓嶗山。

只是為何不見大將軍，不見北涼王？

最後由黑衣赤足的徐龍象帶著齊玄幀座下黑虎，步入校武臺。

褚祿山、袁左宗、燕文鸞、陳雲垂、何仲忽、顧大祖、周康、石符、皇甫枰、韓嶗山。

十人拄刀，一字排開！

當這個帶著龍象鐵騎一路碾壓北莽南朝數座軍鎮的徐家次子露面，一聲悠揚悲涼的號角響徹天地。

徐龍象一步一步走向那架一人半高的戰鼓。

北涼鼓響，曾經最響響於春秋西壘壁！

北涼軍陣後方，有八百鳳字營輕騎，白馬白甲。

當一名頭髮灰白的年輕人換上一身王朝藩王才可穿戴的玉白蟒袍，佩刀提矛上馬之後，一位老人為其牽馬而行，通體雪白的戰馬緩緩踩踏出幾丈外，駝背老人鬆開韁繩，直了直腰杆，輕輕拍了拍馬頭，然後欣慰地笑道：「去吧。」

這一騎在兩軍戰陣中率領身後八百鳳字輕騎，在漫天飛雪中，縱馬飛奔而去。

老人望著那一騎背影，雙手插袖，笑得合不攏嘴。

徐龍象開始擂鼓。

鼓響如雷，滾走北涼。

那一騎，並未馬蹄踩踏在結冰河面上，而是連人帶馬高高躍起，鐵馬躍冰河！

伴隨鼓聲過河之時，男子手中斜提鐵矛猛然插入冰河。

整條冰河碎裂不堪。

身後八百騎停馬後，剛好填滿了那一線。

只佩有一柄北涼刀的蟒袍男子在校武臺前下馬，沿著石階往上走，站在最中央，然後握住刀，猛然喝道：「北涼，抽刀！」

北涼都護褚祿山不再拄刀，抽刀！

燕文鸞、袁左宗、陳雲垂等九人也幾乎同時抽出北涼刀！

十萬飛雪壓甲仍是紋絲不動的北涼軍也抽刀！

亂雪更亂，抖落了滿身積雪的鐵甲越發氣勢驚人。

北涼鐵騎甲天下。

北涼鼓響天下聞。

北涼有新王徐鳳年。

◆

這次北涼大閱恐怕是二十年來徐家入主北涼後，最簡潔、最短暫的一次，但也是最為群將薈萃、人才鼎盛的一次。武樓一干功勳老將都看得幾乎老淚縱橫，因為他們比誰都清楚軍心凝聚之難。

軍心就如人之魂魄，一旦沒了就再難招魂而返，就像劉元季不管如何痛罵世子殿下，何嘗不是在憂心他們辛苦打下的基業，在被離陽、被趙室糟蹋殆盡之前，就已經給敗家子揮霍一空？心思更功利一些的，諸如韓退之等人，也怕新王不能服眾，別說心服，就連口服都做不到，那他們難道真的要舉家搬遷到仇家遍地的中原，被趙家一點一點秋後算帳？趙家天子開心了就打賞點殘羹冷炙，不開心了就拎出來割下幾顆頭顱來收買人心？

所以當身穿天下獨此一家玉白蟒袍的世子殿下馬躍冰河，到了校武臺喊出「抽刀」兩字之後，北涼十萬甲士共同拔刀出鞘，所有人其實都心知肚明，徐鳳年將會是那名正言順的北涼王了。

於是這些老人也就心安了，甚至會想，大將軍沒能一舉北上踏破北莽，那麼在那個年輕北涼王手上，有沒有這個可能？有了這份本就魂牽夢縈多年的念想，那他們就捨不得死了，也不願睜一隻眼、閉一隻眼看著自家將種子孫去破罐子破摔了。其實許多老人不是真的年老癡呆，像劉元季這樣並非真的看不見子孫為禍，而是信不過徐家香火傳承，能夠在當下多撈些徐家家底入自家兜裡又何妨？不過從今往後，就得重新好好謀劃了。

武樓還算沒有太大波折，畢竟大都是見慣了戰陣廝殺的老傢伙，文樓那邊的外地士子們可就真是戰戰兢兢了，以前也就是聽說什麼北涼鐵騎戰力冠絕離陽，至於怎麼個強大，心裡沒譜。那些出身燕剌、廣陵兩道的讀書人，或多或少見識過兩位藩王帶兵的手腕，更是不太信北涼戰力就真能超出一大截，可當親眼看到黑壓壓一望無際的鐵甲結陣，哪怕是登樓遠望，那種森冷氣息也讓人窒息，尤其是十萬甲士一同涼刀出鞘時，彷彿天地風雪都不得不為之停滯，樓內大半人物都身體劇烈顫抖了一下。

先前有好事者一一道出校武臺上的將領，個個名字如雷貫耳，當那十人並肩拄刀而立，讓人再不相信什麼北涼青黃不接的鬼話，校武臺上那份無言的威嚴，讓文樓眾人不禁自問，辭去兵部尚書的顧劍棠打得過北涼鐵騎？藩王之中僅次於徐驍的燕剌王果真能夠抗衡？就算那一騎突出的蟒袍男子此生都站不到他父親的那種高度，可只要他徐鳳年坐擁三十萬精銳，當真是誰都能欺負的？

郁鸞刀沒有這些亂糟糟的思緒，他只看到了那一襲與眾不同的蟒袍，看到了他躍馬擲矛冰河中，看到他拾級登臺之時的緩慢步伐，手指在名刀「大鸞」刀柄上劃抹的郁鸞刀，突然覺得似乎沒有必要去詢問什麼了。

一個時辰的閱兵之後，人人涼刀歸鞘。蟒袍男子就隨之消失了，武樓那邊由大將軍燕文鸞去打招呼，品秩相當的袁左宗雖然既是大將軍義子，又是騎軍統帥，不過仍是走在燕文鸞半個身位之後，僅是跟春秋南唐名將顧大祖並肩而行。

資歷人望俱是不足的皇甫枰則落在最後，顯得有些形單影隻，跟不遠處的老幽州將軍「錦鷓鴣」周康，更是沒有任何言語視線的交集，不過既然此人已經在校武臺占據一席之地，就再沒有誰敢存心跟皇甫枰在檯面上較勁了，至於暗地裡的八仙過海各顯神通，肯定不會少，關鍵還得看皇甫枰何時才能順利吃下幽州軍權。

文樓則由北涼都護褚祿山登樓。當那些外地士子看到褚胖子在樓外翻身下馬時，都嚇得半死，也都察覺到哪怕是經略使李功德這樣的正二品封疆大吏，見著了這尊吃人不吐骨頭的大魔頭，臉上笑意也有些牽強。

文樓內也就王大先生可以做到神色如常，黃裳這種出自離陽的骨鯁文士則乾脆眼不見、心不煩，避而不見。披一身重甲的褚祿山登樓時，這棟新樓也咯吱作響得厲害，讓人憂心階梯是否承受得住這一人一甲的重量，好在這個壯碩如山的肥豬登上五樓，就懶得再浪費氣力上樓了，見過了下樓到第五層的胡魁，相互點頭致意，瞥見了涼州刺史身邊的郁鸞刀，這位北涼都護就打道回府。

等到褚祿山終於上馬離去，士子書生們如釋重負，如果說以往世子殿下的惡名昭彰，不過是在北涼境內做紈褲行徑，那麼褚胖子的惡名可就是令人髮指了，割乳剝皮，開顱倒酒，哪一樣不該遭受天譴？可這頭肥豬仍舊笑嘻嘻、樂呵呵當上了北涼最大的官，真是禍害才能遺千年啊！

褚祿山回去途中，召來了遊弩手李翰林和陸斗兩人，一人是世子殿下穿一條褲子長大的兄弟，一人沾光那馬上要與徐家結為姻親的青州陸家，都不能算作尋常的北涼甲士。

褚祿山揮散身後十幾騎心腹扈從，只帶著李陸二人走到冰河畔。冰塊已是碎裂，褚祿山扯了扯甲冑內的棉布衣領，望向河中，久久沒有出聲。

把清涼山王府當成自己家的李大公子跟褚祿山打交道不算少，只是當上經常要與北莽馬欄子以命換命的遊弩手後，回頭再看這個當年把臂言歡的胖子，就多了幾分敬畏，很難再像以往那樣沒心沒肺開玩笑了——不是不想，而是委實不敢。唯有切身感受過戰火硝煙，跟數百敵軍接觸戰都會生死一線，才知曉這個輕輕鬆鬆千騎開蜀的三百斤肥豬是何等狠辣凌厲。

在北涼軍中，公認萬人以下的戰役，不管如何險境殘酷，陳芝豹都可以做到戰功最大，袁左宗可以做到戰損最少，而眼前這個文采才華全被赫赫凶名遮掩的胖子，則可以做到最快時間讓戰事落幕！

褚祿山曾經在北漢霸水一役中，在短短半個時辰內吃光北漢精銳三千人，己方兩千部卒死了一千八百人！這類血腥戰事，在褚祿山手上不計其數。相傳褚祿山帶新兵時，都會說一句恭喜大夥兒，要麼明天就死了，要麼後天當上都尉滾去別的地兒享福。徐驍封疆裂土後，身為義子的褚祿山只前五年在邊境上領兵，之後就離開邊塞，然後就很少有人能記起這麼一頭肥豬率先登城插旗的次數在徐家將士中位列第一，至今仍然沒有人能打破這個紀錄。

褚祿山想了想，終於開口說道：「有些事，還是讓北涼王親口跟你說好了。」

當徐鳳年穿上藩王蟒袍登臺，意味著北涼就已經在今日換王了。這當然嚴重不合離陽宗藩禮制，可靠著徐家才坐亨江山的趙室敢說一個不字？就算你趙家天子吃飽了撐著要問罪北涼，那也得問過了北涼刀才行嘛。

被騙去南朝又差點被綁去薊州的李翰林蹲下身，捧著頭盔在懷裡，咧嘴笑道：「大致情況，大閱前末將那老爹被逼問得支支吾吾，末將不蠢，已經猜得七七八八了。」

李翰林繼續笑道：「年哥兒那些話啊，我不愛聽。別以為當上北涼王，就不是沒出息的李翰林的兄弟了，沒這樣的好事。反正這輩子，我打定主意就跟著年哥兒混吃混喝，萬一被我混出了名堂，他敢不給一頂天大的官帽子，看我不跟他撒潑打滾。」

褚祿山伸出一隻手掌，揉了揉李翰林的腦袋，笑道：「當遊弩手是好事，可別死啊，否則就是殿下拿我這個北涼都護出氣了。翰林，你我是自家兄弟，我就把醜話說前頭了，你小子敢死在你老爹前頭，我就敢拿你爹出氣！」

李翰林站起身，呸呸呸了幾聲，白眼道：「都護大人，別仗著官大說晦氣話啊！」

褚祿山大手一揮笑罵道：「死小子，滾你的！」

李翰林很不客氣地一溜煙跑走，天生異象重瞳子的陸斗不忘行禮告辭。

褚祿山看了眼東方，一路東去就是那座天下善的太安城了，冷笑道：「好大一塊肥肉！」

褚祿山低頭走向戰馬時，發出一陣桀桀笑聲，「吃肉什麼的，咱們胖子最喜歡了。」

◆

邊關風雪中，兩駕馬車終於碰頭。

馬夫分別是才成為北涼王的年輕人，與那北莽軍神拓跋菩薩。

乘車男女，可想而知是何等人間至尊的身分。

北莽慕容女帝，舊涼王徐驍。

馬車同時停下馬蹄，徐驍連北涼當之無愧的武道第一人徐偃兵都沒有捎上，只帶上換了一身普通衣飾的嫡長子。說到底，仍是兩輛馬車，兩人對兩人。

徐驍彎腰掀起簾子，跳下馬車，對面馬車內的老媼很默契地同時下車。

徐驍斜眼瞥了一下武評第二的男子，望向「姍姍而來」的老婦人，嘖嘖譏笑道：「慕容，當年那麼慘，一個沒臉沒臊哭著喊著跟我要餅吃的女子，如今可真是氣派了啊，都讓拓跋菩薩給妳當馬夫了，瞧瞧我，也就帶了自己兒子，可比不上妳的架子。」

老婦人披了那件老舊裘子，沒戴貂帽，任由風雪打在滄桑臉龐上，聽著徐驍的挖苦，也不反駁，笑意吟吟，這樣的模樣，在偌大北莽南北兩朝，能讓人活生生瞪出一雙眼珠子。

徐驍冷哼一聲，「有屁快放！老子沒心情跟妳喝風吃雪。」

老婦人伸手攏住額頭雪白頭髮，笑道：「老瘸子，跟你說多少遍了，我姓慕容，不叫慕容。」

道。」

徐驍急眼道：「老子哪裡知道一個人的姓還能有兩個字！以前不知道，以後還是不知道。」

老婦人也不惱火，走近幾步，柔聲道：「你們中原春秋有十大豪閥，其中兩個複姓，如果我沒有記錯，可都是栽在你徐驍手上，不記得了？他們都給你吃了？徐驍啊徐驍，你真是老了。好在你這輩子也就沒有俊過，年輕時候是如此，年老就更難看了。」

徐驍嘿嘿道：「我一個爺們兒跟女子比什麼姿色，再說了，妳以為在遼東那會兒妳就好看了？妳跟我媳婦比，差了十萬八千里！也就北莽那老色胚當年豬油蒙心加上瞎了狗眼，才瞧得上妳這種身段的醜娘們兒。」

老婦人仍是半點不生氣，微笑道：「我年輕時候，好看不好看，各花入各眼，不好說，可真的不算醜。何況女子年老色衰，猶可金釵斜立小蜻蜓，只是誰信人間尚少年哪！徐驍，你說是不是？」

徐驍雙手插袖，打了個哆嗦，嘲笑道：「酸，真酸。」

老嫗鬆開撫住額頭的手，雙手攤開身前，低頭看了一眼，然後抬頭凝視了一眼徐驍臉上的老人斑，平靜說道：「咱們都老了，我難看了，你也駝背了，就別非要爭出個高低了。我呢，這輩子就獨獨輸在勝負心太重，輸給了自己而已，是不好。你太念情，也不好，就算早已位極人臣，也照樣活得不痛快。否則肯低我一頭，來北莽，哪裡需要看誰的臉色，你應該知道，就算是我，也不會給你臉色看的。」

徐驍扭頭重重吐了口口水在雪地裡。

北莽女帝一笑置之，說道：「沒什麼大事要跟你商量。當年在遼東，想說的話都說清楚了，這趟南下，就是想趁著你沒死，見一見還活著的徐驍。想說的就一件小事：我才下定決心，等你死後，先打殘你們北涼，再順勢南下，最後將太安城付之一炬，就當給你上墳燒香了。」

這是付於三言兩語談笑中的小事？恐怕連黃龍士和趙家天子以及張巨鹿、顧劍棠聽到了，都要覺得太他娘的滑天下之大稽了！

徐驍瞇起眼，冷笑道：「那北涼等著你們就是了。可別到時候反過來被北涼鐵騎一路砍瓜切菜，殺到妳的老窩啊。」

老嫗一手捧腹輕聲笑，抬頭望著飛雪，「遼東分別，身上這件裘子是你用二十兩銀子買下的，我當時兩次回頭，都只看到你徐驍的背影，事不過三，就不願意再轉頭了。有些時候就想，是不是再回頭一次，就看到你轉頭做鬼臉了。」

徐驍轉身徑直離去，平淡道：「不會。」

一駕馬車先行掉頭遠去，南下消逝於北地沉重飛雪。

老婦人駐足原地，沉默不語，當那馬夫正要開口勸說之際，只聽到這位北莽女帝怒聲道：「閉嘴！」

老婦人雙手捧面，看不清她表情。

風雪嗚咽如女子泣訴。

老婦人鬆開手，抬起纖細手臂，理了理兩邊霜白鬢角，低聲笑道：「人面不知何處去，桃花依舊笑春風，笑它像隻喪家犬。」

◆

南下馬車，徐鳳年緩緩駕馬，閒來無事，往嘴裡塞了一塊雪，身後徐驍跟他討要，徐鳳年沒搭理他。

徐驍揉了揉臉頰，笑道：「帶著兒子來見一個思慕老爹的老娘們兒，是不太像話啊。」

徐鳳年沒有作聲。

徐驍伸出手，輕輕放在徐鳳年肩膀上，也沒有說話。

許久過後，徐鳳年語氣堅定道：「我扛得下。」

◆

成功世襲罔替，就意味著離陽王朝出現了一位新藩王，除了冊立太子以及新帝登基這兩件，就再沒有什麼大事比得上這個了，何況這位藩王還是北涼王，不光是涼州，幽陵兩州也都張燈結綵，幾近瘋狂，氣勢猶勝元宵佳節的燈市，以此來討好新王。

尤其是那些豪橫家族，都在暗裡較勁誰家燈籠更大更多，感覺像是誰家膽敢掛少了的話，第二天就得被告密，然後拉出去砍頭。不斷攀比的結果，就是不缺銀子的門戶裡，喜慶的大紅燈籠越掛越多，多到讓人滿眼通紅，深感膩味。

清涼山王府，倒沒有如何可勁兒鬧騰，燈籠是臨時添掛了些，卻比往年過節都要簡陋許多，不過府上管事僕役都滿面春風，走路都輕快了幾分，這些人自是打心眼裡歡喜，誰不喜府上新當家的有份大出息，一人得道、雞犬升天啊。如果王府新王鎮不住北涼，淪為客大欺主的境地，王府上下也就沒啥滋潤日子過了。

徐家父子從邊關大閱返回涼州城後，可以經常看到得改口稱涼王的年輕家主帶著大將軍在府上散步，眼尖心細的人，就偷偷掰著手指算著兩位未來王妃，誰陪伴那父子二人的次數更多，後來就乾脆不去計較了，因為青州陸姓女子的次數屈指可數，輸給那位女文豪的王東廂太多，倒是時不時撞見陸家千金會幫著二郡主推動輪椅，只是兩者相比，孰輕孰重，府上眾人怎會拎不清？

清涼山有遣派伶俐婢女伺候兩位年輕女子，長久以往，在王東廂院落做事的婢女，就瞧不起陸丞燕院子裡的丫鬟，而「陸院」裡的王府丫鬟又有了內訌，開始用斜眼看待那幾個陸家捎帶進府的外人丫鬟。自古而然，女子一多，就哪兒都是渾水江湖了。

從邊境回府小半旬時光，今天徐家兩輩人除去練兵演武的黃蠻兒，都聚在聽潮湖上的涼亭裡休憩，比以往也多了王初冬、陸丞燕這兩位即將嫁入徐家的准兒媳，加上坐在輪椅上的徐渭熊，又缺個徐龍象，此消彼長，就有點陰盛陽衰的味道了，不過看得出來，徐驍的氣色極好，神采奕奕，想必是對兩個兒媳都順眼滿意的緣故。

一個才情享譽朝野，一個天生持家有道，重要的是兩女沒有任何爭風吃醋的跡象，因為一個是完全不懂，一個是聰明到不去做，兒子有她們把守後宅，出不了亂子，也生不出清官難斷的是非。

離經叛道擅自卸去涼王身分的徐驍懶洋洋靠著亭子紅漆廊柱，聽著徐鳳年跟王大家俏皮諧趣的一問一答，讓老人笑聲不斷。王家小丫頭說半句「問君能有幾多愁」，徐鳳年就補上「恰似缺錢買那綠蟻酒」，王初冬笑眼瞇成一對月牙兒，問了「驀然回首」，徐鳳年就答「那廝在爬樹」，女文豪說那「衣帶漸寬終不悔」，已經貴為離陽最大藩王的年輕人就笑著說「去給寡婦挑缸水」，而那位安靜坐在輪椅上比王初冬還要更文豪一大截的女子，嘴角也有了些不易察覺的溫暖笑意，豪閥家世精心浸潤出的閨秀陸丞燕則笑不露齒，實在忍不住時，就抬手遮攔。

只是眼力再不好的人，也能分辨出王初冬的位置，很自然而然地靠近徐驍、徐鳳年父子二人，陸丞燕卻只能有意無意偏向掌管一院子「批紅女翰林」的二郡主。

徐驍笑道：「年兒，你送一送丞燕，我再跟你姐還有初冬嘮叨嘮叨。」

徐鳳年「嗯」了一聲，跟聞言起身的陸丞燕一起走出亭子。

只是一路行去院子，兩相無言，陸丞燕嘴唇抿起跟在他身後，等到在院門口轉身時，她已是笑顏相向。

徐鳳年欲言又止，猶豫了片刻，輕笑道：「妳記得多出門散心，總悶在家裡不好。北涼不比江南風景旖旎，不過咱們北地也有北地的獨到景致，不親自騎馬去看一看，可惜了。我本來該陪妳，只是如今事務纏身，憊懶不得，而且很快就要出門一趟，去西北那邊收拾十萬戴罪流民的爛攤子，要是回來的時候，妳還有心情，我帶妳去武當山走一走。」

陸丞燕由衷開懷後眉眼泛起嫵媚，才脫口說出「鳳」字，就趕忙把那個理當緊隨其後的「年」字硬生生咽回肚子，柔聲道：「北涼王，不用這麼客氣。」

徐鳳年屈指做了個要敲打她額頭的手勢，一臉無奈道：「妳憑良心說，誰更客氣？」

陸丞燕翹了翹嘴角，徐鳳年笑著轉身，再轉身，果然看到她雙指擰袖站在門口沒有挪步，朝她揮了揮手，這才離去。

徐鳳年沒有在聽潮湖看到徐驍，就走向一直冷冷清清的王妃陵，輕輕走入這座外界都說是「重門列戟高過藩王」的陵墓後，伸手劃過一座座姿態森嚴的石像，盡頭有一位駝背老人斜坐墓碑之前。

陵墓內古樹極少，北涼都傳聞是由於女子劍仙的娘親劍氣太盛，便是她去世了，仍留有女子劍仙的雄渾氣象，所以原本古樹蒼蒼的王妃陵沒能剩下幾株。徐鳳年在年少時聽說成仙後便可撒豆成兵，甚至可以讓人起死回生，那段時日挑燈夜讀，幾乎翻遍了聽潮閣內的佛道古籍，然後就被素來不信鬼神的師父李義山罵得狗血淋頭。似乎如今便是想要討罵，也沒人罵了，以後就更沒人敢罵他北涼王徐鳳年了。

徐驍聽到腳步聲，笑著說了句「來了啊」，就再沒有下文。

此時此地的一家三口，他站著，徐驍坐著，北涼王妃躺著。

徐鳳年沒有流露出什麼悲慟神色，僅是默然站在碑前。

初春時分，古樹枝頭有了嫩黃淺綠，徐鳳年走去樹下，伸手摘下一片樹葉，吹了那支小時候娘親教他的〈春神謠〉，若是哼唱出言詞的話，那麼大概意思是說有個鄉野女子離家下山，見著了一位心儀男子，一起白首。

佝僂老人閉上眼睛，聽著再熟悉不過的小曲，一隻手悠悠然在膝蓋上打著拍子。

一曲小謠完畢，父子又是默然走出陵墓，徐驍突然說道：「年兒，你可以讓黃蠻兒回家了。」

徐鳳年咬住嘴唇，停下腳步又迅速跟上，點了點頭。

◆

太安城，仍有元宵燈市過後的餘韻，街上遊人如織。

宮內，當掌印太監韓生宣「暴斃於皇宮」後，接任成為大內宦首的大貂寺宋堂祿年輕到足以讓人感到可怕，祥符元年宮內城門貼春一事，都出自他手，滴水不漏。原本在十二監人緣很好的他在辭去內官監後，專心處理司禮監掌印太監所負有的職責，跟許多熬資歷熬到「貂寺」稱呼的年邁大太監也逐漸疏遠，以至於那個當初賜下名字的師父，宋堂祿春節也未曾去拜年。既然進宮淨身當了宦官，尊師必須遠勝尊父，這是雷打不動的規矩。宋堂祿辛苦攢下的口碑名聲，也就如銅漏壺中水，滴滴答答，總有漏完的一天。

不過看上去聰明至極的宋堂祿對此毫不在乎，今日小心翼翼跟著一對父子前往那座高樓——欽天監，那是一個每逢幾年就要傳出幾句讖語的地方，而這些隻言片語無一不是被鄭重其事寫在泥金符紙上，裝入一只被趙家傳承百年的古舊黃泥盒子，最終交到沐浴更衣後的皇帝手上，看完之後，皇帝還需親手燃燒成灰。

宋堂祿當上掌印太監後，一個時辰前是他生平第一次從欽天監捧回泥盒，然後陛下就面無表情趕往欽天監，可伴君近侍有些年月的宋堂祿知道，自打他見到陛下後，就從未清晰察覺到這位九五之尊如此開心過。

這次前往那棟高樓，陛下喊上了太子殿下，在樓外，一行人高高低低、老老幼幼，參差不齊，老監正死後，接管欽天監的竟然不是那聲望足夠的挈壺大人，而是一個幼齡稚童，以往被老監正暱稱為「小書櫃」，欽天監內外也跟著就喊得順嘴了，忘了這孩子的原名。

除了本該是私塾蒙學年紀的監正和德高望重的挈壺宋玉京，還有個時下京城炙手可熱的新貴人——一身帶紫道袍的青城王吳靈素，如今這位除徐驍之外的「異姓王」已是北方道門的道首，與趙丹坪同為羽衣卿相，再沒有人嘲笑他的異姓王名不符實。尤其是離陽大舉滅佛，浩浩蕩蕩，北方佛門經歷了一場滅頂之災，吳靈素不負皇命，親自到兩禪寺給正門貼上了那一紙封山符籙！

北地大小萬千座寺廟，生死存亡都盡數操於吳靈素之手，南北兩道首，哪怕龍虎山天師府兩大真人飛升，在處理南北交界的廣陵道佛寺一事上，吳靈素依舊咄咄逼人，龍虎山竟只能步步後退，在天下人眾目睽睽之下，與天子同姓的天師府黃紫貴人可謂灰頭土臉到了極點。

欽天監有面聖不跪的殊榮，看著就像得道真人的青城王吳靈素也有這份待遇，不過他看到皇帝陛下跟太子殿下後，仍是畢恭畢敬跪了下去，欽天監幾位原本都遵循常例站著作揖便是，結果看到北方道首都這般作態，只好也跪下叩聖。

唯獨小監正始終沒有屈膝，趙家天子不生氣，反而很高興，太子趙篆還快步上前，捏了捏小孩子的臉頰。綽號「小書櫃」的監正大人有些懊惱，天子見狀開懷大笑，斂去笑意後，率先入樓，到了頂樓的通天臺。

太子趙篆在需要架梯子才能拿到上方書籍的書櫃前閒逛，吳靈素跟宋玉京小心相伴，不過太子殿下是太安城出了名的好說話、好脾氣、好心腸，吳宋兩人倒是沒有太過拘謹。當太子笑話說他就喜歡閨女多些，詢問曾經以房中術獻媚京城卿士名臣的吳靈素，到底有沒有法子頭胎不生兒子生女兒，這讓青城王瞠目結舌，不知如何作答，性格古板的宋玉京會心一笑，心想太子殿下真是不減赤子之心，殊為不易，有如此儲君，必定是本朝大福啊。

樓外有一條八十一塊漢白玉打造而成的摘星路，突兀橫出閣樓六丈遠。趙家天子跟小監正前後走在潔白無瑕的「天地橫梁」上，眉目靈秀的孩子對於這個坐龍椅家天下的中年男子似乎沒有什麼畏懼，而皇帝也絲毫不介意這點小事。

天底下為他當牛做馬、自甘為狗的人實在太多了，有一、兩個不怕他的，又不對他有任何威脅，不是壞事是美事。而天下半點不怕他的，近的有這個小書櫃，遠的嘛，不談北莽蠻子，離陽朝野，一隻手數得過來，而一手數目裡，能讓他忌憚的，又是只有一個而已！然後這個傢伙馬上就要死了，他如何能不想笑，捧腹大笑？

趙家天子伸出一指，指向王朝西北，然後縮回握拳，彎腰捧腹，卻壓抑著沒有笑出聲，眼光直直望向一座大殿的屋頂。在那裡，曾經有三個人喝酒論英雄，一起造就了如今離陽王朝的宏圖霸業，結果都是死人了！死得好！最老的那個，不死，他就無法登基！那個禿驢，死在了鐵門關，死得其所，不過死得有幾分可惜，最後那個即將躺進棺材的，當年皇子奪嫡，選擇了冷眼旁觀，更是讓他恨極！在他看來，這老傢伙死得還是太晚了。

趙家天子轉身摸了摸身旁欽天監監正的腦袋，微笑著問道：「小書櫃，你說給他美諡穩妥，還是惡諡恰當？」

一個是穩妥，一個是恰當。

伴君如伴虎。

若是那些廟堂之上大半輩子都在潛心揣摩帝心的伴虎老狐狸，立即就能從君王措辭中咀嚼出真味了。

可小監正一板一眼地說道：「監正爺爺臨終前說過，咱們欽天監新曆一出，劫胡了那兩禪寺白衣僧人用心叵測的曆書，北涼王是被賜惡諡還是獲封美諡，都已無關大局啦。我覺著既然先賢有說君子有成人之美，給美諡也行的。不過皇帝伯伯，劫胡是啥意思？」

神情晦澀變幻極快的趙家天子最終露出一個和煦笑臉，喃喃自語了一句，然後提高嗓音，笑道：「劫胡啊，是你那個監正爺爺的宿敵黃龍士第一個說出口的，想來與圍棋打劫差不多。對了，小書櫃，朕聽說你弈棋不俗，何時與朕在棋枰一較高下？」

小書櫃想了想，笑臉燦爛道：「監正爺爺教了我定式、攻守、死活、收官、翻盤五樣，前四樣我都會了，不過翻盤還不太懂。不過監正爺爺說了，這個不用急，反正什麼時候懂了，就可以喊那黃老兒來太安城手談啦。監正爺爺還說，如果想讓黃三甲被減去一甲的話，就只有兩個人有機會，我算一個。」

看著孩子自己指著自己的天真模樣，趙家天子龍顏大悅，摘下腰間所懸一枚足可稱之為價值連城的玉佩，笑道：「那朕就不自取其辱了。玉佩贈你，送人也無妨。哈哈，朕的離陽，確是人才輩出。黃龍士這狂人，理當老無所依，死無墳塚。」

小書櫃憨然輕笑一聲，雙手捧著玉佩，「那我見過一位宮女姐姐，看了一眼就喜歡，下次還能見著她的話，玉佩送她好了。」

以勤儉、勤政、勤勉奪魁於歷代帝王的離陽明君笑了笑，點頭道：「皇帝伯伯告訴你啊，玉佩得等你長大後再送於她，然後你就有媳婦了。你放心，朕先幫你找出那宮女，給你留著。」

小書櫃小雞啄米般使勁點頭。

春風拂面，趙家天子轉身走向閣樓，嘴角泛起冷笑。

離陽按律賞賜封贈諡號，美諡分文武，文諡以「文」字打頭，又以「正」字牽頭，依次是貞、忠、端、康、義等二十四字；武臣諡號偏低，字數也少，但仍是分出了十八等，故有

「讀書人當封二十四」和「大丈夫當封十八」這兩個說法。

這幾年死去的廟堂重臣，文臣居多，這些老人雖說不至於誇張到獲封正、貞、忠、端幾個諡號，但在世人看來「文康」、「文義」總是跑不掉的，像那宋家兩夫子以及歷經三朝的青黨魁首、上柱國陸費墀，都在此列，可惜這些傢伙都晚節不保，雖在二十四諡之列，諡號卻極低，反倒是當初家族聲望遠遜宋陸的江南道「琳琅滿玉」的盧家，有望摘走這幾個大美之諡中的兩個。

徐驍？

朕不給你什麼惡諡，但你早就被剝去大柱國頭銜，因此以武臣身分獲贈文諡就別想了，而且武臣十八，朕要「大大方方」送你一個最下等的「武厲」！

你死了後，膽子再小的牆頭草，也要用嘲笑聲送你徐驍最後一程啊。

◆

這一夜，習慣了老涼王難掩疲態的清涼山王府並沒有什麼異樣，還覺著說不定明天一起床，就能在府上某時某地，遙遙望見老人跟年輕涼王一起散步散心的情景。

徐驍所住小院的內屋，徐渭熊的輪椅靠近門口，她的雙手擱在腿上，死死攥緊。匆忙趕回家裡的徐龍象腦袋低垂，紅著眼睛站在床頭。

從門外望去，只能看到一個坐在床邊的背影。

躺在床上的老人竭力壓下咳嗽，緩緩說道：「爹知道你不喜歡現在這個只知道架架叨叨講大道理的徐驍，是啊，你這個爹動刀動槍在行得很，確實不是個擅自講道理的人，爹也不怎麼喜歡，這麼多年來，爹就是個誰罵我我就打誰的粗人，是個在金鑾殿上佩刀站左站右看心情的老匹夫，可年兒啊，爹不說這些，不把話說完，就不放心你啊。

記住，你既然坐上了北涼王這個位置，就要能聽得進去不想聽的話，要容得下自己不喜歡的人。一樣米養百樣人，各有各自的難處，也就有了各自的愛憎和脾氣，尤其是那些不記得別人好的傢伙，很多時候你也得忍著。誰讓你是北涼王了，不是輸給哪個人，而是得照顧大局。爹當了這麼多年的大將軍和北涼王，也有許多憋屈，跟誰都說不出口，這是沒法子的事情。

記得當年我帶著一幫老兄弟出錦州下兩遼，被離陽一位實權校尉害慘了，死了好些兄弟，一氣之下就帶著四十幾個沒死的兄弟，殺到了他家，自然不是去蹭吃蹭喝，而是要殺他全家，把人都給捆成粽子拖到了院子裡，你知道然後怎麼樣了？那傢伙叫蔡青河，如今肯定已經沒有人記得他了。

蔡青河在官場上的攀爬，不擇手段，這傢伙陰人的時候冷血無情，說好兩支兵馬共進退，結果眼睜睜看著我的八百人死扛兩千敵人，都沒有帶著他的千餘人投入戰場，事後還帶話給我，說他寧願不要軍功，也不想讓我徐驍上位。這麼一個梟雄，臨死前，就跪在地上給我磕頭，說只要放過他妻兒，他願意領死自盡，千刀萬剮也不怕。

最後，我當然沒答應他，滿門三十幾口老小，都當著他的面一刀斃命，因為我徐驍身後還站著四十幾個兄弟，而且不這麼做，以後註定還會有王青河、宋青河跳出來坑害我。我徐驍可以不怕死，但怕兄弟為了我而死！打江山？打江山要死人啊，死很多人，只要我徐驍一日不死，就都是欠了那一個個早早走了的老兄弟。

爹什麼時候開始怕死的？是娶了你娘之後。在爹所處的那個死了比活著容易太多的世道，怕死未必能不死，但不怕死的肯定死。爹見識過太多這樣的死人了，而且很多人就是死在爹手上。可爹年紀越大，就越不敢殺人了，爹告訴自己，不顧自己，總得給你們子女四人積德攢福啊，是不是這個理？爹再大老粗，也曉得天底下做父母的，能給子女十分好，萬萬沒有自己留下一分好的道理！

爹呢，少時不懂事，比你小時候不懂事太多太多，就只知道混日子，成天想著外邊，恨不得離家萬里，哪裡會想什麼家。兩老走了後，就更沒覺著自己有家了，出兩遼的時候，就告訴自己要死也得風風光光死在外頭，打死也不回那個小地方了。後來遇上了你娘，把你娘騙進家門後，就覺著她在哪兒，我的家就在哪裡。再後來，有了你們，她走了，就覺得你們在哪裡，家就是哪裡了。

咱家跟很多人的家不太一樣，咱家啊，倒過來了，都是你娘親唱白臉扮惡人，爹呢，就護著你們幾個。你娘很少生氣，有一次爹記得很清楚，爹小時候就跟你說，爹娘不在身邊的時候，誰欺負你，你就打回去，打不過就用石子砸，拎得起刀就拿刀砍。你娘就發了大火，一開始爹還覺得占理，我兒子這麼心善的一個孩子，誰還敢欺負我兒子，不讓他去床上躺著怎麼行？我兒子讓別人家的兒子欺負了躺著，徐驍這個做爹的，就讓他們老子小子一塊兒躺著去，這就是老徐家的道理！

你娘發火之後，就心平氣和跟我說，她不是捨得別人欺負小年，而是小年以後註定不是尋常人家的孩子，若是養成了太凶煞的乖張性格，從不知道與人為善，半點不懂得吃虧是福，到頭來吃大虧的肯定是自家孩子。還說你徐驍總有老死的一天，到時候沒人護著小年，怎麼辦？你娘走得早，爹這麼個最不講規矩的傢伙，啥都不能教你，就牢牢記住了你娘講的一句話：『慣子如殺子』。

年兒，那幾次對你發火，不是爹怪你啊，是爹在怪自己沒能盡一個當爹的本分。以前你總不願意喊我爹，爹是真的不生氣，每次被你拿掃帚攆著打，每次挨在身上，越來越疼，就知道爹老了，你也長大了，這就是天大的好事。」

老人的言語斷斷續續，總是被大口喘氣和艱難的咳嗽聲打斷。

那個年輕的背影，沒有言語，只是雙手握住床榻上老人的手。

從來沒有在任何一個子女面前流過眼淚的老人，這個被朝野上下罵作「人屠」的老武夫，終於在此刻淚流不止，老人便是想要擦拭，精氣神早已如燈油枯竭，也沒有那抬手的氣力了。而那個連姐姐、弟弟都看不到神情的年輕人，甚至不敢抽出一隻手去幫老人擦去淚水，怕一鬆手，老人真的就走了。

「當了皇帝被稱為孤家寡人，那是君臣有別，況且做皇帝做久了，就真不把人當人看了，真以為是什麼狗屁天子。咱們徐家靠自己打拚出來的這個北涼王，跟皇帝也差不離，年兒，別的不說，孤家寡人的滋味，不好受。爹嘗過，就更不想你走這條老路。

所以當初放走嚴杰溪一家子，讓他們去京城當皇親國戚，爹從不後悔，徐驍連老首輔都敢罵得他氣得半死，怎麼會將一個迂腐文人放在眼中？爹只是不想讓你跟嚴池集兄弟反目成仇罷了。即便你們註定當不成兄弟，讓你們餘下一份不壞的念想也好。

爹這些年最開心的事情，一個是從邊境上回家，看到你們幾個都好，再就是偶爾夢到你們娘親。我徐驍從你娘答應嫁給我之後，這輩子就一直在虧欠她，爹唯一埋怨她的地方，就是走得早。夫妻兩人，其實是誰後走誰更苦，這份苦，不是說什麼為了家業勞心勞力，這都是咱們大老爺們兒應該做的，只是很多時候有好事情了，身邊都沒人能說上兩句，要麼是很想她了，也見不著她不是？天下很大，爹走了很多地方、見過很多人，可在爹眼裡，就始終只有你娘一個女子啊。」

門口徐渭熊握拳擋住嘴唇，泣不成聲。

「院子裡那棵枇杷樹，是你娘到這兒後親手種下的，以後有了枇杷，恰巧又想爹和你娘親了，記得摘下一些放在墳頭。

年兒，爹把你二姐和黃蠻兒都交給你照顧，還有咱們徐家，咱們徐家的三十萬鐵騎，以後就都得你一個人扛著了。你會很累的，別怪爹讓你接下這份擔子啊。」

年輕背影點了點頭。

黃蠻兒抬起手臂，遮住臉龐，輕聲嗚咽。

當老人說出今晚也是這輩子最後一句話後，徐渭熊撲出輪椅，號啕大哭。

年輕背影仰起頭。

背對姐弟二人的他只是張大嘴巴，哭卻無聲，生怕吵到了閉上眼睛的老人。

老人最後是說：「爹睡會兒。」

第三章　太安城定謚風波　北涼道拒旨入境

祥符元年的雨水時節，北涼王府摘去了所有大紅燈籠，喜慶的鮮紅春聯也在這一日凌晨換成了白底聯子。恰有斜風細雨，樹欲靜而風不止，子欲養而親不待。

雨點敲在鱗鱗千萬片攢簇的瓦上，由遠而近，輕輕重重輕輕，裹出一股股纖細水流沿瓦槽與屋簷潺潺瀉下，如酒掛杯。

當清涼山府門外換了人人可見的聯子，整座涼州城都懵了，一傳十、十傳百，許多老人都壯起膽來到山腳王府外頭，親眼見到了那副慘白底子的對聯，然後一個時辰後，滿城不再能聞一聲爆竹、一聲鐘鼓，盡懸白燈籠，盡換白底聯。

涼州城主道直達北涼王府，街上滿縞素，然後涼州刺史胡魁身披由最粗生麻布製成的斬衰喪服，率領所有涼州府官，一同趕到儀門外。

胡魁不曾步上臺階，而是站在石階底，面向城中主道上數萬涼州百姓，沉默片刻，轉過身，竭力嘶喊道：「一拜！」

風雨如晦，街上白茫茫跪了一大片，一拜三叩，三叩之響，聲聲重如春雷。

「再拜！」

「三拜！」

一拜三叩，三拜九叩。

◆

太安城，驚蟄。

京官都以早朝為苦差，許多官場老油子早就練出了準時踩點進入宮禁的本事，只是今日朝會十之八九都早早簇擁在宮門外，御道上呈現出一種雲波詭譎的喜慶氛圍，也沒有誰去戳破那一層窗紙。

整個太安城都已經知道北涼那個老傢伙可算死了，不知多少人在拍手叫好，成群結黨，為此浮了一白又一白，大醉酩酊，得讓人扛了回家。按照離陽王朝的宗藩法例，藩王身死，需由世子八百里加急稟報京師內的朝廷和宗人府，徐瘸子是一位異姓王，宗人府就罷了，但照理說也得快馬加鞭告知趙室，只是太安城這邊禮部苦等不得，趙家天子也大度得不去計較，只是定下章程，在今日早朝上評定北涼王謚號，先由禮部上呈奏章。

為此，禮部雞飛狗跳，跟那人屠是親家的禮部尚書盧道林託病不出，對禮部事務澈底撒手不管了。群龍無首的禮部，兩位正三品的左右侍郎本就道不同、不相為謀，相互推諉，而執掌禮部祠祭的清吏司蔣永樂跟兩個奸猾侍郎一比，本就官階低了一品，又管著奏議謚號一事。

其實以往賜頒文武謚號都有跡可循，天子心思並不算太過深重，宋家小夫子的「文懷」，陸費墀的「文恭」，就都出自他的手筆，兩者在離陽美謚中位置偏後，只是按照謚書解義，「懷」一字四意，蔣永樂取了其中「稱人之善」，符合以月旦評名動天下的宋小夫子身前功動，青黨老魁陸費墀的「恭」字取了「供奉也」之義，皇帝陛下都准奏，朝廷上也沒有任何異議，雖說蔣永樂在宋老夫子的諡號奏議上栽了跟頭，可常在河邊走，哪能不濕鞋，對此也沒誰太過苛責他這位清吏司。

只是到了北涼王徐驍這裡，要嘗試著給這位人屠蓋棺定論，他蔣永樂有幾個膽子？有幾顆腦袋可以砍？即便僥倖猜中帝王心思，只要不合天下清議，或是不合廟堂重臣的胃口，甚至是被北涼那幫武人記恨，他一個小小的清吏司，隨便給人穿雙小鞋，這輩子在仕途上就算沒戲了。

蔣永樂在今天早朝三日前就受了皇命，結果張廬出身的禮部左侍郎板著臉說評「戴」字，當時蔣永樂就嘴唇顫抖。「戴」字，是武封十八中的倒數第二字，大致寓意是「無功無過」。蔣永樂氣得臉色鐵青，搗糨糊不是這個搗法，只要敢將這個字推到朝會上，誰都要拿他這個遞出奏章的清吏司落井下石。

結果顧廬門生的右侍郎潘春劍更加不要臉，一心要把他往火坑裡推，輕輕巧巧說了分明是惡諡的「煬」字。因為本朝沒有平諡的說法，也極少給臣子立惡諡，多是美諡，只是高低不同而已。蔣永樂差點就要給這傢伙一記老拳，不過到底沒這份膽識，潘春劍是實打實的沙場武人出身，真要打起來，十個蔣永樂都得趴下。

蔣永樂就跟死了媳婦般整天哭喪著臉，這三天也不知道掉了多少根頭髮，尤其是驚蟄早朝前幾個時辰的挑燈枯坐，幾乎翻爛了那本《諡解》，仍是遲遲不能下筆，真是連死的心都有了。

尚未拂曉，蔣永樂一掌拍掉茶盞和那本《諡解》，猛然起身，幾近瘋癲，手指顫抖，指向窗外霧濛濛的漆黑景象，怒罵道：「徐老兒，你死了也要讓蔣某不安生嗎？」

在門外候著的侍女戰戰兢兢，壯起膽敲了敲房門，被屋內清吏司怒喝一聲，侍女再不敢推門打攪老爺的大事。蔣永樂哀嘆一聲，蹲下身，撿起《謚解》，書籍被茶水浸染，蔣永樂抬起袖口擦去茶漬，小心地撕開一頁頁黏在一起的書頁，放回書桌。

披頭散髮的蔣永樂伸出五指捋了捋銀白頭髮，癡癡嘿笑一聲，正襟危坐，奮筆疾書，將文武總計四十二美謚與十五惡謚拆散了隨意寫在一張蘭亭熟宣上。

擱筆之後，已是出奇勞累，清吏司氣喘吁吁，轉頭對屋外侍女吩咐了一句，讓她去拿來一枚銅錢，一頭霧水的貌美侍女進屋之後，只見老爺指了指一張字跡隱約透過紙背的熟宣，讓她將銅錢擱在紙上，侍女照做之後，被蔣永樂揮手斥退。

蔣永樂一手按住銅錢，一手翻過熟宣，於是有意要聽天由命的清吏司大人看見了那枚銅錢所靠之字。

厲！

謚解——有功於國，屠戮無辜。

蔣永樂猶豫了一下，喃喃自語：「天意如此。」

◆

東方天空泛起魚肚白，大殿之上，英才濟濟，滿朝文武，多著三品大員才可穿戴的紫袍朝服，一些敕封公侯爵位的老人甚至有著繡蟒的官補子，身穿緋袍官服的各部侍郎司員大多位置靠後。如今封王就藩，大殿上就只剩下一位正黃蟒服的太子殿下趙篆，他獨獨站在左右文武之前，最為靠近九階丹墀。

趙家天子高坐龍椅，兩座巨大香爐仙氣繚繞，坐北望南，天色好的時候，他甚至能看到宮門外那條御道的很遠處。皇帝收了收視線，大殿上幾乎沒人敢抬頭，也就首輔張巨鹿、兩三位六部主官，以及幾名大將軍膽敢平視，唯獨坦坦翁桓溫仰起頭，目不轉睛。

皇帝也不知老人到底在瞧些什麼，環視一周，禮部尚書盧道林沒有上朝，而胸口繡有麒麟官補子的新任兵部尚書陳芝豹則在閉目凝神。顧劍棠常年鎮守邊境，這座大殿上的武臣就以陳尚書為尊，聽說顧廬大概是得了顧老尚書的授意，一開始還算安分，許多軍機事務，都按照鳩占鵲巢了顧廬的新尚書意思去辦，其實陳芝豹也少有摻和，相當懈怠，成天就是在顧廬裡看書。

之後顧廬興許是覺著這個小人屠黔驢技窮，不過爾爾，就開始主動尋釁，結果牽頭的兵部司庫主事黃蕚當天就被剝去官服丟出顧廬外，顧廬裡的侍郎雙盧——盧白頡和盧升象袖手旁觀，眼皮子都沒有抬一下。人脈廣泛的黃蕚四處遊說，這之後御史臺就開始往死裡彈劾陳尚書，結果皇帝輕描淡寫把黃主事正妻的四品誥命都給銷了。在天子腳下，黃蕚不敢怒也不敢言，跑去邊境「散心」，可是大柱國顧劍棠都不願見他一面，黃蕚至今還是一介白丁的光棍身分，淪為京城裡一樁莫大笑談。

離陽的早朝若是沒有御史臺那幫老傢伙傳出「犬吠」聲，不因此引各種山頭黨派的亂鬥，也就會清淨許多，各部在朝會上宣講事宜一向簡明扼要，因為陛下極其勤政，經常通宵批朱，他們做臣子的，總要體諒些。

各種事項在這座王朝中樞裡得到皇帝陛下的點頭或是駁回，通過的政策，就會傳達天下，惠澤南北。今日的早朝異常順利，戶部尚書王雄貴跟皇帝稟明了去年江南、廣陵兩道土地丈量以及賦稅徵收，以及各地庫房糧倉儲備的審核。身為張黨下一任舵手的王尚書，王雄貴學識事功皆是出類拔萃，稟奏時嗓音圓潤，不提內容是好事，光是王尚書那份從容氣度，就讓殿上後輩晚生們折服。

吏部尚書趙右齡也是一份略有老生常談嫌疑的捷報，給去年京城大小官員功績考評的「京考」收尾，皇帝也順勢下旨讓庶族出身的趙尚書主持今年的天下官員「大評」，「儲相第一」的殷茂春不再輔佐，去年京評本就是皇帝有意讓趙右齡「殺雞用牛刀」，實則在為「殷儲相」鋪路。大殿內所有人都心知肚明，若非禮部尚書盧道林不在殿上，今日還要宣布讓殷茂春主持今年科舉，所謂的門生遍天下，當得此說的廟堂梁柱，其實屈指可數——宋老夫子、張首輔——很簡單，歷年科舉主官，不論房師如何換，主官都是這兩位大佬輪流坐。

隨後，極少在朝會上出聲的陳芝豹睜開眼睛，當他橫移出一步，落入滿朝文武的視野，本來偷偷潤過嗓子的一位紫袍名卿立即縮回去。

陳芝豹言語清冷，說了兩遼衛所以及薊州軍鎮裁撤一事，再就是說到了南詔槐州因爭奪皇木而牽起的十六族暴亂。這讓殿上的喜慶氛圍頓時冷了許多，前排幾位重臣，迅速瞥了眼皇帝陛下的臉色。

皇帝仍是笑意不減，不急於開口聖裁，只是笑語溫言讓陳尚書隨後一起去勤禮閣這座「內閣」，與那些殿閣大學士一起君臣慢慢商議，自然還會有幾位起居郎在旁紀錄存檔。之後又有去年與戶部王尚書起了齷齪嫌隙的刑部侍郎韓林稟報事務，還有兩位殿閣大學士也查漏補缺，說了些無關痛癢的東西。

然後，當一品重臣門下省左僕射桓溫終於緩緩收回視線，咳嗽了一聲，所有人頓時打起精神，好戲要登臺了。

碧眼紫髯的張巨鹿就站在坦坦翁身邊，卻置若罔聞，只是望向太子趙篆不遠處的一塊空地——前年那兒還為西楚老太師孫希濟擺有一張椅子，只是從老人入主門下省起到辭去左僕射，被「貶謫」擔當了不過二品的廣陵道經略使後，如今已是人去椅無。

張首輔又轉頭看了眼身後，門生王雄貴與多位大臣一樣都在張望蔣永樂，與之並肩的吏部趙右齡則恰好望向首輔的背後，被逮了個正著，在永徽之春冒尖的趙右齡立即撇過頭。

永徽元年至永徽四年，正值當今天子登基初始，張巨鹿也是在那個時候成為當朝首輔，接連四年執掌天下科舉，他趙右齡，同鄉元虢，還有殷茂春、王雄貴、韓林三人，都是此時鯉魚跳龍門，算是師出同門，都是張首輔的門生弟子，可到頭來，先是工部元虢心灰意冷離開張黨，接下來是殷茂春入主翰林院，自立門戶，緊接著韓林也被張首輔斥出張黨，從此再未踏足那座張廬。六部中實權極大的吏部一直被視作張首輔的自家宅院，可惜這幾年來也是貌合神離了，趙右齡對此有些心懷愧疚，卻談不上什麼後悔。

他趙右齡不甘屈居人下，在張首輔之下也還無妨，只是那王雄貴算什麼東西，當年科舉，也不過是一甲第三名而已，為何是王雄貴最能得首輔與當時還是國子監左祭酒桓溫的青眼？而不是他趙右齡！如今顧大將軍離任兵部，六部恢復正常，又以他手中的吏部為尊，趙右齡很想知道，首輔大人是否後悔當年選擇王雄貴作為張黨未來執牛耳者！

大殿上的一陣顫抖嗓音打斷了吏部尚書的遐思，禮部清吏司蔣永樂硬著頭皮走出班列，緩緩跪下，「臣蔣永樂，有事稟奏。」

當蔣永樂咬牙說出對北涼王的謚號提議時，朝堂上一片喧嘩，那幫功勳武將更是發出不加掩飾的譏諷嗤笑，文臣則一個個神情詭異。

張巨鹿皺了皺眉頭，坦坦翁又開始對著殿梁發呆。

身穿二品獅子官服的楊慎杏是春秋「發跡」的當世名將，獲封握有實權的安國大將軍，八十好幾歲的高齡了，卻比好幾位小他七、八歲甚至十來歲的大將軍都活得長久，那些老傢伙死後賜謚後，家族內少有子孫撐得起場面，而繼承那幾個大將軍稱號的後來者，年紀上就差了一個輩分，何況因為軍功聲望都不足，很難跟楊慎杏相提並論。可以說離陽武臣裡頭，除了顧劍棠跟兩位同為大將軍的老傢伙，手握京畿軍防的楊慎杏說話，沒誰敢不老老實實豎起耳朵。

老而彌堅的楊慎杏見殿上無人接話，就大大咧咧地走出，老人入殿時要跪下，之後言語則無須下跪，楊慎杏先對龍椅那邊抱拳行禮，然後就望向蔣永樂，冷笑道：「徐驍罪孽深重，生前當了北涼王，還得過大柱國頭銜，已是皇恩浩蕩，如今死了嘛，哪裡配得上武十八！從惡謚裡隨便挑個靠前的字眼，朝廷就算很對得起他徐驍了！」

老將軍此言一出，蔣永樂大氣都不敢喘一口，頭低得幾乎要叩到地面上，後背四品雲雀官補子有些明顯的汗水浸透。

趙家天子向後靠了靠龍椅，似笑非笑。

兵部侍郎盧升象出列，平靜道：「臣以為徐驍當謚『抗』字。」

滿朝譁然。

這個謚號，那可是惡謚裡很後邊的了，背尊而忤逆上，幾乎等同於將徐驍定義成離陽王朝的亂臣賊子。

很多人都望向比盧升象更前頭的那襲蟒袍——兵部尚書陳芝豹，可惜依舊是一個穩如泰山的挺拔背影，瞧不出半點端倪。

趙右齡似乎看到前列的首輔大人肩頭稍微動了動。

然後昔日的北涼舊臣、如今的皇親國戚嚴杰溪走出，去年獲封洞淵閣大學士的嚴大人抖袖跪下，沉聲道：「微臣以為安國大將軍的說法，更為妥當。」

這讓許多希望這傢伙不知死活執意要給徐驍一個美諡的臣子都大失所望。

只是很快就讓失望的文臣武將都會心一笑，國子監右祭酒晉蘭亭悠哉走出班列，朗聲道：「陛下，臣讚同盧侍郎的提議。徐驍此人竊據北涼，大逆不道之舉，罄竹難書，將其惡諡『武抗』，才可安撫天下民心！」

趙家天子嘴角翹了翹，仍是沒有出聲。

當朝理學宗師左祭酒姚白峰冷哼一聲，不但出列，滄桑老人還有意無意用肩頭擠了晉三郎一個踉蹌，這才說道：「大將軍徐驍於本朝功不可沒，無人能及，與之軍功相符的諡號，毅、烈兩字皆可，若是用上以武正定服遠的『桓』，最妥！」

如此一來，更是喧囂四起。定力再好、養氣功夫再深厚的臣子，也開始跟身邊同僚竊竊私語。

晉蘭亭冷笑道：「徐驍軍功是有，卻都是朝廷賞賜給他的機會，大勢所趨而已，得恩不知感恩，這等匹夫，如何配得上桓、毅、烈三諡？可笑至極！姚大人，你就不怕此諡一出，天下寒心嗎？」

有了晉三郎做第一個撕破臉皮的大惡人，很快就有早已商量好的三位殿閣大學士連袂出列，附和盧升象跟晉蘭亭的謚「抗」。

御史臺幾位大佬也紛紛響應。

一時間群情洶洶，許多挖苦的刺耳言語都冒出來，雄州巨儒姚白峰氣得臉色發白。從頭到尾，在眾人心目中最該給徐瘸子正言的兵部尚書都沒有開口，最該火上澆油的張首輔亦是默不作聲，期間吏部趙右齡跟戶部王雄貴心有靈犀，幾乎同時想要出列，結果被坦坦翁轉頭一個瞪眼，只好都苦笑著縮回了腳步。

最終，皇帝站起身後，面無表情俯瞰滿朝文武，輕輕撂下一句就退朝。

「功過相抵，徐驍謚號武厲。」

各懷心思的文武百官魚貫出殿，許多重臣看待禮部清吏司蔣永樂的眼神都多了幾分暖意，這小子顯然是要走狗屎運了。不承想這麼一樁大禍事，竟是給他硬生生變成了天大幸事。

桓溫出奇地沒有跟至交好友張巨鹿一同出殿，而是加快步子早早跨過門檻，笑咪咪地走到正要走下白玉臺階的晉三郎身後，拍了拍他的肩膀，對這位相貌清雅的右祭酒大人說是有事相商，隨後一年邁、一青壯來到了殿外廊道拐角處。

晉蘭亭以為是今日早朝他的建議，為坦坦翁身後的張黨接納，有些竊喜，覺著自己多半是要成為張盧的新貴人了。結果，結果就是桓老頭兒使勁一拳砸在晉蘭亭的臉面上，罵了一句：「以往拿了你多少刀熟宣，回頭按銀錢分毫不少還你這狗玩意兒！」

右祭酒大人捣著臉，癡癡望著老人離去的身影，天塌了一般。

臺階之上，一向少有交集的左祭酒姚白峰與張巨鹿今日竟是並肩而立，桓溫走過去，三老一起望向宮門外的御道。浩浩蕩蕩的群臣背影之中，當屬陳芝豹最為矚目。朝之棟梁的文武百官都在議論紛紛，無一例外都是等著看北涼新王的笑話，一想到那年輕人接過聖旨的滑稽場景，就止不住笑意。

陳芝豹在走出宮門前，回頭看了眼大殿屋頂。

臺階上這邊，桓溫氣冗自唏噓道：「好一個驚蟄時節！」

張巨鹿輕聲譏笑道：「萬物出乎震，蟄蟲驚而出走。」

◆

離陽官場有「三同」的講究，即同門同鄉同年，吏部尚書趙右齡與工部侍郎元虢便是如此巧合，一樣師出於張巨鹿，一樣是舊北漢金門郡的寒庶子弟，在永徽年間一同參與科舉，一個狀元、一個榜眼，使得以往極少有人進士及第的金門郡一夜間名聲大噪，若是加上一個志趣相投，趙元兩人可謂是有四同。

兩座府邸才隔了兩、三百步距離，他們之間的走門串戶十分頻繁，鄰里之間早已見怪不怪了。今天趙府不但來了元虢，還有趙尚書的親家殷茂春，兩位本朝的重臣公卿都捎上了孩子，晚輩都是差不多歲數，三姓子弟相互間也多是好友。

戶部王雄貴的幼子王遠燃當時醉酒調戲趙右齡的次女，當然是捅了個大馬蜂窩，何況還揍了個出來好心勸架的刑部侍郎獨子韓醒言，好死不死一口氣惹到了四家人，不過「因禍得福」，如此一來，坐實了王遠燃京師第一公子哥的名頭，雖說事後被當戶部尚書的老爹拉著去趙府門口給跪了半個時辰，可這不妨礙王公子在太安城裡風頭一時無兩。

元虢無妻無子女，但偏偏數他在晚輩裡孩子緣最好，在趙右齡、殷茂春這雙親家拿窖藏冬雪煮茶時，元虢還是跟一大幫年輕男女廝混在一起喝酒，親自熱酒遞酒，也不覺得跌分兒。十來個晚輩習以為常，竟也覺得天經地義，像那殷茂春的長子殷長庚小時候就天天坐在元叔叔脖子上撒尿，叔侄兩個還打趣約好了，以後會由殷長庚給元侍郎養老送終的。

像韓醒言年少時第一次去喝花酒，就是被為老不尊的元虢拐騙去的，這讓老學究韓林火冒三丈，氣得沒穿鞋子就跑去元府緊閉的大門外罵了許久。元虢呢，半點不心虛，開門時就那麼一手掏著耳屎，一手拎著從青樓順手牽羊來的酒壺，嬉皮笑臉詢問韓侍郎要不要喝酒，把韓林氣得從此跟元虢絕交，不過這之後韓醒言經常偷偷摸摸找元虢討酒喝，韓林想管束也管束不住，乾脆就眼不見、心不煩。

殷長庚、韓醒言兩人作為正兒八經的京官，都參加了那次早朝，只是他們的品秩不足以入殿，殿內的風起雲湧，他們自然聽不真切。此時元虢就坐在榻上，懷裡抱著殷茂春的長房長孫，一邊拿筷子蘸酒讓孩子張嘴咂摸，一邊繪聲繪色給他們講述廟堂上的八仙過海。

經元侍郎那麼添油加醋一番，眾人都聽得一驚一乍。趕巧兒，張首輔待字閨中的女兒連同殷儲相的小女兒也進了屋子，元虢老頑童般覥著臉要兩個丫頭給他當叔叔的揉肩敲背。

在太安城衙內子弟中「惡名昭彰」的張高峽瞪了一眼，佩劍的她拔劍兩寸然後狠狠歸鞘。熟稔這位女俠脾氣的元侍郎只得訕訕一笑，所幸殷和韻倒是乖巧許多，斜坐榻邊，給這個叔叔揉捏肩膀。

殷長庚瞥了眼身材高挑的張高峽，迅速收回視線，與今日回娘家的媳婦閒聊起瑣碎家務。韓醒言不動聲色，只是心中嘆息一聲，他何嘗不知道殷大哥對張高峽的心思，成為新郎官前，所有同齡朋友都在祝賀殷大哥成了趙尚書的女婿，都說殷趙兩家門當戶對，更是郎才女貌。

可殷長庚那一晚只是拉著他韓醒言去小館子喝悶酒，韓醒言呼出一口氣，要不怎麼說情絲易結最難解？說來奇怪，論姿色，張高峽甚至還不如當下的嫂子，跟她爹首輔大人同樣是一雙碧眼兒，而且女子無才是德的話，張高峽真是活該嫁不出去，她能與胭脂副評「女學士」的太子妃一較高下，至今就沒有哪個男子能說得過她；劍術也是極其不俗，先後師從東越劍池大宗師宋念卿與京師第一劍道高手祁嘉節，她自然不是什麼繡花枕頭，連棠溪劍仙盧白頡也對她的劍道天賦讚賞有加，大皇子趙武就在張高峽手上吃過苦頭。

這位女子，在太安城確實是那可以橫著走的女俠，反正單槍匹馬的話，打肯定是沒誰打得過她，拚家世？不好意思，她親爹是張巨鹿，義父是桓溫，還有一大幫子如同元虢這樣離開張黨卻仍舊念情的廟堂名卿給她撐腰，誰敢？

元虢還想拿筷子給殷儲相的幼齡孫子蘸著喝酒，被看不下去的張高峽一把奪過孩子，元虢只得轉移話題問道：「剛才說到哪兒了？」

趙尚書的幼子趙文蔚還是個少年，雀躍道：「元叔叔才說到那國子監的晉三郎不知怎的鼻青臉腫了！」

元虢嘿嘿笑道：「對，這一記老拳啊，是咱們坦坦翁桓老爺子打的，真真正正的刁鑽老辣，可憐晉祭酒先是惹惱了姚大家，如今還被曾經是他半個官場領路人的桓老爺子揍了，福無雙至、禍不單行哪。所以你們這些瓜皮娃子以後千萬記得當官做人得夾著尾巴，別太得意忘形，一山總有一山高，元叔叔也好，你們的爹也罷，高帽子都不小了吧？嘿，還是都不能免俗啊。」

三家人知根知底，加上有元虢在，根本沒有什麼忌諱，韓醒言皺眉低聲道：「元叔，雖說晉祭酒嗜好對北涼倒戈一擊，憑此在朝野上下掙取名望清譽，吃相有些下作，可終歸有益於朝廷社稷，而他也確有許多高屋建瓴的高明見地讓人忍不住要拍案叫絕，他跟姚大家在國子監內外都要針尖對麥芒，這對左僕射大人是好事啊，為何要大打出手？就不怕傳入陛下耳中？」

元虢哧溜喝了口燒酒，下意識揉了揉耳朵，笑道：「桓老爺子哪裡會在乎這點雞毛蒜皮的小事，你們啊，太年輕。當年我與你們爹入朝為官的時候，首輔大人的脾氣奇好，差的反而是桓老爺子，元叔叔當年可沒少被老爺子揪著耳朵痛罵。對了，桓老爺子揍晉蘭亭這事兒，你們聽過就算，在這屋子裡為止，傳出去就不好了，否則我得被你們爹念叨得頭疼。」

元虢看到殷長庚欲言又止，一口喝光杯中酒，大呼痛快，伸出酒杯讓韓醒言添了滿滿一杯，抓起一粒花生米丟入酒杯。酒是佳釀，能掛杯，所以酒水哪怕已經高出杯口，仍是沒有溢出絲毫。

侍郎大人低頭望著漣漪，有些恍惚，抬頭後恢復平靜，輕輕晃著酒杯微笑道：「知道你們最想問什麼，這件事呢，也不是不能說，只不過……」

正在逗弄殷茂春孫子的女俠沒好氣道：「我就當沒聽見。」

元虢嘿嘿一笑，又是仰頭一口喝盡烈酒，嚼著那顆酒味十足的花生米，一臉陶醉道：「武封十八，『厲』字呢，本是貨真價實的惡謚，宋老夫子撰寫《謚解》的時候，是先帝授意要將這個字改惡為美，只不過在十八美謚中墊底。老首輔，也就是元叔叔恩師的恩師，嗯，就是咱們張女俠她爹的師父，一直對北涼王怨氣極大，先帝此舉未嘗沒有一份獨到心思。這份心思，直到今年的驚蟄，才算浮出水面。當今陛下頒賜下此字，更是用了心的。以陛下的氣度，自不會給徐大將軍什麼惡謚，其他十七字美謚，如果大大方方給了的話，那日大殿上可就要亂成一鍋粥嘍。說過了朝廷，再來說說北涼，從世子殿下世襲罔替成為北涼王的那個年輕人，對於這麼個不上不下的謚號，接還是不接？不接聖旨的話……」

韓醒言笑道：「這廝難道想告訴天下他們徐家要造反？」

元虢放下酒杯，對韓醒言的評斷一笑置之，繼續說道：「假若北涼忍氣吞聲接下這道聖旨，以北涼對老藩王的忠心，那個新藩王無疑會失去軍心、民心，無異於自拆家門嘍。元叔叔這麼給你們一說，你們覺得那位年紀輕輕的北涼王是接還是不接聖旨？醒言，問你呢！」

韓醒言想了想，笑道：「我打賭那傢伙還是不敢不接，無非就是盡量把大事化小、小事化了，假裝雲淡風輕，竭力壓制謚號一事。」

殷長庚皺眉道：「難，士子赴涼，可都在看著，北涼道就算阻絕消息，百姓知道得不多，可那麼多士子如何能沒有消息門路？更難在接了聖旨是不孝，三十萬鐵騎更要輕視新王；不接是不忠，許多趕赴北涼的讀書人也會有想法。反正新藩王註定難做，一個處置不當，還會兩面不討好，裡外不是人。」

元虢瞥了眼張高峽，手指撚動酒杯，輕聲笑道：「這才是朝廷跟北涼新棋局的先手而已，接下來新藩王要守孝三年，朝廷可沒誰願意為新藩王去求一個奪情起復，這個需要耗時三年的中盤，更加讓人頭痛哪。就算熬過了中盤，解決了焦頭爛額的內憂，恐怕就要面臨倉促收官，北莽一旦執意要先打北涼，嘿……」

元虢不再說話了。

韓醒言小聲說道：「聽上去，好像這位新涼王將來的日子挺慘的？」

殷長庚冷笑道：「是極慘。」

元虢離開小榻，搖搖晃晃道：「醉了醉了，找你們爹喝解酒茶去。」

元虢雙手習慣性揉著耳垂，晃蕩著走出屋子，此時春風仍裹挾寒氣，被風一吹，打了個激靈，轉頭看到張高峽跟在身後，他緩了緩步子，自嘲道：「我元虢是『永徽之春』裡最沒出息的一個，那些年裡桓老爺子罵得最多最凶，也讓首輔大人失望了。」

張高峽冷冷說了一句，就反身去殷長庚、韓醒言那邊。

「確實是失望最大！」

元虢彷彿什麼都沒有聽見，繼續往前走，步履蹣跚。

這位僅是在工部渾渾噩噩擔任侍郎的榜眼，走到一塊足有兩人高的春神湖巨石前停下，開懷笑了。

◆

說來奇怪，首輔張巨鹿在偌大一個家族裡，既不是什麼嚴父也不是什麼慈父，對家務事從不插手，對待幾位子女一向抱著自生自滅的冷淡態度。長子好似並未繼承首輔父親的學識才華，碌碌無為，在京畿邊緣的一個人口不足三千戶的下縣擔任縣令，當了整整六年都沒能往上攀爬一步，事實上時至今日，那個州郡的官老爺都還不知道此人就是首輔大人的兒子。

次子僅是個書呆子，沒能靠著家族福蔭進入翰林院成為黃門郎，寂寂無名。小兒子只能算是遊手好閒，竟是連半分為惡的膽子都沒有，久而久之，即便他是張首輔的小公子，王遠燃這些家世明明輸他一大截的京城紈褲都不愛帶他一起玩了，覺得這傢伙太沒出息，帶出去都嫌丟人現眼。

張首輔的幾個女兒嫁得門戶也平平，每次回娘家，甚至都見不著爹一面，哪怕張巨鹿在家中閒暇無事，也只是在書房雷打不動，從不露面，幾個女兒只敢帶著那些見著首輔老丈人都站不穩的丈夫，站在書房門口隔著房門，怯生生問安幾句，張首輔頂多就是不輕不重「嗯」一聲，很多時候乾脆理都不理。

張首輔偶爾見著了才會走路的孫子，才會有些淺淡笑意。所以在府上，能跟這個權傾朝野的爹說上幾句話的，也就只剩下尚未出嫁的張高峽了。

紫髯碧眼的首輔大人今日獨坐光線昏暗的書房，這間書房就是張府的雷池，連女兒張高峽都不怎麼能走進來，這麼多年來能在這兒落座的人物，自然更是屈指可數，桓溫算一個，因為房內椅子就一把，誰坐下，就意味著首輔大人必須站著了。

張巨鹿對美酒佳餚從無興趣，也無納妾，妻子是恩師老首輔的女兒，那位老婦人當初嫁給張巨鹿的時候，京城就有「首輔女兒狀元妻」的說法，等丈夫也當上首輔後，更是尊容至極，哪怕當今皇后趙稚見著了也要以禮相待。只是兩人感情清淡如水，一年到頭也說不上幾句話，相敬如賓更如冰罷了。

張巨鹿對縱橫十九道也無興致，倒是對黃龍士首創的象棋十分癡迷，只是除了桓溫這個老友，極少跟人在棋盤上廝殺，更多時候都是自己跟自己下，下了二十來年，也沒厭煩。此時張巨鹿就在棋盤上分別挪動紅黑棋子，這副棋子棋盤俱是象牙雕琢而成的昂貴象棋是當年元虢送來的。

狀元榜眼、探花年年有，可永徽之春那短暫四年中進入朝廷視野的那撥「年輕俊彥」，卻是如今廟堂上各掌大權的名臣，以至於註定要在青史上留下濃墨重彩的大篇幅溢美之詞。這些當下年紀都不小了的權貴，元虢是最有「意思」的一個，公認才氣最高，名聲卻最為不顯，性子最為跳脫，最浪蕩無良，擱在尋常文臣身上，這叫作名士風流，可對一個想要成為閣臣的官員而言，這樣的形象，很致命。

所以當時張黨該由誰接過衣缽，張廬該換成哪個姓，就根本沒誰會想到那個在工部廝混的元侍郎，不說趙右齡、王雄貴、殷茂春，就連品秩相當的刑部韓林都要比元虢更出彩，很難想像元虢是這五人中第一個跨過四品門檻的傢伙，可惜光有好的先手於大局無益，官場本就是個講求循序漸進，後勁越來越重要的地方，否則就只有虎頭蛇尾的慘澹下場。

張巨鹿雙指夾住一枚棋子，輕輕敲打棋盤邊上疊起的一堆「死」棋，自言自語道：「棋是好棋，就是差了火候，稱不上一著收放自如的妙棋。此時收得太攏，接下來只能是要麼不放，要麼就必須放太多了。不過也是人之常情，輸了那麼多年，再不扳回一城，以後想贏他一回連機會都沒有了。」

這位首輔大人看了眼七零八落的棋盤，沒了興致，站起身，走到窗口。院中綠柳已抽新芽，果然是入春了。

張巨鹿陷入沉思，轉身去棋盤上撿起一枚紅色棋子，刻有「相」字。

張巨鹿笑了。

「趁著元本溪謀劃未及，一物換一物，是時候交給你了。」

◆

在那道聖旨約莫該到了北涼道邊界的時候，有一騎於清晨悄然出城。

這位白衣男子，斜提一杆梅子酒，沿著御道徑直離京。

這一天早朝在殿外沉悶春雷聲中，司禮監掌印太監宋堂祿宣讀了三道聖旨：禮部尚書盧道林辭去官職，告老還鄉，由工部侍郎元虢遞補；陳芝豹辭去官職，封王就藩西蜀；兵部尚書由侍郎盧白頡升任。

京城震動。

傳聞有數位骨鯁老臣踉蹌出列跪地，泣不成聲，當庭直諫天子，言語顧不得半點含蓄，直截了當訴說莫不可將那陳芝豹放虎歸山，還說北涼便是那前車之鑒，養虎為患一次也就罷了，怎可再讓陳芝豹得勢。

皇帝陛下以「無事退朝」四字作答。

如此一來，各自官升一級的元虢、盧白頡兩位新任尚書，都沒有太多道賀聲了。

◆

暮色中，一位中年白衣僧人很荒誕地帶了位婦人在身邊一同入城，時下人人皆知朝廷正大肆滅佛，城門甲士都對這對男女瞪大了眼睛，一臉的夷所思，這和尚是來太安城找死不成？見慣大場面的京城百姓也紛紛側目，眼神就跟看妖怪差不多。

姿色尋常的婦人輕聲打趣道：「當年我想看你，踮起腳尖都見不著，得蹦蹦跳跳的才行。」

白衣僧人摸了摸自己的光頭，笑臉溫暖，「那會兒就覺著哪家的閨女，腳力真是好，足足蹦跳了好幾里路。」

婦人擰了他一把，哼哼道：「到了京城，少勾搭狐媚子！」

「哪能呢？」

「只要有一個不知羞的狐狸精跑來勾搭你，看我不收拾你！」

「這個有點難啊……媳婦，妳現在就動手吧。」

「吹，讓你吹！你瞧瞧現在誰認出你了？再說了，那些還念念不休的女子，早已人老珠黃，我可不放在眼裡！」

「媳婦，不放眼裡，放在心上了啊，還不如不放心頭放眼中呢。」

「找削不是？」

「……」

「這世上還真有人相信吃你的肉就能長生不老？」

「唉。」

「心若不誠，甲子吃齋持戒有何益。心若不善，百年出家修道有何用。我看呀，燒香求神拜佛，不如自己攢福做菩薩。」

「咦？媳婦，妳也去聽了慧欣方丈的那場講經？妳不是最不愛聽這個嗎？」

「哼！當時是跟老方丈借錢去了。老和尚明明有錢，偏說沒錢，就跟我叨叨叨這個！出家人不打誑語，不像話！」

「哈，媳婦啊，慧欣方丈說沒錢確實不曾打誑語，那些銀子，在他看來就是佛寺的磚塊、佛經的書頁……」

「哦？那些銀子不是你讓笨南北偷偷藏到老方丈那邊的嗎？」

「哈哈，媳婦，快看快看，太安城的人就是多啊。」

「我想咱們家李子了，也想南北了。」

「我也想啊。」

「喂喂，前邊兩個使勁兒瞧你的男子，是誰？難道除了黃龍士那傢伙，還有男人要跟我搶男人？當心，你去幫我找塊板磚來！找拍不是！」

「呃，一位是皇帝陛下，另外一位叫元本溪。」

「那我買胭脂去了……」

「我去跟他倆借些銀子？」

「我傻啊，跟老方丈們借錢可以不還，跟他們借，我能不還？」

「也對。」

前方兩人雙手合十，雖說都不信佛，但仍是朝這位曾經西行萬里的白衣僧人行了一禮。

可這位白衣僧人，則轉身笑望向媳婦離去的背影。

◆

南詔槐州不太平，一路行去，滿眼皆是逃難的百姓，斜塌的木梁，墳包般的烏青礫石堆。五溪交匯的江上木商古道，沒了往日的繁華熱鬧，渡口碼頭上不見一艘船隻停留。一個小和尚和一位少女站在渡口溪邊，少女趴在地面上，探出頭拿還算清澈的溪水當作鏡子，仔細捋著額頭鬢角的紊亂青絲。

精疲力竭的少女坐起身，拍了拍身前的塵土，無奈道：「笨南北，那些難民都吃不飽，你給他們講經說法有什麼用啊？也填不飽肚子的。」

「師父說意起緣生……」

「打住打住，聽你給人說經就會覺得餓，你再叨叨叨叨，我就真要餓死了。」

「哦。我給妳找吃的去！」

小和尚和少女身後突然傳來一陣陰陽怪氣的言語，少女側頭看去，眉頭緊皺，是一群吊兒郎當的地痞，多達三十幾人，身材健壯，大多披獸皮掛肩，比起普通的浪蕩子顯然要孔武有力許多，大概就是江湖上所謂的五溪蠻子了。

少女站起身，扯了扯小和尚的袈裟袖口，眼神示意他打不起躲得起。擱在以前行走江湖，她可不會這麼好說話，論起打架揍人的功夫，她還算馬馬虎虎，只是帶上身邊的笨南北後，她就很少惹事了。

這幫五溪蠻子嘴上穢語不斷，他們兩個外地人也聽不懂拗口方言，不過蠻子們的眼神說明了一切，他們看上了小和尚身邊的少女。因為皇木爭江案，槐州五溪一帶被戰火殃及，而且離陽朝廷本就對南詔掌控不力，有些勢力的，沒少做對中原商人趁火打劫的勾當，許多莊子店鋪都被掃蕩一空，這都算幸運的，破財總歸還能消災，許多人連命都說沒就沒了。

少女輕聲說道：「咱們跳溪。」

小和尚搖頭道：「妳不是餓了嗎，哪有氣力游水？」

少女氣得就想要敲這個笨蛋的腦袋，可小和尚已經獨自走上前去，雙手合十，攔在路中間。

一名五溪蠻子快步上前，對著這個找死的小禿驢就是當頭一拳，然後後退幾步，抖了抖手腕，眼神有些古怪，轉頭嘰嘰哇哇說了一大串。

下一位五溪蠻子獰笑著小跑起來，高高躍起，往死裡斜踹向這古怪小和尚的胸口。

小和尚身形微微搖晃了一下，神情依舊平靜。

那夥五溪蠻子顯然都被狠狠震驚了一下，其中幾人開始抽出鋒利雪亮的彎刀。

少女正要上前拖曳著小和尚跳入溪水，小和尚轉頭咧嘴一笑，晃了晃那顆光頭，眼神堅毅。

小和尚重新轉過身，默念一聲，合十雙掌拉伸開去一尺，然後猛然合十。

五溪蠻子愣了一下，誤以為撞上鐵板了，結果等了片刻，四周毫無動靜，頓時哈哈大笑，其中一名刀客用刀背敲打肩頭，陰笑著走來。

小和尚那件袈裟飄拂不定。

「我佛如來。」

平靜溪水之中，頓時掀起一陣毫無徵兆的驚濤駭浪。

一條溪水彙聚而成的猙獰青龍做天王張鬚狀！低頭朝那群五溪蠻子咆哮如雷鳴！

嚇得眾人屁滾尿流。

這次離開家後，再沒有買過一盒胭脂的少女坐到渡口邊上，沒有任何驚喜，反而神情黯然。

小和尚撓了撓頭，蹲在少女身邊，嚅嚅囁囁了半天，終於開口。

「李子，我只是個和尚，什麼都不會，只會念經啊。」

「念經就非要成佛嗎？誰稀罕你的舍利子！」

「李子，妳餓不餓？我給妳化緣去唄？」

「……」

「東西？」

「……」

「李東西？」

「……」

小和尚「唉」了一聲，嘆息著托著腮幫遙望遠處。

背對小和尚的少女抬起袖子，抹了抹臉頰。

◆

一支百人精銳輕騎護駕的車隊已經看見那塊幽州界碑，再往前沒幾步，就是北涼道了。掛明黃色簾子的馬車內坐著一位印綬監的大太監，捧著一只睡覺都不敢離手的金漆盒子，盒內便是那離陽朝廷賜頒北涼的誥敕聖旨。

老太監越是臨近北涼，眼皮子就越跳得厲害，不斷告訴自己只要踏足北涼道轄境就心滿意足，哪怕暴斃途中，好歹也算將聖旨攜帶到了北涼道土地上。不過他終究是心存僥倖，思來想去，還是不認為那位年輕新藩王膽敢派人行刺或是拒收聖旨。然後馬車突然停下，印綬監老宦官感受到不同尋常的氣息，掀起簾子一看，心一下子沉了下去。

幽州界碑附近，有不計其數的鐵騎一直蔓延到了視野中的驛路盡頭。

祥符元年，春分後、清明前，護送聖旨的車隊尚未進入北涼，便被兩千北涼鐵騎驅逐出三百里。

同時，有一支八千騎軍兵臨河州朱樓軍鎮，還有六千兵馬矛頭直指河州鐵霜城。

聖旨不得入北涼寸步。

◆

姚府來了名不起眼的外鄉客人，一門五雄傑的姚家每日裡訪客絡繹不絕，倒是沒有誰會對此上心。不過姚家雖說是太安城裡的新貴高門，來訪勳貴裡頭卻少有真正的廟堂重臣，不說張首輔，便是六部主官也沒有一個。

今天總算有個老頭「壞了規矩」，拎著壺劍南春燒就來找人一起喝酒，把姚府門房嚇了一跳——乖乖，竟是門下省左僕射桓溫桓老爺子大駕光臨！門房來不及稟報家主，急匆匆要自作主張開儀門迎接，不承想老爺子腳底抹油，直接就從側面溜進府中了。本朝理學宗師姚白峰趕忙帶人去尋找那位坦坦翁，不承想是好不容易在一座涼亭裡看到了老人，只是……

亭內有位年輕京城士子正跟姚白峰的嫡長孫在棋枰上論英雄，來府上不蹭吃喝卻是蹭名聲的年齡相仿旁觀者，則圍成了一圈，很講究觀棋不語真君子的規矩，只有一個老頭兒擠不進人堆，乾脆就站到了亭椅之上，居高臨下望著戰況膠著的棋局，總是喜歡出聲瞎指點，若是金玉良言也就忍了，可次次支招，臭棋簍子的水準一覽無遺，很惹人厭，故而每次胡亂言語都會惹來白眼無數，滿身酒氣的老人卻樂此不疲。

姚白峰哭笑不得，默默靠坐著廊柱，不去打攪坦坦翁的閒情雅致。姚大家身邊有一張於姚府而言也很陌生的年輕面孔，這位年輕人也站到廊椅上觀看棋局走勢。

桓老爺子僅是瞥了一眼，就繼續在那兒指點江山，傳授姚登穊該落子何處，被足足聒噪了半局棋的姚家嫡長孫無奈一笑，自然不會依著那醉酒老頭兒的言語，在他棋盤落子後，就聽到高處老頭兒冷哼哼說了「昏著」二字。

也不知是誰頭一個發現了涼亭中坐著的國子監左祭酒，趕忙朗聲致禮，如此一來，就沒誰再留心棋局勝負了，一位位趕忙恭敬作揖。亭中士子多是小門小戶的出身，之所以能認出姚白峰，歸功於有人新入國子監，遙遙聽過這位理學宗師講學授業。

姚白峰笑了笑，抬臂指了指站在椅子上的拎酒老頭兒，溫言笑道：「你們這些孩子啊，拜我作甚，沒瞧見還有一位左僕射大人在這兒呢，官帽子比我大多了。坦坦翁，你說是不是？」

桓溫氣呼呼道：「棋才下了大半，繼續繼續，你們兩人莫要當那沒有下邊的宦官。」

亭中士子都被驚嚇得不輕，一時間呆若木雞。只見坦坦翁身邊站著的年輕人跳下椅子，穿過人牆縫隙，往棋盤那邊走去，彎腰拈起一顆白棋，輕輕敲在一處，微笑道：「收官完畢。」

然後直起身轉頭對眾人笑道：「來，別傻站著了，咱們一起拜過左僕射大人，這樣的大好機會別錯過了。」

桓溫走下長椅，擺手道：「免了免了，老夫今天也就是個客人，萬萬不敢擔下客大欺主的罵名。你們識趣的，就別把老頭子我往火坑裡推，否則萬一將來有哪天落在老夫手裡，看不使喚你們徒步走上七、八里路買酒去，連那酒錢都還得你們出。」

姚白峰讓嫡長孫把一群感到榮幸萬分的士子送出涼亭，只餘三人，桓溫跟姚白峰這兩位國子監新老左祭酒的老傢伙對坐棋局，「收官」的年輕人則站在姚白峰身後。桓溫盯著棋局，笑了一聲，「還真是給你收官了，方才那群娃兒就沒這份棋力手勁。」

姚白峰點頭道：「桓大人，這位便是先前我與你說起過的孫寅，今年科舉文魁，非他莫屬。」

桓溫笑容恬淡道：「左祭酒大人啊，心心念念，就真給你心想事成了？你老打著瞌睡，北涼那邊就給你遞過枕頭了？有啥祕訣不，你給說說？」

姚白峰豈會聽不出坦坦翁言語裡的「殺機」，顯然是信不過北涼出身的孫寅，皺了皺眉頭。

孫寅坦然笑道：「路遙知馬力，日久見人心。」

桓溫抬起頭，平靜問道：「哦？怎講？」

孫寅答道：「三年不鳴，一鳴驚人後，還望桓老爺子的門下省收留在下。」

桓溫自顧自說道：「嗯，三年不參加科舉，若是常人不算什麼，反正考了也考不出大功名，聽說你精通制藝，是衝著那連中三元去的，就有些難得了。不去近水樓臺的國子監，不去碧眼兒的六部撈取油水，不去清貴的翰林院掙取聲望，跑來清水衙門的門下省坐冷板凳？

有點意思。

趁著涼亭裡沒外人，老夫藉著酒意把話說清楚。北涼出了個嚴杰溪，出了個白眼狼晉蘭亭，老話說事不過三，老夫總覺著該是出個身在趙室心在徐的梟雄人物了，所以老夫任你說得天花亂墜，仍是信不過你。

姚白峰這老兒呢，桓溫很熟，老傢伙一輩子都只跟故紙堆裡的聖賢打交道，人心險惡他是不懂的，認不出幾隻人皮鬼。老夫不一樣，大半輩子都在太上老君的煉丹爐裡打滾，你小子，老夫不喜歡，很不喜歡，所以老夫在世一天，就不准你考取功名，只能來門下省從小吏做起，如何？」

孫寅平靜道：「無妨。」

姚白峰氣極，也不稱呼坦坦翁或是左僕射大人了，直呼姓名：「桓溫！你不要欺人太甚！」

桓老爺子喝了口酒，斜眼道：「咋的，要揍我？君子動口不動手啊，再說了，我揍過了右祭酒晉蘭亭，再跟你左祭酒打一架的話，國子監的臉面往哪兒擱去？」

姚白峰起身怒道：「孫寅，別理睬這混帳老頭兒，咱們走，由著這傢伙自己撒歡去。」

桓溫笑道：「好了好了，老姚啊，你也別演戲了，瞧你這皇帝不急太監急的，人家孫寅都還老神在在的。別得寸進尺啊，要不是我看在咱倆好幾十年的交情上，才懶得出面當這個惡人。把話說到底，這小子就算真的一口氣把會元、解元、狀元都拿到手，你以為朝廷敢用他，碧眼兒會用他？成名太早、太盛，不是好事。

趙右齡他們幾個能有今天的出息，不是他們本事有多大，而是碧眼兒的心胸寬。做學問，你老小子自然厲害，是文壇上的王仙芝，可當官啊，你還不如人家晚輩孫寅。我雖不喜歡你這個有意託付衣缽的得意門生，可好歹冒著晚節不保的風險，做了他的護身符，進了門下省，少了是非，就算在太安城紮下腳跟了。朝廷已經有個晉三郎，再難對北涼年輕人破格提拔了，而且孫寅膽敢在這幾年撞到碧眼兒的刀口上去，不死也要脫幾層皮。你再跟我嚷嚷，我就收回話了，由著你害死孫寅，咋樣？」

姚白峰說不出話來。

桓溫把酒葫蘆丟給左祭酒，「去，親自給我裝滿酒，就當你賠罪了。」

姚白峰怒氣衝衝擲回酒壺，重新落座。

桓溫小心翼翼捧住酒壺，瞪了一眼，然後輕聲感慨道：「三省六部，朝廷一直有意在中書省不設主官，我桓溫雖然頂了孫希濟的位置，成為門下省的左僕射，不過門下省一直成不了氣候，照理說本該是中書省的應聲蟲，可如今中書省由那些殿閣大學士和一座翰林院對峙爭鋒，發不出什麼聲音，門下省就成了可憐蟲，這才讓做尚書令的碧眼兒成了本朝首輔。但是六部勢大，這也不是長久之計，戶樞不蠹，流水不腐，廟堂這座大房子，一些棟梁是該換一換了。孫寅，老夫考校考校你，已經出題，你來破題承題，大致說說看接下來的廟堂走向，以及為何會如此。」

孫寅笑道：「那先從三道聖旨中的兩道說起，盧白頡升任兵部尚書，元虢遞補禮部尚書。尚書省有張顧兩廬，權傾天下，如今顧廬已經從顧劍棠大將軍換到小人屠陳芝豹再換到泱州盧氏棠溪劍仙，顧廬人心漸散，再難像以往那般同氣連枝。隨著廣陵道盧升象進入兵部，兵部便真正是皇帝陛下的兵部了，顧廬已是徒有其形而無其神。

第二任主人陳芝豹離任前打壓司庫主事黃蕚，原先的顧廬主心骨顧劍棠故意視而不見，便是從邊關主動傳遞給朝廷一個消息，顧廬不姓顧了，以後該姓什麼，皇帝陛下說了算。顧廬一去，就只剩下張黨盤踞的張廬，本該是更上一層樓的景象，但首輔大人並未如此行事，事實上這十年來首輔一直就有意自斷枝葉，驅逐元虢，斥出韓林，刻意疏遠發家之地的翰林院，任由儲相殷茂春更換門庭，最後讓吏部趙右齡與戶部王雄貴兩虎相鬥，張廬做出了出人意料的選擇，留下了相對勢弱的戶部尚書，而非趙右齡。可以說張黨在朝廷，這幾年是在步步後撤，但無妨，只要首輔大人坐鎮張廬，誰都不敢造次。

首輔當初蟄伏翰林院十數年，是無人知曉的先手，在尚書省的布局，則是讓很多人霧裡看花的中盤，接下來大概是要收官了，禮部尚書不讓眾望所歸的儲相殷茂春接任，顯然是收官階段『明君權相之爭』的第一步，雙方皆有默契，殷茂春在接下來數年內，將會結束中書省一盤沙無主官的格局，成為名義上的首輔權力上的次輔，與時下尚書令張巨鹿平分秋色。

而禮部尚書元虢會接過首輔大人的尚書令，並非是那理所應當的張廬下一任主人戶部王雄貴，加上有桓老爺子坐鎮門下省，當和事佬，三省融洽，不至於為黨爭消耗太多國力。至於吏部趙右齡，撐死了也就是在死前得個殿閣大學士的頭銜，死後再拿個極為靠前的美諡，先丟裡子，卻能再得面子，大體上說得過去，何況有親家殷茂春先一步隆重上位，趙右齡也得避嫌。」

桓溫頻頻點頭，笑咪咪道：「那我桓老頭兒死後，誰來執掌門下省？你孫寅莫要奢望，我死之前定會密奏陛下，不讓你太過得勢的。」

孫寅神情淡然，微笑道：「有能耐下這盤棋的人物，又不是只有張首輔，既然儲相殷茂春已經浮出水面，便自然會有下一位儲相如今在做潛龍的隱相，只不過此人是誰，身處何方，我孫寅可猜不到，大概還得等上好些年。不過此人定然不會是首輔與左僕射大人的門生。」

桓溫哈哈笑道：「小子可以啊，往後二、三十年，大抵如此了。回頭老夫帶你去碧眼兒府上，你與他下幾盤象棋，多半要輸棋的碧眼兒肯定記恨你，你就能更加安心在門下省當門下走狗了。」

姚白峰臉色不悅，重重冷哼一聲。

孫寅猶豫了一下，好奇問道：「老爺子，為何要揍那晉三郎一拳？」

桓溫撇了撇嘴角，「晉蘭亭那小子啊，給離陽老百姓當父母官應該不錯，給陛下當臣子更是忠心，不過說到做人，就忒不地道了。我揍他，是為他好，省得太過志得意滿，自以為有我跟碧眼兒給他撐腰就目中無人。對了，老姚，這小子在國子監拉幫結派，我替你出了口惡氣，放話說要還他熟宣的銀錢，你替我把錢還了吧？」

姚白峰冷笑道：「你覺得我會幫你出這份銀子？」

桓溫晃了晃空蕩蕩的酒壺，一臉無奈道：「沒錢沒酒，這日子沒法過了。」

孫寅繼續問道：「聽說北涼新藩王陳兵幽州邊境，拒收聖旨？」

桓溫笑道：「兩害相權取其輕嘛！如此一來，朝廷此番試探底線，也該知曉他新涼王不是好招惹的軟柿子了，以後再拿捏北涼，就得掂量掂量。像頒賜謚號這類檯面上的出招，不會太多，只是南糧入涼的漕運這類暗地裡的陰招，比以往就要多了。

話說回來，驚蟄時節大殿上商議謚號，說了良心話的，嚴杰溪只算半個，一半是惺惺作態，唯獨你姚白峰傻乎乎觸了大霉頭，以後啊，國子監肯定是晉蘭亭的囊中物了。也好，我本就不想你老姚有個一官半職，做學問的就閉關做學問，比什麼都強。離陽一統春秋後，陛下對天下士子十分寬容，還不曾有過一樁文字獄，我可不希望出現在你們姚家身上。」

姚白峰感慨道：「既然能容天下，為何不能容下一個死人的美謚啊？」

桓溫白眼道：「姚白峰啊姚白峰，讀書讀傻了不是？君王不是人？就不能有七情六欲了？你就知足吧，攤上這麼一位明君，已是做臣子的莫大福氣了。」

姚白峰哀嘆一聲。

桓溫遞過酒壺，「老姚，算我求你了，來壺好酒，滿肚子老酒蟲子在跟我造反哩！」

姚白峰無可奈何，接過酒葫蘆離開涼亭。

桓溫笑呵呵道：「坐下吧，迂腐老書生總算走了，你我盡可以說些大逆不道的言語。」

孫寅坐下後輕聲道：「先帝與當今天子之間有一個北涼王，陛下與太子趙篆之間，則是輪到了咱們首輔大人，大將軍好歹天高皇帝遠，手握三十萬精兵，有北莽虎視眈眈，朝廷就不敢對徐家卸磨殺驢，也就只能等徐驍死後拿謚號噁心人，可張首輔……」

桓溫瞥了眼這個年輕書生，緩緩問道：「你這麼聰明，北涼知道嗎？」

孫寅反問道：「我來太安城，不為帝王謀，只為蒼生謀，桓老爺子相信嗎？」

桓溫盯住孫寅，然後嘆氣道：「曾經有個叫荀平的讀書人也是這般志向，到頭來死得很慘。」

亭外院中，一群春鶯嘰嘰喳喳，爭奪著陽光和煦的暖樹枝頭。

桓溫突然說道：「北莽鐵蹄南下，北涼王為中原死守西北門戶，朝廷見死不救，徐鳳年戰死邊關。如果真是如此，桓溫希望自己那時候已經死了，看不見這一幕。」

孫寅平淡道：「真有這朝野上下普天同慶的一天，我上墳敬酒時，一定會給老爺子說一聲的。」

桓溫笑罵道：「你這龜孫子！」

孫寅面無表情回罵道：「老王八！」

第四章　青蒼城設甕捉鱉　徐鳳年重創種涼

塞外荒漠上，有一騎西行，馬上之人腰間佩有雙刀，穿了一身粗布麻衣。涼州再往西，古有鳳翔、臨謠、青蒼三座軍鎮，控扼中原上游，同時與鐵門關互為掎角，一起鉗制廣袤西域地帶。只是如今三鎮早已荒棄，淪為十數萬流民的絕佳窩藏點。這些戴罪之身的亡命之徒，尤為驍勇善戰，別說青壯男子，便是婦人與七、八歲的孩子，只要給他們一杆木矛，就敢跟北涼甲士拚命。

涼州邊軍歷來就有拿流民演武練兵的習慣，這些罪民的血性，大半也是北涼鐵騎逼出來的，不得不狗急跳牆。北涼遊弩手的篩選，第一件事就是丟進這裡，只給一匹馬、一張弩、一柄涼刀，然後自求多福，能活下一個月，才算跨過了第一道門檻，死了的話，連收屍都是奢望，早給那幫恨北涼入骨的罪民鞭屍鞭到碎爛。遠離邊境的陵州百姓都說在那兒長大的孩子，最喜歡踢著北涼陣亡軍士的頭骨玩耍，所以那裡的傢伙，都人不人、鬼不鬼，十分瘆人。

這一騎西去兩百里時，就遇上了剛剛投入此地的一夥未來遊弩手，雙方一觸即發，根本沒有任何言語。粗麻男子輕描淡寫擋下了短弩攢射和兩撥衝鋒，不曾傷人。這些精銳甲士無功而返，就不再奢望啃下這塊硬骨頭，雖說返回涼州後斬首多寡跟賞銀多少掛鉤，只是初衷仍是活下來，既然擺明瞭砍不下那廝的腦袋，在撿回一根根弩箭後就默默繞道離去。

這塊流民群聚之地，藏龍臥虎，不乏在離陽那邊犯事後逃竄塞外的江湖人士，能在這兒站穩腳跟的，不是武道境界高，就是精通旁門左道，因此那幫甲士遇上這名披白麻衣的佩刀騎士，並不覺得如何奇怪，倒是奇怪這個瞧著歲數不大的傢伙竟然連一柄刀都沒有出鞘，就擋下了所有攻勢，讓他們心生忌憚。

十數萬魚龍混雜的流民並不分散，主要集中在由東往西青蒼、臨謠、鳳翔這三座從離陽地圖上除名的棄城，因為一旦分散開去，肯定就淪為北涼甲士的刀下鬼。流民少有兵器傍身，這樣的散兵游勇，遇上有望成為北涼精銳斥候的成隊甲士，再不怕死也得死。至於為何北涼不一鼓作氣攻下三城，能活著就屬萬幸的流民懶得去計較這個，巴不得北涼王老人家把他們當作一個屁給放了，不過聽說這位人屠已經死了，他們半信半疑，一開始或多或少鬆了口氣，然後三城都傳言新王上位，要拿他們開刀立威，很快就要大兵壓境，立即讓人提心吊膽起來。

這些流民其實最恨的是那個毒士李義山，當年徐家入主北涼，那些稍稍流露出異心的當地豪族門第青壯都給趕盡殺絕，一個不剩，不高過馬背的孩子則被驅趕到此處，之後北涼甲士來此獵取軍功，以及不許涼州流入此地一斤鹽、一塊鐵，都是出自李義山的授意。

早年還有人貪慕榮華富貴，希冀著用三城祕密軍情當投名狀，以此跟北涼換一份安穩日子，結果就讓李義山下令宰殺殆盡，直接拋屍青蒼城外，所有流民這才澈底死心，姓李的那是鐵了心要讓他們做一輩子的孤魂野鬼啊！至於老北涼王徐驍，以往流民倒是恨得一般，更多是畏懼，如今人屠死了，他們轉為恨了，因為有人有鼻子有眼地說了，人屠死前有遺言，要新王用二十萬流民給他陪葬，好在陰間湊足雄兵百萬，才可以去跟閻王爺掰手腕。這種乍一聽相當匪夷所思的鬼話，在朝不保夕的流民之地，竟是沒人不信！

一騎臨近青蒼城，暮色中依稀可見幾處村莊炊煙嫋嫋，這一帶就少有北涼騎卒膽敢肆無忌憚地遊掠了，上一次，還是經略使大人的兒子跟一位重瞳子，來這兒遠遠繞城逛蕩了一圈。

佩刀男子牽馬而行，跟村口一戶泥屋人家討要了一瓢水。一家四口，一對膚色黝黑的健壯夫婦和一對沒鞋穿的子女，眼神異常生冷，大概是被訪客的腰間雙刀給震懾住，才壓下殺人越貨奪取馬匹的衝動。

當家的漢子忍著肉疼，從水缸底艱難地舀起一瓢濁水遞出去，那人不是自己喝水解渴，而是暴殄天物地用作洗刷馬鼻，這戶人家的兩個孩子都遠遠看著一人一馬，眼神熾熱。在這兒，有把鐵刀，就更容易活下去，至於有匹好馬騎乘，純粹是件很奢侈的事情，有靠山還好說，否則等同於在臉上寫有「跪求一死」四個大字。

臉龐年輕頭髮卻灰白的騎士遞換葫蘆瓢的時候，斜眼瞥了下兩個孩子。同樣是看刀，倒馬關那兒有個稚童，是為了心目中那個乾乾淨淨的江湖夢，這裡的孩子，是想著被人殺時如何殺人，兩者有天壤之別，但沒有對錯之分。

牽馬離去前，他從鼓囊囊的錢袋子裡掏出一塊分量很足的銀子丟出去。那漢子接住了銀子，狠狠咬下一口，朝他咧嘴一笑，眼神中談不上什麼感激。

沒多久，漢子喊上村子二十幾號青壯男子，提著家家戶戶可以少了暖被娘們兒卻獨獨不能少的木制長矛，還有些壯實婦人和稍大孩子也不甘落後，氣勢洶洶，截住了那不小心露了黃白物的外鄉遊子。

說是攔截並不準確，因為那傢伙出了村子沒多遠，就停下馬，好似一直在等他們。那懸刀單騎，將錢袋子往身前空地輕輕一扔，用地道的北涼腔調說了一句：「不怕死，有本事，就拿走。」

如此一來，反倒是沒誰敢率先輕舉妄動。那一袋子銀子當然誘人，只是這佩刀騎馬的年輕遊俠瞧著不像是容易被劫殺的短命貨色。

遊俠見他們沒動靜，一夾馬腹，馬蹄輕輕踩地，前往那袋子銀錢。就在此時，一根木矛疾掠而出，被削尖銳的長矛直刺遊俠的胸膛。出矛之人是名高大結實的少年，矛術是少年用刺殺無數隻奸猾沙鼠餵養出來的，自是指哪刺哪，準頭沒話說。

只是木矛凌厲，可惜那遊俠兒不知如何動作，就掉轉矛尖，輕巧握住了木矛，除了不知所措的狠辣少年，其餘漢子婦人都提矛後撤，以此跟少年撇清界線。

佩刀遊俠用矛尖刺透錢囊，策馬緩緩朝少年而去。錢囊針織嚴密，滑落木矛中段便停下。馬蹄不重，卻聲聲敲在流民心口上。那見財起意的少年沒有束手待斃，不退反進，面朝一人一馬撒腳狂奔，不跑直線，如蛇扭曲滑沙，身形靈活的少年稍稍掠過馬頭半丈處，腳尖一擰，狠狠轉折撞殺向馬腹側面。

遊俠隨意伸手，握住了少年的頭顱，高高拋起，矛尖直指少年腹部。

這時候那些漢子婦人身後傳來一聲哀號，一個骨瘦如柴的女童踉蹌衝出人牆。遊俠皺了皺眉頭，長矛在空中倒畫出半個圓弧。

少年重重墜地，逃過了被自家木矛穿透而死的命運，他摔得不輕，但是晃了晃腦袋，竭力站起身後，將面黃肌瘦的小女孩護在身後，死死盯住馬背上斜提木矛的遊俠。

遊俠兒丟擲出木矛，傾斜釘入少年和女童身前幾步的黃沙中，目光越過少年頭頂，望了一眼那幫流民漢子婦人，這才勒了勒馬韁，轉身揚長而去。

皮包骨頭到連生凍瘡都無肉可爛的女童，嗚咽著抱住相依為命的少年。大難不死的少年雙手顫抖著拔出長矛，把那只沉重錢袋子扯到手上，打開繩結，只倒出一小塊碎銀子，然後就要把錢囊交給村裡長輩「分贓」。

不是少年窮大方，而是別提什麼獨吞，就是稍稍要多了點，也都要挨一頓痛打。只是這一次，讓少年感到大出意料，村子裡那三十幾個男女，沒有誰來上前接過錢袋子。少年不蠢，記起了遊俠臨走前的那一眼，顯然是那位江湖高手讓這些人不敢碰銀子。少年家中早早沒了長輩，哪怕沒讀過一天書、識過一個字，也讓這個世道教會了些人情世故，就用銀子跟那些人買了斤兩少到可憐的乾肉粗糧。

揮霍完了一袋銀子，少年沒有急於返回村莊，而是把僅剩的小塊碎銀交給妹妹，蹲下身，讓她騎在脖子上，緩緩站起身，提著那杆差點要了他性命的木矛。少年心中有些懊惱那只錢袋子也給人拿了去。

他望向青蒼城那邊，已經看不見那位遊俠了，少年笑臉燦爛道：「小草根兒，是銀子喲。」

死死攥緊碎銀子的小女孩下巴擱在哥哥腦袋上，使勁「嗯」了一聲。

◆

那一騎趕在門禁之前進入了城牆破敗的青蒼城。

這裡沒有關牒一說，能活著就是最大的關牒，誰管你的姓氏、你的戶籍。在這座城裡，你是張巨鹿張首輔都沒用，是皇帝的兒子也一樣，恐怕只有是北涼那姓徐的，才能說話作數。

遊俠兒進城以後，高坐馬背，打量四方。跟北涼轄境內的城池的確不像，這跟是富饒還是貧苦沒什麼關係，倒馬關也窮，只是倒馬關內的路上行人，活得安穩自在；而青蒼城內大街上，其實不乏錦衣綢緞的闊綽漢子拋頭露面，不過人人自危，相互打量，都戒心深沉，而且少有落單的遊人，多是成群結隊。

一些蹲在街邊閒來無事的地痞青皮，也不似中原地頭蛇那般意態懶散，給人半死不活的感覺，此刻抬頭看他的幾夥人，就是一個個凶光四射，似乎一下子就算計出他一馬兩刀一身家當能賣出多少銀兩，也掂量出到底該不該為這份橫財去拚命。在這種人人豺狼的險惡地方，如果丟入一個吟風誦月的讀書人，恐怕也就是被當場亂刀砍死的下場了。

遊俠輕輕抬頭，看見了那棟城內最為高聳的狼煙箭樓。十數萬流民，將近二十年，只有四個人殺出一條血路，自封為王，其中三人分別占了鳳翔、臨謠、青蒼，割據自雄。最後一個「藩王」在臨謠、鳳翔兩座舊軍鎮之間，成立了個養活近萬人之巨的門派。

手握青蒼的這一位，因為常年被北涼遊騎鈍刀子割肉，勢力最為疲弱，不過性子也是最為暴戾，本名蔡浚臣，曾經是位離陽江湖上不入流的劍客，後來在這邊僥倖出人頭地，就給自己取了不倫不類的綽號，又酸又長，叫什麼「千霜萬雪梨花劍」，一有成名劍客蒞臨，就會被這位青蒼之主「請」去切磋劍術，然後那些劍客就沒有然後了，那些佩劍都成了蔡浚臣的珍藏玩物，遇上煩心事，就喜歡往女子身上種滿名劍，美其名曰「一樹梨花」，可見這位被本地流民尊稱「西夏龍王」的城主「風雅」得很。

遊俠順著視線中的狼煙箭樓一直往西。蔡浚臣的「龍王府」在城的最西面──沒法子，青蒼離東面的北涼最近，蔡浚臣棄城跑路的時候能更快一些。「西夏龍王」口口聲聲說走總有一天要帶兵打到那座清涼山，誰信？恐怕蔡浚臣自己第一個不信。

青蒼城內的「龍王府」，囊括整座西城，按照京城形制，也分出內宮城外「皇城」，所謂的皇城城牆也不過是高兩丈餘的紅漆城垛，不過城內一些殿閣倒還真是花大血本貼滿了明黃色琉璃瓦，好不容易有那麼點帝王人家的氣概，又都給高低不一的箭樓毀得一乾二淨。

青蒼每次有人造反，「皇城牆」都是被輕輕鬆鬆一翻而過，然後就是這些刺蝟般的箭樓建功。不過這類揭竿而起，撐死了就是兩、三百號人，甚至不如流民之地的一些馬賊混戰。

這一騎在距離「皇城」大門還有一百丈時，就給攔路關卡的一隊皮甲步卒截下，持有難得一見的鮮亮鐵矛。為首是位校尉模樣的佩刀壯漢，穿有一件舊南唐樣式的鐵甲，他瞥見那膽肥傢伙的兩柄佩刀後，就再挪不開滾燙視線，朗聲大笑道：「有賊子擅闖皇城，兒郎們，就地格殺！」

二十餘持矛步卒呼啦一下就衝殺過去，沒任何陣形可言，但勝在身形矯健，悍勇無比。

那校尉突然厲聲喊道：「等等！」

步卒們硬生生止住步伐，唐甲漢子抽刀，指了指那名遊俠，嘿嘿笑道：「小子，刀是好刀哇，死前給爺說一說你佩刀的名字。搶名刀不比搶娘們兒，後者可以不用管姓名的，爺不懂憐惜娘們兒，卻是愛惜好刀的漢子。」

遊俠兒一身麻衣如雪，笑道：「一柄繡冬，一柄過河卒。」

身披舊南唐甲胄的校尉咀嚼了下兩個名字的意思，也沒嚼出什麼山珍海味，倒是覺得不太講究，主要是太不能嚇唬人了。有些失望的校尉提起刀尖指了指粗麻男子，二十餘持矛步卒一哄而上。

馬上年輕人神情自若，右手食指輕輕叩擊緊握馬韁的右手手背，就在步卒即將出矛將一人一馬戳成刺蝟的時候，有一騎突出「皇城」，一聲雷鳴大喝試圖阻止步卒的衝殺，不過仍有兩名矯健步卒收手不及，迅猛遞出了鐵矛，然後這兩名守城卒子就砰然一聲，連人帶矛往後倒飛出去，好似胸口被一根巨力羽箭穿透，炸出一大攤血水來，墜地死絕。

唐甲校尉有些眼力見兒，還算識貨，麻衣遊俠的這一手殺人無形的技藝，若不是一名武道小宗師，他就把自己的眼珠子挖出來。他撥轉馬頭，對那名「皇城」大門策馬奔出的將領恭敬低頭抱拳道：「末將見過征東大將軍！」

被尊稱為「征東大將軍」的中年將領有意無意瞥了眼遊俠的臉色，察覺到那人嘴角有一絲生冷譏誚，這位粗糙漢子竟是老臉一紅。他的這個大將軍，自然是野得不能再野的路數，青蒼之主蔡浚臣給封的官職，封賞功臣，給些什麼二品、三品的官職頭銜，反正不要他蔡浚臣半顆銅錢。除了他這個征東大將軍，還有安西、鎮北、巡南三個，反正湊足了東西南北。

青蒼以東，可就是那北涼，所以征東大將軍賀大捷這些年一直沒少被同僚政敵取笑，都說等著他去北涼那邊取得大捷。賀大捷名義上是大將軍，手底下其實也就一千五六的兵馬，披甲士卒不占半數。賀大捷沒有理睬那哪壺不開提哪壺的守城校尉，神情凝重，朝粗麻男子一抱拳，竭力平靜地說道：「我王想請公子入宮一敘，公子意下如何？」

遊俠點了點頭，依舊沒有已是涉足龍潭虎穴的覺悟，雙手握住韁繩，望向城門。

輕巧馬蹄踩踏在青玉石板上，異常清脆。賀大捷跟在這一騎身後，神情複雜，心中翻騰起驚濤駭浪。此人才近城時，就有密信傳入「龍王府」，把他們那位夜夜笙歌不早朝的青蒼王嚇得不輕，趕忙踹飛身畔幾條赤條條的嫩滑軀體，滾落下床，披上一件粗制劣造的「龍袍」後就要召開朝會。

城裡除了賀大捷，還有一位「巡南大將軍」蔣橫，加上「王后」和貓狗三兩隻的「文武百官」，對著一幅畫像爭執不休。蔣橫執意要將這位昔日的北涼世子殿下先宰了再談其他，這等機會千載難逢，過了這村就沒這店了，反正北涼新王本就有意要拿十幾萬流民陪葬老王，橫豎都是一個死字，殺了畫像上的那廝，退一萬步說，即便惹惱了北涼鐵騎，大不了帶著這顆頭顱和數千精銳逃往北莽南朝。

蔡浚臣特地問過了青蒼掌管諜子的心腹，詢問北涼是否大舉陳兵邊境，得到的答案是否定，畫中男子是單槍匹馬出涼州，隻身一人進入了青蒼城。這讓膽小謹慎的蔡浚臣就有些越發吃不準了，難道這傢伙活膩歪了，真以為靠著北涼王的身分就可以在流民之地「以德服人」，要他蔡浚臣脫了才穿上沒幾年的「龍袍」，納頭便拜，心甘情願給一個嘴上沒長毛的愣頭青當狗腿子？

蔡浚臣禁不住大多數文武臣子的慫恿叫囂，一咬牙，原本已經下定決心讓「龍王府」上高手盡出，帶上兩千鐵騎，定要叫那小子今日斃命「皇城」門口。不過「王后」和賀大捷都不讚同，說那姓徐的放著位列離陽藩王之首的北涼王不做，跑來青蒼城總不會是找死這般簡單，就算沒安好心，單身一人，在劍戟森嚴箭樓林立的「龍王府」也掀不起風浪，不如見他一面，且聽他有何打算再做相應權衡，百利而無一害。結果賀大捷被一位「老臣子」甩臉子罵成婦人之仁，所幸有「王后」撐腰，才得以騎馬出宮，迎來這位披麻戴孝的新涼王。

過了城門，還有一道宮門，徐鳳年突然笑道：「賀大捷，聽說你，還有方才那個守門校尉楊潤玉，他的爹楊遊學，以前在南唐，都是北涼步軍副統領顧大祖的部下。」

賀大捷如臨大敵，小心措辭，冷硬說道：「陳年往事不值一提，顧老將軍當上了北涼的大官，自是好事，卻也輪不到本將去道賀。」

徐鳳年輕聲笑道：「北涼的步軍副統帥，不過是從二品而已，只有燕文鸞跟袁左宗，才跟你的『征東大將軍』品秩相同。說到慶賀，該是顧大祖來給你慶賀才對。」

被挖苦至極的賀大捷冷哼一聲。

「宮門」大開，走出十幾號人，官補子所繪不是仙鶴錦雞就是麒麟獅子，居中的竟然不是蔡浚臣，而是位鳳冠霞帔的貴婦人，什麼母儀天下的風範不好說，那些全身掛滿的拇指大小珍珠，總讓人覺得很值錢。這一夥氣勢洶洶的傢伙，要是在離陽，僅憑這一身僭越服飾，就該被抄家滅族了。

「宮牆」內建有兩棟箭樓，很快就有人彎弓射箭，給徐鳳年來了一記下馬威——是失傳多年的西蜀連珠箭，母子連心箭，兩箭長短不一，激射徐鳳年面門。母子箭在西蜀連珠中不過是入門箭技，徐鳳年拂袖先後接下兩根羽箭，橫在胸前，一寸一寸折斷，隨手丟在地上，看見號稱青蒼第一號高手的「巡南大將軍」蔣橫抽出刀，走下臺階，往自己大搖大擺走來。

徐鳳年轉頭對賀大捷笑道：「這就是你們青蒼的待客之禮？」

賀大捷板著臉說道：「是敬酒是罰酒，得看本事而定。」

徐鳳年笑了笑，翻身下馬，蔣橫如同一匹脫韁野馬，滾刀直撞而來，氣勢不可謂不凌人，只是當他相距年輕北涼王三丈之時，眾人就見著了匪夷所思的一幕——蔣大將軍刀法如虹，既好看又殺氣滾滾，分明先聲奪人占了上風，可是這還沒把刀子往那粗麻客人身上招呼呢，咋就身上開始冒出一條條湧泉似的猩紅血柱子了？這可是形如戰馬撞入陌刀陣的淒慘場景啊。

旁人覺著莫名其妙，「巡南大將軍」自己最是如墜雲霧，叫苦不迭，趕忙剎住了無異於自殺的刀勢，就要果斷後撤避其鋒芒，驀地身上被無影無蹤的尖銳利器戳出了六個窟窿，他都不知道跟誰喊冤訴苦去，莫非眼前雙手插袖分明離腰間雙刀還有兩尺距離的年輕人，是一位精通袖裡乾坤的暗器高手？

蔣橫本來想著給「龍王府」掙取一些顏面光彩，青蒼才好跟那北涼討價還價，這下子絕了這份念頭，就想著先退回去止血才是頭等大事。不過眼前一花復一黑，「巡南大將軍」這輩子就徹底沒下文了。

徐鳳年一手提著蔣橫滴血地面的腦袋，一手扯住無頭屍體的衣領，斜向上重重一拋，砸向了射箭之人所在的箭樓，頓時圍欄碎裂。徐鳳年身後的「征東大將軍」賀大捷咽了一口唾沫，難免兔死狐悲，他與蔣橫向來不對付，只是蔣橫就這麼一照面便橫死了，難保下一個就是他還沒有小宗師境界的賀大捷了。

徐鳳年丟出頭顱，恰好一路滾到臺階底，他微笑道：「敬酒不吃，偏偏喜歡吃罰酒。」

賀大捷臉色難看，默默下馬。

徐鳳年提了提嗓音，緩緩向前走去，「讓蔡浚臣滾出來，本王這趟入城，已算給足你們青蒼面子，給臉不要臉的話，蔣橫就是下場。」

做一國皇后裝束的狐媚婦人抬起手臂，身後「宮門」甲士擁出不下兩百，在臺階下結陣而站，「宮牆」之上幾乎同時冒出密密麻麻的弓箭手，也有十幾位江湖氣味很濃的老者漢子守在婦人身旁，「龍王府」精銳傾巢盡出。

徐鳳年環視一周，「皇城」城門已經關閉，城門外也有數百甲士持矛蜂擁入城，看來是打定主意擺好陣仗來一出興師動眾的「關門打狗」了。那婦人推開一名小心護在身前的高手扈從，瞥了眼抵在臺階底部的頭顱，抬起頭，嬌媚笑道：「北涼王，青蒼的待客之禮不算小了吧？你要是還能接下，奴家最敬重英雄豪傑，親自侍候你沐浴更衣又何妨？」

徐鳳年勾了勾手，示意「龍王府」儘管出招。

頭一批三十幾名甲士圍殺而來，徐鳳年雙手環胸，無動於衷。

嘩啦一下，只見頭一個圓圈的三十幾顆頭顱就高高拋起。第二撥甲士來不及停頓，又是頭顱騰空飛起，這兩撥人，就像是被頑童打旋揮刀割稻穀般，都給腦袋從肩膀上割下了。

那瞧著如青樓花魁的美豔婦人也是真的心狠手辣，俏臉上沒有半點驚懼，發號施令道：「繼續衝殺，所有校尉各自抽刀督陣。擅自後退者，格殺勿論，事後滅族！今日摘得首功之人，可得巡南大將軍蔣橫一半家產。」

徐鳳年閉目凝神。

三撥甲士悉數屍首分離後，後面的也學聰明了些，圍殺之陣越來越稀疏，只是仍逃不掉掉腦袋的命。好在陣亡的人數，很快就被宮城內的甲士補上，「宮城」與「皇城」之間的廣場，目前還是甲士越來越多的趨勢。

一名蓄了山羊鬍鬚的老劍客湊近了婦人，輕聲稟告道：「王后，應該是江湖上極為罕見的飛劍術，老朽若是沒有看錯，與那吳家劍塚有幾分形似神似。」

婦人皺了皺眉頭，「不管什麼飛劍不飛劍的，本宮只想知道這樣的送死，何時是個盡頭？」

山羊鬚劍客眼角餘光瞥了下婦人胸口那一大片白花花的肥膩光景，喉結微動，嘴上言語仍舊畢恭畢敬，「此子內力修為比之上乘飛劍術，並不算如何驚世駭俗，老朽猜測，戰死個兩、三百人，也就是這廝的強弩之末了，屆時王后娘娘讓外家高手一頓蠻橫衝殺，約莫就能建功了。」

「王后」嗤笑道：「僅是外家高手未必夠看吧，本宮覺著還得你毛老爺子這樣的劍術名家幫忙掠陣才行。」

身形矮小乾瘦的年邁劍客訕訕笑道：「王后所言甚是，為王后排憂解難，毛碧山赴湯蹈火、在所不辭。」

有一名背負長劍的魁梧男子跨過宮門門檻，走到婦人身邊，跟同被「龍王府」倚重的毛碧山一左一右，沉聲道：「王后娘娘，吳家劍塚的飛劍術通神入玄之後，無須太多內力支撐，心念一起飛劍便至，如此送死並不明智。」

毛碧山嘖嘖道：「喲，顧飛卿，何時對那祕不外傳的吳家飛劍術都如此知根知底了？莫不是這些年你藏了拙，其實不姓顧，姓吳？與桃花劍神身世相同，是劍塚某位劍仙的私生子？」

顧飛卿都沒有正眼看待這個當年被一座道教名山驅逐出宗門的老頭子，平靜道：「顧某只是傳達宮中唐大供奉的原話。」

一聽到「唐大供奉」這個稱呼，毛碧山立即噤若寒蟬。

青蒼當下掌權的，都清楚蔡浚臣能夠小人得志，歸功於那位善於自薦枕席的「王后」虞柔柔，蔡浚臣這二十年裡從一名無依無靠的流民做起，先後給四任豪強當過手下，靠著虞柔柔的「夫人邦交」，每次都深受器重，然後每一次在羽翼豐滿後，果斷反骨背叛，在言語無忌的流民之地，一直流傳著「千霜萬雪梨花劍，四姓家奴賣妻漢」的說法。

不過若是只有一個腰肢柔軟的虞柔柔，劍術平平的蔡浚臣也做不到今天的成就，多年以前他遇上了一位貴人，姓唐，所學駁雜，武道境界更是深不可測，原先的青蒼城主阮山東，如果不是姓唐的悍然出手，在最後關頭將其擒拿，蔡浚臣差點就反叛不成反被宰，這尊大菩薩被這對夫婦尊為老供奉，最近幾年已經不再出手。除此之外，「龍王府」還有另外兩尊供奉，修為深不見底，例如毛碧山已是臨近二品小宗師，每次見著三尊年歲相差懸殊的供奉，都要心生畏懼。

徐鳳年睜開眼睛，伸手一探，馭氣抓過一根鐵矛，他已經沒了耐心，要「闖宮」了。

在流民之地，只會殺人幹不成什麼大事，但不會殺人，則是什麼都不行。

◆

當徐鳳年持矛走向宮門，臺階下甲士的呼吸顯然急促了許多，所幸「龍王府」的女主子——「王后」虞柔柔沒有眼睜睜讓他們去送死，柔媚笑道：「既然北涼王要入宮，那奴家就先給北涼王讓道了。」

毛碧山在內十幾位江湖鷹犬都小心翼翼護著「王后」，主動讓出一條入宮道路。徐鳳年走上臺階，徑直跨過門檻。虞柔柔望向這個英俊男子的背影，嫣然一笑。

「宮內」廣場以烏青巨石鋪就，牆腳根下種植了兩排低矮桃樹，不知是什麼品種，花期竟是要遠遠早於江南，樹形矮小，卻開大花，花色也不是中原常見的粉紅，花絲灑金泛紫，花枝袍紅，跟烏青磚石形成鮮明的反差。依稀可見，桃樹上參差高低掛了許多把劍鞘。

等徐鳳年走入廣場，那位「母儀青蒼」的「王后娘娘」就坐在那道門檻上，斜靠楹柱，長裙拖曳在地，側頭笑咪咪望向這個堪稱愣頭青的新涼王。毛碧山和顧飛卿瞅著「王后」的作態，有些驚奇，他們可都不相信「龍王府」就這麼跟北涼低頭了。雖說兩人都是「龍王府」上頗有地位的客卿，只是很少接觸到機密要事，這並不奇怪，便是毛顧兩人，自己也覺得天經地義。一家之主花錢買條狗是來看家護院的，不是要它來摻和家務的。

徐鳳年走到廣場中央一塊巨石上，用鐵矛底端敲了敲磚石，敲擊聲響鏗鏘有力。從「金鑾殿」中僅僅走出一名羊裘狼帽的高大老者，徐鳳年仍然沒能看到蔡浚臣的身影，抬頭看著那雙手空空的老人，「唐華館，離陽趙勾名列前茅的老諜子，精通鍊氣跟劍陣，聽說阮山東就死在你手裡。」

被揭穿隱蔽身分的老者遙望徐鳳年，嗓音洪亮，朗聲說道：「阮山東不過是北涼幕僚李義山安插在青蒼的奸細，死有餘辜。」

一叢絢爛桃花劇烈搖晃了下，一人從樹上重重跌落，這位不修邊幅的魁梧漢子席地而坐，下墜過程中不小心扯落了一把劍鞘，他用劍鞘撓了撓頭，然後用半生不熟的流民方言罵罵咧咧：「唐華館，吵什麼吵，最煩你們這種殺人之前嘮嘮叨叨的，搞得跟老相好似的。要打就趕緊的。」

徐鳳年瞥了眼那中年男子，皺了皺眉頭。那人認得他徐鳳年不難，可北涼諜報上一直沒能得手此人的確切消息，徐鳳年仍是猜出了他的身分，這讓徐鳳年感到真的有些棘手。

北莽之行，拓跋春隼讓徐鳳年吃足苦頭，但是記憶最為深刻的還不是拓跋菩薩的小兒子，而是一個叫種檀的世家子，他當時身邊有公主墳出身的女子假扮貼身侍女，徐鳳年領教過她那大開大合的寫碑手。

種檀的父親正是北莽十二位大將軍中的種神通，叔叔則是北莽十大魔頭中真實實力僅次於洛陽的種涼，種神通不可能放著大將軍不做來青蒼城小打小鬧，那就只能是北莽江湖裡魔頭排名忽高忽低「看自己心情」的種涼了！

種涼是北莽出名的風流人物，放蕩不羈，在武道攀登上，能輕輕鬆鬆贏下十大魔頭中前幾名的頂尖高手，卻也敢隨隨便便輸給排名靠後的一些「軟柿子」，眼前種大魔頭跟被徐鳳年所殺的小侄子種桂有七八分形似，不過跟大侄子種檀神似更多。洛陽曾經親口說過，她身後的九個魔頭，也就僅有種涼能入她的眼。

徐鳳年轉過身，望向那蓄鬚茂密的魁梧漢子，笑問道：「種涼？」

漢子「咦」了一聲，沒有否認，「你怎麼認得我？」

漢子一拍腦袋，恍然大悟道：「種桂其實是被你上回去北莽趁手殺的？難怪我上回瞅著那尚未過門的女子就覺得不對勁。」

兩人說別人聽不懂的天書的時候，既是青蒼城唐老供奉也是離陽趙勾大諜子的唐華館默默蹲下身，一隻手手掌撐住地面。徐鳳年則陷入沉思，對唐華館的動靜視而不見。

流民之地初具雛形的時候，群雄割據，主要是以北涼原有家族姓氏為依託，迅速擰出一個個政權，接下來就是一場混亂至極的窩裡鬥，於是大批如青蒼舊主阮山東這般有強大技藝傍身的豪橫武夫走上舞臺，大魚吃小魚、小魚吃蝦米，閒散勢力都被整肅吞併，由動盪趨於安穩，緊接著又遇到無形的瓶頸，再無法壯大「疆土」。

阮山東這些莽夫，在很多人看來武道修為不俗，卻輸在了短於謀略，結果長袖善舞更擅長處理政務的傢伙們應運而生，蔡浚臣便是其中之一。要說技擊之術，毛碧山、顧飛卿能一口氣輕鬆宰掉幾十個蔡浚臣，可到頭來寄人籬下的還是毛顧之輩。

不過也不是說就沒有武學修為跟城府算計兩不誤的流民首領，其實阮山東並非外界所傳那般欠缺手腕，只是青蒼北靠北莽南朝，東臨北涼，西面又有幾大股勢力心懷不軌，夾縫之中，處境尤為艱難，不說其他，就說目前「龍王府」裡三大供奉的兩尊，一個是趙勾元老，一個是北莽魔頭，就知道青蒼的局勢是何等複雜難測了。

徐鳳年很清楚，師父李義山一手造就了十數萬流民「螺螄殼裡做道場」的格局後，這些年始終在盯著局勢走向，被這位謀士視為大千世界裡的一方小千世界，冷眼旁觀那蟻民爭利於蟻穴。世間百態，光怪陸離，李義山在聽潮閣頂樓一覽無餘。

關於流民的動態，李義山曾親筆撰書《知秋錄》，詳細闡述眾人眾事的興衰得失，以便徐鳳年這個讀書人可以「一葉知秋」，見微知著。李義山在春秋謀士中因其手段陰毒，一直被看作要比納蘭右慈、趙長陵等人略遜一籌，得了「毒士」的綽號，甚至很多北涼老將都把當初大將軍不肯自立為帝劃江而治，歸咎於趙長陵死後得以頂替上的李義山太過鼠目寸光，至於真相如何，恐怕也只有黃龍士、元本溪、納蘭右慈這幾人才能看得通透，有資格去對李義山蓋棺論定。

徐鳳年有些感慨。春秋之後，神龍見首不見尾的黃龍士盯上了西楚，坐擁天時地利人和的元本溪則著手布局兩遼，沒有後顧之憂的納蘭右慈解決南疆蠻夷，四面楚歌的李義山則在「放養」十數萬流民，四人謀略孰高孰低，恐怕還得再等些年月才能見分曉。

這才是真正的神仙打架！

種涼出聲打斷徐鳳年的思緒，「姓徐的，小心些，唐老兒近身肉搏是個廢物，只不過跟他相距十丈外，由著他使出『天花亂墜』的馭劍術，不說指玄境高手，便是我應付起來也有些吃力。」

見徐鳳年看向他，種涼很快笑道：「之所以跟你說這個，不過是怕你不小心早早死了，我沒臉皮拿你的頭顱回去跟女帝陛下討要打賞。」

在襄樊城外的蘆葦蕩一役，九斗米道的魏叔陽曾經就以道門劍陣破去符將紅甲，這門另闢蹊徑的神通，便是呂祖也稱之為是一樁有心人「別開洞天」的趣事，自然不容小覷。

徐鳳年輕輕呼出一口氣，拭目以待。

種涼站著說話不腰疼，不花費一文錢在那裡裝好人，可徐鳳年不敢掉以輕心──鷸蚌相爭、漁翁得利，種家大魔頭只要能在青蒼城殺了他，不管是如何手段，對北莽都是大功一件。所以徐鳳年既要留心唐華館的馭氣劍陣，更得注意提防種涼的乘人之危，況且「龍王府」的供奉老爺還有一尊遲遲不肯露面。

唐華館單手按住地面，緩緩拔起，隨之而來是桃樹掛劍開始搖搖欲墜，樹枝所懸四十餘柄無鞘劍的劍尖無一例外，都對準了身處廣場中央的不速之客。唐華館空間的那隻手開始掐劍訣，換訣如擘箜篌，令人眼花繚亂。

徐鳳年自打在幽燕山莊親身領教過南海觀音宗那批人間仙士的身手，對鍊氣一途就上了心，唐華館此時凝氣敕鬼的手法應當是地肺山一脈古老道門絕學「無聲雷」無誤，唐華館五指間紫電繚繞，不過比起柳蒿師當初孕育出來的「雷池」自然差了許多氣候，但僅憑這一手，在青蒼城當個供奉已是綽綽有餘。

照理說，鍊氣士就是一架攻城的投石車，遠攻威勢可謂不可匹敵，得找機會跟他們貼身肉搏才是正法，一味挨打的話，只能疲於應付。徐鳳年泰然自若的提矛架勢，讓門檻那邊的虞柔柔等人有些腹誹冷笑，把他當成了空有修為卻不知江湖深淺的雛兒。只是外行看熱鬧，看門道的行家高手如種涼，臉上可沒有什麼譏諷笑意，這讓最擅長察言觀色的「虞王后」就有些吃不準了。

毛碧山跟顧飛卿都是在流民之地猩紅血水裡滾出名堂來的劍客，比起中原那邊的劍俠，要貨真價實太多，此時見識到唐大供奉手指繞雷的奇異景象，難免有些咋舌，兩人一時間顧不上以往打交道時的勾心鬥角，毛碧山輕聲問道：「那小子就這麼眼睜睜看著大供奉蓄勢到巔峰，如此托大，是有所依仗還是懵懂無知？」

顧飛卿語氣凝重道：「這位藩王惡名在外，可既然能讓那小人屠自己主動離開北涼，他則順利世襲罔替，我想怎麼都不會是外界所傳的浮淺之徒，前者的可能性更大些。唐大供奉手法玄妙是不假，北涼王未必就沒有一戰之力，甚至連勝負都不好說。」

毛碧山也回過味，撚鬚點頭道：「確實，只要腦子沒被驢踢傷，誰都不會跑來青蒼送顆大好人頭。想來姓徐的要麼暗中有高手策應，要麼是真的修為高深，不只是先前馭劍術，壓箱本領還在後頭。嘖嘖，真沒想到人屠自己不過是二品武夫的小宗師境界，倒是生了兩個青出於藍而勝於藍的好兒子！嘿，要我說啊，既然有了這份天賦，加之有聽潮閣這座武庫，做什麼吃力不討好的北涼王，去江湖上闖蕩多好，還能讓趙家皇帝放心，說不定一高興就賜下『天下第一』的金字牌匾了。王老怪不是喜歡自稱第二嘛，如此一來，兩人都名正言順。」

「虞王后」聽到這種於朝政近乎鄉野門外漢的無知腔調，嫵媚白眼一記。女子姿容出彩就是得天獨厚，白眼也能丟出一份誘人韻味來。毛碧山瞅見了「王后娘娘」的「媚眼」，真是差點就魂飛魄散，挪了挪腳步，又靠近大門幾分。

女子坐在門檻上，毛客卿從高處低低望去，女主子胸口那兩片肥膩擠壓出來的溝壑，就尤為清晰。毛碧山這輩子對女子的嗜好，雖說比練劍還要割捨不下，到底還沒有到見色忘命的地步，對於此時在眼皮子底下「春光乍泄」的青蒼的「王后娘娘」，也就只敢過過眼癮，虞柔柔便是脫光了站在他眼前，毛碧山再眼饞嘴饞，也不敢真去染指。

這便是世間比什麼劍術都要厲害的權勢了，毛碧山很晚才知曉這個道理，大徹大悟，這才寧為雞頭不做鳳尾，不在舊東越老家跟人爭什麼州郡內排名多少的江湖高手，而是跑來流民之地給「龍王府」為虎作倀。

劍尖直指提矛年輕人的無鞘劍終於掙脫束縛，離開桃樹，由東西雙向壓向廣場中央，掛劍紛紛離枝，割起許多淡金泛紫的花瓣，煞是好看，四十餘劍身光華與唐華館手掌雷光縈繞有異曲同工之妙。

徐鳳年有些遺憾，神武城外幾柄鄧太阿所贈飛劍被人貓銷毀，十二時辰有了缺漏，他的雷池劍陣也就少了許多威力，否則別看唐華館的招雷劍陣如何氣勢洶洶，徐鳳年甚至不用鐵矛就可以巋然不動，以劍陣防劍陣，必定是他的「盾」更為堅固，趙勾老諜子的「矛」無功而返。

其實十二柄靈犀劍塚飛劍的精髓不在飛劍本身，而在每一柄劍所蘊藏的劍意祕術，這是他在敦煌城樓頂觀於晝夜交替之時，觀那朝霞光輝寸寸推移入城偶得的明悟，之後又在黃河龍壁後得大秦古劍，十二劍劍劍通神如意，毀了幾柄飛劍再造就是，雖說跟觀音宗鍊氣宗師「滴水」以及那賣炭妞有過一樁約定，需要用那與木馬牛材質相同的古劍交由幽燕山莊鑄造八十一符劍，按理說就算不去動用陵墓殉葬古劍，在蘆葦蕩和鐵門關截獲的符將紅甲人也可以削下些許，一樣可以用作鑄劍，以便補齊十二之數。

只是徐鳳年另有打算。在涼州數次進入隱蔽至極的北涼機造局，先後以世子殿下和新北涼王的身分下令讓機造局放下手頭所有事務，在墨家鉅子帶領下傾盡全力展開了一件浩大工程，竟是區區幾兩重的符將紅甲都不願意「浪費」在鑄造飛劍上。

這樁祕事，二姐跟褚祿山都無權過問，原本跟墨家鉅子有幾分師徒之誼的徐渭熊自從入主梧桐院後，就徹底脫離了機造局，轉交給了從小就喜歡去機造局玩耍的徐鳳年，自然也就無人知曉年輕藩王的謀劃。

別看徐鳳年這幾年只練刀養意，順帶偷師練劍，可身邊除了有槍仙王繡的女兒，有剎那槍，還有徐偃兵跟韓嶗山這兩位槍法可排天下前三的高手，耳濡目染，一根鐵矛在手，那也是呼嘯成風，有雷霆萬鈞之勢，每一次出矛，都直接砸碎一柄近身利劍，四十餘柄敕雷符劍在鐵矛一擊之下竟是孱弱如紙糊一般，唐華館眼神凝重不說，「王后」虞柔柔跟毛顧兩位客卿都大開眼界。

種涼猶是老神在在，身邊桃花被劍氣牽扯撕裂得漫天飛舞，他就隨手拈住身前幾瓣丟入嘴中咀嚼，然後種大魔頭看見一劍被鐵矛挑向自己頭顱，滿嘴桃花的北莽高手含糊嗤笑一聲，任由沾染符籙氣息的飛劍直直刺向頭顱。

不承想在劍尖即將抵住種涼眉心之際，他分明不但沒有任何動靜，甚至都沒有半點氣機流轉，飛劍竟是滴溜溜一轉，歡快如飛燕還巢，在種涼雙肩肩頭附近不斷迴旋，直到劍上靈氣消散，才頹然墜地。這一點，不說虞柔柔以及毛碧山、顧飛卿兩位用劍高手，恐怕連鍊氣士唐華館都不能理解其中的玄妙，只有徐鳳年心知肚明。

江湖上曾經有個傳言，南海有龍女，劍術已通神，風高浪快，一劍萬里行。那綽號「賣炭妞」的赤腳年輕女子，就曾經在幽燕山莊顯露了這麼一手跟種涼雷同的「技藝」，當時連徐鳳年劍胎圓滿的飛劍都對其溫順異常，差點就要臨陣倒戈，歸功於那「賣炭妞」是百年一遇的「劍胚」，天生能讓名劍親近，如見故人。徐鳳年本意是略微試探虛實，大致確認種魔頭的斤兩，不承想種涼還真實誠，就這麼大大方方露底了，毫不掩飾他的劍胚天賦。

唐華館嘴唇微動，默默念咒，雙手往下一壓，「龍王府」深處掠出第二撥飛劍，也就是五十幾柄而已，不過徐鳳年還真有小覷這劍陣規模的本錢，他曾跟幽燕山莊有過一場聲勢浩蕩的借劍壯舉，又以萬千白雪做劍，唐華館的劍陣本就是靠符咒起家，這在當今劍道名家眼中自然更是不入流的雕蟲小技。

徐鳳年小覷歸小覷，但沒忘記嘗試著去偷學眼下傳自龍虎山斬魔臺的落幡厭劾之法，不過當時大真人齊玄幀是引下天雷做旗幡，鎮壓逐鹿山數尊天魔，唐華館的厭劾術不過是邯鄲學步，恐怕還不如蓮花臺上那場蕩魔威嚴的千分之一。

當種涼瞧見被飛劍壓頂的徐鳳年那一手弧槍術，驚訝「咦」了一聲。當年四大宗師之一的王繡深入北莽腹地，如入無人之境，不知幾許北莽豪傑盡數死在王繡的四字訣下，崩拖兩訣已是殺伐狠辣得一塌糊塗，第三訣的弧槍更是讓當時的北莽江湖聞風喪膽。

種涼遊走江湖多年，武學尤其駁雜，自身又是不世出的武道天才，是北莽唯一被拓跋軍神稱之為資質猶勝自己的驚豔人物，可惜種涼生性浪蕩不羈，沒個定性，世人看重的物件，他少有看上眼的，不光是對權勢無愛，對於武道攀升，也是跟著興致走，這才讓他沒能躋身天下十大高手之列。種涼雙手揉了揉眼皮子，笑道：「還真是王繡的弧字訣，好小子，學什麼像什麼，有我的風采嘛。」

種涼目不轉睛看了會兒工夫，轉頭對門檻那邊的「王后娘娘」做了個索要鐵矛的手勢。

三弧成勢，三勢成小圓，三小圓成就一大圓，生生不息。當初王繡便是以弧字訣跟同為四大宗師之一的符將甲人足足廝殺了三天三夜，傳聞王繡最後一個弧，囊括了方圓三里，飛鳥死絕，寸草不生。

弧槍不弧時我便死！

一直在流民之地隱姓埋名的種涼破天荒有些手癢了。

弧槍之中又挾有崩雷和拖槍兩訣，唐華館的橫豎兩劍陣很快就支撐不住，徐鳳年最後一弧已經涵蓋整座廣場，虞柔柔等人只見得桃花隨著濃烈罡氣疾速旋轉，絢爛無雙。

徐鳳年擰槍繞身，以北莽魔頭端孛爾紇紇的成名絕學雷矛術，內用吳家劍塚的馭氣術，外用王繡的崩字訣，丟擲向那位「龍王府」的唐大供奉。出矛之後，徐鳳年瞇起眼睛，有些匪夷所思，這位老供奉的狗急跳牆也太倉促了些，別人狗急跳牆那都是為了逃命，趙勾老諜子竟是不要命地提劍一柄，直接任由鐵矛穿透腹部，強弩之末地躍身提劍刺向徐鳳年。

徐鳳年側身躲過那一劍，輕輕伸出一隻隱隱約約繞紅纏絲的手臂，按住唐華館的頭顱，往下一壓，逼迫其下跪在身前。

臨死之前，七竅流血的唐華館艱難地動了動嘴唇，眼中並無記恨，反而有種解脫的豁然，老人無聲道出臨終之言。

兩字。

「稚。」

「走。」

徐鳳年一頭霧水，那個被離陽用作剪除異己的瘋狗趙勾，大半指揮權原本都在皇后趙稚的一名親戚手上，難道是唐華館這個老諜子得了趙稚的密令？可趙稚哪裡會是菩薩心腸的婦人？徐趙兩家的情誼，其實分為兩份，一份是徐驍跟先帝，一份是徐鳳年的娘親跟趙稚，可這兩份都已經在徐鳳年上次入京在九九館外邊煙消雲散。

何況流民之地跟離陽趙室之間還隔著一個兵馬雄壯的北涼，哪裡輪得到趙稚來指手畫腳？徐鳳年驀然心頭一驚，他連天子的聖旨都敢拒收，雖然也無所謂趙稚的心機，但是也許錯算了一件事，這讓徐鳳年感到一絲不安，不過此時也容不得他臨時改變既定計劃，大不了就用上最笨的法子，兵來將擋、水來土掩，就看到頭來誰是螳螂、誰是黃雀了。

◆

門口顧飛卿拋了一杆鐵矛給門內的種涼。種魔頭掂量了一下，嫻熟地耍出一記槍花，矛身顫出一陣賞心悅目的微妙弧度。

種涼一矛在手、天下我有，氣勢驟然一變，不復見先前那份萬事不掛心頭的閒雲野鶴，拖矛而走，矛尖在青磚地面上嘩啦啦滑行。種涼的腳步並無規律，時急時緩，看似是隨心所欲，幾個眨眼，就一言不發殺到了徐鳳年身前，手握鐵矛底端，筆直掄出一個大弧，鞭砸向徐鳳年的腦門。

徐鳳年不至於傻到雙手托矛格擋，手中與種涼同等制式的鐵矛斜撩畫弧。橫豎兩矛一撞之下，徐鳳年第一時間便將鐵矛脫手而出，不去接下撞擊給鐵矛帶來的衝勁，卻也沒有離手太久，不等鐵矛被種魔頭擊落在地，轉瞬之後便握住了僅剩氣機「餘韻」的鐵矛。

在外行看來徐鳳年始終握緊鐵矛，硬碰硬跟種涼來了一次交鋒。徐鳳年雖然耍了心眼，躲過了第一撥在鐵矛上作洪水傾瀉狀的凶險氣機，可是種涼賦予鐵矛的雄渾內力竟是出人意料的巨大，徐鳳年握住鐵矛之後，不得不抖腕使出崩字訣震散矛上的殘留氣機，只是高手過招，少有槍仙王繡跟符將甲人這樣沒日沒夜的糾纏廝殺，往往是一步錯、步步錯，勝負立判。

徐鳳年使出崩字訣後，才卸去自己鐵矛上的勁道，種涼就繼續以王繡豎弧之勢咄咄逼人，迫使沒有迴旋餘地的徐鳳年只得繼續保持橫矛的防禦姿態，再次硬扛下這一弧。只是上次是徐鳳年取巧，這回輪到了種涼。

是弧字訣不假，可矛尖卻因崩字訣炸出了一大團罡氣，種涼手中堅硬鐵矛本就彎曲出一個無法想像的柔軟半圓，矛尖恰好指向了徐鳳年面門，相距一尺，罡氣長達一尺，絲毫不差！徐鳳年要麼全盤接下鐵矛弧字訣帶來的衝勁，要麼涉險嘗試以袖中飛劍破去崩字訣罡氣。

徐鳳年毫不猶豫選擇了前者——跟一名劍胚顯擺馭劍術，無異於玩火自焚。徐鳳年退而求其次，身形倒滑的同時雙膝微曲，以此卸去種涼弧矛瀉下的磅礴氣機。

種涼手持鐵矛，不急於痛打落水狗，僅是如影隨形，始終將矛尖擱在離徐鳳年眉眼一尺的地方，甚至沒有立即使出立竿見影的崩字訣，罡氣欲隱欲現，這位在北莽屈居第二的大魔頭就這麼肆意嘲弄徐鳳年。

種涼之所以輕而易舉拿捏出不輸徐鳳年的槍仙祕術，天賦奇高這一點毋庸置疑，更重要的是他前年有過一場北莽矚目的巔峰之戰，對手正是成為天下十人之一的斷矛鄧茂！種涼對於槍矛技擊的深切體會，跟近水樓臺的徐鳳年大體上不相伯仲，不過徐鳳年如今明面上才二品內力，比起種涼差了一大截，種涼又不是那些關起門來做武夫文鬥的「世外高人」，種魔頭這輩子就一直在跟人打打殺殺，因此兩人純粹以矛對矛，徐鳳年的落敗是天經地義。

如果論天賦，徐鳳年不如自握劍起便自知認天下第一的羊皮裘老頭兒，不如生平只會讀書卻讀出一個儒聖的軒轅敬城，不如那練字練著練著就莫名其妙練出了御劍青冥的女子，不如那個天生仙劍胚子的賣炭妞，還有很多，徐鳳年都要輸給種涼在內這些江湖風流子。可說到玩命，徐鳳年不說勝過他們，起碼並不遜色。

徐鳳年在從兩棵桃樹中退過即將背靠「宮牆」時，不再後退，挽出一個小幅度的弧槍，似乎是拚死攔腰弧殺了種涼。

種涼雲淡風輕得很，沒有收矛，矛尖趁勢「緩緩」往前推出半尺，竟然是如徐鳳年一般一命換一命的亡命徒作態，彷彿此次咄咄逼人，志不在大獲全勝，以至於刻意隱藏實力，就在賭，賭徐鳳年敢不敢跟他換命。

徐鳳年沒有任何猶豫，弧槍照舊去勢不減，不過與此同時，左手握住左腰所佩的繡冬刀——這柄白狐兒臉割愛的贈刀，可以算是徐鳳年最為親暱熟稔的「姘頭」了，陪他一路走完了離陽北莽兩趟江湖。當走養意一途的徐鳳年握住了繡冬，那就是一番截然不同的氣象，如同手無寸鐵的「龍王府」二供奉變成了握矛的種魔頭。

種涼的眼神涼了幾分，體內氣機流轉越發迅猛，隨之泛起心念萬千——到了換命的緊要關頭，這小子仍舊不是想著靠旁門左道逃命，而是生怕弧矛攔腰掃不死自己，得臨死再補上一刀才能放心？這小子莫不是真不把北涼王當什麼藩王了，還真有玉石俱焚的決心？

種涼視線瞬間轉為熾熱，再不含糊，矛尖罡氣似那被拋出爐子的熊熊炭火，在徐鳳年鐵矛掃中種涼的同時，種魔頭的矛尖連同罡氣一起轟砸在徐鳳年眉心一帶。電光石火後，饒是武力蠻橫無匹的種涼也橫掠出去三丈，仍是沒能全身而退，肩頭被撕出一條深可見骨的血槽。

種涼望向那個撞塌「宮牆」的年輕男子，比他自是更為下場淒慘，已經丟棄鐵矛，刀卻也歸鞘，眉心一點猩紅不說，雙眼之間血肉模糊，不過有紅絲如纖細赤蛇從雙袖攀附雙臂再由脖子向上，從兩鬢爬上眉眼，讓人瞧著就倍感瘆人。

種涼顯然有些惱火，嘀咕了一句：「刀法有點像是顧劍棠半吊子的方寸雷，這附龍術，難不成是人貓的指玄？」

種涼嘆氣一聲，用憐憫眼神看向這個讓自己大有意外之喜的新涼王，「早知道就再多出幾分氣力，說不定你還能做得更好一些，可惜接下來沒我啥事了。」

青蒼之主蔡浚臣龜縮在「金鑾殿」內，一手撐住金漆廊柱，一手攥緊懸於腰間的雕龍玉佩，神情緊張。他自知家底，也就是只傀儡，三位供奉爺明面上都對青蒼有求必應，可誰都沒把他真當回事。蔡浚臣盯著一位雙手攏袖老人的背影——老者是府上的三供奉，南疆人士，精通藥毒以及巫蠱術，擅長殺人救人不說，折磨人的手腕更是光怪陸離。

蔡浚臣迄今為止都沒搞清楚三位供奉的確切來歷，青蒼的諜報歷來形同虛設，不是蔡浚臣不想在這一塊上出死力搞好，而是力所不逮。青蒼在數個豪強勢力的夾縫裡中苟延殘喘，置辦好數百套甲冑軍械就已經讓蔡浚臣絞盡腦汁，而且對於一個身處亂世的小王朝來說，真正考量國力的，有兩樁事最為直觀——不是培植扈從，豢養鷹犬走狗，也不是建造豪門宅邸——一項是養兵千日、用兵一時的修武，即士卒的披甲數目，養兵是個無底洞，用兵更是，打勝仗還好說，打輸了血本無歸，很容易就拖垮一個割據自雄但是根基不穩的政權；再一項便是搜集軍情祕事，這是一隻極其耗費銀子的吞金貔貅，許多密信上的隻言片語，更是拿鮮血和人命換來的。

先前「龍王府」諜子頭目信誓旦旦地說那名年輕藩王是孤身犯境，北涼不曾有大規模兵馬動作，蔡浚臣本意是略微試探一番，然後就「王對王」，一起坐下來享受醇酒美人，好好談上一談，若是這位離陽王朝最年輕的王爺果真有誠意，蔡浚臣不介意當個北涼治下的刺史，或者給個實權將軍也行；如果沒有誠意，再撕破臉皮殺人也不遲。

可惜先是唐華館這老兒執意要動用那座算是「龍王府」最大手筆的符陣，然後是三供奉和騎軍大將蔣橫都附和，自稱春秋遺民卻操北莽口音的二供奉梁鐘，倒是一如既往的散淡性子，選擇了袖手旁觀。這就徹底打亂了蔡浚臣的如意算盤，只能寄希望於殿外徐鳳年身死，最好是接下來北涼動盪崩塌，否則他就只能帶上一股親兵逃亡更為貧瘠荒涼的西域了。

蔡浚臣哀嘆一聲，轉頭回望了一眼那張金燦燦的「龍椅」，又轉頭踮起腳尖看了看殿外的光景，怔怔出神，然後蔡浚臣就一陣頭皮發麻，艱難地轉身，看到了素未謀面的三男一女——兩名成年男子，一對少年少女。

少年是個小胖墩，此時正在寬敞的「龍椅」上打滾，似乎很享受滾「龍椅」的感覺；少女也不是什麼美人胚子，相貌平平，好在一白遮百醜，若是擱在「龍王府」那些秀女宮娥的人堆裡，無肉不歡、無女不愉的蔡浚臣都不會正眼看一下，少女正蹲在「龍椅」邊上，張嘴就狠狠咬了一口，好像是在驗證這張「龍椅」是不是黃金打造而成。

蔡浚臣可以對這雙頑劣孩子不上心，可那兩名年紀相差約莫十來歲的男子可就令他望而生畏了。

稍稍年輕的男子身材雄偉，生得「有目無珠」，說他是瞎子似乎也不準確。

雄奇男子身側站著一位身著北莽北朝服飾的矮小男子，留給蔡浚臣一個相貌粗獷的側面。他伸出一手在撫摸「龍椅」，動作極為緩慢，似嚮往似譏諷。

一身正黃「龍袍」的蔡浚臣咽了口唾沫，別說出聲呵斥，就是大氣都不敢喘一下。

矮小男子笑了笑，沒有看蔡浚臣，輕聲問道：「這張龍椅跟離陽金鑾殿上那張相比，是大了還是小了？」

蔡浚臣略通北莽言語，小心翼翼地答覆道：「小了許多。」

男子點了點頭，縮回那隻撫摸「龍椅」的手，轉過身面朝蔡浚臣，一半臉龐傷痕交錯，他用拇指在臉上傷疤揉了揉。

見到這一幕，記起一個傳言的蔡浚臣心頭駭然，踉蹌地往後退了幾步。

在北涼馬蹄最為北上的一次，北莽有個年紀輕輕的兵法奇才，出身北朝宗室，將遊騎侵掠發揮到了極致，以懸殊太多的少量兵力，硬是在東線打得離陽如今仍存活的兩位大將軍灰頭土臉，最後膽大包天到馳援西線，跟當時勢如破竹的北涼鐵騎有過數次正面交鋒，非但不落下風，還略有勝出。

直到在一個叫赤金的地方，被李義山運籌帷幄往死裡陰了一把，被一個同樣精於孤軍遊騎的姓褚胖子纏住，雙方各自三千騎，相互迂回，相互奔襲，互殺了整整八百多里路，到最後這位北莽宗親身邊不存一兵一卒，姓褚的也好不到哪裡去，僅剩下八十餘騎！那場震動東西兩線百萬大軍的死戰，雖然不足以對大局起到一錘定音的作用，但幾乎讓所有將軍都為之驚嘆。

同時，這個貌不驚人的男子，是最最正兒八經的北莽天潢貴冑，慕容女帝同父異母的弟弟——慕容寶鼎！

慕容半面佛，全拜如今的北涼都護褚祿山所賜。

此人不僅是兵法大才，更是當之無愧的武道天才，不是大金剛境勝似大金剛境，金身不敗媲美兩禪寺的白衣僧人。

北莽橘子州持節令慕容寶鼎看到蔡浚臣的怯弱，笑道：「認出來了？」

然後這個矮小男子指了指身邊相貌清逸的無瞳男子，「你該怕他才是，柔然三鎮鐵騎的共主——洪敬岩。」

洪敬岩？

雖說他被天下第一大魔頭從天下第四的寶座趕到了天下第六，可天下第六就不是高手了？再加上一個同為天下十大高手之一的慕容寶鼎，這兩人站在一起出現在青蒼，意味著什麼？

很怕死的蔡浚臣都已經有了生死有命的覺悟，滿腦子就只有一個念頭——殿外那個北涼王死定了！

蔡浚臣會有這般心思，並不奇怪，在他看來，北涼軍中的好手，小人屠已經叛離北涼就藩西蜀，做了逍遙快活的蜀王；袁白熊如今身為騎軍統帥，位高責重，多半不會跑來流民之地「殺雞牛刀」；聽說連老涼王那個槍仙師弟的貼身扈從韓嶗山，是做了陵州將軍還是副將來著？蔡浚臣想到這裡就有些兔死狐悲了，自個兒比起殿外的年輕藩王，下場不會好到哪裡去。

那個年輕人隻身犯險，試圖拿出足夠誠意來招安青蒼，想法是不錯，未必沒有成功的可能，起碼他蔡浚臣自認就會被一州刺史或是將軍而心動。只是估摸著某個諜報環節出了致命紕漏，被北莽知曉了天機，否則涼州到青蒼這段短暫路途，不足以讓橘子州持節令跟柔然共主興師動眾到需要連袂而來，關鍵是踩點踩得如此之準。

想到這裡，蔡浚臣就有些苦中作樂，心想咱們青蒼的諜報是塊渣豆腐，你們財大氣粗的北涼好像也好不到哪裡去嘛。一想到跟堂堂北涼王成了難兄難弟，蔡浚臣糟糕陰鬱的心情略微輕鬆了幾分。

不過當青蒼之主看到大殿上發生的一幕，很快就一顆心沉到底。那張「龍椅」被少女餓狗刨簍般咬了許多口後，她便沒了興致，站到慕容寶鼎身邊，拎著一只織工精美的絲綢食囊，往嘴裡塞著一塊塊從北莽南朝鬧市購置而得的糕點吃食。

小胖墩像是個腦子有問題的財迷，在「龍椅」上摸爬滾打、拿捏敲揉，兩眼放光，跳下「龍椅」後就想要扛走。重達千斤的「龍椅」哪裡那麼容易扛起，少年顯然相當惱火，背對蔡浚臣，肥肉微顫的他雙手攤開，猛然按在椅沿的兩顆龍首上，一張黃金燦燦的「龍椅」瞬間就如冰雪遭受烈火燒烤，以肉眼可見的驚人速度消融成一大攤金水，墊在臺階上的名貴毯子被灼燒得火光耀耀。

金水肆意流淌，小胖墩的靴子和褲腳都被焚燒殆盡，可他本身毫髮無傷。少年撲通一聲狠狠趴在地上，掬起一捧金水，眼神貪婪。

金水流下玉璧臺階的期間，原本要途經少女和慕容寶鼎、洪敬岩三人所站位置，不過少女冷哼一聲，然後以她為圓心，喧沸的金水竟是眨眼過後就冰凍成了一圈金塊！少女身畔霧氣繚繞，透著股泛青的霜雪寒意。

她猶是氣憤不過，大概是惱怒那同齡死胖子的財迷心竅，無視腳下那股溫度不減的「龍椅」金液，徑直踩出一連串小碎步，一腳踏在少年的屁股上，踹得胖墩整個人都撲在滾燙的金水中。

少年轉頭瞪了她一眼，只是很快就把臉轉回，貼在地面上，雙手歡快地不斷把金水往腦袋上方摟。少女腮幫鼓鼓，嚼著有些硬的糕點，一腳一腳踏在胖墩少年肥碩難看的屁股上，濺起金水無數。

這些金水在半空中凝結成大小不一的黃金「冰塊」，墜入金水後復又消融，看得蔡浚臣跟白日見鬼一般，臉色蒼白——北莽從哪裡覓得這麼一對水火怪胎？有慕容半面佛跟洪敬岩兩人就已經足以讓青蒼城翻天覆地，加上這麼一對來歷不明的精怪，別說小小青蒼，便是戒備森嚴的清涼山王府也能殺進殺出好幾趟了吧？

慕容寶鼎走下臺階，來到蔡浚臣身邊，輕聲笑道：「要是北涼知道他們的新主子才世襲罔替沒幾天，就死在了你家裡，你怎麼辦？」

蔡浚臣心思急轉，用拗口難聽的北莽北地方言小心應對道：「持節令有地方收留小的？」

比蔡浚臣要矮上半個腦袋的橘子州持節令笑了笑，緩緩說道：「北莽是遠遠不如離陽中原富饒，可肥美草原也有不少，比起流民之地還是要更適宜居住的，本王的橘子州更是北莽少有的富庶之地，收留幾個蔡浚臣有什麼難。

不過你蔡浚臣想要去北莽繼續過土皇帝的神仙日子，也不容易，關鍵就在於在龍王府帶領下，青蒼到底往北莽遷徙幾萬流民。本王這次南下，殺北涼王自然是頭等要務，不過你蔡浚臣要是能給本王做出錦上添花的功勞，本王也好跟你去女帝那般討要賞賜，說不定一枚紫金魚袋都有可能，想必你知道，紫金魚袋在整個北莽也不足六十，聯手握柔然三鎮雄兵的洪敬岩也是近日才領到。」

蔡浚臣面有難色。治理流民之地難就難在這兒的難民從來不推崇什麼禮義廉恥，尤其不知道「忠」字怎麼寫，在這裡別說兄弟反目成仇是常事，就是父子反目、夫妻互殺都不稀奇。管束流民，只能以力服人，從來沒有以德服人的說法，誰的兵馬多，誰的甲冑鮮亮，誰就能在別人頭上拉屎撒尿。

蔡浚臣的「轄境」以常駐兩萬人的青蒼古軍鎮為中心，「龍王府」蔡家的影響力出了城池就開始驟減，如果說明天傳出「龍王府」毀於一旦的消息，城外流民只要得知不至於兵荒馬亂、大難臨頭，也就掏掏鼻屎繼續該做什麼做什麼，才懶得計較青蒼是姓蔡還是姓什麼。

蔡浚臣除了自己手上不足兩千的「龍鱗軍」，哪怕是往常心腹將校掌握的四、五千親兵，都實在沒有把握多帶出幾人趕赴北莽。對流民來說，人生在世，苦難日子就這樣了，再苦也苦不到哪裡去，習慣了做流民之地的井底之蛙，甚至都不願意往別處遊蕩，故而流民之地的佛教傳播，遠比儒教道教更為深入廣泛，因為既然不能寄希望於今生富貴，那就乾脆多吃苦，這輩子把下輩子的苦難都吃到了盡頭，好盼著來生投胎個好人家。在橫禍遍地的流民之地，能夠做到孤身一人安穩遊蕩的人物，不是什麼恃力凌人的武道高手，而是只有那些跟流民一樣窮得叮噹響的佛門苦行僧人了。

蔡浚臣沒敢當場拍胸脯給承諾，慕容寶鼎顯然對流民之地的獨有境況也知根知底，倒沒有如何為難蔡浚臣，輕聲笑道：「你有你的難處，本王能體諒。在尋常流民看來，便是去了北莽，就算一時能吃喝好了，保不齊哪天就要為北莽賣命，一旦莽涼大戰開啟，第一撥死人，死的就會是投誠的他們。換言之，你們假若依附北涼，也是一樣的道理，唯一的不同，不過是死在北莽弓矢下還是死在北涼馬蹄下，既然如此，自然是還不如繼續躲在流民之地。北莽、北涼，他們哪裡都不去。你們中原有個說法，好死不如賴活著，說的就是你們人人上馬可戰的十數萬流民了。」

蔡浚臣諂媚笑道：「持節令早已看透世事人情，若是北莽軍權盡在持節令之手，趙室朝廷就唯有俯首貼耳的命了。」

慕容寶鼎平淡道：「你雖是違心的溜鬚拍馬，不過還真說對了本王的心思。拓跋菩薩所謂的軍神，不過是將兵之才，中材而已。調兵遣將，董卓倒是更厲害些，可本事再高，混得再好，也不過是離陽徐驍的命數。可惜董卓起勢太晚了，排在他前頭的那幾位南朝大將軍都還撐得住好些年，董胖子未必能順利走到功高震主、封無可封的那一天。」

蔡浚臣頭皮陣陣發麻，苦著臉低聲說道：「持節令不需要跟小的說這些天機，小的目光短淺，學識淺陋，反正也聽不懂。」

半張臉面猙獰恐怖的慕容寶鼎扯了扯嘴角，一隻手在蔡浚臣肩頭拍了拍，「放心，左右為難的流民之地，如今局勢很微妙，莽涼雙方的『得失』，都要按雙份來算。本王招徠了一個蔡浚臣，那麼北涼少了一個蔡浚臣不說，將來還要面對一個紫金魚袋在腰間的蔡將軍，這種婦孺都知曉利弊的買賣，本王不會糊塗到意氣用事。本王年輕時候是說過要將流民全部堆屍於清涼山的混帳話，那會兒年輕氣盛，從來不屑什麼大勢所趨，總是自以為可以獨自力挽狂瀾，吃了不少大虧啊。」

那雙少年少女不知何時跑到了兩人身邊。小胖墩的衣衫已經被金水毀去大半，就直接拿後背衣飾扒下做裙，繫在腰間好歹勉強遮住了褲襠物件和白花花的屁股。他望向對之忌憚無比的蔡浚臣，笑嘻嘻問道：「這位官老爺，有錢財寶貝嗎？」

蔡浚臣臉龐僵硬地解下腰間那枚據說是從崑崙山頂破石而得的羊脂美玉，不承想胸口沾滿金水的少年只瞥了眼，就大失所望，急匆匆問道：「得跟那張椅子一樣，金燦燦的，否則就不值錢了。」

蔡浚臣一臉無奈地望向慕容寶鼎，後者視而不見，挪動腳步去跟洪敬岩竊竊私語。

真是禍不單行，一波未平、一波又起，姿色平平的少女走到蔡浚臣身前，冷冷威脅道：「有吃的嗎？沒有的話，我就把你變成一座冰雕死屍！」

一個財迷，一個吃貨？

昨天還是青蒼名義上皇帝的蔡浚臣手足無措，就差沒對孩子們求爺爺、告奶奶，別折磨他了。

洪敬岩在跟慕容寶鼎言語的時候，「望向」那雙被北莽祕密奉為國寶的年輕男女。中原鍊氣士分南北，南方以南海孤島觀音宗為尊，北派則都集中在欽天監，任何一名權貴公卿膽敢私養一名鍊氣士，哪怕趙家天子以能容天下事著稱於世，也肯定是掉腦袋的死罪。

李密弼曾經獲悉，北派攀附趙室的尋龍鍊氣士，這些年一直為天象高手柳蒿師所用，只是不知是為其破境入聖出力，還是在太安城打造了什麼陣法。北莽的鍊氣士不多，巔峰時大概也就百餘人，人數恐怕還比不上一個觀音宗，如今更是死得十去其九。這個悲劇緣於慕容寶鼎找尋到了那對親生兄妹，兩人姓氏分別賦以耶律、慕容兩大國姓，一個叫耶律采陰，一個叫慕容采陽，是鍊氣士記載在祕笈上的「活人刀圭餌」，據傳兩者食其一，或可入天庭，或可入地府。

不過慕容寶鼎從來不信這一套，當時進獻給了他的姐姐北莽女帝，後者亦是對道教長生飛升之說嗤之以鼻，對於兄妹的歸屬，對弟弟笑言「天予不取，反受其禍」，還贈給了橘子州持節令。女帝甚至不惜舉國之力，讓兄妹二人陰差陽錯成為北莽鍊氣的集大成者，耶律采陰擅長馭火，慕容采陽則可讓夏日大江一瞬結出冰河長橋，皆是妙不可言。

慕容寶鼎笑問道：「你覺著種涼殺得掉那個年輕人？」

洪敬岩平靜道：「種涼玩世不恭，不知珍惜天賦，境界撐死了跟第五貉相仿。單對單，種涼贏面很大，但贏面大，不一定意味著就能殺人。」

慕容寶鼎率先走向大殿門口，「他跟魔頭洛陽很有關係，你就沒些想法？」

洪敬岩說了句玄機暗藏的言語，「我想殺他，怕就怕持節令要攔著。」

慕容寶鼎一笑置之，轉移話題道：「北莽、離陽加北涼，三足鼎立，原本只要徐驍不死，其餘雙方就都得乖乖看北涼的臉色行事。那會兒是離陽恨不得身為世子的年輕人夭折，進行了許多襲殺刺殺，希望北涼一世而亡，後來出乎所有人意料，北涼竟然悄然大局底定，徐鳳年世襲罔替無法阻擋，然後是陳芝豹入京，隨著他辭去兵部尚書封王西蜀，結果輪到一直看熱鬧的咱們北莽急眼了。

去年那場大動干戈，被北涼打得肉疼刺骨，南北兩朝文武無數，就只有太平令跟董卓堅持要先打西線，執意要跟新王坐鎮的北涼以及西蜀陳芝豹硬碰硬打兩仗，於是李密弼的朱魍就把重心從本王這些人身上轉移到了徐鳳年，希望宰了已經沒有徐驍依靠的新藩王，到時候北涼群龍無首，就要好欺負許多。風水輪流轉，既然大致確定了徐鳳年不會造反，離陽趙勾反過來得捏鼻子死命保著他徐鳳年不要暴斃在北莽手上，以免誤了西北門戶，真是個天大的笑話。

有北涼三十萬鐵騎跟南朝消耗，後頭又有陳芝豹在西蜀虎視眈眈，太平令關於東西對峙的謀劃，實施起來就要困難許多，就算成了，按照太平令的說法，也得多上二十幾萬條性命。這也許就是太安城那個叫元本溪的男子的厲害之處了。文人動動嘴，武人沙場死。眼下三國演義的無趣局面，北涼不動，北莽、離陽就都不敢輕舉妄動，不知不覺就給兩朝百姓換來了二十來年的太平日子，嘿，一切都是李義山的功勞啊，可惜這個仇家已經死了，再無法跟他當面訴說，本王滿肚子的言語，也就只能跟你洪敬岩嘮叨嘮叨了。」

洪敬岩笑道：「所幸還有個褚祿山。」

慕容寶鼎伸出手掌貼在臉頰上，「是啊，還有個褚祿山。」

兩人已經跨出大殿門檻，看到廣場上略顯寂寥的場景，洪敬岩突然說道：「徐偃兵祕密隨行護駕年輕藩王，是情理之中的事情，此人在邊境上攔截解救北涼經略使之子的手段，不容小覷。如果沒有持節令大人，我還真沒有把握在青蒼殺人。既然徐偃兵還沒有露面，說明如我先前所猜，一個種涼是真的殺不掉徐鳳年。先是不願當皇帝過過癮的人屠徐驍，一心想要兩戰定江山的陳芝豹，忠奸難辨的褚祿山，現在又多了個喜歡火中取栗的徐鳳年，北涼果真多怪人怪事。要我說，北涼果真還是依照帝師所謀，先滅了好。」

慕容寶鼎一語道破天機，「不打就近的北涼，你怎麼去跟董卓搶軍功，怎麼做成南院大王？」

洪敬岩也針鋒相對，「持節令當真要跟北涼做買賣？」

慕容寶鼎笑著言語赤裸道：「只要這小子答應下來，只要你洪敬岩不摻和搗亂，將來北院大王是他的，南院大王是你的，再等到北莽平定了天下，你們的北院、南院可就不是以如今的北莽南北朝界定了，而是以當下的北莽、離陽劃分。洪敬岩，你說他會不會答應？他徐鳳年以孤身入城作為誠意，本王更是不遠千里南下來到這流民之地，並且饒他一條性命，誠意應該算不小了吧？」

洪敬岩淡然道：「徐鳳年若是能招安十數萬流民，自可坐穩北涼王；同理而言，持節令要是可以馴服三十萬鐵騎，也可在當今陛下登天後，順利稱帝。可是在這之前，我若是拂逆了陛下，才到手的柔然軍權去去不說，還要步洛陽的後塵，被追殺不止。明面上看，不如老老實實按照陛下的吩咐，宰了徐鳳年讓他去陪他爹，然後跟董胖子各憑本事，在北涼搶人搶糧搶地盤，到時候誰能滅西蜀誰封王……」

慕容寶鼎直接打斷洪敬岩的言語，嗤笑道：「那老嫗也活不了多久了。北莽舊主耶律氏對她的忌恨有多深重，你也清楚，不讓本王接任，慕容氏就得冒著被耶律氏把慕容祖墳都挖乾淨的風險。老嫗對本王這個弟弟戒心極重，當然會有她死後的布局，只是人死政亡就如那燈滅，李密弼沒了她的照拂，又有了本王私生子造成的嫌隙，註定死得很慘。

拓跋菩薩想殺本王，除非本王是跟他單挑，否則以他的帶兵本事，十萬對十萬，本王必敗無疑，可二十萬之上，則是輪到他必死無疑。本王與種神通的暗中勾連，在北莽廟堂上差不多是誰都知道的事實，那老嫗身為一國之君，又能拿種家如何？種家不比徐家，那可是說反就反的潑皮德行，這也是本王願意對北涼徐家刮目相看的根源。」

棋劍樂府的「更漏子」沉默不語。

◆

宮中廣場上的變故讓人應接不暇，已經完全超出「王后」虞柔柔跟毛顧二人的想像。先是唐大供奉空有符陣傍身，直截了當死在了姓徐的手上，然後二供奉梁鐘出奇的強大無匹，僅以一根普通鐵矛就打得那年輕藩王眉眼綻放鮮血，接下來的態勢就越發讓人摸不著頭腦了，出身南疆的三供奉露面以後，沒有急於跟二供奉聯手，只是輕描淡寫用深紫色的五指從袖中拎出了一只錦囊，然後就拂袖捲起漫天桃花，席捲二供奉，以至於「宮牆」下兩排桃樹都成了無花枯樹。

那會兒毛顧兩位客卿才知道符陣的精髓，根本不在氣勢洶洶的兩撥符劍，而是不起眼的沾毒桃花。毛碧山已經腳底抹油，一直忠於「龍王府」的顧飛卿顧不得禮儀尊卑，屏氣凝神，一把按住「王后娘娘」肩頭，往外一丟，冒死關上「宮門」後，才走出幾步路，就七竅淌出黑血，倒地身亡。

南疆有神仙蠱，專殺神仙。

這個「神仙」，自然不是逍遙天地的陸地神仙，而是那之下的一品三境高手。

不過跟江湖上很多名頭唬人卻不堪一擊的招數招式相似，三供奉的桃花神仙蠱雖然已經很不俗氣，卻也沒能奪去種魔頭的性命，而是被種涼一矛釘掛在「宮牆」上，匪夷所思的是老人竟能發出桀桀陰笑，雙手按住鐵矛，一寸一寸將自己的身體「拔出」長矛，墜地後嗓音沙啞，坐著跟一直袖手旁觀的年輕人笑臉說了句：「奉主人李元嬰之命，恭迎北涼王」，這才瞪大眼睛死絕。

要去這位死士性命的不是那根矛，而是桃花蠱本身。不過種涼也沒能毫髮無損，他用手指抹去從耳孔流淌到鬢角的黑血，雖說性命無虞，道行修為畢竟還是受到了影響。慕容寶鼎跟洪敬岩就是在此時出殿，滿臉絡腮鬍子的種涼在默默療傷，徐鳳年蹲在北涼年邁死士身前，替老人合上雙眼。

徐鳳年在聽潮閣密檔上曾經見過慕容寶鼎的畫冊圖像，站起身後，聽到這位半面佛持節令笑問道：「本王身邊是天下第六的更漏子，不知徐偃兵身在何處？」

徐鳳年笑了笑，沒有說話。

慕容寶鼎故意倒抽了口冷氣，意味深長地問道：「你小子真是一個人來的青蒼城？這是要以自己做魚餌釣幾尾大魚？」

徐鳳年坦誠道：「釣魚不假，不過是自家的，談不上什麼釣大魚。徐偃兵來是肯定來了，不過本王不知道在何地，更不知道他在何時出現而已。」

慕容寶鼎看著在牆下那邊泰然自處的年輕人，有些由衷的欣賞，有些理解當今趙家天子為何獨獨鍾情於陳芝豹了，以後等到自己坐北朝南君臨天下，有這般氣韻的風流臣子站在廟堂上，不說其他，光是看著他們站在那裡是在為自己效命，就很能賞心悅目。

慕容寶鼎開懷笑道：「徐鳳年，你可能不知道，一截柳才是本王真正的嫡長子，你與他的恩怨，本王可以既往不咎。」

徐鳳年摘下腰間過河卒，橫放眼前，輕輕呵出一口氣，一顆顆紫雷滾落在刀鞘之上，輕輕彈跳。

刀上有九雷連珠。

這些都是當初「他」與柳蒿師一戰得到可以稱之為價值連城的遺產。

徐鳳年望向並肩而立的慕容寶鼎跟洪敬岩，說了句連這兩位當世最頂尖高手都聽不太懂的言語：「王仙芝的心態，我八百年前就有了。」

舉世為敵。

我於世間無敵手。

慕容寶鼎瞥了眼鞘上滾雷，有些意外。雖說武學浩瀚，有不計其數的旁門左道，不過只要是能跟鍊氣士沾邊的，都算上乘。身後那對年少兄妹更是對此再熟悉不過，北莽就有鍊氣士宗師精於採擷雷電，財迷少年跟吃貨少女聚在一起竊竊私語，尤其是貪嘴的少女，咂吧咂吧嘴巴，死死盯住那九顆貨真價實的紫色天雷，眼饞得很，只要被她吞入腹中，溫養個幾年，到時候肯定就可以把身邊這個礙眼死胖子揍成豬頭了吧？洪敬岩始終神情刻板，武道境界到了他這種高度，無非就是以不變應萬變。

徐鳳年左手過河卒剎那出鞘，刀速之快，以至於脫離手心的刀鞘逆向撞入「宮牆」。徐鳳年手臂循著王繡的弧字訣一掄，一刀劈下，九雷縈繞，紫霞耀眼。

種涼很不客氣地馭回了被徐鳳年捨棄的那杆鐵矛，先前一直單手持矛，這回總算是雙手握矛，拿出足夠的重視應對那柄出鞘刀。長矛橫彎，趁著雪亮刀鋒還未臨面，弧頂矛尖已經指向徐鳳年腰間。

徐鳳年沒有刻意收勢轉攻為守，只是輕輕鬆鬆人隨刀走，宛如神明附體，通曉了指玄未卜先知的妙處，刀尖驟然一擰，越發疾速下墜，身體也就被強行向前拔前了數尺距離，滾刀術還是滾刀術，只是比起尋常刀客的滾刀，多了太多的玄機。

一矛無緣無故落了空，種涼眼前一亮，藉著弧矛勁道，矛弧身亦走弧，在旁人看來那就是一個人跟刀走，另外一個不甘落後，那就人隨矛走。起先慕容寶鼎眼中含笑，對那小子的滾刀並不看好，只是當之後徐鳳年刀式看似雜亂無章，卻能恰到好處，刀刀正面劈向種涼的面門四尺外，這就有些讓半面佛實打實地驚訝到了。

不斷閃避的種涼皺了皺眉頭，不是惱火這小子報復先前自己以矛尖指他眉心，而是這樣如稚子胡亂揮刀的荒唐滾刀術，前所未聞。種涼自然不知一個叫宋念卿的東越老劍客，最後一次走江湖，曾帶有十四劍十四招，唯一一柄掛有劍穗之劍名「照膽」，寓意「提燈照膽看江山」，就是如此「走劍」，一路踉踉蹌蹌「走」到了白衣洛陽身邊。

徐鳳年每一次滾刀指面便懸停一顆紫雷，九次之後，空閒右手猛然握緊，九雷藏有九柄飛劍，凝聚成陣，將種涼圍困其中。徐鳳年根本不去看種魔頭如何應對，一手虛空胡亂拍下，是那雨巷一戰中目盲女琴師的胡笳十八拍，一指敲在過河卒之上，則是幽燕山莊湖面上少婦鍊氣士「指山山去填海」的指劍祕術，廣場上許多先前殘留下的廢棄符劍，都從地面上伶俐跳起，軌跡扭曲地朝種涼凌厲刺掠而去，跟霸氣無匹的雷池飛劍以及不可猜測的胡笳拍子一同成就恢宏氣象。

弧字訣三弧成勢，徐鳳年此時這「三弧」，分別偷師於宋念卿、薛宋官跟南海鍊氣士，看似風馬牛不相及，卻被熔於一爐，隱約有了氣吞萬里如虎的大宗師境界。

慕容寶鼎輕聲笑道：「好看，也挺實用，就是太亂了點，距離返璞歸真的天象境界，還是有段路程。」

種涼在陣中疲於應付三弧，那憑空而起的胡笳拍子還好應對，種涼身具金剛體魄，便是挨上了，也無非是些皮肉傷，丟面子不丟裡子的小事而已；不知如何被那小子駕馭的那十幾柄符劍，也無妨，種涼的指玄感悟，都能輕巧應對，擱在往常，以他的罕見天賦，躲都不用躲。但是怕就怕在他不躲，就掉入了陷阱，何況裹有紫雷做「衣裳」的劍塚飛劍不再親近於他這個天生劍胚，九種劍氣各有殺機，這才是真正的撒手鐧！

種涼雙手緊握的鐵矛已經被紫雷削去矛頭，從那傢伙左手刀出鞘，到現在為止，種涼竟然沒能有一次的還手之力，這讓在北莽十大魔頭中排名相對靠後但實力卓絕的種家二少真正動了肝火。

北莽位於頂點的一品武夫，相互間放開手腳廝殺的次數，要遠勝離陽，從來就不興那套不傷和氣的武人文鬥，離陽江湖要是沒有武帝城的王老怪去做磨刀石，恐怕武評登榜人數，連跟北莽五五分帳都做不到。

在北莽，英雄向來不論出處，很多人前一天還是無名小卒，第二天就一躍成為持節令大將軍的座上賓。種涼不是靠什麼種神通弟弟的身分在北莽江湖脫穎而出，靠的是一次次追殺與被追殺。年輕時候惹上了如今同為十大魔頭裡的「龍王」，被追殺了將近一個月光景，正是那趟多次命懸一線的逃竄，讓種涼最終躋身一品高手。

種涼先前之所以故意手下留情，除了有折辱年輕藩王的念頭，還有就是看不慣那小子練刀佩刀卻偏偏刀不出鞘的作態，敢擺架子擺到他種涼頭上？此時才知這位年紀輕輕的北涼王所學駁雜，絲毫不輸他種涼，出刀之後更是氣勢如虹，種涼這才不得不收斂了輕視，把他當作可以傾力一戰的對手。種涼當然知道眼前站在五丈外的年輕人花樣迭出，殺招除了裏雷飛劍，肯定還留有一手更壓箱底的絕技，種涼猜想定然是那右邊腰間餘下的第二柄刀。

種涼耳聞曾經師從李淳罡的徐鳳年以養意法養刀，在草原上用一袖刀腰斬了拓跋春隼身邊的彩蟒魔頭。種涼一一應付那些跟隨胡笳拍子起伏不定的符劍，當然還有更為棘手的紫雷劍陣。

徐鳳年出招，種涼接招，看似繁複漫長，其實不過是短暫幾次眨眼的工夫，符劍已是全部折斷落地，種涼的鐵矛也已經被削去大半，長矛成了長刀。所幸種涼天資太高，高到不管學什麼，都輕而易舉比許多成名高手一輩子鑽研都要走得更遠，斷矛在他手上敲擊紫雷飛劍，聲響洪亮如撞擊數千斤重鐘，「龍王府」外清晰可聞，每一次以矛撞劍，種涼對於每一柄雷中飛劍就多一分感知。

當那面無表情的持刀年輕人，右手終於按捺不住悄悄一動，種涼瞳孔微縮，知道那記右手刀馬上就要出鞘現世。

局外人慕容寶鼎跟洪敬岩幾乎同時輕輕嘆息一聲。

徐鳳年的的確確握住了右手繡冬刀柄。

可出手的不是繡冬，而是手中無鞘的過河卒。

徐鳳年虎口綻裂，鮮血四濺。

足見過河卒去勢之快，快到連握刀的徐鳳年都完全無法掌控。

在神武城外，一人遠在武帝城借劍，徐鳳年果斷給劍，以此在最後生死存亡一念間的關頭，殺了韓生宣，殺了那隻號稱「陸地神仙下韓無敵」的人貓。

只是那次借劍是借給了吃劍老祖宗的隋姓老頭，徐鳳年這一次還刀，則是還給了過河卒的刀鞘。否則以徐鳳年早已能夠養意養出一袖青龍的神意底蘊，不至於僅僅以脫胎於宋念卿「照膽」走劍的滾刀術對敵種涼，一切的一切不過都是陰險至極的障眼法，只為還刀鋪墊。

神武城外那個驚心動魄的陷阱，名劍春秋離人貓心口不過咫尺之遙，借劍之人越遠，去勢越足，但是種涼畢竟不是指玄殺天象的韓生宣，這一趟刀歸鞘，仍是直接穿透了這尊北莽魔頭的胸膛，只是沒能死在當場。

三供奉之前是把身體向前拔出鐵矛，種涼則是直截了當透過過河卒的刀鞘，撞倒「宮牆」逃離遁走。徐鳳年沒有追殺，只是看了眼坐地而死的北涼諜子，算是為老人報了那一矛之仇。

慕容寶鼎惋惜道：「本來以種涼的本事，一開始就全力應對，哪裡會這般狼狽不堪。他的天資真的很高，在洛陽之前，曾是北莽由金剛境入指玄境最快的一個，甚至要快過當年離陽的李淳罡。種涼幸運的是作為仙劍胚子，對出自劍道的那一記歸鞘刀，在刺透心口前總算敏銳感知到了危機，這才避免了被一刀鑽心的橫死下場。不幸的是，僥倖躲過了這一刀，就萬萬躲不過提了剎那槍而來的徐偃兵嘍。」

洪敬岩猶豫了一下，剛要踏步。

慕容寶鼎低聲笑道：「想好了？真要從徐偃兵手上救下種涼，好去跟本王的姐姐示好？別後悔啊。」

洪敬岩反問道：「洪敬岩能跟陛下隱瞞持節令的南下祕事，持節令就不能等洪敬岩的謀而後動？」

慕容寶鼎沒有說話，搖了搖頭。

兩人就此分道揚鑣。

第五章 龍王府金剛搏殺 青蒼城大局底定

等洪敬岩一掠出了「龍王府」的皇宮，慕容寶鼎喃喃自語：「不敢豪賭，如何豪取？」

慕容寶鼎嗓音提高一些，對徐鳳年笑道：「這位更漏子，別看他武道修為高，其實在本王眼中，比你差遠了。方才本王還許諾他與你分占南、北院大王，現在看來，真是在羞辱你啊，徐鳳年。」

徐鳳年一口吸氣，吸掉了那九顆紫雷，再馭氣拿回安靜在鞘的過河卒，隨手抖了抖，抖落了刀鞘上那些種涼的鮮血，笑問道：「要是你慕容寶鼎面對這一刀，結果會是？」

兩人之間沒有劍拔弩張的緊張氣氛，慕容寶鼎懶洋洋地坐在臺階上，哈哈笑道：「本王可以預料到那一刀，但是多半躲不過，不過呢，就算你的刀敲中本王心口，卻也刺不穿。不是本王小覷你，實則天底下能有這份本事的，王仙芝跟拓跋菩薩徒手就可做到，鄧太阿的劍，也行。至於其他人嘛，難度不小。哦、對了，還有金剛怒目的李當心。所以就算洪敬岩失心瘋了掉頭來殺本王，本王也不太當回事，慢悠悠跑回北莽便是了，說不定還能跟你們幾位嘮嘮家常。」

北莽出爐的武評斷言只要王仙芝願意聯手拓跋菩薩，就可以殺絕他們身後的全部八人，不論世人如何議論紛紛，都沒法子知曉這八人到底是作何想。此時「龍王府」恰巧就有兩位，一個天下第六，一個天下第八，他們在南下旅途中有過一場對飲閒聊，位置站得稍高的洪敬岩承認這一點，慕容寶鼎則持否定態度，但之所以否定，不是這尊半面佛自負己身修為，而是覺得借劍以後出海訪仙的鄧太阿一旦有了大機緣，便有望擁有真正超出拓跋菩薩的境界，去跟王仙芝平起平坐。

徐鳳年問道：「連徐偃兵的剎那槍也做不到？」

慕容寶鼎認真思量了一番，「本王一來不知他的真正深淺，二來若是說他做不到的話，你也只覺得是吹牛皮。」

徐鳳年笑道：「徐偃兵不跟你打，自然有人跟你打。」

慕容寶鼎沉聲道：「沒得商量？非要打打殺殺？」

徐鳳年搖頭道：「徐驍生前一直懶得理睬你們，我這輩子也不會跟北莽談生意、做買賣。」

慕容寶鼎滿臉遺憾地站起身，伸了個懶腰，說道：「原來比你本王想像中的要愚蠢很多。」

徐鳳年笑著說了一句：「這句話也還你。」

◆

青蒼的諜子頭目其實是北莽安插的棋子，在跟蔡浚臣謊報軍情後早已不知所蹤，他說徐鳳年是隻身一人進入流民之地，北涼並無大隊兵馬壓境，其實只說對了一大半。入境的除了這位本該千金之子坐不垂堂的年輕北涼王，還有浩浩蕩蕩千人騎隊，只是披甲之人不足護駕百騎，其餘八、九百皆是身披袈裟，一顆顆光頭很是扎眼，竟然是大隊僧人西行的畫面。

馬車就一輛，附近有一頭體型巨大的黑虎四處奔走，時不時駐足轉頭，等待馬車。兩旁百騎盡是重馬重甲，哪怕是孤陋寡聞的流民之地，也一眼便知這是那去年撕碎北莽南朝三座重鎮的龍象軍！是北涼精銳鐵騎中的精銳！正是三萬龍象鐵騎，把大半座姑塞州踩踏得稀爛，南朝廟堂誰不驚懼於那黑衣少年的陷陣無敵？

北涼歷來親佛，尤其是離陽朝廷滅佛之後，無數僧人和尚都逃難到了北涼道這塊好似世間僅存的無憂淨土。

然後新任北涼王在近期突然一紙令下，要涼州境內所有僧侶進入流民之地宣揚佛法，並且承諾有鐵騎甲士保駕護航。大多數外地僧人都生怕才出狼窩便入虎穴，一時間都持觀望態度，好在那位北涼王也沒有為難，僅是讓涼州本地六百僧人集結「西行」，不得抗拒。

不過有三百餘外地僧人仍是抱著我不入地獄、誰入地獄的必死想法，除了涼州，也不乏從幽陵兩州火速動身的僧侶，一同隨行。當許多選擇放棄涉險的僧人得知那頭當年在大真人齊玄幀座下聽經的黑虎也夾雜馬隊之中，就都後悔了。

許多熟諳人情世故的僧人都想著亡羊補牢，試圖偷偷跟在馬隊後頭，卻被邊境鐵騎毫不留情地趕回了涼州。

在蟄伏青榮觀多年的北莽大諜子青槐道人，被北涼鷹隼剿殺後，本是江南道名僧的黃燈禪師當時親眼見到了老道士的身死道消，老禪師則成了青榮寺的新住持，此次新涼王下旨僧人西行流民之地，年邁禪師是第一批主動赴涼州的僧人，也是其中名氣最大的一個。因此黃燈禪師被北涼特許乘坐馬車，殊榮卓然。

不過老禪師這一路都顯得有些坐立不安，不是年邁高僧面對權貴就折腰，要知道黃燈禪師在江南道上與人說法，哪怕是面對尊貴如出身豪閥的刺史，也是與販夫走卒一視同仁，老禪師之所以「不得自在」，緣於馬車內坐著那新涼王的弟弟，是那個去年在邊境上血腥屠城加上坑殺降卒的徐龍象！如果僅是如此，高僧還不至於太過拘束，主要是這位殿下不像以往那樣赤足黑衣，而是被一件詭譎至極的鮮紅甲冑包裹身軀，只露出雙目！

殺氣充盈車廂。

可憐了被譽為滿身佛氣的黃燈禪師。

離青蒼城還有些路程，有一隻游隼低空盤旋。

聽到聲響的符甲少年猛然起身，離開馬車，開始瘋狂奔跑。

這具紅甲在進入位於最西位置的「龍王府」之前，已經沿一條直線撞裂了整座青蒼城。

大金剛境對敵大金剛境！

種涼才破牆而出，立即就有人破牆而來，何況這傢伙還一身鮮紅，關鍵瞧著像是相當值錢的家當，這讓財迷少年瞪大眼珠子，很是羨慕，覺著他要是有這身行頭，那才威風。比起哥哥還要更天賦異稟一些的吃貨少女也不例外，躲在了慕容寶鼎身後，探出一顆腦袋，目不轉睛。

慕容寶鼎此時心中的荒謬感多於震怒，敢情姓徐的就這麼用一具甲人打發他橘子州持節令了？他倒是聽說過當初離陽四大宗師裡有個符將甲人，是被人貓剝皮抽筋的廢物。慕容寶鼎對於這類假借外物作威作福的所謂高手一直有成見，臉色陰沉望向徐鳳年，「洪敬岩拒絕了本王一次，本王的耐心已經所剩不多，徐鳳年，奉勸你別得了便宜還賣乖啊，小心成為第二個蔡浚臣。」

徐鳳年心情似乎不錯，走到紅甲身邊，這裡敲敲、那裡摸摸，有點如釋重負的意味，轉頭對半面佛笑咪咪道：「慕容寶鼎，你還真別太把自己當回事，一口一個本王，嚇唬誰？這又不是橘子州，你也沒當上北莽皇帝。我呢，沾我爹的光，離陽天子見過，北莽女帝也見過，至於離陽幾大藩王，更是都見了一遍，在武評上比你高的天下十人，也見了不少，好像都沒你架子大，所以你有多大本事，就說多大口氣的話。」

慕容寶鼎皮笑肉不笑地扯了扯嘴皮子，流露出濃郁殺機。

符甲徐龍象看了眼哥哥，後者點點頭，示意他放開手腳玩一次——一截柳既然是慕容寶鼎的私生子，那就當作是子債父還。

徐龍象轉過身面對慕容寶鼎，不知是符甲嚴密遮掩的緣故，還是純粹虛張聲勢，慕容寶鼎並沒有察覺到何種充沛的氣機流淌，這讓眼界很高的持節令大人很是納悶，徐鳳年哪裡搗鼓出這麼一個笑話玩意兒，就不怕丟人現眼？

慕容寶鼎只知道徐驍小兒子生而金剛，黑衣赤足，身先士卒，率領龍象鐵騎把君子館在內三座軍鎮欺侮得如同三位毫無還手之力的黃花閨女，自己兒子那般精湛的殺人劍氣，都沒能刺死此子，橘子州持節令也就自然料不到徐鳳年會多此一舉，讓金剛體魄的弟弟披上符將紅甲。

徐龍象五指伸縮了一下，握出拳頭，身形一動，瞬間就一拳砸在了慕容寶鼎的胸膛上。氣機浩蕩，廣場震盪，慕容寶鼎雖然身軀僅有不易察覺的一個小幅度晃動，看上去紋絲不動，可是徐龍象跟持節令之間豎起的那道無形鏡面，濺起劇烈漣漪，以至於鏡面邊緣的兩面

「宮牆」被撕裂開去，更別提牆腳附近的桃樹剎那間被碾為齏粉。

慕容寶鼎伸出一手，揉了揉身後的慕容采陽的小腦袋，少女知道輕重，馬上跟耶律采陰往「金鑾殿」那邊後退。徐龍象一拳砸出之後，身形後掠，回到原處，雙臂環胸，這架勢明擺著是要那慕容老兒還他一拳，他也是不躲。

慕容寶鼎「哦」了一聲，「原來是天生神力的徐家黃蠻兒，難怪難怪。」

徐鳳年一巴掌輕輕拍在黃蠻兒腦袋上，氣笑道：「人家是天下第八的慕容半面佛，你跟他客氣個啥，一人一拳，你當過家家啊，放開手腳去揍他！這傢伙排名在十人中不高，就是挨打的功夫很出眾，殺傷力不行，比鄧太阿、韓生宣都要差多了，換成其他任何一個的天下十人，我還真不放心，既然是他慕容寶鼎，就無所謂了，哥剛好驗證一下墨家鉅子精心打造出來的符甲有何紕漏。」

徐鳳年看著黃蠻兒的眼神，瞪眼道：「不許卸甲！」

慕容寶鼎一邊走下臺階一邊自嘲道：「你們哥兒倆，還真是不把本王當回事啊。」

徐鳳年雙手籠袖子遠遠躲到牆腳根去，蹲在老供奉的屍體旁邊。

慕容寶鼎沒有走完臺階，腳尖一點，踩出一坑，輕描淡寫一掌推在徐龍象頭罩盔甲的腦袋上，徐龍象轟然倒撞出去，不但撞碎了宮門，城門那邊也傳來一陣震破耳膜的碎裂聲。

慕容寶鼎的身軀在空中凝滯懸停了片刻，飄然而落，如飛羽落地，這輕輕一羽竟然就壓垮了結實的青磚。慕容寶鼎才落腳，一抹赤紅長虹便去而復還，這一次輪到慕容寶鼎往後倒飛十數丈，再一眨眼，慕容寶鼎一步踏出，左拳揮出，徐龍象右拳與之對撞。

罡氣撲面而來，徐鳳年不得不伸出手臂護在身邊北涼老諜子跟前，然後兩位大金剛境武夫分別以左拳右拳針鋒相對，如兩頭蠻牛角力，談不上什麼高手風範，但氣勢出奇的足。

慕容寶鼎怒喝一聲，整張臉龐金光熠熠，把徐龍象蠻橫推出去了數尺距離，一腳踢踏過去。瞧不清神情的徐龍象彎腰，雙手裹住半面佛的那條腿，腰肢一扭，拔蘿蔔似的就把慕容寶鼎強行拔離地面，旋轉一圈後丟擲出去，砸倒塌了半面「宮牆」。

徐龍象一躍隨行，朝慕容寶鼎的頭顱一腳踩下。後者單手一拍，身形龍捲而起，一記鞭腿就把徐龍象砸到徐鳳年這邊的「宮牆」上，兩道「宮牆」就這麼各自毀去一半。

徐龍象從塵土中站起身，一掌拍在符甲胸口位置，氣機層層遞進，驅散了積壓在符甲上的灰塵，紅甲依舊鮮亮，沒有絲毫破損瑕疵。

徐鳳年咧嘴笑得很開心，這大半年來機造局的那幫老頭子就只差沒被他逼到懸梁自盡了，就連以前很好說話的兩位墨家鉅子都沒半點好臉色給自己，後邊幾次只要一聽說自己到了機造局，乾脆就用閉關的蹩腳藉口躲起來，要不就是說年紀大了腰瘦背痛腿抽筋，什麼需要休養啊，什麼砍頭之前還得賞口好酒喝啊，徐鳳年反正就跟老頭子們死皮賴臉相互磨，就看誰更不要臉了。

好在這副涉及材質、道門符籙、佛教密咒等浩瀚難題的符甲終於如期完工，其實到後來反而是老人們自己鑽研上癮了，徐鳳年說要拿出去遛一遛，兩大墨家巨匠的眼神，就跟搶了他們媳婦一樣幽怨，揚言要是磕碰到半點，就要跟他北涼王拚命。

好在徐鳳年丟下一個天大誘餌，說是不管耗費北涼多少人力物力財力，都要把符甲打造成可扛天雷的境界，還用激將法詢問他們敢不敢這麼逆天而行，這讓一大幫老頭子立馬眼睛放光，轉身就跑去繪製圖紙，是真的跑，一溜煙的那種。

徐鳳年舉目望去，「金鑾殿」還算好，「宮牆」已經蕩然無存，是黃蠻兒不知怎的雙手環住了慕容寶鼎的腦袋，夾在腋下，兩人就這麼撞來撞去，撞完了「宮牆」，就去找「皇城」城牆的麻煩。

慕容寶鼎還以顏色，掙脫了束縛後，抓住黃蠻兒的腳踝，用符甲當作一把切割宣紙的刀子，在城牆中間割出一條溝壑。黃蠻兒也不落後，在空中一腿踩在慕容寶鼎心口，將有「不動明王」美譽的半面佛踹了個踉蹌。然後兩人就開始你來我往，都在各自腦袋上砸拳，每一拳過後，符甲跟半面佛皆安然無恙，雙方腳下的地面則是寸寸龜裂。黃蠻兒還好，有符甲在身，不顯得如何狼狽；慕容寶鼎早已衣衫襤褸，跟個老乞兒差不多，沒能剩下半點北莽持節令的氣度。

不知是打得太過酣暢淋漓了，還是澈底惱羞成怒，慕容寶鼎隨手抄起廣場上一根遺落的鐵矛，一矛紮在符甲腰間——符甲無事，鐵矛從頭到尾皆粉碎。地上還有許多鐵矛，都被慕容寶鼎抓起，其間有兩根鐵矛分別刺向了黃蠻兒的雙目，都沒能得逞，該碎照樣得碎。

沒了「宮牆」遮蔽，徐鳳年的視線還算開闊，看到這一幕，難免還是有點膽戰心驚。先前言辭有意輕視慕容寶鼎這個天下第八，雖然半面佛的手段是不如其他九人那般摧城撼山、驚濤駭浪，可那也只是跟王仙芝、拓跋菩薩、鄧太阿相比，並不意味著慕容寶鼎就是只會挨打受氣的縮頭烏龜，半面佛的拳打腳踢僅是在黃蠻兒身上顯現不出滔天威力，換成尋常的金剛境武夫，如此氣機累加，早就給打得不成人形了。

徐鳳年已經看出半面佛攻勢精妙在於一拳過後，仍舊留有「餘韻」在敵手身上——一截柳劍氣的精髓，是能夠插柳成蔭，十有八九就是脫胎於此——因此慕容寶鼎不下百拳過後，不斷遞增累積在黃蠻兒符甲身上的氣機，該有多沉重？所以黃蠻兒被慕容寶鼎一拳推到城牆，符甲還不曾觸及牆壁，牆面就已被紅甲蘊藏的瘋狂氣機炸出一個大窟窿。

慕容寶鼎看了眼從倒塌廢墟中站起身的紅甲少年，悠悠呼出一口濁氣。他們家族有崇佛的習俗，慕容寶鼎年幼時就喜歡跟隨長輩一同去寺廟敬佛禮佛，而且經常仰頭看那些鎏金大佛，往往一看就是好幾個時辰。

隨著年紀增長，尤其是在慕容女帝篡位登基之後，慕容氏榮貴至極，慕容寶鼎除了潛心習武跟學習兵法兩不誤外，一有空閒，就遊歷拜訪名寺大廟，去抬頭「看佛」，這幾乎成了北莽北朝人人皆知的怪癖。

慕容寶鼎在兩國戰事中擅長以少量精銳騎兵長途奔襲掠殺敵軍，成名很早，在武道上則要慢上許多，直到那場兵敗之後，慕容寶鼎獨自出門遠行散心，觀一尊大佛有大悟，悟出了一門坐佛的金剛不敗，之後一竅開、竅竅開，又悟出了立佛臥佛兩大悟，這才成就了慕容寶鼎「大寶瓶金剛身」的超凡境界。

慕容寶鼎緩緩豎起左掌在胸口，右手就要貼上，做僧人雙手合十狀。

立佛於天地間。

徐龍象轉頭看了眼遠處蹲著的徐鳳年，雙手摘下符甲頭盔，丟在腳下。他本想按照哥哥要他死記硬背的手法，手指敲下幾處陣眼，就可以一氣呵成脫下紅甲。不過徐龍象猶豫了一下，僅是摘去頭甲，卻沒有完全卸甲。

徐鳳年看到這一幕，嘆息一聲，沒有出聲。

徐龍象比起當年前往龍虎山跟隨老天師趙希摶修道時，要高出不少，面黃肌瘦倒是沒有變，只是最大的變化，是眼神少了許多懵懂渾濁，多了一分偏執堅毅。

正是這樣一個少年，屠光了北莽三鎮甲士，其中親手造就了春秋之後第一場坑殺降卒的殘酷舉動。

徐龍象扭了扭脖子，右手一拳砸在左手掌心。

然後膝蓋微微彎曲幾分，眼睛望向那尊滿身金光流溢的半面佛。

扯了扯嘴角。

以徐龍象為圓心，不光是慕容寶鼎留在符甲上的拳勢驀地蕩然一空，天地之間的氣象彷佛都被少年汲取殆盡。

少年如同一隻上古凶獸饕餮。

神擋殺神，佛擋殺佛。

徐龍象開始奔跑，一步一步踏在地面上，有千騎奔雷之勢。

然後輕輕躍起，雙手十指交錯，合成一拳，朝那尊立佛當頭砸下！

慕容寶鼎的不敗金身在被砸入地下之時，雙手緊密合十已然露出一絲縫隙。

◆

徐鳳年站起身，知道青蒼城大局已定。

徐鳳年沒有阻攔那對少年少女的悄然離去，慕容寶鼎雖說被黃蠻兒一拳破去了立佛寶瓶身，可真要雙方往死裡玩命的話，徐鳳年未必能賺到什麼。

徐鳳年望向黃蠻兒的背影。大概是覺得摘了符甲頭盔，怕他這個哥哥罵他，徐龍象往坑裡瞅了半天，沒等到慕容寶鼎露面，就跑去蹲著戴上頭甲，始終背對徐鳳年，就那麼蹲著「面地思過」了。

徐鳳年有點哭笑不得，也沒有理會，只是輕輕背起老諜子的屍體，走入那座很小家子氣的「金鑾殿」。

一身「龍袍」的蔡浚臣使勁彎著腰，口呼北涼王，說了一大通怎麼肉麻怎麼來的阿諛言辭。徐鳳年把老人屍體放在雕龍梁柱旁邊，也沒說話，只是瞥了蔡浚臣一眼，後者很快就識趣閉嘴，意識到身前這位見過大風大浪的年輕藩王，畢竟不是前幾任自己所依附的豪強那般不但眼窩子淺，耳根子也軟。

蔡浚臣心中哀嘆，半個時辰以前他還等著手下把這傢伙五花大綁到「金鑾殿」，希望能享受一回堂堂離陽異姓王的跪拜覲見，這會兒外邊已是打得天翻地覆，不但柔然山主洪敬岩出手了，連慕容寶鼎都不得不親自陷陣，蔡浚臣想到這裡，彎腰更甚。

徐鳳年開門見山說道：「本來是想還能靠北涼王的身分，跟你喝著酒聊正事，不過你這位青蒼城主架子真不算小，也好，咱們可以新帳舊帳一起算。阮山東是北涼人，你的三供奉也是，都因你蔡浚臣而死。你的腦袋值不了幾個錢，賠不起，我進來的時候估算了一下，你得用兩萬忠心耿耿的流民來賠。蔣橫跟賀大捷的親兵大概有三千，不在城中的沈從武手上還有一千六，加上『龍王府』一千多龍鱗衛，這些都不算在那兩萬人裡頭，就當是你的見面禮。」

蔡浚臣哭喪著臉近乎哀號道：「王爺，小的也沒有撒豆成兵的本事哪，籠絡起兩萬流民簡直比登天還難，更別提還要他們忠心了。小的不是不想給王爺鞠躬盡瘁，委實是心有餘而力不足……」

徐鳳年一手猛然掐住蔡浚臣的脖子，將他摔砸在一根棟梁上。蔡浚臣雙腳離地，背靠柱子，喘不過氣來。

徐鳳年手臂赤蛇縈繞扶搖，冷笑道：「那你就去死好了。看來你的腦袋掉了以後，拿出去震懾青蒼流民，比留在肩上會更有用。」

蔡浚臣雙手竭力扯住徐鳳年的手臂，做垂死掙扎。他只聽說這位去年還是世子殿下的年輕人紈褲得無法無天，哪裡知道他如此不願拖泥帶水，一言不合便要人的性命。蔡浚臣正因為聰明，才會知道給自己待價而沽，好賣出公道適宜的價錢，別太賤賣給北涼了。似乎這個北涼王不喜歡聰明人？早知道是這樣，給他蔡浚臣幾個熊心豹子膽，也不敢藏著掖著玩什麼城府心機了。

徐鳳年伸手抽出那柄過河卒，側過刀身，刀尖輕輕抵住蔡浚臣的額頭，微笑道：「橫著刀鋒紮入你的頭顱，大概就能把你釘死在柱子上了。皇帝，我確實一直想殺，先拿你試試手也不錯。」

不知過了多久，緩緩恢復知覺的蔡浚臣艱難撐地開眼皮子，神情恍惚，視線模糊，難道自己到了陰曹地府，還是仍然走在黃泉路，尚未過那奈何橋？蔡浚臣下意識地摸了摸額頭，好像沒有留下刀口子？蔡浚臣想要破口大罵那姓徐的心狠手辣，可喉嚨跟塞入一塊灼燒火炭般難受，伸手撫摸了一下，疼得身軀戰慄，冷汗直流，驀然睜大眼睛，抬起頭，看到那襲雪白麻衣，再往上就是那張讓蔡浚臣畏懼到了骨子裡的年輕面孔了。

徐鳳年俯視這個癱軟坐地的土皇帝，扯了扯嘴角，「蔡浚臣，你又欠了我一條命，你說說看，現在得拿多少數目的流民來還債？」

知道自己在鬼門關打了個轉的蔡浚臣這會兒是真的學聰明了，一把抱住北涼王的大腿，嗓音沙啞哭喊道：「王爺，你說幾萬就是幾萬，小的都聽王爺的，小的敢說半個不字，王爺就賞給小的一柄刀，都不用王爺你動手啊……」

徐鳳年一腳踢開蔡浚臣，走向殿外，黃蠻兒還在那裡蹲著。

個子不高的少年身披紅甲，如高樓。

北涼北莽之間有紅樓。

要殺涼王，先過此樓。

◆

徐偃兵還沒有回來。

飯還是得吃，大難不死的蔡浚臣不敢用大魚大肉擺闊，讓御膳房精心籌備了一席素宴，「王后」虞柔柔從旁作陪，負責持瓶倒米酒。

蔡浚臣已經識趣地脫去「龍袍」，換上一身尋常富貴人家的錦衣。虞柔柔自然也是夫唱婦隨，不過雖說沒了鳳冠霞帔，仍是花了些討巧心思，戴了頂青紅絨錦製成的黃姑冠，綴珠嵌玉高一尺，如直頸鵝頭，將她纖細白皙的脖子襯得越發誘人，也有幾分江南仕女的雅氣。

黃蠻兒一通狼吞虎嚥完畢，就拎著青蒼城的一名實權將領去安置西行僧人的住處。蔡浚臣小心瞥了眼細嚼慢嚥的北涼王，打定主意陪吃陪喝，至於陪睡嘛，他一個大老爺們兒有心也無力，不過這倒是那位青蒼城的「王后娘娘」拿手本事。

徐鳳年沒有理會虞柔柔的媚眼秋波，讓蔡浚臣說些鳳翔、臨謠兩位草頭王的境況。北涼諜子不是神仙，不可能做到事無巨細、面面俱到，蔡浚臣身為流民之地的四位頭領之一，他嘴裡說出來的消息，可信度不低。

「鳳翔王」馬六可曾經是一名籍籍無名的揚州金工，發家路數跟蔡浚臣有點相似，都是先給別的豪強勢力賣命，不過是個出謀劃策的幕僚先生，後來舊主死於一場襲殺，名義上的鳳翔之主年幼無知，就給馬六可「挾天子以令諸侯」，一點一點積攢出了殷實家底，不過蔡浚臣說此人跟西域爛陀山有些機緣，從去年開始窩藏有數百僧兵，極為驍勇善戰。

北涼諜報上顯示北涼世族出身的「臨謠王」蔡鞍山刻薄寡恩，是個共患難卻不能同富貴的人物，不過在蔡浚臣嘴裡，竟然給說成了頗有豪氣的老頭子，能讓真小人的蔡浚臣都心服口服，徐鳳年覺得多半有些能耐。

至於臨謠、鳳翔之間的那個幫派，都是靠劫掠為生的馬匪，翻臉不認人，黑吃黑是一把好手，這麼多年三座軍鎮沒少吃苦頭，而且這夥馬賊經常膽肥到越境去北莽南朝搜刮油水的地步，有次驚動了北莽大將軍之一的劉珪，親自領兵剿匪不說，還專程囑咐一個姓董的胖子盯著這一塊，姑塞州的邊境馬患這之後才清減許多。

這個無法無天的幫派駐紮在石刻山，蔡浚臣說幫主是名風華正茂的妖豔女子，他道破天機，提醒徐鳳年別看這股馬匪跟北莽不對付，他跟蔡鞍山私下都覺著不過是苦肉計，實則是北莽安插在流民之地的奸細，否則那麼多熟馬如何來？

徐鳳年把蔡浚臣的言語一點一點梳理過去，沒有找出太大漏洞，就問道：「三座舊軍鎮加上那股馬賊，總計十七、八萬罪民，青壯歲數的大致占到半數，上馬可戰、下馬可耕，是一支北涼、北莽都很眼饞的兵源，我不奢望一口氣摟到手裡，要你看，鳳翔、臨謠跟石刻山，在三地掌權的也就是二十幾人，有幾個願意被安撫招降？」

蔡浚臣猶豫了一下，咬牙說道：「小的冒死說句實話，不到萬不得已，就以流民跟北涼的仇恨，只要不是真的餓死，那都是寧願更餓，也不樂意去吃北涼施捨的殘羹冷炙。就說小的這座青蒼城，用屁股想都猜得到，沈從武跟他的一千六百人趁著這個機會，要麼大搖大擺自立門戶，要麼乾脆跑去依附臨謠城的蔡鞍山了，是打死都不會跑回青蒼城，甭管王爺你封他多大的官，都沒用。

那傢伙六歲的時候親眼見到全族長輩被一顆顆砍下腦袋，然後被驅趕到這鳥不拉屎的流民之地，做夢都在想如何殺回北涼報仇。鳳翔、臨謠也有不少這樣與北涼不共戴天的壯年傢伙手握兵權，小的一來不是當初覆滅的北涼豪族，跟北涼沒仇，二來打心眼裡欽佩王爺的本事，這才願意為北涼做牛做馬萬死不辭。」

徐鳳年放下筷子，平淡地說道：「如果你坐在我的位置上，該怎麼收攏流民？事情再難辦，可還得辦不是。你要是能說出個子丑寅卯來，記你大功一件，青蒼仍然是你的囊中之物。」

蔡浚臣正要故意裝出戰戰兢兢的模樣，一旁持瓶的虞柔柔輕微咳嗽一聲，蔡浚臣很快回過神，他已經大概知曉了這位年輕藩王跟你說正經事情時候的習慣，別含糊，直截了當比什麼都強，便喝了杯酒壯膽，這才說道：「咱們流民都是沒家沒根的孤魂野鬼，嗯，就是那種清明時節都不知道去哪兒上墳祭祖的可憐蟲，都信奉此處不留爺、自有留爺處。咱們這兒也不興長遠買賣，沒誰有那放長線釣大魚的耐性，只講究你這會兒兜裡能掏出啥來，給銀子、給糧食，那從頭到腳都是你的人了，你每天好酒好肉打賞著，老子就肯為你拚命。

當然，北涼這個『外人』除外，委實是這麼多年吃了太多的苦頭，王爺家裡的遊弩手三天兩頭來這兒殺人，咱們是又怕又恨啊，恨跟怕，都到了骨子裡。所以，流民這鍋粥，下筷子太快容易燙著嘴，得慢慢來。

聽說王爺領著千餘僧人進入了流民之地，這可是小的想破腦袋也想不出的妙手，厲害了啊，整個流民之地就沒幾本典籍，所以儒家學說在這兒就是個笑話，至於道教的一人得道、雞犬升天，更是沒人有興趣，飯都吃不飽了，還去修道？只有禿驢的那一套說法，很多人樂意去信，反正這輩子就是投胎來吃苦的賤命，大不了破罐子破摔，怎麼著了，可不就只能眼巴巴盯著有來世？這人哪，我算是看透了，只要有丁點兒念想留下，就開始怕死了，就說我蔡浚臣，小的剛才一聽說王爺要留我性命繼續留在青蒼，心眼難免就活泛了。

這僧人一來，給流民們日復一日說法祈福，不說讓流民感恩戴德，好歹有了念想，沒那麼自暴自棄，不會只想著這輩子能殺一個北涼甲士就算回本，殺兩個是賺到了。但是呢，蔡浚臣竊以為，光有僧人給咱們搗鼓出個念想還是不太頂用，得來些實在的，尤其是能填飽肚子的。咱們青蒼城以往是龍王府都捉襟見肘，實在沒那本錢去收買人心，可有了王爺的北涼撐腰，不要多，只要每天能在三座城門口各自擺上十來口大鍋，我就不信沒人上鉤，一天沒人來，十天、半個月總該有一個吧？只要有人牽頭，那就攔不住流民蜂擁而至了。骨氣這玩意兒，也許人人都算有些，不過嘛，也分輕重，有人重，不乏有人要重過性命，可更多人還是輕的。」

虞柔柔怯生生地低眉順眼，輕聲打斷蔡浚臣：「若真是無人敢來，可以讓身子骨孱弱的青蒼甲士去假扮流民。」

蔡淩臣瞪眼道：「婦人閉嘴！」

徐鳳年擺了擺手，對虞柔柔的計策不置可否，示意蔡淩臣繼續。

一肚子壞水的後者這回喝酒成了潤嗓子，紅光滿面，顯然是漸入佳境了，「光是用北涼鐵騎碾壓三鎮，流民打是肯定打不過，可以躲，去西域是躲，甚至去北莽也是躲，嘩啦啦一個鳥獸散，也就誤了王爺的千秋大計。

持節令哦不，那慕容老兒先前曾說流民夾在涼莽之間，得失是按照雙份來算的，可見對王爺來說用處不小，真給北涼鐵騎逼急了，必然有人一氣之下就投了北莽南朝。小的聽說，南朝西京的廟堂上，確實有大人物想要收流民為己用，不過許多安民政策，都是雷聲大、雨點小，想來是受到了西京內部的阻攔。

再說了，流民窮歸窮也不傻，就怕北莽不安好心，一旦上了南朝的賊船，就要驅使自己去跟北涼甲天下的鐵騎死磕，南朝那些春秋遺民一肚子壞水比起蔡淩臣只多不少。窩裡鬥，自己禍害自己的本事，這幫子投靠了北莽的兩姓家奴那都是揣著幾百上千年一代代老祖宗慢慢積攢下來的經驗。一部部史書，可不就是在孜孜不倦傳授後輩讀書人如何不見血地殺人嗎？」

徐鳳年對蔡淩臣有些刮目相看了，和顏悅色地笑道：「別感慨了，說正經事。」

蔡淩臣連忙小雞啄米般點頭道：「蔡淩臣有一策，四個字：『分而治之』。這個分，分為兩種。一種是地域上的，拋開小的這個狗屁青蒼王，那王爺可以許諾其餘三支兵馬繼續當那土皇帝，但是名義上得歸順北涼。王爺將流民之地增添為一個新州，這就有了刺史，跟將軍兩頂不小的官帽子，像蔡鞍山肯定要嗤之以鼻，但不打緊啊，只顧自己享福不太管別人死活的馬六可就有可能會心動，何況蔡鞍山不識趣不領情，保不齊他的部下要蠢蠢欲動。

如此一來，兩鎮流民的兵老爺們，或多或少就得各懷鬼胎，反正投誠了北涼，到時候萬一真要去沙場上拚死拚活，也是那些手底下當兵做卒的，不是他們當官老爺的，不過這件事，還得王爺你親口跟他們講一講。

第二個分而治之，則是針對戴罪之身的流民本身。一些是在北涼軍中犯了重罪的棄卒，這夥人，免罪。還有一些人是最近十來年北涼境內的豪橫家族，被趕到了咱們這裡，王爺可以恢復他們在北涼的家產，有官身的，還給他們即可，這要是太瞧得起他們，可以家產減半，官帽子縮水些，往少了小了去安撫。

至於那些最早一撥的流民本地人，圍在他們身邊的傢伙，死性不改，人數也最多，但未必就是真的油鹽不進，他們的祖業祖墳不都在北涼境內嘛，准許他們還鄉祭祖便是，見識過了北涼家鄉的繁花似錦，總歸會有人願意落葉歸根的。

還剩下些無處可逃只能到流民之地避難的亡命之徒，有中原江湖人士，也有對離陽朝廷恨之入骨的官宦後代，就更好打發了，王爺一紙令下，為其打開北涼門戶，他們將是最樂意離開流民之地的那撥人。

小的還有一事，得斗膽說上一說。王爺志向遠大，兵鋒所指，自是無所匹敵，所以北涼是肯定可以吃下十數萬流民這塊肥肉的，可吃相，還得好一些才行。怎麼個好法呢？一旦招安了三鎮罪民，比如不急於將他們編入邊軍，而是送往相對安穩的陵州，但俸祿可以很低，比邊境軍伍甚至是陵州軍都要低出一大截，等他們融入了北涼，本就是彪悍血性耐不住寂寞的人物，大多又沒有牽掛，屆時大概自己就開始想要去邊境撈取軍功了。

嘿，說遠了，王爺莫要怪罪，小的這就說近一點的。想要讓分而治之成功，不外乎古往今來所有上位者都喜歡用的恩威並濟。恩惠小的已經說過，給本就當官的官帽子，給餓肚子的一口飯吃，給戴罪之身的摘掉罪名，都是王爺的大恩大德；立威一事，不一定王爺像今天這般親自出馬，小王爺帶著幾千龍象鐵騎便足矣！

小王爺早已打出了赫赫威名，那可是打殺北莽精兵如割稻穀一般的無敵猛將！有王爺施恩在前，小王爺鐵騎游弋在後，骨頭硬，卻也硬不到哪裡去的流民，也就順水推舟降了。反正輸給這樣的英雄好漢，也不丟人不是？剩下冥頑不化的那些人，想死的話，就去死唄。從老王爺交到王爺手上的北涼三十萬鐵騎，殺誰含糊了？」

盧柔柔悄悄彎起了眉眼，她時時刻刻都在小心打量那位年輕藩王的臉色，看上去夫君的「胡言亂語」不說能保住青蒼之主的位置，最不濟沒有往更壞的境地下陷。

徐鳳年笑了笑，「你跟某人治理流民的策略有點不謀而合的意思，有他五六分的功力。不過人家從沒到過流民之地，跟你不一樣。」

蔡浚臣連坐著都下意識彎腰，滿臉諂媚道：「小的那都是胡謅的，可不敢跟王爺身邊的高人比較，有十之一二的相似，就都是踩了狗屎。」

徐鳳年站起身，蔡浚臣趕緊跟著起身。

徐鳳年說道：「蔡浚臣，給你兩個選擇，要麼留在青蒼城給那人打下手，要麼去陵州境內當個肥缺郡守。不過我覺得你還是選後邊的穩妥，就你的那點骨氣，日後遇上生死抉擇，十成十得當北涼叛徒，到時候我肯定要你死。你這種人，當個太平官，勉強能算是一員能吏。北涼缺官，但獨獨不要什麼尸位素餐的清官，你到時候貪歸貪，我不介意，但千萬記得別耽誤了給北涼、給百姓做事。貪官，貪多貪少，就一張嘴、兩隻手，能吃多少拿多少？何況真正值錢的，也都帶不到棺材裡，豐厚家產都在那裡擺著呢，真要拿這個說事拿這個開刀，北涼邊境的軍力還能上一個臺階，不過徐家還沒山窮水盡到這一步罷了。」

跪下謝恩的蔡淩臣跟虞柔柔對視一眼，都從對方眼中看到一些發自肺腑的忌憚。

徐鳳年淡然道：「都起來，你們大概還能在青蒼逗留個把月。」

蔡淩臣跟虞柔柔起身後並肩而立，徐鳳年突然對虞柔柔笑道：「我給了蔡淩臣一個郡守，也沒什麼送妳的，妳的事情，北涼諜報上都有寫，起碼只要妳不願意的話，那以後就沒人能讓妳脫衣服了。如果有，蔡淩臣又不要臉地答應下來，妳來清涼山，我幫妳攔著。」

徐鳳年走後，身後傳來一記響亮的耳光，然後是一陣號啕大哭，有虞柔柔的，也有蔡淩臣的。

徐鳳年徑直走出「龍王府」北門，也就等於出了城，城北有座水淺才及膝的小湖，他蹲在湖邊地上，抓起一把沙土，輕輕拋入湖中，怔怔出神。

其實按照陳亮錫原本的計策，頭一件立威之事，就是用兩萬鐵騎血洗青蒼城，殺得青蒼周邊寸草不生，再去談施恩一事。

那馬六可的僧兵其實是徐鳳年跟爛陀山那位六珠菩薩的一樁買賣，馬六可當然不清楚內幕，密教的女子法王做要那爛陀山之主，就得跟手握鐵騎的北涼徐家聯手，徐鳳年則以此掌控西域廣袤地帶。

當然，還有解燃眉之急，那就是形成東西鉗制十數萬流民的軍事態勢，再遣以數萬輕騎在南北邊境虎視眈眈，阻止十數萬流民四處流竄。事實上，在這只大口袋裡的流民，要麼降，要麼死，北莽南朝故意散布流言說徐驍死前遺言要流民陪葬，其實誤打誤撞，不小心對了一半。李義山死前留下一只言簡意賅的錦囊，陳亮錫的狠毒策略，與其不謀而合。

可是徐鳳年知道，師父對於這些因為自己而流離失所的流民，是懷有愧疚的，只是從未付之於口，卻都付諸了筆端。

死而無墳的師父的骨灰就撒在了邊境。

生有所養，老有所依，死有所葬。

這就是那個枯槁男人說的「人生三大福」。

在這塊土壤上顛沛流離的十數萬流民，似乎沒能享受到一樣。

撰寫了流民二十年歷史《知秋錄》的李義山，暮年自號「水滸山鬼」。

水滸，在野也。

水邊野鬼。

也許是因為在師父看來，他跟那個攜帶數千奴僕浩浩蕩蕩投身徐家的世家子趙長陵不一樣，跟那個以志在平天下的春秋陽才不一樣，他李義山從沒有走進過廟堂，從沒有跪過誰，歸根結底，他跟這些無家可歸無墳可祭的流民一樣，始終僅是聽潮湖邊的遊魂，清涼山上的野鬼。

徐鳳年向後仰去，閉上眼睛。躺在黃沙地上，雙手擱在後腦勺下。

先前吃了柳蒿師的紫雷，後邊又吃了麒麟真人袁青山的那只包子。

有些飽啊。

「龍王府」差不多算是翻天覆地，可青蒼城倒是沒有如何大動干戈，對城內流民而言，也就是多了幾百顆亮閃閃的光頭，消息靈通一些的，知曉有一支八百人的騎隊星夜入城，戍守「龍王府」，這支精銳騎軍一律白馬白甲外帶佩刀攜弩，氣勢雄壯。

北涼掌控青蒼已經是既定事實，既然沒有屠城，反而不斷有物資湧入城中，許多平日裡有價無市的稀罕物件，一夜之間就在青蒼雨後春筍紮堆冒頭，大多數流民也就順水推舟地得過且過。也不是沒有出城逃難的百姓，不過門禁寬鬆，沒有任何阻攔，過了些日子，這些有點家底的青蒼權貴默默冷眼旁觀，見城內一幅太平盛世的景象，又訕訕然返回城中。

青蒼除了城門擺鍋送粥，還在大街小巷張貼榜文告示。一個姓陳的北涼年輕士子暫任青蒼城牧，「龍王府」搖身一變，成了新州牧的官邸。北涼不再對青蒼禁運鹽鐵，而且城牧大人開始著手制定戶牒，聽說只要是通過審查的青蒼百姓，將被准許進入北涼道三州最富饒的陵州做生意。

◆

有心人都咂摸出了春雨潤物細無聲的感覺，自然是有人悲、有人喜，不過這輩子都沒機會再穿上「龍袍」的蔡浚臣反正是很欣喜，北涼王做事就是爽利，北涼都護褚祿山以及經略使李功德兩人手批的官文已經下達整個陵州，他若非還要幫著陳城牧收拾青蒼城的爛攤子，原本都可以拖家帶口趕赴陵州糧倉的黃楠郡擔任郡守。

這個郡守可是實打實的肥缺，上任主官宋岩如今貴為陵州別駕，分明是一塊升官發財的風水寶地！蔡浚臣這棵牆頭草有一點很好，只要不需要他賣命，之外給了他十分好處，他就能出十分力，半點不含糊。這半旬在城內給人生地不熟的陳城牧鞍前馬後，那叫一個任勞任怨、鞠躬盡瘁，原本一個可以君王日日不早朝的土皇帝，這些日子裡就沒有睡過幾個飽覺。

轉眼間成為後娘養的青蒼親兵既有怨氣也有驚懼，夾在新主和舊部兩頭中間的蔡浚臣，真是又當媒婆又當新婦，上火得滿嘴冒泡。不過儼然以郡守大人自居的蔡浚臣精氣神不錯，有了盼頭的人物，多半是如此，再短視眼淺，只要讓他看得見前途，就不怕累。

夜幕將落未落，趕在門禁之前，一名書生模樣的年輕人在一隊白馬輕騎的護送下，單獨走上破敗不堪的城北圍牆，看到束髮成武當黃庭道冠樣式的傢伙就蹲在城頭上，腰懸雙刀，遠眺北方。

書生順著刀客的視線往北望去。北莽姑塞州，去年那場一邊倒的戰事，看似是北涼鐵騎出人意料地大獲全勝，可書生心知肚明，只是把北莽打痛了，遠遠沒有讓其傷筋動骨，總體上說是利弊參半：好處在於姑塞州被碾壓得千瘡百孔，烽燧和驛路十去八九，一時間很難讓大股騎軍揮師南下；壞處則是打醒了北莽，南朝幾位軍功顯赫的大將軍會在肚子裡開始重新衡量涼莽雙方的武備戰力，下一次戰事全面拉開帷幕，北涼就再難如此輕輕鬆鬆，以勢如破竹之勢長驅北上。

新任青蒼城牧的年輕人走上前，輕聲道：「見過北涼王。」

徐鳳年轉頭笑道：「亮錫來了啊，這半旬見你實在是忙得焦頭爛額，都沒好意思找你喝酒。」

陳亮錫笑了笑，沒有如何附和，這恐怕也是他跟徐北枳不同的地方。後者跟世子殿下相處也好，還是跟新涼王待在一起，從來都是該譏諷的譏諷、該白眼的白眼，從沒有寄人籬下的悟性。陳亮錫則不同，一直謹守本分。

當時徐陳這兩位世子殿下的心腹幕僚「分道揚鑣」，徐北枳外放龍睛郡，陳亮錫則在清涼山王府深居簡出，住到了聽潮閣頂樓的偏屋，遍覽群書，所捧書籍，都是李義山遺留下的藏書和筆箚。如今北涼的治軍方略，尤其是重新劃分武臣官職，以及按照地理布置下十四位未來北涼最為炙手可熱的實權校尉，便是出自陳亮錫的手筆。

只不過陳亮錫出閣之後被授予全權處置漕糧入涼跟鹽鐵官營兩事，都不盡如人意。前者是離陽朝廷門下省主官坦坦翁桓溫親自出面支著，刻意刁難北涼，陳亮錫輸得並不冤枉，可之後在幽州，即便可以「使喚」手握幽州軍權的皇甫枰，仍是被勢力盤根交錯的「吃鹽」豪橫聯手排擠，至今幾大鹽池的歸屬仍是懸而未決，這讓許多北涼高官都嗤之以鼻，私下很是笑話這個跟北莽世族徐北枳年齡相仿又一同出山的讀書人，丟下一句「果然寒門無貴子」！然後出師未捷的陳亮錫就被新涼王緊急召回，丟到了鳥不拉屎的流民之地自生自滅。

青蒼城牧？比得上陵州隨隨便便一個郡守？這不是明擺著的貶謫是什麼？再回頭看看徐北枳，都已是北涼文官僅次於經略使的一州主官了！人比人氣死人啊。

徐鳳年換了個坐姿，把雙腿掛在牆外，雙手輕拍過河卒跟繡冬的刀柄，說道：「漕糧那邊已經交付經略使大人親自去跟離陽官油子打交道，至於鹽池公私一事，我知道你的打算，想著文歸文、武歸武，給北涼立下新規矩，所以寧願碰牆，也不要皇甫枰插手，一心想要文火慢燉，許久見功，這才沒有半點後患。

其實原本就算你到了青蒼，也可以遙領此事，不過我仍是讓你不再插手，一方面是你可能不知道，北莽已經決意先打西線，硬是要搬走北涼這塊茅坑裡的臭石頭。北涼拖不起，時間耗不起，不是你的策略不好，而是大勢所趨，你的人和輸給了天時。

再有就是青蒼之重，對整個北涼來說，重要到了許多北涼將軍都沒有想到的地步。像離陽在幾次吃了大虧的戰事之後，國庫告竭，當今天子那會兒被朝野上下罵成了天底下頭一號的敗家子。前個十年，朝廷在許多名臣巨卿的瞎謀劃下，把整條戰線南移了兩百里，裁撤了許多軍鎮塞堡，這當然不是全錯，甚至確實讓離陽朝廷得以喘口氣，慢慢休養生息，南移的戰線也得以越發鞏固，但是為何顧劍棠執意要冒著巨大政治風險，被御史臺以及兵部以外五科給事中扣上窮兵黷武的帽子，也一定要將戰線北推？

按照顧劍棠的本意，朝廷這條已經吃掉帝國將近一半賦稅的漫長東線，不是集體北上，而是有選擇地恢復十六個雄關軍鎮，只是哪怕有碧眼兒竭力支持，以及顧劍棠得到總領北地軍政的誥命之後，也不過是建成了六座。再後邊，你也清楚，新兵部尚書陳芝豹這麼一個被趙家天子欣賞的寵兒，也只能去跟各有小算盤的滿朝文武虎口奪食，加上不知如何跟碧眼兒、顧劍棠達成一致，明面上退了半步，暗地裡前進了一大步，裁撤掉新東線一些有重疊嫌疑的次要軍鎮，這才好不容易在舊東線上恢復了『六後又三鎮』。陳芝豹離任時，這些加在一起，不過才讓顧劍棠心目中完美的東線大局完了堪堪過半。

這九大吞掉金銀無數的新鎮，它們的用處，不是什麼一口氣就讓北莽鐵騎攔在北邊，而是死守，不要臉、不要命地死守，試圖做到跟當初王明陽困守襄樊城一個德行。它們的真正用意，是讓抱有速戰速決心思的北莽，知道硬攻不下，一旦繞道而行，他們的補給線就得受到這些軍鎮精騎的騷擾，不說切斷，最不濟會疲於應付，離陽就算前期落敗，一敗塗地，把整個新東線雙手奉上，任由北莽兵臨城下，一路打到了太安城，那也無妨，只要各地藩王勤王建功，到時候有這九座軍鎮遙相呼應，很有希望讓北莽有來無回。

當然，很多人覺得北莽大不了就一口一口吃掉舊東線的新軍鎮，可北莽這些年雖然學到了不少中原的攻城戰術，可骨子裡還是遊掠的性格，真要下馬攻城，死傷代價太大了，贏了一時一地的戰役，就輸了問鼎天下的大局。北莽根本上無非就是一個疆域更大的北涼，同樣耗不起時間的，等到西楚復國失敗，離陽收拾了這幫春秋最後的遺臣賊子，不光是中原財力盡在趙室之手，連民心，都也一併拿全了，那個時候的離陽，才是真正走到了巔峰。嗯，差不多大致跟八百年前的大秦，勉強有一戰之力了。」

陳亮錫嘴唇緊緊抿起，沒有作聲。

徐鳳年輕笑道：「知道你心裡頭還有怨言，覺著兩手抓兩不誤，不過你說歸說，我不會聽你的。反正我馬上就要離開青蒼，你說什麼我都假裝聽不見。你做完了青蒼城牧，不出意外接下來就要做流州刺史……」

陳亮錫搖頭打斷道：「我這人眼高手低，自知斤兩，治理青蒼事務就已經很吃力，所以我不會當什麼流州刺史。而且北涼王你也說過，青蒼對於北涼戰線至關重要，更別提囊括青蒼的流州了，我就只會動動嘴皮子，打仗更是外行，而且我很怕死人，因我謀劃而流血，只要我沒看見，還算可以心安理得，可親眼見著視線裡的硝煙四起，身邊有人去死，陳亮錫萬萬做不到。」

徐鳳年嘆氣一聲——認定主意，十頭牛也拉不回來的死強性子，跟橘子倒是如出一轍。

徐鳳年一臉自嘲，微笑道：「不做就不做，我不為難你，何況我還多了個大魚餌——一州刺史，可是有無數人眼紅的高位。這次整頓北涼軍，北涼道原有三州都讓文官上了位，文人治政，武人統兵，不奢望很快就可以相得益彰，起碼得井水不犯河水，雙方吃相都別太難看，多出這個你不要的刺史，我可以讓給吃了虧的武夫將種，不光是刺史，上上下下都交由他們去占位置，就當作是安撫一下他們。否則你別看初春校武之後，邊境上一個個安分守己得很，其實不乏大量實權人物還在偷偷戳我的脊梁骨，都在那借酒消愁呢，聽說綠蟻酒可是比往年賣得好多了。」

陳亮錫會心一笑，「這個北涼王，的確不好當，也是該用流州的一大堆官職去安撫人心了。現在北涼有大舉任用士子為官的跡象，又是鼓勵士子結社，又是出資創辦各大書院，還讓上陰學宮大先生以及黃裳這些個文壇清流巨擘評點文章，每年從北涼道三州各自評出三篇『魁文』，幽涼陵奪魁者不論出身寒庶，可以直接躋身流品為官，最低都是正八品，這簡直足以讓那些自認懷才不遇的飽學之士癲狂了。反觀武官集團這批既得利益者少了錢財進項，當權者失去權柄，何止是心情失落，想必殺人的心都有了吧。北涼王身為北涼家主，是時候打一棒子給一顆棗了。」

徐鳳年點了點頭。

陳亮錫不再說話。

這兩人，相逢於江南道報國寺那場曲水流觴，徐鳳年錯過了名聲大噪的瞎子陸詡，好歹沒有再錯過這名被李義山稱之為「只需宏闊其格局」的江南寒士。

陳亮錫站在牆頭，雙手按在粗糙不平的泥牆上，臉色柔和了許多，輕聲笑道：「當年陳亮錫不過是個癡心妄想要『死諡文正』的瘋子，卻連報國寺的大門都進不去，別說寺內那些席地而坐的風流雅士，就是在寺外遊蕩的紈褲子弟也能白眼死我，成天都只能用木炭畫龍解悶，哪裡能想到突然有一天，就闊氣得不行了，有人給我當一州刺史，我都不樂意做。這人生際遇啊，真是連我這個瘋子都覺得荒唐，有些時候清晨醒來，真是很想摑自己兩耳光，只有疼了，才相信不是做夢。這不就正在跟一位手握三十萬鐵騎的顯赫藩王聊著閒話，順帶指點江山？一個滿肚子不合時宜的落魄寒士，都能變成滿腹豪氣的大人物？」

徐鳳年被逗樂，玩笑道：「希望咱倆能有個好聚好散，千萬別有讓你陳亮錫生出遇人不淑這種感慨的那一天。」

陳亮錫點了點頭，雙拳緊握，擱在城牆上，「希望能跟北涼王善始善終。」

陳亮錫作為地地道道土生土長的江南人士，初來乍到北涼那會兒，很不習慣帝國西北的風土景致，這裡的暮色總是姍姍來遲，這裡的天空總覺得比南方更高一些，這裡一望無垠的黃沙大漠會讓置身其中的自己感到渺小，這裡的每一寸土地，曾經都浸透著鮮血，那些曾經日夜不停如今終於慢慢消散的狼煙，尤為讓這位來自江南的讀書人一聲長嘆。

往北，是那個被中原描繪成只知茹毛飲血的未開化蠻人，實則是一個以往任何一個中原王朝都前所未有的勁敵。往東，一直往東，就是太安城，離陽趙室的居所。此時的離陽，君臣和睦，越發如日中天，以至於喜好讀史的陳亮錫無比確定將來的史書，天子不論是否姓趙，都要被這春秋之後二十年的文治武功折服，後人都要心生嚮往。

離陽又一次開闢盛世，有著以勤政和寬容著稱於世的一位明君，圍繞在他身邊的名臣系列中，名單上有一大串足以讓後世心顫的重臣名士：張巨鹿、桓溫、姚白峰、盧道林、顧劍棠、陳芝豹、盧白頡、盧升象、納蘭右慈、趙右齡、殷茂春……更有武帝城的王仙芝，西楚最得意的曹長卿，上陰學宮的齊陽龍。這些人物，一同在春秋廢墟上熠熠生輝，氣象之鼎盛，八百年來獨有。

陳亮錫下意識去找尋徐鳳年的身影，比他還要年輕好幾歲的北涼王早已遠去。

這個人。

真的能天高任鳥飛？

◆

都說梧桐樹能引來鳳凰棲息，其實梧桐喜陽光不耐陰寒，萌芽尤其孱弱，很難想像在北涼這種地兒能有成活的梧桐樹，不過既然是生在清涼山先前世子殿下的私宅院落，就等於投了個好胎，不但活了下來，還異常枝繁葉茂。

只是梧桐院裡的梧桐樹長勢喜人，這棟院子裡卻有了幾分陰鬱的淒淒慘慘戚戚，大概是清明臨近的緣故，地下之人太念著地上人，於是梧桐院就有人悄無聲息死了，是批朱女翰林裡的黃瓜。

這位二等丫鬟，姓名早已被人忘記，世子殿下第一次遊歷江湖後返回，喜好吃黃瓜的老涼王嫡長子就給她取了個「黃瓜」的惡俗綽號，當年她還抗議來著，後來被喊習慣了，也就幽怨著接納了。黃瓜的死，突兀而莫名，死在了新涼王恰巧不在清涼山的空當，讓許多人都措手不及。梧桐院以外的王府清客僕役，根本不敢碎嘴，就算是院子裡頭，也都噤若寒蟬。掌管梧桐院大小軍機事務的徐渭熊沒有作聲，喪葬從簡，草草了事。

徐鳳年輕車簡從流民之地回到王府，依舊沒有去那座越來越少去的梧桐院。坐在輪椅上的徐渭熊在聽潮湖上的涼亭找到他，交給他一封黃瓜自盡前親筆手書的遺書。

徐鳳年接過後沒有看一眼，就丟到湖中。輕輕薄薄的一張沉檀色花箋，落在了湖面上，浸透濕潤後，就緩緩沉下湖面，甚至沒有驚起半點漣漪。遺書跟那女子都是如此，輕飄飄的，彷彿說沒就沒了，無足輕重。

徐渭熊平靜告訴徐鳳年，黃瓜寫完信後，在屋裡用一雙筷子刺透脖子，伏案而亡，很古怪的死法，第二天拂曉時分才被喊她去主屋批紅、同為二等丫鬟的白酒發現。徐渭熊還說在信上，黃瓜承認了她自幼便是朝廷安插在北涼的趙勾密諜，這輩子有過兩次背叛：一次是這回殿下去孤身涉險闖入流民之地，上一次是洩露了北莽的行蹤路線。信的末尾，說她希望殿下能活著回來看到她的遺書，還說下輩子還想服侍殿下，再不會如此人不人、鬼不鬼了。

徐鳳年神情平靜，看不清悲喜，徐渭熊亦是淡然說道：「北涼鷹隼分家，梧桐院跟褚祿山的諜報有了內外之分，我當時就知道你已經察覺了到梧桐院有內鬼，希望她們可以收斂一點，見好就收，當是給了她們一個活下去的機會。

只不過你該知道一點，既然走上了這條路，根本就沒法子回頭，談不上什麼惜命不惜命。女子命薄，何況還是個女諜子，她畢竟還能自己決定何時死，怎麼個死法，死之前也沒遭罪。以前那場春秋不義戰，被從戰火硝煙背後挖出來的女諜子，沒誰有她的福分。」

徐鳳年嘆了口氣，狠狠揉了揉臉頰，言語從指縫間透出，略顯含糊不清，「還有個跟北莽有牽連的諜子，隱藏得更深，是誰？沒有她的洩密，別說驚動橘子州持節令慕容寶鼎的大駕，連洪敬岩都不可能跑去青蒼城截殺我。這兩人踩點踩得恰到好處，顯然是經過北莽智囊精密推演的，貌似她比黃瓜那丫頭要臉皮厚很多啊。」

徐渭熊反問道：「你是真不知道，還是裝傻？梧桐院有這份隱忍和心機的，能有幾個？」

徐鳳年放下手，雙手籠袖，轉頭望向湖面，輕聲說道：「我這就去見一見她。姐，妳幫我準備兩杯酒。」

徐渭熊猶豫了一下，終於還是沒有作聲。

梧桐院二等丫鬟都有自己的私屋，各有各的韻味，又以王府小國手綠蟻的屋子最為雜玩眾多，屋內擺放了許多稀奇古怪的物件，藏書反而不多。她精於弈棋，卻沒有棋墩，不見一顆棋子，要下棋，她都是跟當年的世子殿下直接在主院裡手談，總能殺得徐鳳年丟盔卸甲，從不見她手下留情，便是對上神乎其神首創十九道的二郡主，心有靈犀之時，偶爾也能鬥上個旗鼓相當，足見綠蟻聰慧至極。

大概是慧極必傷的緣故，綠蟻也是梧桐院丫鬟裡身子骨最弱的一個，好在徐鳳年是個對身邊人物都大手大腳的敗家子，便是武當山老真人宋知命送來王府的珍品丹藥，也常年定期送給綠蟻拿去溫養身體。

今天梧桐院不是綠蟻當值批紅，屋門沒有掩上，她獨自坐在窗口，看著窗外泛綠的梧桐樹，嘴角噙笑。當她聽到敲門聲，轉頭看到一手提了一杯酒的世子殿下時，笑意盈盈站起身。梧桐院的女子，大抵都還喜歡把這個溫柔英俊的年輕男子依舊視作她們的世子殿下。

徐鳳年走到窗口，擱下兩杯酒，順著她先前的視線望向綠紗窗外。綠蟻從不在意那些尊卑，反正梧桐院也不怎麼講究這些規矩，她輕輕坐回椅子，手肘抵在椅子把手上，身軀傾斜，抬頭看著他。這麼多年來，都是如此。這個男人始終在盯著北涼，在看江湖和江山，她就只能看著他，看他的側面或是背影，至多是下棋時對飲時，才能看夠他的正面。

綠蟻柔聲笑問道：「黃瓜是個傻瓜，殿下，你說是不是？」

徐鳳年沒有轉移視線，點頭道：「這個院子裡，她一直是最笨的那個，字寫得最醜，下棋最臭，古箏也彈得沒甚靈氣，每次都被妳們慫恿去觸霉頭，去刺魚幼薇，去刺裴南葦，去刺陸丞燕，四面出擊四面樹敵，背了黑鍋還覺得自個兒義薄雲天，是頂天立地的女俠，我每次都是想罵她幾句都不知如何開口。

拐彎抹角地罵，她保准兒當成是誇她；罵直白了，那還不得哭死？最笨的一個，成了諜子，到頭來真的是笨死了。所以我不怪她，因為她就是個傻丫頭，何況在離陽泱州那邊她還有爹娘健在，是迫不得已。

那妳呢，從來都是院子裡最聰明的一個，我姐說了，妳在北莽無親無故的，為什麼還樂意給蠻子賣命效死？好玩？妳要是早些倒戈，安安心心做妳的北涼女子綠蟻，誰能來梧桐院殺妳？種涼？慕容寶鼎？還是洪敬岩？後頭兩個，天下十大高手，一起被妳喊去青蒼城，不一樣沒能殺掉我？我實在想不明白。」

綠蟻平靜地說道：「殿下，要不咱們喝著酒聊天？哪杯是殿下的，哪杯才是奴婢的？就當給奴婢餞行了。奴婢比黃瓜膽子大，城府更深，心底一樣念著殿下能活著回家，不過奴婢更想著能跟殿下再說上話，黃瓜她就不敢，不但笨，還是個膽小鬼。」

徐鳳年輕聲冷笑道：「真的已經是鬼了。趕在清明前，挺好。」

綠蟻搖了搖徐鳳年的袖口，眼神迷離，跟他對視，這名秀外慧中的女子喃喃自語道：「大家都是女子，我憑什麼是丫鬟，憑什麼見著殿下就得自稱奴婢，憑什麼一輩子只能遠遠看著你？我不笨，我也敢殺人，更能筆下殺人、紙上害人。

我也有名字，我也想嫁人，我更想相夫教子，我有太多的想法。最大的一個想法，殿下知道是什麼嗎？記得殿下剛從京城回來，跟我喝酒，說了很多醉話，說了有關夢想的很多閒話。說喪家犬的夢想，就是有個家；說過河卒子的夢想，就是過了河能回頭；說劍客的夢想，就是進江湖有劍、出江湖還有劍；還說過你不想有人因你而死，不想眼睜睜看著身邊的人一個接著一個，需要你去清明上墳。所以我的夢想，就是想讓你多看我一眼，真真正正看著我，就像現在這樣。我死了，你才能記住我，活多久，就恨我多久。」

徐鳳年抖回袖子，不讓她攥住。

綠蟻呼出一口氣，嫣然笑道：「奴婢說完了，也可以死了，殿下可以走了，別汙了眼睛，我不想臨死還讓殿下多出一樁愧疚。」

徐鳳年徑直轉身離去。

徐鳳年離開屋子沒多久，屋外傳來一陣輕微的輪椅吱吱聲。

綠蟻沒有轉頭去看那個比自己更冷漠也更聰明的女子，彎腰伸手握住一杯酒，「是二郡主準備的綠蟻酒吧？」

綠蟻沒有去看輪椅上坐著的女子，後者同樣沒有看向綠蟻，神情寡淡。

綠蟻輕輕「呵」了一聲，「那就沒兩樣了。」

綠蟻真的很聰明，如果是殿下親手準備的兩杯綠蟻酒，一杯是鴆酒，但另外一杯自然是法外開恩的尋常綠蟻酒，綠蟻是死是活，得看天命。可如果是二郡主徐渭熊賜下的兩杯酒，註定只會是背著世子殿下送來兩杯毒酒，因此她喝下哪一杯都一樣。

綠蟻隨手拿起一杯綠蟻酒，一飲而盡，快到還沒有嘗出滋味，就又拎起第二杯酒，還是仰頭一口灌入腹中。既然是死，多喝一杯酒，總是賺的，以往那麼多次跟二郡主下棋對弈，寥寥幾次獲勝，正是靠她一點一滴的優勢積累。

綠蟻坐回椅子，靜靜等死。

許久過後，綠蟻皺了皺眉頭，只聽到徐渭熊冷冷說道：「我的確幫妳準備了兩杯毒酒，我也猜到他會又給妳換掉兩杯。他想著讓妳飲盡一杯酒，覺得自己僥倖偷生，然後離開北涼，尋個山清水秀的地方躲起來，可以心安理得活下去。可我不會讓妳這麼舒舒服服離開這座院子，我就是要來逼著妳喝光兩杯酒，讓妳這頭養不熟的白眼狼，清楚知道到底是誰虧欠誰！他不想妳死，又想讓妳舒服地活著，我沒那麼好的心腸，除了老死，妳就別想死了，我會讓幾隻精銳游隼跟著妳一輩子……」

一個嗓音打斷兩個女子的針鋒相對，「行了，姐。」

徐鳳年折返回來，推著輪椅離開。

徐鳳年推她去了清涼山上，一起俯瞰涼州城，輕聲說道：「我最後那點耐心也磨光了，所以姐妳放心，以後我不會還這麼菩薩心腸。娘以前說過，誰都不是生來就該遭罪的，一個男人就算不能善待女子，也不可以去隨意禍害，得把她們真的當人看。如今梧桐院清淨了，我也沒了後顧之憂，這回妳就當我做了次了斷，最後跟妳任性一次，姐，咋樣？」

徐渭熊「嗯」了一聲。

徐鳳年訝異笑道：「姐，妳怎麼這麼講理了，我不太適應啊。」

徐渭熊腦袋往後一撞，狠狠撞了他一下，平淡說道：「我是見你當上北涼王之後，去後山機造局的次數超出了我的預估，才破例准你任性一次。」

北涼機造局，就建在清涼山後山的山底。

正是這個不起眼的機構，給北涼鐵騎製造了天下最好的戰刀、最好的鐵矛、最好的弓弩、最好的鐵甲。

每一柄戰刀、每一根鐵矛、每一張弓弩、每一具鐵甲，只要比別人好上一點點，但加上一個三十萬鐵騎，累積出來的隱性優勢，是何等巨大而驚人？

北涼最吃金銀的地方，除了養兵的軍費，就是機造局出爐的大規模軍械。

鎮守帝國西北門戶的第二任北涼王，對此的重視程度，猶勝舊王，簡直到了無以復加的病態地步。

徐鳳年眼神堅毅，伸手做出一個弓箭拋射手勢，沉聲道：「我要跟北莽、離陽講一個徐驍當年定下的老道理——天底下最大的道理，就在北涼弓弩的射程之內！」

第六章 機造局嶄露頭角 賈家嘉來歸北涼

北涼百姓只知道清涼山北面住著一幫「山後之人」，是做什麼的，又是什麼身分，都無從知曉。清涼山的後山又被稱作背陰山，一直是禁地。

一輛輪椅車緩緩下山，徐渭熊裹了件厚實的黑色裘子，雙指輕輕攏住領口。

山腳有一小片藏青色建築，並不起眼，她自然知道真正的北涼機造局建在地面之下，常年燈火通明如白晝。

當初離陽吞食春秋，墨家鉅子為趙室出了死力，大濟蒼生後本想著可以功成身退，獨善其身，退隱山林做些學問，不過以趙家的尿性，加上離陽老首輔對墨家一直貶低為「春秋流氓第十國」，散布於朝廷上下的數千鉅子被屠戮殆盡，尤其是顧劍棠和幾位大將軍行伍中的鉅子，幾乎都是一夜之間就從人間蒸發，連屍體都找不到，只餘下不足百人，在徐家的羽翼庇護下苟且偷生。

其中以巨匠宋長穗跟楊光斗兩位老人為尊。宋長穗精於兵器鍛造，楊光斗長於攻守推演，都曾是老鉅子左祁連的得意門生。在守孝期間，身後推車的徐鳳年去機造局除了「追魂索命」，死皮賴臉向宋長穗師徒督促符甲的加緊打造，還跟楊光斗討教西線推演。

徐鳳年對機造局不陌生，算不上什麼臨時抱佛腳。還是少年的世子殿下，隔三岔五就溜到機造局地下巢穴欣賞那裡熱火朝天的獨有景象。當初跟江湖仇家玩釣魚把戲，故意從王府流露出去的那幅「誤人子弟」的清涼山地理圖志，就出自徐鳳年跟巨匠宋長穗的徒弟曹嵬兩人之手，靠著這幅地圖，想要進入清涼山然後靠近梧桐院，不難，可要想找到確切地點，就甭想了。可以說世子殿下跟曹嵬這兩人，都是禍害，肚子裡的壞水不相上下。

少年時代，徐鳳年沒少被曹嵬仗著身手打得鼻青臉腫，徐驍要是想去機造局幫兒子找回場子，宋楊兩位老頭子一個抬起頭挖鼻孔、一個斜著眼掏耳屎，一問三不知，反正想要在那座迷宮裡找到曹嵬那孩子，除非徐驍鐵了心要用兩、三千甲士挖地三尺才行。不過後來徐鳳年學聰明了，收買了許多機造局的同齡人，合夥打壓曹嵬，一起攔路堵截套麻袋，這才算扳回幾局。

總之徐鳳年跟稍大幾歲的曹嵬關係稱不上如何融洽，還有點天生不和、命中相剋的意思，只不過各有各的軟肋，比如說徐鳳年說想要陰險陷害誰了，或者說搗鼓一些天方夜譚的奇巧物件，曹嵬不管嘴上叨叨叨如何不情不願，真做起事情來比誰都手腳麻利。

徐渭熊到了機造局門口，卻沒有進去，讓徐鳳年獨自走入，她則繞道而行，車輪沿著幽靜的青石板小徑，折回了清涼山向陽面。

徐鳳年熟門熟路走入機造局，一路暢通無阻，牆壁嵌有燈火的地道不斷向下延伸，好似沒有盡頭。機造局號稱能填下一座倒扣的清涼山，規模之大，可想而知。

徐鳳年曲曲折折走了小半個時辰，穿過七座密室、十二條密道，才終於走到底層某處。

該處視野開闊，有一座兩樓高的煉器爐，爐子四周架有十幾架梯子，距離爐子十幾丈，擺有一張書案，堆滿了字跡潦草的圖紙，桌底下也散亂無數，幾個面紅耳赤的古稀老人在那裡爭執不休，偶爾對著爐子指指點點。

徐鳳年沒有打攪這幫老頭子的罵戰，走在爐子前，被火光映照得紅光滿面。

這只爐子名「鼎器」，來歷非凡，已經作古的棠溪劍爐，還在鑄劍的東越劍池風雪爐，比起這個，都是小巫見大巫。據說大秦得天下，收繳天下鐵器鑄就九鼎，用以鎮壓兩城三河四山，就是用這種墨家前輩打造的爐子。

徐鳳年笑了笑，正在遐想時，被人跳起一拍腦袋。徐鳳年懶得轉身，一巴掌就把那不懂禮數的傢伙輕輕拍飛，背後立馬傳來一陣罵罵咧咧。

徐鳳年自從練刀以後，身後這傢伙就老實許多，不過江山易改、本性難移，姓曹的還是忍不住要挑釁幾下，然後就是這個下場。曹嵬揉著臉頰跟徐鳳年並肩而立，這個年輕男人身材矮小，輸人不輸陣，跟徐鳳年相處，喜歡踮起腳跟，可即便這樣，仍是要比徐鳳年矮半個腦袋。

徐鳳年笑道：「聽說『重孫』被你折騰出來了？」

曹嵬得意揚揚道：「比起最鋒利的『老祖宗』，鋒利程度就差了一分；比起最結實的『孫子』，牢固度差了半分；比起最輕巧的『老爹』，不過重了小半兩。這下子你知道厲害了吧？」

徐鳳年一臉譏諷潑冷水道：「都是差上一點，就沒有哪一樣是歷代北涼刀裡最好的？」

「老祖宗」也好，「孫子」、「重孫」也罷，都是徐鳳年跟曹嵬兩人給北涼刀取的綽號暱稱。「老祖宗」是第一代真正成制的徐家刀，春秋早期戰事，徐家兵馬都是靠著這種鋒芒畢露的初代涼刀打天下，可謂所向披靡。在春秋中後期，比如征戰西蜀跟襄樊攻守的尾期，就換上了第二代刀，鋒銳不如初代「老祖宗」，但是相對更加輕便而且結實；到了入主北涼，第三代北涼刀「老爹」又重新做了取捨，時下許多北涼道鄰居州郡紈褲所懸佩的北涼刀，大多是刀弧曲線最為美妙的「兒子」。到「孫子」這一代，北涼刀已經歷經五代之久，然後在曹嵬手上，算是六代同堂，迎來了最小的「重孫」。

這六種涼刀，除非是摸慣了兵器的百戰老卒，否則很難分辨出其中的差異。被徐曹兩人私下成為「孫子」的第五代「徐家刀」，已經是被離陽、北莽兩朝兵法大家公認為最為攻守兼備的戰刀，無論步戰馬戰都是當世第一。

北莽南朝幾位大將軍跟離陽燕剌王趙炳、廣陵王趙毅這些著名武夫，不是沒想過大批量仿製，只是看似簡簡單單一柄刀的出爐，涉及鐵礦質地、採鐵效率、爐子火候、鍛打工藝、模具制定等等，甚至於要考慮到用刀士卒的身材、手臂、比例、氣力、大小，所需學問繁複而艱深，北涼除了鐵礦質地出眾以及工匠手藝精湛在內的諸多優勢外，最重要的是北涼鐵騎戍守邊塞二十年，刀這東西，喝沒喝過血，喝多喝少，都會相應影響到它的精氣神。

別看徐鳳年嘴上挖苦曹嵬煉出的「重孫」聽上去不咋的，實則不用親眼看刀、親手摸刀，就已經可以從隻言片語中確定這一代新出爐「徐刀」的霸道，它不是最鋒利的、最堅固的，卻肯定是最能發揮出持久殺傷力的殺人利器！

果不其然，覺得被侮辱的曹嵬跳腳罵道：「你個門外漢，有本事，這輩子都別碰一下『重孫』！」

徐鳳年懶得跟他斤斤計較，伸出手，很快就有曹嵬的師兄弟跑來雙手奉上三柄新刀。這一代徐刀同為「重孫」，只是按照常例，騎軍步軍以及鎮守後防的陵州將卒，三者佩刀又各有微妙偏重。

一般而言，北涼鐵騎尤其是幾支精銳重騎，所配涼刀肯定是最為嶄新和出眾的，只要新刀現世，幾乎第一時間可以換上，而陵州境內尋常的守軍，例如那些並非潼關險隘的鎮軍，則要「遲鈍」緩慢許多。徐鳳年接過一柄戰騎佩刀，左手握住刀柄橫刀在胸，右手手指抹過刀鋒，對於食指滲出血絲，視而不見。

他瞇起眼，在刀身上敲了十幾下，豎起耳朵聽著常人辨識不出的輕微迴響，滿意地點了點頭，溫醇笑意在那張清逸臉龐上慢慢洋溢開去。被曹嵬當作叛徒的幾名年輕鉅子都如釋重負，相視一笑。

徐鳳年正要說話，就聽到一聲巨吼，有個老頭子直呼「姓徐的」，徐鳳年把刀遞換給一名鉅子，走向書案。

墨家巨匠宋長穗雙手負後，滿身酒氣，撇了撇頭，示意徐鳳年跟在身後，滿臉鬍鬚如雜草叢生的老人徑直走向一間新辟出的密室。

楊光斗不像宋長穗這般不修邊幅，一襲青衫，乾淨清爽，走在徐鳳年身邊，輕聲說道：「老宋按照王爺的意思，用了兩旬時間才弄好，每天得喝六、七壺酒提神才行。楊某看過以後覺得還不錯。對了，王爺，小王爺那件符甲如何？扛下了慕容寶鼎幾成攻勢？換成斤兩，有沒有超出咱們初步預設的一萬六千斤？符甲自己生長出的韌性又有多少？何處需要改良完善？天劫紫雷若是以八八之數或者九九之數衡量，具體該有多重，王爺你該給咱們一個確切數目了吧，機造局也好做到有的放矢，總不能讓咱們耗費心血，到頭來搭建一座海市蜃樓，這不合我墨家的規矩。王爺想必也知道宋老頭的脾氣，就他那刨根問底的性子……」

前頭宋長穗重重冷哼一聲。

徐鳳年從懷裡掏出一封早已準備好的手劄，笑道：「這些事情，我都寫在密劄上了，楊老接下來按部就班即可。」

楊光斗收入袖中，笑著點頭。

宋長穗推開密室大門，視野豁然開朗。

腳下有山河！

這恐怕是史上最宏大、最精細的一座沙盤，囊括了北涼三州、流民之地、西域、西蜀跟南詔，以及全部的北莽王朝十三州，確切來說，這便是一整條貫穿天下的西線！

宋長穗沒有半點成就感，盯著浩大沙盤，語氣凝重道：「二十條主要河流，六十七座山以及一百四十座城池軍鎮，盡在其中。按照諜報所述的幾方兵力配置，也以棋子數目一顆代替千人堆放其上，勉強做到了一目了然。之所以沒日沒夜幫你做這個，一則我墨門寄人籬下，徐家幫我們這幫賊子餘孽保命二十多年，該出力十分，於情於理都要出力十分。二來你的謀劃，很符合我的胃口，對我宋長穗來說，天底下萬物萬事，都沒有一樣是沒法子去精確計算的，小到一家家底多寡，大到一國國力，陸地神仙的境界，都可以拿來算計算計。徐鳳年，你跟我交個底，北莽真要先打西線？」

徐鳳年「嗯」了一聲，平靜道：「是北莽女帝親口說的，現在就看是什麼時候開打，在什麼地方開打。咱們北涼已經不用奢望北莽會兩隻腳都先闖進離陽東線那座大泥潭，楊老跟上陰學宮王大先生預期推演的一腳踩東、一腳踩西，也得全盤推倒重來。」

楊光斗嘆息一聲，愧疚道：「是楊某學藝不精，謀劃失當，誤導了大將軍跟王爺。當年二郡主不是沒有提醒楊某，要做最壞的打算，可楊某數次推演，都不覺得北莽太平令的東線直下有何勝算……」

徐鳳年擺擺手，打斷楊光斗的言語，輕聲說道：「無妨，楊老不用自責，書桌上的得失，說到底還得讓步於一場場硬仗的勝負。」

宋長穗嗤笑道：「楊老頭，你聽聽這話說得，這小子打心眼裡就瞧不起你們這幫紙上談兵的謀士呢。跟徐瘸子還真是一脈相承，啥都不信，歸根結底，只信自己手裡的刀！」

徐鳳年跟楊光斗皆是一笑置之。

曹嵬不知何時偷溜到沙盤中，走出一道弧線，蹲在一處，念念不休。

徐鳳年看著這傢伙的背影。兩人是天生的死對頭，徐鳳年對曹嵬再熟悉不過，這個矮子很賤，屬於那種能坐著絕不站著、能躺著絕不坐著的傢伙，很厚顏無恥，不熟悉他的，三言兩語過後，都會開始覺得他欠罵，熟悉了以後，就要覺得這傢伙真是他媽的欠揍了。曹嵬又怕死又怕見血，卻偏偏想著有朝一日能夠帶兵打仗，做夢都想著親自去金戈鐵馬。別的人希冀著封侯拜將，都是奔著錦繡前程和手握權柄去的，曹矮子則是奔著好玩去的。

徐鳳年還沒世襲罔替北涼王的時候，曹嵬還算消停，見面也無非是拌嘴吵架，這段時日，徐鳳年成了北涼王，曹嵬就跟打了雞血一般，十足一隻叫春的貓，嚷著跟徐鳳年要幾千輕騎，然後跑去西域躲起來，最後來一場鬼鬼祟祟的長途奔襲，用他的話說，就是他要直接往北莽屁眼那裡狠狠來一刀。

徐鳳年一開始沒搭理他，這小子就揚言拿第六代「徐刀」來換取幾千騎兵的統兵權，結果還真給他把「重孫」搗鼓出來了。曹嵬的兵法是野路子出身，徐鳳年也不確定深淺，但曹的風格可以舉個例子說明，就像下棋，曹嵬不願意坐下來入局，他覺得太累，何必要先手布局跟中盤長考呢，曹嵬只會冷眼旁觀對弈，也會觀棋不語，只不過當雙方總算要收官時，他就要胡亂拿出本不該落在棋盤上的棋子，往下一敲，美其名曰「大局已定」，給他說成是老子一、兩顆棋子就能解決掉兩百顆的官子局。這種無賴傢伙，擱誰誰不想往死裡抽他？

不過吊兒郎當的曹嵬只怕一個人，就是徐渭熊，論打架、論下棋、論兵法、論吵架，曹嵬都沒勝算，實在是不得不服。以前曹嵬個子矮，口頭禪是等老子當上定國安邦的大將軍後，敢看不起我就砍下你的腦袋，到時候再來看誰個子高。結果被徐渭熊不冷不熱頂了一句，說是就曹嵬你這高度，光砍別人的腦袋還是沒用，得腰斬才能比別人高。打那以後，曹嵬就再也不樂意說這句口頭禪了。

徐鳳年臨走前，被臨時起意的宋老頭罵得那叫一個狗血淋頭，宋長穗罵這傢伙是個不懂持家的敗家子，竟然到今天為止還沒能拿下漕運，罵這個傢伙竟然接受了朝廷的第二道聖旨，接下了上柱國的頭銜和接受了朝廷不予奪情起復的決定，罵他沒骨氣，還罵徐鳳年捨本求末，不應該那般重視士子、冷落武將，反正這個老頭子想到什麼罵什麼。

他宋長穗一副是什麼都不滿意的架勢，年輕的北涼王被噴了一臉的唾沫星子，笑臉不變，也不還嘴，站那兒拿袖子擦臉了好幾次。如果不是楊光斗攔著，說得起勁的宋長穗差點就要捲起袖口，直接指著新藩王的鼻子開罵了。

徐鳳年等到老頭子沒力氣再罵了，這才一臉無奈地轉身離去。

楊光斗站在門口一臉無奈道：「老宋，差不多得了，徐鳳年畢竟是北涼王了。」

宋長穗瞪眼道：「咋了，當上藩王就罵不得了？」

楊光斗瞥了眼年輕人遠去的背影，輕聲道：「好歹給他留點面子，你我都知道這個年輕人，當家不易。換成別人，被你這麼罵，早對你甩臉子了。」

宋長穗冷哼道：「他敢？」

楊光斗笑咪咪反問道：「你真以為他不敢？」

宋長穗愣了愣，會心笑道：「這小子啊，不會的。」

楊光斗緩緩點頭道：「這才對。」

宋長穗輕聲感慨道：「別人我懶得罵，也不願意罵。如今的北涼，能罵他的老傢伙都走得差不多了，連我都不罵他的話，這小子才是真的寂寞。」

曹嵬偷偷摸摸來到兩個師父身後，靦著臉說道：「刀也造出來了，那傢伙總不能不給我一兵一卒吧？」

宋長穗一巴掌順手拍在曹嵬腦袋上，「瞧你那點出息，一邊玩蛋去！」

曹嵬怒道：「這傢伙真吝嗇到啥都不給我？他好意思！不行，刀還我！」

楊光斗眨了眨眼睛，伸出一隻手掌翻覆了一下，笑臉玩味道：「這個數，跑不掉的。」

曹嵬愣在當場。

徐鳳年走回地面，拎著一把徐家新刀，沿著背陰山路走上清涼山山頂，坐在樓底的石凳上，從刀鞘抽出可能馬上就要在邊境上染血的涼刀，輕輕扣指一彈。

大好河山，割不盡的大好頭顱。

◆

陵州南境的肥壽城是離陽漕運的西北終點，青州的襄樊則位於這條帝國補給線的中樞，因此朝廷要精準拿捏住北涼的七寸，就必須要有靖安王趙珣的配合。就目前而言，擔任中書省左僕射的坦坦翁很滿意襄樊方面的動作，為此跟朝廷討要了一份破例擢升，同樣也是不合規矩的授銜，把靖安王府幕後的陸詡大大方方請到了臺前，賜翰林講學，即尋常百姓所謂的大黃門郎，並且特准其不用去京城赴任當差。先前北涼陳亮錫曾暫居肥壽城，跟朝廷漕運副使顧大城拖磨了足足一旬的光景，機關算盡，都沒能讓這位副使大人有絲毫鬆口。

拂曉時分，一輛簡易馬車由北門駛入肥壽城，在南城的山海碼頭停下，從馬車上走下三名年齡懸殊的男子——兩個年紀相仿的年輕人，一位相貌清臒的青衫老者。

三人站在空落落不見幾艘糧船的冷清碼頭，身材矮小的年輕人腰間佩了柄涼刀，用腳踹了踹一根拴船木樁，眼睛瞄向那座漕糧轉運副使所在的臨時官邸，跟身邊滿頭灰白的年輕公子哥沒好氣說道：「顧大城跟他老爹顧雖號稱河上大小顧貔貅，顧雖當年認了如今司禮監掌印太監的師父做義父，父子得以先後擔任漕糧轉運使，據說賺到的銀子都能把一個丙字號糧倉填滿，不過顧大城這傢伙貪歸貪，如今朝廷有桓老頭親自盯著他的錢袋子，膽子再肥，也不敢要北涼的一顆銅錢。

要我看，這本就是個死局，還不如乾脆宰了姓顧的，以後來幾個轉運使就殺幾個，殺得離陽那邊沒人敢來觸霉頭，到時候咱們北涼自個兒大搖大擺私營漕糧。從肥壽城到襄樊城這一段漕運，大小十六渠，糧倉不下五十座，總有地方豪橫敢跟北涼做買賣的。退一步說，實在不行，咱們就搶嘛，清涼山養了那麼多江湖鷹犬，總不能常年光吃飯不出工，天底下沒這樣的好事。」

可惜微服私訪的北涼王跟墨門巨匠楊光斗就沒有附和他半個字，僅是沿著山海碼頭的青石地板緩緩散步，走向不遠處的轉運使官邸。

官邸建立已經有些年月，加上少有修葺，相較城內的郡守府邸，就越發顯得破敗不堪。這也怪不得顧家父子不去裝點門面，實在是稍有僭越，就會給朝廷言官說成勾結北涼，中飽私囊，那還不得往死裡彈劾，就算京城裡有大宦官撐腰也不頂用，在這種事情上誰說情誰找死。

轉運使府邸周邊有柵欄，十幾名披甲士卒都有點風聲鶴唳的感覺，眼神畏縮。一些個出生當地的頑劣稚童往柵欄裡頭不斷扔石子，也沒有任何一名甲士膽敢聲張，實在無聊，就只好苦中作樂，趁著官老爺不在場，用鐵矛去挑落石子，讓那幫本就玩心很重的孩童更是樂此不疲，四處找石子往裡丟擲。

徐鳳年站在離柵欄幾丈外的地方，輕聲說道：「朝廷在漕運一事上刁難北涼，也不全是試探我的底線，實在是西楚復國在即，到時候各地勤王之師雖說不敢獅子大開口，可總得保證他們能填飽肚子。弓弩一響，那就是黃金萬兩，打仗，說到底還是比拚家底，否則一沒錢二沒糧，顧劍棠就算空有幾十萬大軍乾瞪眼，也拗不過有孫希濟在內運籌帷幄、曹長卿在外統兵征戰的新西楚。很多人都說當年西楚若是早些下定決心，在西壘壁之前，早早讓曹長卿分去葉白夔的兵權，離陽要澈底平定春秋，起碼要晚上個五年十年的。」

楊光斗微笑道：「西楚復國一事，楊某曾做過無數次推演，有的打，一時半會兒肯定結束不掉。」

徐鳳年點頭道：「天下賦稅六出西楚，這些年離陽可是把西楚給壓榨得夠慘，再富饒的地方也經不起這麼殺雞取卵。不過元本溪、碧眼兒這撥人本來就存心要逼著西楚去反，顧劍棠跟顧廬也是做夢都想著能跟西楚打起來，太平盛世文官享福，武將就只能吃老本，所以趙家天子趕緊給趙右齡、殷茂春這些廟堂重臣找點事情做，要麼去考評官員，要麼去主持科舉，省得到時候精力太旺盛，只能用在拖後腿上。

這麼多年，朝廷有意在西楚周邊削弱兵防，一方面讓西楚覺得復國有望，另一方面就要用心險惡些了，幾大藩王裡頭不去說路途遙遠的膠東王趙睢，就說淮南王趙英跟靖安王趙衡這幾位，都屬於相對勢弱的藩王，但是手頭上還剩下了少則四五千、多則一萬多的精兵，讓他們去靖難平亂，就是不得不被朝廷牽著鼻子走的陽謀，老老實實跑去西楚邊境上把精兵都打得一乾二淨，這樣陰毒的削藩舉措，肯定是元本溪的主意。

等到西楚事了，廣陵王趙毅要跟西楚正面交鋒，那身好不容易養出來的肥肉，經此一戰，得割掉大半秋膘，運氣不好，一兵一卒都留不下，我都替他感到肉疼。遼東趙睢本就被顧劍棠彈壓得喘不過氣，那麼就只留下我跟燕刺王趙炳仍然不受管束，但是北莽多善解人意，跟離陽心有靈犀，馬上要跟北涼死磕，你打你的西楚，我打我的北涼，大家各做各的，我都懷疑元本溪跟那個太平令是不是一夥的。說到底，就只有趙鑄他老爹這一位大藩王還能逍遙自在。」

楊光斗輕輕笑道：「納蘭右慈避禍的本領，自稱天下第二沒誰能稱第一。」

徐鳳年自言自語道：「離陽、西楚這場仗肯定要打在咱們跟北莽的前頭，趙室就算明知北莽無暇顧及東線，也不會讓顧劍棠參與其中——好不容易走了個徐驍，不能再養出個徐驍第二。文臣談不上什麼封無可封、賞無可賞，武將就多半要擁兵自重，不出意外，應該是盧白頡、盧升象一位坐鎮兵部一位出京南下，不過盧白頡才新任兵部尚書，可能性要較小，盧升象只要得了軍功，他年返京才好跟盧白頡抗衡，不至於讓兵部成為棠溪劍仙一人的兵部。

如果是盧升象牽頭的話，幾個老不死的，像安國大將軍楊慎杏肯定趁著還能勉勉強強上馬挎刀，要跑去分一杯羹，但是盧升象也好，楊慎杏這幫春秋老將也罷，都跟曹長卿差了一大截。盧升象還好，用兵其實不差，只是註定會受到方方面面的掣肘。前期可以在劣勢情況下去死戰的，估計只有廣陵王趙毅的兵馬，要我看，這場仗不是有的打，而是說不定曹長卿一路勢如破竹，直接打到了太安城。」

楊光斗皺了皺眉頭：「西楚占優之後要北上？別說是曹長卿，就算是北莽，只要敢把決戰放在太安城外，勝算都不多。」

徐鳳年笑道：「我就隨口說說。」

楊光斗哈哈笑道：「要真是如此，對北涼倒是天大的好事，指不定北莽就會臨時起意，果斷放棄西線，掉頭去打東線，跟西楚一北一南夾擊太安城，那就真的是精彩至極嘍。顧劍棠不是總覺得之所以輸給大將軍，僅是輸在了天時嗎，這下子他就有機會證明自己了嘛。他打造的那條東線這麼多年要人有人、要錢有錢，伸手跟朝廷要什麼就有什麼，再要還不濟事，顧劍棠這傢伙就只好去拿幾根麵條上吊去了。」

曹嵬插嘴問道：「曹長卿真有這麼厲害？」

楊光斗輕輕感慨道：「春秋以西楚士子最為鼎盛，西楚又以曹龍鯉最得意。曹頭秀，獨秀西楚，這可不是胡吹的。只不過世人都被他四入皇宮的壯舉給蒙蔽了，大多覺得他是個武功蓋世的高手，要說排兵布陣的功底，大概就數他跟陳芝豹最強了。

顧劍棠的強處在於每一戰必先苛求占盡地利，號稱不打則已、打則必贏，總的說來，比起這曹陳兩人，還是稍遜一籌。不過，奉天承運的天時一事，既虛無縹緲，也可遇不可求，顧劍棠的天時便是離陽大勢，曹長卿則是西楚氣數的長短，至於陳芝豹，估計還是在等。」

徐鳳年淡然笑道：「陳芝豹是在等曹長卿跟隨西楚一同覆滅，在等北莽跟北涼以及顧劍棠打得元氣大傷，然後就該輪到他小人屠粉墨登場了。徐驍不過是踏平了春秋，陳芝豹的野心顯然更大，他要親手一統天下，鑄造出一個千年未有的遼闊帝國。至於他想不想自己做皇帝，天曉得。」

楊光斗長呼出一口氣，「大將軍一走，這個天下就開始大亂了。」

曹寬嘖嘖道：「反正我肯定是不會跟陳芝豹面對面廝殺的。」

這個矮子扳著手指緩緩說道：「流民之地已經有鳳字營駐紮青蒼，小王爺的龍象軍也滲透得差不多，加上涼幽兩州北邊的褚胖子跟袁白熊，咱們北涼總算也有自己的東線、西線了，加上境內十四位新校尉把守的重鎮關隘，屬於第二道防線。我呢，再往流民之地更西北一些，算是至關重要的第三條防線。

其實也談不上什麼防守不防守，反正只攻不守，等你們打得死去活來，老子來個一錘定音。喂，姓徐的，事先說好了，給我五千輕騎、一萬匹上等戰馬，我可以幫你渾水摸魚，一口氣鏟平南朝老巢，要是敢給我一萬人、兩萬馬，我就幫你把北朝王帳也吃下來。」

徐鳳年無奈道：「不是不可以給你，不過你真當北莽都是一幫睜眼瞎，一群酒囊飯袋？」

曹寬白眼道：「關於這場註定要名垂青史的大奔襲，老子翻來覆去推演了十來年，這輩子就指望著一仗成名，你以為？」

徐鳳年正要說話，驀地聽到一聲再熟悉不過的「呵呵」。

◆

還是不斷有石子從柵欄外丟入柵欄內，石子的個頭越來越大，一些身材高壯的北涼少年也加入其中，膂力更大，這就不是嬉耍玩鬧了，在轉運副使官邸任職的離陽甲士仍是不敢還手，只敢怒目相視，當然他們畏懼的不會是這些幼齡稚童和健碩少年，而是他們背後杵著的北涼。何況副使大人顧大城三令五申，不許官邸任何人啟釁當地百姓，違者一律剝去甲冑摘掉官身。

一名都尉模樣的小頭目見著手下被砸在鐵甲上，濺起一串刺眼的火花，約莫是泥菩薩也有三分火氣，用鐵矛暗中挑回了一顆石子，掠向柵欄，有意無意，石子從縫隙中砸回一名青棉少年。少年躲閃不及，下意識閉上眼睛，就要被石子砸出滿臉鮮血的關頭，石子竟被一名腰懸雙刀的俊逸公子哥伸手握住。

少年睜開眼，面容靦腆地感激一笑。那都尉見著了那年紀輕輕的世家子，只當成是尋常的富家子弟，並未多想，只是當他視線游弋，停在了公子哥身邊一個矮子的腰間，頓時頭皮炸開——一柄貨真價實的北涼刀！

如今的北涼，不論以往功勳如何，只要不是軍旅甲士，都不准私佩涼刀，任你家中長輩有幾個雜號將軍，還是有誰擔當刺史郡守，被專職督察此事的巡城騎衛一經發現，全部當場擒拿，鞭撻五十，丟入大牢三個月到半年不等，因此這個祥符元年的春天，陵州境內各座大牢格外熱鬧，已經擠滿了大大小小的將種子弟，一個個皮開肉綻。

這些撞到新任刺史徐北枳槍口矛尖上的膏粱子弟，除了私佩涼刀，還有當街縱馬的，不過這些難兄難弟，在牢獄裡湊在一起不耽誤靠著關係喝上酒、吃上肉，一塊兒蹲著監獄侃天侃地，交情反而比以往要好上幾分。

顧大城手下的這員都尉懶得計較北涼局勢是好是壞，可要說自己惹上了一個在北涼有資格不把規矩當回事的將種子孫，那還不得被顧大人剝皮抽筋，若是再害得轉運副使官邸被自己殃及池魚，給北涼鐵騎來一場馬踏連營，他一個吃離陽俸祿的小小都尉，怎麼活？

不過都尉有點丈二和尚摸不著頭腦，以北涼蠻子的脾性，竟然沒有小題大做的意思？那個頭髮灰白的公子哥直接轉身離去，膽大包天佩有涼刀的矮子也沒如何不依不饒。劫後餘生的都尉猶豫了一下，覺得有必要跟顧大人知會一聲，以免將來被秋後算帳。

顧大城是個很容易讓人記住的官員，不管如何大魚大肉，都生得瘦骨嶙峋，自號「一袋米先生」，常年在腰間懸掛一只裝滿大米的紅綢袋子。相傳顧家發跡前，顧雖是靠著別人施捨了一袋米才活下來，顧家老小都是給兵荒馬亂嚇到了骨子裡，飛黃騰達後不忘本，父子兩隻貔貅都有掛米袋子的習慣，這在離陽漕運這條線上的一大串官員螞蚱中間，茶餘飯後一直就是一樁笑談。

更有傳言去年顧雖進京時，專程拜訪已是中書省主官的坦坦翁，誰都以為這麼個聲名狼藉的從三品官員，哪裡能跨得過桓老爺子的門檻，不承想坦坦翁不但讓顧大貔貅進了門，還留下了那袋米，說是恰逢家中無米下炊。打那以後，取笑第二天升任戶部侍郎的顧雖的官員明顯少了，笑談也逐漸成了雅談。

在都尉稟明柵欄外狀況時，顧大城正在獨坐品茗，聽著心腹的細緻回報，一開始顧大人沒有太過上心，突然靈犀一點通，詳細問起了那佩雙刀世家子的模樣，連馬夫都沒落下。都尉憑著記憶說了一遍，說那年輕人頭髮灰白，身材修長，有著女子般的眉眼，至於那名馬夫，離得遠，瞧不真切，只能說出約莫是八尺身高。

顧大城流露出一臉牙疼的表情，手指顫抖著點了點都尉，罵了一句「成事不足、敗事有餘的東西」，跳下錦繡小榻，顧不得穿靴子，一溜煙跑出官邸，終於還是被轉運副使大人追到了那逗留碼頭的一行人。只是顧大城猛然停下腳步，猶豫不決，最終還是沒有走出官邸，沒去跟那位新涼王客套寒暄。

顧大城躡手躡腳轉身回到府邸，喊來兩位上了年紀的心腹幕僚，要他們趕緊書寫一封蓋印的驛信，通知肥壽到襄樊之間的所有漕運官員，動起來，卻不是大動，而是藉口幾大主幹河渠阻塞，「竭力」徵召調配少量漕船，運送往年三成的漕糧火速入涼。

兩個幕僚都有些不解，顧大城卻沒有為他們解惑的心情。回到茶室，茶水早已涼透，顧大城嘆了口氣。家家有本難念的經。他自知為官本事有幾斤幾兩，賺錢還算一把好手，可這兩年朝廷那麼多眼花繚亂的大動作，他跟老爹都只能霧裡看花，好在老爹上次去京城依附上了桓老爺子，坦坦翁一番指點迷津，顧大城這才「世襲罔替」了轉運副使的寶座，加上老爹加官晉爵，父子二人，兒子在地方上賺錢，老子去朝中當大官，所以顧家這次鐵了心給朝廷當惡人，跟北涼正面衝突，顧大城等於是抱著必死之心坐鎮死守肥壽城，都是給坦坦翁報恩而已。

不過桓老爺子畢竟是桓老爺子，甚至親自為顧大城傳道授業，送了顧家一張保命符，那就是北涼這邊只要徐鳳年本人沒有惱羞成怒，一切都往死裡壓著漕船南糧不動彈，唯有哪天這個年輕藩王按捺不住了，親自出馬，顧大城就有了應對之策：桓老爺子已經跟襄樊城那邊打好招呼，到時候可以給北涼三成漕糧。

顧大城雖說遵循桓老爺子的意思打出這張護身符，但北涼這邊到底如何計較，顧大城心中沒底。其實上次讓陳亮錫騎虎難下，顧大城就很忐忑不安，別人不知道北涼對這名寒士的器重，當初在桓府面談，坦坦翁數次言語提及，都說此人不容小覷，能夠讓其晚一天出人頭地都是好事。

年紀不大卻老態盡顯的顧大城想到自己這大半年在肥壽城的苦難日子，摸了摸腰間米袋子，苦笑道：「老兄弟，富貴險中求，顧家有了富，這趟差事辦妥了，以後就安安分分求貴了。打死都不去跟北涼蠻子打交道，如今連肥壽城最沒名氣的清倌兒都不樂意賺我的銀子，真是有錢都沒地方花去，怎一個慘字了得啊。」

一名少女扛了一根枯敗向日葵站在渡口河邊，呵呵一笑過後，就背過身對著渾濁河水發呆。

北涼女子亦是大多雄高非凡，曹嵬好不容易逮著一個比他矮的姑娘，瞧著跟姓徐的有些淵源，就想上前去套近乎，徐鳳年於公於私都沒想要攔著，然後武藝不俗的曹嵬就被小姑娘乾脆俐落地一巴掌拍入河水，曹嵬根本來不及抽刀，甚至可以說連半點危機都沒有察覺。

鉅子楊光斗一臉匪夷所思，徐鳳年輕聲解釋道：「蘆葦蕩一役，當時離陽武評天下第十一王明寅就是被她一擊斃命。後來柳蒿師逃離神武城，應該也是被她偷偷摸摸宰掉的。」

楊光斗駭然加恍然——武道修行雜而不精的曹嵬在她手上吃癟，天經地義。

徐鳳年走到她身邊，問道：「怎麼現在就來北涼了，沒記錯的話，還沒有到先前我跟黃三甲約定的時候啊？」

少女默不作聲。

徐鳳年也不知道如何閒聊才算應景適宜，微笑道：「那妳要不跟著我？不過這會兒北涼沒啥高手值得妳去殺，要不是這樣，我也開不了這個口，終歸有借刀殺人的嫌疑。我剛好要在北涼境內四處走一走，在遇到妳之前就已在陵州經閒逛了一個月。這兩年啊，還真是經常惦念妳做的醬牛肉。」

不知是該叫賈家嘉還是賈佳加的少女「呵」了一下。

徐鳳年看了看那根向日葵的乾枯稈子，又看了看她的氣色，伸手握住少女的手臂查探氣機流轉，輕聲道：「不管是黃三甲誤打誤撞還是神機妙算，我都要告訴妳個好消息，妳當初替我承受趙老王八的氣運橫禍，我已經有六分把握幫妳解決。當然必須要承認一點，對我自己也有莫大裨益。我目前除了在慢慢培植韓生宣殘留的紅絲，體內更有柳蒿師精心培育了小半輩子的幾十顆紫雷，外加跟北莽國師袁青山做買賣賺到的一只包子，離儒道合流還差一線之隔，如果再有趙宣素留下的龍虎山紫金氣運，化為己用，就算圓滿了。

再接下去，就看機緣，能否汲取佛門精髓，到時候三教合流，只要自成了小千世界，我不當陸地神仙都說不過去。說不定還能跟四百年前大魔頭高樹露的天仙境界，以及當下以力證道的武帝城王仙芝，都有得一拚。不過要走到這一步，不知道牛年馬月就是了。反正我跟妳什麼都不藏著掖著，有一說一，妳要是不說話，我就當妳答應了。」

楊光斗有點咋舌，北涼王果真是不把這個殺手姑娘當外人。這些祕事，老人也都是第一次聽說，傳出去的話，十成十要在江湖上掀起軒然大波。

春秋三尊大魔頭，人屠徐驍老死，人貓韓貂寺「暴斃於皇宮」，已經三去其二，黃龍士神龍見首不見尾，多半是在躲在幕後攪局，難道身邊這個年輕藩王既要當手握權柄的北涼共主，也要在韓貂寺之後成為以一己之力就讓整個江湖噤若寒蟬的大魔頭？以前北涼是靠著鐵騎和鷹隼讓江湖人士不敢造次，看來以後新涼王一人，就能讓北涼周邊的江湖俯首貼耳了！

呵呵姑娘縮回手臂，手指指了指自己的肚子。

徐鳳年笑了笑，柔聲道：「行啊，趕巧兒我也餓了，咱們進城找醬牛肉吃去，要敢不好吃，咱們就不給錢！」

渾身濕漉漉的曹嵬狼狽萬分地從河水中躍上岸，跳腳怒目道：「不是說好了不在肥壽城停留嗎，老子要去青樓楚館多如牛毛的黃楠郡！姓徐的，你敢見色忘義，信不信老子拿刀砍死你！」

徐鳳年一抬腿作勢要踹得曹矮子再度墜河，來個二進宮，很會給自己找臺階下的曹嵬一邊破口大罵一邊跑向馬車。馬車不大，又堆滿了地理圖志，如今多了個小姑娘，越發顯得狹窄，好在曹嵬很識趣，坐在徐偃兵身邊，忙著擰袖子擠水。

這一路行來，徐鳳年一直跟楊光斗在車廂內推演戰事走向，其中涼州跟姑塞州對峙的西線有兩處，幽州倒馬關外的葫蘆口也算一處。出了車廂，徐鳳年這一個月在陵州走走停停，不是所有達官顯貴都會「臨幸」召見。

按照徐北枳對官員十九層境界的劃分，梧桐院精心撰寫出一份暫時仍算粗略的北涼官評，只重事功，輕學問清譽，薄家世背景，徐鳳年只在暗中面見榮登此評的官員，此行所見七、八人，希望跟失望大致參半。

大小不一的官場，就像是個每家每戶都有的篩子，掌握在誰手中，這個人的口味就註定了具體的篩選方式。趙家天子是在張巨鹿跟趙右齡的打理下篩選天下，在徐鳳年手上就是篩選北涼，比起離陽朝廷，少了幾分氣定神閒，多了幾分功利性，在徐北枳手上就再等而下之，只能篩選陵州，以此類推，層層篩選，最終能夠冒尖並且穩坐釣魚臺的，都不會是傻子。

徐鳳年一旦逛完了陵州，接下來就要去幽州。如果說涼州是北涼道的嫡長子，富饒的陵州是後娘養的極有出息的庶子，那麼比涼州兵權要小同時又比陵州窮苦兩頭不靠的幽州，就給兄弟二州凸顯出不上不下地位的尷尬了。

但幽州才是徐鳳年此次密行的真正重點，事實上的確是幽州對他這個北涼王的怨氣最大，尤其是在徐鳳年接受上柱國頭銜，沒有像上次拒收徐驍諡號那樣再次拒退聖旨，幽州很是有些使勁蹦跳的軍伍官員，跟陵州遭受牢獄之災的將種門庭隱約有了遙相呼應之勢。

徐鳳年當初在陵州當將軍，破天荒沒有大開殺戒，跟誰都挺好說話，許多人都覺得婦人心腸，這次去燕文鸞一手把持的幽州，徐鳳年覺得是時候割下一些腦袋了。想跟他玩，可以，得拿出性命來玩。

少女殺手突然問道：「你認不認識一個叫趙鑄的人？」

徐鳳年愣了一下，「當然，跟他很熟。這傢伙是燕剌王的世子，喜歡拿別人的頭顱築景觀，前不久還在春神湖上見過一面。」

雙手豎起向日葵稈子的小姑娘隨口說道：「還有個姓納蘭的人，我都見過了。」

楊光斗雙手壓抑不住地顫抖起來，死死望向徐鳳年。

徐鳳年「嗯」了一聲，沒有下文。

她見過了，自然意味著便是黃三甲跟趙鑄以及納蘭右慈隱祕見面了。

先前徐鳳年還跟楊光斗、曹嵬戲言曹長卿會北臨太安城，那納蘭右慈極有可能會偷偷藏身於世子殿下趙鑄那幾千輕騎之中，跑去跟黃龍士祕密會晤，這何嘗不是一種更為悄無聲息卻更加驚世駭俗的北上？

少女語不驚人死不休，漫不經心地懶散說道：「老黃喝醉酒後說了，當今趙家天子還不錯，就是兒子不行，好大喜功，還有……呵呵，我給忘了……」

楊光斗嘴角抽搐了一下。

徐鳳年心中翻江倒海。袁青山為何要用一顆世間最昂貴的包子跟他索要那顆銅錢？因為這位陸地神仙逍遙離陽之時，那名閉關弟子正是趙鑄！

如今趙鑄不但有父親燕剌王趙炳的數十萬雄兵作為家底，有納蘭右慈傾力輔弼，更有了跟北涼的「一錢之約」，再加上黃龍士十有八九已經在這傢伙身上下了天大賭注！

徐鳳年笑道：「納蘭右慈苦心經營燕剌道，已經讓趙鑄有了地利人和，一直在苦等天時，如今好了，總算是天命所歸了。」

徐鳳年隨即自問自答：「可是元本溪會束手待斃？不可能的。」

馬車在肥壽南城隨便逛蕩了一圈。牛肉鋪子不難找，勉強算是可以下嚥。曹嵬先前還覺得這少女瞅著還不怎麼邋裡邋遢，後來瞥見她吃完醬牛肉，油膩雙手就隨便往身上一擦，看得曹嵬直翻白眼。

姓徐的沒讓曹嵬看走眼，毫不掩飾他的重色輕友，竟然親自跑去綢緞莊給那姑娘買了幾身鮮亮衣裳，這還不止，瞧見那小姑娘直愣愣盯著一大堆色彩絢爛的胭脂盒子，就又掏出不少銀子。這讓曹寬有些扛不住，心想你好歹是一個言行關係到北涼興衰存亡的傢伙，就這麼有閒情逸致陪個小姑娘吃喝玩樂？

◆

馬車由肥壽北門出城，馬不停蹄，趕往下一個歇腳地黃楠郡，於昏黃暮色中到達這座北涼糧倉所在。新任郡守蔡浚臣拖家帶口剛搬入宋岩曾經居住過的府邸沒多久，猛然間從流民之地轉入繁花似錦的黃楠郡城，估計這傢伙還沒澈底緩過神，一聽門房說北涼王大駕光臨，頓時腳下生風，恨不得手腳並用，端的一副極為聽話的狗腿架勢。

徐鳳年自然不用在門外等候，才走入府邸沒多久，就看到蔡浚臣跟虞柔柔一同跑來。蔡浚臣劍術平平，好歹還有些三腳貓功夫打底子，可憐了這位昔日青蒼城的「王后娘娘」，停腳的時候上氣不接下氣，霞飛雙頰。

徐鳳年擺擺手讓她跟蔡浚臣都免了叩拜禮儀，一同走入府院深處，打量了一眼蔡浚臣身上那嶄新的四品文官補子，打趣道：「蔡郡守，聽城裡百姓說你蔡大人睡覺都不肯脫下官服，我就納悶了，能比你以前穿的『龍袍』還舒服？」

蔡浚臣躬著身子，笑臉燦爛道：「卑職真不是跟王爺溜鬚拍馬，確實舒服多了，在青蒼穿那玩意兒，就是過把癮，能過一天是一天，就怕第二天自己的腦袋就不知道給人擱哪兒了，睡不踏實。如今大大不同，正兒八經的雲雀官補子，卑職祖輩往上推十幾、二十代，當官的有，可那也是芝麻綠豆大小的官，卑職這回算是光宗耀祖了，回頭等卑職把黃楠郡事務給王爺弄熨貼了，就想著要重新修訂族譜，到時候斗膽懇請王爺不吝筆墨，幫卑職寫點桌面文章，幾十個字就行。」

徐鳳年點頭道：「這是小事，只要你鎮得住黃楠郡望的四支王氏，別把黃楠郡禍害得烏煙瘴氣，族譜的事情，我肯定出力，至於『虞王后』的誥命，我也一併賜下。」

聽到「王后」這個促狹稱呼，已是郡守之妻的虞柔柔嫣然一笑。興許是一方水土真的能養育一方人，她以往的狐媚風姿，媚還在，「狐」字則要修改成「明」字，整個人的感覺原本就像一棟無窗屋子，開窗後，自然而然敞亮了些。

本來兩根手指在撚官補子的蔡浚臣聞言大喜，狠狠搓手，又聽到登門送喜的北涼王說道：「好人做到底，我不妨跟你透個底，不說書生入仕、士子結社跟創辦書院這兩件事，黃楠郡在整個北涼道都是名列前茅的風水寶地，你到時候好好盯著，我許你全權處置，記得別讓喜事變禍事。你從青蒼城偷帶到黃楠郡的那些古董字畫珍玩，共計四十六件，我就當一件都沒看見，你正好順水推舟拿來跟赴涼士子做人情，以後等他們有了官身，不管是在哪個州站穩腳跟，你再想籠絡，今天一兩銀子的小事，那時候就得花費一兩金子了。」

蔡浚臣囁囁嚅嚅不敢言語，倒是虞柔柔不見以往的怯弱，笑道：「王爺儘管放心，奴婢粗略算了下，這些物件賤賣的話，值個二十萬兩白銀，郡守府一文錢不少，肯定全都花在治理黃楠郡民生之上。可惜就是夫君在這兒人生地不熟，賣不出公道價錢，否則……」

徐鳳年指了指蔡浚臣，笑著教訓道：「蔡大人，『虞王后』比你會做人多了。僅僅讓她主內，大材小用。我再嘮叨一句，你只能先放下一半心，我跟水經王氏王熙樺和靈素王氏王貞律兩位家主知會一聲，他們都是風雅名士，有他們開個好頭，不愁賣不出高價。

另一半心你還得懸著，黃楠四王氏這些風流大族，就算有我牽線，骨子裡瞧不起你還是很正常，瞧得起才叫怪事。你在青蒼的那套人情歷練，擱在這兒不靈光，蔡大人要有重頭再學過的覺悟。最後就是別覺得我這趟進府，是要逼著你砸鍋賣鐵做賠本買賣，撈錢這個行當，勝在細水流長，只要他日坐穩了黃楠郡守的位置，二十萬兩白銀？黃楠郡一個中縣的縣令都未必瞧得上眼。

其實我心知肚明，這些千辛萬苦從青蒼搬來的家當你蔡浚臣是想送給經略使大人，至於送多少，你們自己看著辦，別顧忌什麼，我跟李家沒外界想像的那樣不堪。你送李功德銀子，他敢收，還不敢收了不辦事，有他這個『老黃楠』幫襯一二，你在黃楠郡做事會爽利很多。」

蔡浚臣出奇地沒有臉面嘴皮上的感恩戴德，只是重重「嗯」了一聲。徐鳳年也沒有在府邸上長久逗留，吃了頓飯就離開。

蔡浚臣送到門口，看著年輕的北涼王登上馬車，看馬頭指向，該是去王熙樺的宅子。蔡浚臣沒有直接入府，而是一屁股坐在門口臺階上，虞柔柔有些訝異，坐下後扯了扯豐滿臀瓣下的裙子，小聲詢問道：「怎麼了？不像你啊。」

蔡浚臣揉了揉臉頰，嘆了口氣，輕聲道：「夫君這輩子算是在流民之地那兒的血水裡蹚過來的，當了皇帝、穿了龍袍，其實真要說廝混實打實的官場，只是個門外漢，但沒吃過狗肉總見過狗刨，最不濟也聽過狗吠不是？妳說在哪裡當官，不是下邊的人拚了命去揣摩上意？生怕提了豬頭卻走錯廟，拜錯菩薩？夫君這個陵州郡守倒好，顛倒了，輪到堂堂北涼王用心良苦來教我如何當官，還給我鋪路？真是我蔡浚臣有多大經國濟世的能耐？我蔡浚臣就頭一個不信。

他北涼王的心思，比如拿我千金買骨，用我一個外人去梳理乾淨黃楠郡，這些我都懂，不過真要說換個人坐夫君此時屁股下的椅子，也不難，北涼再缺人，還不至於如此寒酸。北涼王他沒逼著咱們為他砸鍋賣鐵，這分明是要逼著我蔡浚臣心甘情願為北涼效死啊。」

虞柔柔笑了笑，「夫君不樂意？」

蔡浚臣緩緩起身，平靜道：「活了半輩子，第一次理直氣壯站著做人，又不是真要夫君去沙場送死，有什麼不願意的？」

虞柔柔彎起眉眼，嫵媚問道：「如果，我是說如果萬一那人瞧上了我這殘花敗柳，你這回送不送？」

蔡浚臣直視她，眼神堅毅，沉聲道：「以前那是為了活命。假如在北涼到頭來還是有這一天，夫君卻是打死不送了，做人總不能越做越回去。」

虞柔柔笑了，俏皮地皺了皺鼻子，不像風情熟透的婦人，倒像是個天真無邪的女孩，氣呼呼地說道：「你是知道他不會，才故意說好話給我聽的吧？」

蔡浚臣伸出手指幫她撩起一縷額角青絲，紅著眼睛道：「媳婦，這些年，對不住了。」

虞柔柔猛然轉過身，走上臺階，雙手擰在身後，腳步輕快靈動。

◆

馬車上，曹寃縮在離那忙著塗抹胭脂水粉的少女最遠的一個角落，對徐鳳年譏笑說道：「喲，姓徐的，以前看不出來，收買得一手好人心啊？」

徐鳳年斜眼道：「我收買你師兄弟一起揍你的時候，你就應該知道了吧？」

被揭傷疤的曹嵬一手握刀，「我真砍你啊！」

徐鳳年火上澆油：「到了龍睛郡，你這把刀我得送人，現在趕緊多摸幾下。」

曹嵬怒道：「休想！」

徐鳳年微笑道：「你不給我不會搶啊？」

曹嵬正要說話，徐鳳年伸出兩隻手，彎曲一指，「一萬精騎，只剩下九千了。」

曹嵬餓虎撲羊，死皮賴臉握住徐鳳年只剩四根手指的手，嬉皮笑臉道：「姓徐的，徐鳳年，徐大爺，徐祖宗！咱們君子一言駟馬難追，說一萬可以給兩萬，獨獨不可以只給九千啊，做買賣怎麼可以缺斤少兩，講究的就是一個童叟無欺！你我英雄惜英雄，要豪氣！」

徐鳳年皮笑肉不笑道：「要我收回那一千騎，也行，一邊涼快去，別礙眼。」

曹嵬乾笑道：「車廂就這麼大。」

徐鳳年指了指車簾。曹嵬毫不拖泥帶水，滾出車廂，然後掀起簾子探出那顆腦袋，「別忘了，是一萬不是九千啊！少一兵一馬我跟你急。」

結果曹矮子忘了那脾氣惡劣的殺手姑娘的存在，被一柄橫空出世的銅鏡拍飛出去，曹嵬連屁也不敢放一個，坐在馬夫徐偃兵身邊齜牙咧嘴，百無聊賴，就老調重彈，笑嘻嘻地跟這位世間頂尖高手問道：「徐高手，你覺得我是不是比裡頭那個姓徐的更加玉樹臨風？」

徐偃兵無動於衷。

曹嵬不肯甘休，追問道：「你不承認這一點沒關係，那我比姓徐的高大威猛，你總該點點頭吧？」

徐偃兵依舊置若罔聞。

曹嵬爬到徐偃兵身邊，很不客氣地勾肩搭背，一本正經說道：「我知道你是頂厲害的高手，否則也不能追著洪敬岩和種涼一路打到姑塞州邊境。不過我曹嵬也不差啊，我跟裡頭同樣姓徐的是不對付，不過跟你一見面就覺得相見恨晚，我有些事情就得先跟你講清楚……」

徐偃兵低聲笑道：「你是不是想說，我曹嵬讀書少、見識少，你別騙我錢，騙我錢我脾氣好，不打你。我相貌英俊高大威猛，你也別騙我，這件事情你敢騙我，我肯定打死你？」

曹嵬驚嘆道：「姓徐的這都跟你說過了？他娘的，這個王八蛋肯定還說了很多毀我名聲的言語了。徐高手，你可別信那廝啊，姓徐的別的本事都不大，騙娘們兒、騙爺們兒真是不服氣不行，絕對稱得上是爐火純青！」

徐偃兵這樣冷面冷心的人物也有些哭笑不得，但也沒讓曹嵬把狗爪子挪開，平淡道：「北涼王別的也沒多說，就是到時候讓我跟你去西域。」

曹嵬咬了咬嘴唇，默然無語。

車廂內，徐鳳年正在跟楊光斗聊到崛起於陵州的魚龍幫。這個幫派如今財運亨通得一場糊塗，家業滾雪球一般，已經由一個陵州三流勢力一躍成為數一數二的頂尖幫派，至於魚龍幫怎麼賺錢，外人只知道是做邊關倒賣的殺頭生意。

徐鳳年跟老人說了讓魚龍幫跟幾股大馬賊做馬匹私販，自然不會是那等同於大半戰馬導致有價無市的熟馬，而是從草原上大肆捕獲野馬，不論優劣幼壯，魚龍幫都出高價購買。當下邊境不少馬賊都展開了浩浩蕩蕩的「倒馬」營生，不過不是直接跟魚龍幫接頭，而是賣給跟魚龍幫有香火情的馬賊，價錢自然大打折扣。

老人聽到這裡，笑言道：「用這種笨法子增添北涼的熟馬，會不會於事無補啊？」

徐鳳年搖頭笑道：「在地理上，流民之地屬於誰，北涼、北莽的得失得按雙份算，這些無主的野馬差不多是一個道理，數目翻一番，就不容輕視了。再說徐驍很早就跟我說過，持家嘛，無非就是新三年、舊三年，縫縫補補又三年，『縫補』二字最考驗一家之主的功底。現在北涼千頭萬緒都要我去打理權衡，我就一個宗旨，只要能把銀子變成北涼戰力，哪怕是一顆銅板的生意，在不耽誤大事、正事的前提下，我都會屁顛屁顛去做。」

楊光斗感嘆道：「王爺有這份心，是北涼幸事啊。」

徐鳳年突然看到那呵呵姑娘塗過了脂粉，「錦上添花」地往自己頭上斜插了兩支釵子，放下銅鏡後，正襟危坐，對他做出一個大概是她覺得女子風情萬種的笑臉。

楊光斗被驚嚇得不輕，咽了口唾沫，不忍心再看那副尊容，連忙撇過頭拎起一本書籍。

老人心想真是為難這小姑娘了，這肯定比刺殺天象高手難多了吧？

徐鳳年的定力早就給當年在臉上貼上半斤重胭脂的李子姑娘給磨礪出來，笑臉依舊，彎腰伸手把少女故意翹起的蘭花指硬生生扳回去，然後用手指輕輕刮去些過於厚重的胭脂。

曹嵬要死不死在這個時候掀起簾子，看到那張始終僵硬的「嫵媚」容顏，嚇得魂飛魄散，做了個自戳雙目的手勢，小聲嘀咕道：「他娘的，一個比一個狠！」

徐鳳年輕聲問道：「那隻喜歡吃竹子的大貓呢？」

呵呵姑娘低下眼皮子，「死了。」

徐鳳年幫她別好那兩支原本歪東倒西的釵子，揉了揉她的腦袋，「那我讓人從西蜀竹林再給妳找一隻。」

這個曾經一記手刀貫穿王明寅胸口、曾經雙腳踢著柳蒿師頭顱玩耍的少女，抽了抽小鼻子，輕輕搖頭。

老人很識趣地離開車廂，跟曹嵬一左一右坐在徐偃兵身邊。

曹矮子幸災樂禍道：「楊叔，也給趕出來了啊？」

呵呵呵。

連呵三聲。

曹嵬這次學聰明了，以迅雷不及掩耳之勢直接跳下馬車。果不其然，一隻纖細手臂直接穿透車壁，如果曹嵬不逃，那就得被剜心了。

◆

徐鳳年在夜色中進入王氏府邸，饒是家大業大，也不由大開眼界——黃楠四大郡望中，水經王被龍頤王壓下一頭，不過府上書香氣息濃而不膩，雕欄畫棟十分精巧，就連府上的丫鬟婢女似乎也比別家府邸多了幾分書卷氣，清清秀秀，淡妝宜人。

王熙樺大開儀門，親自領路。這位家主既是經略使大人的畢生死敵，也是國子監左祭酒姚白峰的忘年交，徐鳳年對他的觀感一直不錯，這歸功於武當老掌教王重樓曾經給王熙樺觀相賜讖，評價極高。如今王功曹的義子焦武夷進入陵州將軍府，躋身十四實權校尉行列，讓文武兼備的水經王氏聲望大振，若非李功德有個在邊關沙場上很爭氣的好兒子，龍頤王氏說不定還真就給趕超了。這個世道再勢利不過，沒出息的子孫出門在外靠父輩作威作福，志向遠大的豪閥門第則靠著後代用功名反哺家族。

王熙樺有四房妻妾，不過子女顯然太過陰盛陽衰，獨子王雲舒今夜不在府上——不是以往的夜夜笙歌醉生夢死，而是正兒八經投軍入伍，今年入春以後黃楠郡的狐朋狗友就幾乎找不著這個好兄弟的身影了。因為所談不是什麼軍機要務，賓主融洽，雖說沒有王雲舒這個馬屁精在場，可王熙樺的女兒都走馬觀花看了一遍，至於到底是誰大飽眼福，就不好說了。

反正曹寬大馬金刀坐在徐鳳年身邊，直起腰杆，手握刀柄，恨不得用眼神從那些妙齡女子身上剜下幾兩肉，可惜這些姿色都不俗的娘們兒就沒一個把他當回事，沾著水霧的眼神兒都摞在了年紀輕輕的北涼王身上，想必王熙樺、王雲舒父子在家中閒聊，沒少說起徐鳳年這位朝廷新近敕封的上柱國大人。

這把曹寬氣惱得七竅生煙，幾次故意咳嗽，也沒見他招來多少視線，加上徐鳳年偏偏不去隆重介紹他是何方神聖，曹寬到最後破罐子破摔，只要徐鳳年一開口，他要麼是鼻音冷哼，要麼是鬼臉撇嘴，總算把功曹大人的一個小女兒逗樂，躲在兩位姐姐身後笑吟吟捧腹，半死不活的曹寬立馬有了精氣神，跟嗑了江湖郎中在路邊攤上低價販賣的鐔裝春藥差不多。

王熙樺何等老辣，其實根本不用徐鳳年如何介紹，就清楚這個貌不驚人的佩刀矮子不簡單，否則誰敢堂而皇之跟北涼王平起平坐，還敢拆臺對幹？偌大北涼，刺史徐北枳算一個，遊弩手李翰林都只能算半個。不過他們王家是北涼首屈一指的經學世家，府上個個心氣高，何況被姚白峰盛讚為當世解《易》前三的王熙樺，也沒有下作到需要用自家女兒去攀附權貴，當然，權貴之中，徐鳳年肯定除外。

王熙樺對這個年紀不大的北涼人主有著發自肺腑的敬畏。要是真有女兒被相中，不說給水經王氏雪中送炭，但肯定是錦上添花的大好事。至於那名矮小的佩刀男子，若是有女兒與他相互瞧對眼，王熙樺樂見其成。

徐鳳年藉著酒意微醺，談興頗高。王熙樺不敢得意忘形，只留下天真爛漫的小女兒斟茶遞酒。徐鳳年跟王功曹提起了蔡浚臣手頭有些古玩字畫，近期想要出手，王熙樺聞弦歌知雅意，輕輕點頭，還笑稱府上有好幾幅價值連城的字畫，都被徐鳳年在最醒目處鈐蓋下那天下聞名的「贗品」二字。

徐鳳年破天荒有些赧顏。曾經年少輕狂，梧桐院曾有數方珍貴私章，其中有一枚用大秦小篆陰刻「贗品」二字，當年王府品相極佳的珍貴字畫，都沒能逃過世子殿下的魔爪。徐鳳年長久耳濡目染李義山的學問事功，在字畫鑒定一事上下過苦功夫，眼光奇準，那些「贗品」無一例外都是真品無誤，徐鳳年以往的叛逆性子可見一斑。不過陰差陽錯，不論中原士子如何仇視北涼，家中若是有一幅鈐蓋「贗品」二字的書畫，都是一樁既能旱澇保收同時又可以跟人炫耀的美事。

在徐鳳年出府前，王熙樺送了一幅字，是驚蟄時節親筆寫就，可算是一份殘缺本的水經王氏家訓：三知己、三陌路——「勝己者，德隆者，有趣者，可做知己。志不同者，無性情者，重怨忘恩者，不做仇敵即做陌路。」這跟完整的王氏家訓略有出入，比如知己中少了直言不諱者，陌路中少了德薄者，這大概就是王熙樺本人潛心鑽研治學事功二事多年，得出的獨到心得了。尤其是先前閒聊到歷朝歷代藩鎮割據、宦官為患、朋黨連營三大頑疾，王熙樺也有過一番不落窠臼的高見，徐鳳年以往對讀書人確有不小的偏見，幾趟遊歷過後，逐漸有所好轉，今夜跟王熙樺敞開了聊天，讓徐鳳年也自省了幾分。

出門之後，曹嵬見到少女殺手百無聊賴地圍著馬車慢悠悠逛蕩。她先前沒有跟隨進府，此時扛著那根滑稽可笑的枯稈子散步。曹寬現在真是怕死了這個脾氣古怪至極的姑娘，用楊光斗的話說這就叫作惡人自有惡人磨。

坐入車廂，徐鳳年問道：「王熙樺剛才提到北涼任用官員，使功不如使過，楊老意下如何？」

楊光斗拍了拍袖口，笑道：「原先這話早說個三個月，就是站著說話不腰疼。多如牛毛的衙役胥吏，尸位素餐的多，能做實事的少，被士子文人頂替，是咱們北涼大勢所趨，王功曹本意不過是擔心北涼格局動盪不安。不過既然流民之地要新辟出個流州，這個說法就講得通了，難道功曹大人也摸著蛛絲馬跡了？

樹挪死人挪活，既然好不容易走掉一個宋岩，都沒能做成黃楠郡郡守，那還不如跑去流州找機會，況且王功曹不是一味迂腐的書生，他去流州，於己於北涼，都是好事。在北涼道舊三州犯錯的官員，一股腦丟去流州，有治政嫻熟、清譽極佳的王熙樺安撫人心，誰都會賣他一個面子，又有小王爺的三萬龍象軍坐鎮，說不定王熙樺還真能當上下一任流州刺史。」

徐鳳年笑著點頭。流州初代刺史的人選其實早已敲定，遠在天邊、近在眼前，正是重新出山的楊光斗。徐鳳年原本屬意陳亮錫，只是這位似乎只願躲在重重帷幕後頭的寒士執意不肯，徐鳳年總不能強按牛頭喝水。

不過說實話，陳亮錫此時還有「眼高手低」的嫌疑，若是沒有涼莽大戰在即的大背景，流州交給他文火慢燉也無妨，可既然快則一年、長則兩年邊境就要硝煙四起，徐鳳年也委實不敢把流州全盤託付給陳亮錫。

車廂內的楊光斗則是既通曉權變，又人情練達，到時候徐鳳年再給出一份徐驍「遺詔」

的障眼法，老人的年齡資歷都清清楚楚擺在檯面上，遠比「嘴上無毛」的陳亮錫更能服眾。心急吃不了熱豆腐，徐鳳年越是重視陳亮錫，就越怕揠苗助長。這名年輕書生，不但是他親手從江南道拐來北涼的人才，更是師父李義山無比器重的北涼第二代謀士主心骨！

小姑娘坐在車廂角落自娛自樂，一會兒擠出個指尖抵面的「嫵媚」笑臉，一會兒又做起了手捧心口微微蹙眉的姿態，要不就是學那大家閨秀斂袖端坐。

曹嵬再臉皮厚如城牆，也已經完全敵不過這等殺傷力不下於陸地神仙的威勢，默默離開溫暖的車廂，坐在徐偃兵身邊唉聲嘆氣，埋怨自己就不該出這趟門，早知道就在清涼山後山那邊待著，還能少挨幾記手刀。

徐鳳年看著呵呵姑娘在那裡模仿從大街鬧市女子身上看來的千姿百態，不予置評，眼神溫暖，就連老人楊光斗看著這對男女的相處境況，都有些捉摸不透了。以前的世子殿下也好，如今的北涼王也好，不管清涼山山外風評如何，楊光斗都知道這個年輕人，只要沒入他的法眼，其實涼薄寡情得很，不過似乎對眼前這個小姑娘格外寵溺。

楊光斗在遇上少女殺手之後，尤其是清楚了她跟黃三甲的關係，數次暗示徐鳳年從她嘴裡多套出些祕情，因為哪怕是她隨口說出的幾個字或者一個姓名，說不定都可以影響到北涼將來的格局走勢，但是徐鳳年就是不肯，楊光斗也無可奈何。

當下徐鳳年身上已經有了一份引而不發的深重積威，既是從大將軍跟王妃那裡繼承而來的天性，也有李義山苦心孤詣的栽培，以及多次遊歷和凶險殺伐中的積累，楊光斗不斷告誡自己萬萬不可再將徐鳳年視作當初那個任性妄為的少年。

鍾洪武一事就是明證，老涼王不願收拾的殘局，新涼王收拾起來毫無顧忌，甚至大將軍當年不願跟離陽趙室撕破臉皮，在新涼王手上，已經給人造成了一種北涼大可以割據自雄的隱約態勢，這恐怕也是朝廷扭扭捏捏最終對漕糧鬆手幾分的根源所在。

新涼王和新北涼已經開始讓朝廷明白一件事——徐驍交給我徐鳳年的擔子，我扛下了，我們北涼也願意為朝廷鎮守門戶，這就是底線，你如果再來三番五次噁心試探，先掂量掂量要付出多大的代價！

北涼陳兵東線，拒退賜謚聖旨。朝廷看似惱羞成怒，馬上還以顏色，不予奪情。但同時又不得不做出了封贈上柱國頭銜以及開禁漕運的兩手補償，這期間，如果徐鳳年意氣用事，再度拒絕上柱國，恐怕朝廷就要寧願爛在襄樊糧倉，也不會把一粒漕糧運入肥壽城，說不定還會以雷霆手段，封堵薊州入涼各大驛路。

這些都是需要雙方小心翼翼權衡利弊的勾心鬥角。以後這樣的你來我往，只會更多。

小姑娘冷不丁說道：「這些年，老黃帶我在一百多個地方停過，他說都是他種過莊稼的農田。有些荒廢了，有些還是青黃不接，有些收成不好，但終歸是有收成的。」

徐鳳年笑道：「我師父跟褚祿山都把黃龍士看成春秋最大最厲害的諜子，誰能接手他的整個諜報系統，誰就能占盡先機。不過我們都不知道他是如何經營的，如何挑選稻苗，如何引水灌溉，如何關注長勢，如何收割秋稻，沒有人知道黃龍士是怎麼做到的。」

小姑娘很認真地說道：「蹭飯、喝酒、聊天、罵人、騙人、走人。換個地方，再這樣做一遍。」

楊光斗扶額嘆息。天大的難事，春秋最大的祕密，就給小姑娘的十二字真言給如此馬虎帶過了。

小姑娘歪著腦袋，問道：「你不問我那一百多個地方是哪兒，那些人到底是誰？」

徐鳳年搖頭笑道：「北涼自顧不暇，沒精力也沒本事去跟各路梟雄逐鹿天下。」

小姑娘「呵」了一聲，「你問我，我也記不住幾個。」

楊光斗覺得跟這兩位相處，真是遭罪，他有些理解曹嵬的慘澹心情了。

徐鳳年伸出雙手，玩笑著把少女那張微圓的臉頰拉長。

少女也不生氣，含糊不清說道：「你說什麼儒釋道三教合流，我也聽不懂，不過老黃說過，你身上有副藥引子。」

徐鳳年想了想，「我知道了，黃龍士應該是在說那龍樹僧人給我喝下的那碗血吧，不過我這兩年一直感受不到，就沒當回事。」

少女竭力想了想，又說：「四百年前有個高樹露，就是你前段時間說過的那個，我剛才想起來了，老黃提起過他，說這個傢伙半死半活，在太安城某個地方，是趙家的一張保命符，原本是用來壓制王仙芝的。虎龍山好像……呵，這件事情忘了。」

徐鳳年收回手，又屈指在她額頭上點了一下，「是龍虎山。」

少女「哦」了一聲。

徐鳳年跟她並肩靠車壁，輕聲道：「別人想不通黃龍士這麼翻江倒海圖什麼，我倒是稍微理解一點。修身、齊家、治國、平天下，一直是儒家意旨所在，不過黃龍士顯然要更高一籌，因為他眼中沒有皇帝，他孑然一身，本就用不著修身齊家，不把皇帝放在眼裡，也不用去幫著皇帝治國平天下，所以他才可以跟誰都不一樣，他大概是只想要一個我們所有人都看不到，甚至想都想不到的太平世道。」

少女點了點頭，伸手指了指自己的膝蓋，「對，大概是這麼個意思。還有老黃就說過這玩意不是用來跪人的。」

徐鳳年陷入沉思，自言自語道：「這個把整塊春秋田地都掀翻的老農。」

少女屈膝，把下巴擱在膝蓋上，「老黃說他也要死了。」

第七章　太子篆密訪徽山　張巨鹿酒館獨酌

雖說一年之計在於春，可祥符元年的春天，清明一過，也就到了收尾的時候。廣陵道的西楚古都，在被徐家鐵騎踏破之後，已經由神凰城改名為充滿屈辱意味的失鼎城。

城郊深山有座磨磚寺，寺名源於一段著名的佛門機鋒，給春秋期間越演越烈的坐禪一事降下了火氣，因為磨磚寺住持說了一句：「磨磚無法成鏡，坐禪如何成佛？」

這一日拂曉，晨鳥啼鳴，三人走在林蔭小徑上，老者很老，白髮雪眉，拄了一根青竹拐杖登山，踩在鋪有大小不一的鵝卵石的山路上，踉踉蹌蹌，卻不要人攙扶。青衫儒士年紀也不小了，兩鬢霜白，不過氣韻尤為清逸出塵，令人一見忘俗。女子最為年輕，容顏絕美驚豔，不似人間女子，背了一只紫檀劍匣，腳步輕盈。

大概是照顧實在太過年邁的老人，三人登山時並無言語，進入不見香客身影的清淨古寺，只有一名少年僧人用大掃帚掃地的簌簌聲響。時值離陽滅佛，連兩禪寺都被封了山門，磨磚寺這二十年香火清淡，反倒是逃過一劫，還能剩下些僧人繼續躲在深山吃齋念佛。

見著了三名香客，小僧人連忙把掃帚夾在腋下，雙手合十行禮，尤其是眼角餘光瞥見了那女子後，光溜溜的腦袋越發低垂，生怕犯了戒律，遠了菩提心。

還禮過後，老人帶著儒士跟女子來到五百羅漢堂——不是氣派大寺裡常見的金妝羅漢，而是彩塑木胎，更為難得的是五百尊羅漢，每一尊都栩栩如生，或端坐或諦聽或合掌，甚至有瞪目者、敲鑼打鼓者、抓耳撓腮者，仙佛氣寥寥，反而市井煙火氣不輕。

老人領著二人走到一座尊者塑像前，左手執鏡，右手竟然撕開慈眉善目的滄桑臉皮子，露出眉清目秀的少年臉龐，足以讓旁觀者瞠目結舌。

老人站在這尊木胎羅漢腳下，平靜說道：「老臣聽說禮部尚書曾祥麒，在永徽元年的一個大雪天，孤身一人提了一大罈子酒入寺，就醉死在這裡，大概連遺言都是些酒話醉話吧。老臣卻知道，以往老曾是滴酒不沾的，還總勸我們說喝酒誤事，記得有次陛下喝多了，誤了早朝的時辰，老曾吹鬍子瞪眼睛就衝進皇宮去痛罵陛下了，要不是皇后娘娘攔著，陛下差些就要跟這個老傢伙大打出手，事後陛下猶氣不過，私下跟老臣說，前一夜慶功宴上就這老傢伙最不厚道，他自己反正不喝酒，就可勁兒灌別人的酒，連自己也沒放過，結果隔天就翻臉不認人了。誰會想到這麼個一生痛恨酒氣如仇寇的老東西，到頭來自己把自己稀里糊塗灌死了？」

禮部尚書曾祥麟，自然不是離陽的二品重臣，而是西楚最後一任禮部尚書，跟上陰學宮大祭酒齊陽龍是同門師兄弟，也是死守襄樊十年王明陽的授業恩師。

老人伸手撫摸微涼的羅漢臺座，輕聲說道：「想必老曾是來找戶部湯尚書的，湯嘉禾當初在老臣這撥人裡學問最雜，原本也最不瞧不起佛教這外來之教，不料竟然逃禪磨磚寺，至於是真的潛心向佛，還是心灰意冷，天曉得。老臣與湯嘉禾一輩子政見不合，不過那還算是君子之爭——大楚的黨爭，既不是臣子之間為了爭權奪勢，相互傾軋，也不是君子與小人相互爭鬥，如今看來，更像是君子與君子之間的意氣用事。人心所向，畢竟都還是向著那個『姜』字，向著黎民百姓，只是各自走的路不同，又難免文人相輕，才釀成大禍。

不過湯嘉禾有兩句話說得極有見地。他說世間眾生，情之所鍾，皆可以死。武人死沙場，文臣死廟堂，不獨有男女癡纏，既然人這輩子也就只能死一次，故而常存心中，以善其死。人猶一草，也想著那五風十雨之期啊，何況人非草木。

但是他湯嘉禾哪天真要一死，那便死了，絕不願苟活。可結果呢，這位曾經在棋枰上連輸咱們身邊曹頭秀十六場的湯尚書，也反悔了。他在磨磚寺逃了幾年，後來興許是怕老臣跟老曾這些人找他，又往深山更深處逃了去，至今是死是活，無人知曉。」

白髮蒼蒼的老人繼續說道：「當年經常被陛下教訓要多讀書、多識字的大將軍宋源，別說總在廟堂上瞎之乎者也鬧笑話，這麼個冥頑不化的老頑童，是真的瘋了。家中唯一一個孫子，原本都已經在永徽六年偷偷進士及第，就給他那麼活活燒死，也把自己燒死在了本就沒幾本藏書的破敗書樓裡。

咱們大楚鼎盛時，武夫無刀氣，書生無窮酸氣，女子無脂粉氣，山人無煙霞氣，僧人無香火氣，是天下公認大秦之後八百年未有的盛世光景。它離陽不過是個起於北方蠻夷的小王朝，藩鎮割據了五十年，宦官干政了五十年，大閹人范公良那一輩子一共殺了一帝兩王六妃，還能安度晚年，這麼一個從不懂禮為何物的王朝，怎麼就能在五十年後搖身一變，莫名其妙成為天下公主？而我們的大楚，怎麼就說亡國就亡國了？君主英明，過不在君王。文武忠心，過不在臣子。百姓勤苦，過不在百姓。於是老臣孫希濟，就很想知道到底是怎麼一回事情。

既然死不瞑目已經是奢望，就想在死前給自己求一個心安，知道一個說得過去的答案。老臣不怕背負兩姓家奴的罵名，就那麼站在太安城的廟堂上冷眼旁觀了十幾年，可到頭來，還是弄不明白想不通，為什麼大楚輸了，而且輸得那麼慘、那麼快。但是，老臣認清了兩個人，一個是人屠徐驍，一個是碧眼兒張巨鹿。馬上打天下，馬下治天下，是他們讓老臣開始不得不認命。

徐驍做得對，一柄好刀，只要握在對的人手裡，刀越快，百姓流的血反而越少。張巨鹿做得很好，硬是冒著跟韓生宣被私底下並稱為『站皇帝』的風險，把趙家的院子打理縫補得密不透風。老臣原本已經認命了，只是長卿讓老臣來見你，老臣便來了。不為其他，一個老傢伙只想著能夠死在故土，就比什麼都強。」

三人便是西楚老太師孫希濟，在西壘壁遺址上成就儒聖境界的曹長卿，本名姜姒的亡國公主姜泥。他們在磨磚寺喝了一壺茶。老太師大概是走得累了也說得累了，不再言語，然後三人就下山返城。老人名義上還是離陽廣陵道經略使，官邸就在失鼎城皇城外頭的六部官邸舊址上。

廣陵王府不在城內，而在藩王轄境東南部的穀雨城。當下的失鼎城該走的都走了，走的大多是春秋底定後別的亡國遺民；該留下的也都留下了，留下的都是西楚遺民。以失鼎城為圓心，四週六鎮十八城，只差沒有撕掉那個「趙」字了。尤其是失鼎城，以經略使府邸和白鹿山為骨架，東山再起，撐起了一座嶄新並且生機勃勃的嶄新廟堂。勝了，是大楚；負了，如今離陽史書上的「西楚」大概就要被換成「後楚」。

三人下山時，有百餘精銳大戟士策馬護駕返城。老太師帶著兩人來到東城一棟酒樓，說是要請公主殿下嘗一嘗鰣魚。

在二樓落座後，老人輕聲笑道：「公主殿下，這鰣魚可是人間美味，老臣得賣弄幾句學問才能盡興，可別嫌聒噪。民以食為天，餐桌上的好東西，往往講究不時不食。這鰣魚之所以稱為鰣魚，就是說牠猶如候鳥，一期一會，每年春季在穀雨城春雪樓外江中，沿著廣陵江往上流走。按理說，到了咱們這裡，得是小滿立夏正當時，肥腴豐美，若是輔以銅紙城特產的雞頭米，真是人間至味。再往後，鰣魚一旦到了襄樊城那邊，吃口就差了。不過老臣想以後再想偷閒解饞，就難了，也顧不得先賢老饕的那套講究。」

姜泥「嗯」了一聲就沒有了下文。餐食很快上桌，她才握住筷子想要夾菜，老人看見她的握筷姿勢，笑著打趣道：「公主殿下，咱們這邊都相信筷子握得越高越長，將來找對象就要越遠。記得老臣年幼時候，家裡老一輩就總拿這個跟我們說事，就怕我們中的女子嫁得太遠，男子長大後娶了不知來路的婆娘。我們當時自是一邊順著長輩心意往下握筷，一邊在心中不以為然，當成了耳邊風，只是沒想到等到自己當了長輩，又開始跟自己的孩子念念叨叨。這大概就是傳承了。一個家是如此，一個國也是。」

握筷子很高的姜泥果真順勢往下握住，把老人給逗樂，哈哈笑道：「殿下別當真，老臣就是隨口一說。其實女子嫁遠了也好，還能將在外軍令有所不受。」

姜泥輕輕笑了笑，低頭吃飯吃魚。魚刺很軟，不刺人，以往不吃魚的她也吃了許多。曹長卿要了一壺酒，跟老人慢慢共飲，都不勸酒，自喝自斟。

酒足飯飽，結過帳，三人走出百年老店的酒樓，在不復見往日熙攘的街道上，老人突然停下腳步，說等會兒。曹長卿嘆息一聲，沒有出聲。

沒過多久，一個衣衫襤褸的年老更夫從一處巷弄走出，在大白天敲更，瘋瘋癲癲嚷嚷著「都是死人都是死人啊」、「你們睜大眼睛看看，大楚沒有一個活人了」。老更夫就這麼在大街上走著敲著喊著，撕心裂肺，只是街上路人顯然早已習以為常，連笑話都懶得笑話了，一個個視而不見。

披頭散髮的更夫走到了三人眼前，見著了他們，愣了一下，拿著更槌指向孫希濟，沙啞大聲笑道：「死人！」

再指向曹長卿，嘿嘿笑道：「半個死人，離死也不遠了！」

當他看到背負劍匣的姜泥，老瘋子先是眼神茫然，然後大哭起來，「活人？怎麼還有個活人？走啊，妳快走啊！」

老更夫見這女子無動於衷，愣了愣，轉身跑開，繼續敲更嘶喊。

孫希濟望著更夫的背影，平靜地說道：「江水郎，曾經執掌大楚崇文院，掌管三院百名館士和祕閣典籍的六百名編校，就這麼瘋了。離陽朝廷和廣陵王趙毅故意不殺這個老瘋子，就是要所有來這座城的外地人都看一看笑話。」

孫希濟走向馬車，躬身道：「公主殿下可以讓長卿領著去看一看那個家，老臣還有事務要回去處置。」

家。

姜姒的家，當然就是那座登峰造極到讓後世太安城都不得不去模仿的大楚皇宮。

那麼就真的是姜泥的家了？

姜泥跟在曹長卿身後，四顧茫然，她離開這兒時尚且年幼，記憶模糊，早已忘記眼前所見的依稀可知當初為何會被譽為人間最輝煌的景致。宮中男男女女見著了他們，都由衷敬畏而滿懷希冀。曹長卿一路走到了舊皇宮東北角的一座涼亭，落座後，已有白髮的儒生就坐在那兒，不言不語。

曹長卿，出身龍鯉郡豪閥曹氏，是那一輩當之無愧的神童，師從於黃三甲之前智冠天下的國師李密，學棋十數年，最終在棋盤上勝過了李密，成為大楚首席棋待詔，曾經多次跟皇帝陛下在這座涼亭手談，這位曹頭秀更是讓宮內第一等的權宦脫靴倒酒，他如何不是曹家乃至於大楚最得意的天縱之才？

曹長卿眼神溫暖，望向亭外。亭子再往東北些，當年還年輕的自己，曾經見著一個哼著鄉音小曲的女子，有著跟這座皇宮不符的跳脫性情。初入宮闈的她見著了他，見他像只木訥的呆頭鵝，還朝他做了個鬼臉。再之後，她成了妃子，成了皇后。

曹長卿還是那個才高八斗卻始終屈居於棋待詔的風流棋士，當年那些與皇帝一場場君臣融洽的棋局爭勝，手力遠遜曹家得意的君王總是眉頭緊皺盯著棋盤，她盯著君王，而被李密稱為從無勝負心故而立於不敗之地的年輕棋待詔，則偶爾偷偷看幾眼她，就足夠。低頭落子時，總能看到她那不合王宮禮制的繡花鞋，普普通通，可他總是忘不掉。忘了這麼多年，為何還是忘不掉？

姜泥輕聲道：「棋待詔叔叔，我知道孫太師的心意，是想讓我當好這個公主，我會做到的。」

曹長卿回過神，柔聲笑道：「公主殿下，別管這老頭兒的絮叨。打江山是男子的事情，女子看江山就可以了。」

姜泥會心一笑，隨即憂心忡忡，「密信上說司禮監掌印太監宋堂祿的師父——一位老貂寺護著一具棺材南下，分明是那黃龍士所說的高樹露，專程用來對付棋待詔叔叔你了。天人之下，皆是俗人，不稱神仙。天道之下，俱是小道，不算大道。可這個大魔頭，畢竟是身具傳說中比陸地神仙還要超出一籌的境界啊！」

曹長卿微笑道：「沒事的。匹夫之勇，臣下也不差的。」

姜泥欲言又止，曹長卿輕聲道：「公主不妨隨便走走看看，臣下再坐會兒。」

姜泥點了點頭，負匣遠去。

曹長卿獨坐涼亭，閉上眼睛。

片刻之後，一石天象我獨占八斗的曹官子似乎光陰回退，睜眼後，不再是那個四過離陽皇宮如過廊的高手，不是什麼把武夫極致匹夫之勇發揮到淋漓盡致的亡國狂儒，僅僅變成了那個年紀輕輕卻意氣風發的棋待詔。他面露笑意，雙指併攏做拈棋子狀，在空蕩蕩的石桌上，提子落子如飛。

西楚有青衣，國士無雙。

◆

沒有公布天下文字激揚的檄文，沒有君王親自點將的興師動眾，兵部侍郎盧升象的離京有著出奇地安靜，以至於他穿過整個京畿之南，沿途竟然沒有一個當地官員見著盧侍郎盧大人的面。但是所有人都心知肚明，這並不意味著盧升象的離京就是一場廟堂敗北——盧升象是先輸給了當初同為侍郎的盧白頡一籌，在爭奪兵部尚書一職上失利，可緊接著他就領了統制京畿以南三州十六軍鎮的聖旨，甚至安國大將軍楊慎杏這樣的一批功勳老將，也需要受他的節制。

盧升象的馬隊不過三百騎，這趟半公開、半隱蔽的長驅南下，朝廷暫時沒有動用一兵一卒的京畿戰力，對於西楚的蠢蠢欲動，似乎更多還是處於觀望中。一身便服的盧升象帶著親兵在佑露關歇腳，卻沒有進入關城，而是在關外臨時搭建了一座軍營大帳，等到佑露關幾名校尉聞訊匆忙趕來時，不出意外馬上就要按離陽律例暫領一個大將軍銜的侍郎大人，在草創粗糙的營帳內言笑晏晏地接見了諸位。

沒有美酒佳餚，沒有鶯歌燕舞，盧大人用一頓粗茶淡飯就把他們打發了。不過這反而讓那幾名校尉吃了顆定心丸，誰不知道出身廣陵春雪樓的盧升象是一頭笑面虎，不笑則已，一笑便吃人。

佑露關位於京畿屏藩、廣陵道跟淮南道三者交匯地。佑露關的校尉雖說品秩俸祿比尋常離陽武官要高出一籌，以前都是直轄於兵部顧廬，只是如今顧廬風雨飄搖，名存實亡，佑露關就跟沒了爹娘、斷了奶水的孩子一樣。反觀盧升象一來有廣陵道這個娘家可以依託，二來又是朝廷炙手可熱的當紅貴人，何況盧升象不是憑著家世功蔭才走入帝國中樞，更多還是靠他自己在春秋中撈取的顯赫軍功，因此給佑露關再多的熊心豹子膽，也不敢在盧侍郎面前拿三捏四端架子。

盧升象親自送幾位校尉離開軍營，跟一名已為心腹的年輕武將站在營外空地上，一起望著遠去馬蹄濺起的塵土被風吹散。盧升象蹲下身，抓起一捧既有土腥味又夾雜有春草氣息的泥土，嗅了嗅，望向南方，默不作聲。很多人並不清楚堂堂兵部侍郎曾經是個蹩腳的斥候，一次誤報軍情獲罪，差點還給上邊砍掉腦袋。

盧升象捏了捏手心的泥土，輕聲道：「當過斥候就跟學會游水差不多，一旦會了，不管擱下多久，再被丟入水中，就都很難再淹死了。郭東漢，廣陵道戰力如何，你很清楚，一天到晚嚷著要跟北涼、燕剌兩道爭搶天下第一的名頭，實則除了廣陵王的幾萬兵，其餘的，都是爛泥扶不上牆。這不好去怪王爺繡了一只花枕頭，實在是整整小二十年沒仗打，老的退出軍伍享福去了，小的擠入軍伍享福來了，怎麼能跟天天枕戈待命的北涼鐵騎和燕剌步卒一較高下？春雪樓絞盡腦汁跟朝廷要來了最新的兵器最好的甲冑，甚至連顧劍棠要的軍馬，都敢搶到自己手裡來。

我現在擔心的，不是朝野上下那些所謂有識之士以為的，他們都覺得最大的隱患，是楊慎杏、閻震春這些老將軍不服約束，不聽號令各自為戰，我只怕戰事初期兵力不足的西楚，一打就打出氣勢，以戰養戰，滾雪球一樣，把廣陵道這些狗屁的精兵良將打殺殆盡不說，兵器有了，戰馬甲冑有了，甚至連軍心都有了。

廣陵道這麼個地方，西楚餘孽占盡地利人和，去年末到今年春，兵部跟朝廷就不斷傳來武將校尉暴斃的消息，這些人無一例外都是朝廷安插在廣陵道的肉中刺，到頭來死得一個個莫名其妙，有床上被侍妾掐死的，有喝酒被婢女毒死的，有議事被幕僚拿匕首捅死的，有巡營被亂刀砍死的。

連一直對顧盧還算和和氣氣的桓老爺子也大動肝火，跑來兵部指著我跟盧白頡的鼻子痛罵，最後連顧大將軍也給罵進去了，罵我們兵部上上下下就是一群酒囊飯袋，對於廣陵道北地邊界一線，經營得一塌糊塗，派去的武臣，二十年時間光顧著刮地皮撈銀子，就沒一個是得半點人心的武人，還說朝廷專門針對廣陵道設置的諜報機構，那些頭目都該拎出去殺頭。

咱們盧尚書還算硬氣，當場就跟桓老爺子頂嘴，差點挨了老爺子一腳踹，我能說什麼？只能看著。不過真沒想到，桓老爺子一大把年紀了，差些就踹到尚書大人的胸口了，看來還能活上好些年啊，這倒是天大的好事。」

盧升象把手中泥土放回地面，笑過之後，神情又凝重起來，「未戰一場，便已想著如何慶功領賞，如何瓜分軍功，我不知道他們哪裡來的自負。」

生得敦厚樸實的小將站在盧侍郎身旁，出聲笑道：「人屠死了，朝廷卻還有最後一位春秋四大名將之一的顧劍棠，又有陳芝豹跟將軍您這樣的兵法天才，能不自信嗎？加上幾大藩王都在靖難途中，廣陵道本來就有手握雄兵的趙毅彈壓局勢，要不是我熟悉廣陵精銳的根底，也該是這麼以為的。」

盧升象一笑置之，伸手拍了拍地面，感慨道：「浪成於微瀾之間，風起於青萍之末。驚蟄一過，百蟲群出，聞風而動。」

郭東漢聞了聞拂面清風，嘿嘿笑道：「末將聞見血腥味了。」

盧升象站起身，似乎想要一口吐盡心中的積鬱憤懣，勉強笑了笑，「楊慎杏他們都覺得短則三月、長則半年，輕輕一腳，就能把西楚這隻死而不僵的春蟲碾壓在夏秋之際。不管我現在勸說什麼，他們都聽不進去，還不如讓他們衝上去給曹長卿搧耳光，打疼了，才明白誰才是真正能夠對這場持久戰發號施令的人。

不過這樣也有弊端。半年內我的碌碌無為，註定要被京城言官百狗齊吠，說不定還會有骨鯁臣子用死去潑我一身狗血。當年我親眼看過徐驍是怎樣的境遇，所以這回有些底了，關鍵就看皇帝陛下是不是有足夠的耐心，運氣不好的話，你就可以捲好鋪蓋準備跟我一起去兩遼將功補過了；但要是運氣好的話，你到時候撈到手的軍功，只要我盧家輕騎得以淋漓盡致地施展手腳，怎麼都可以讓你當個正三品的實權將軍了。」

郭東漢咧嘴一笑，「好嘞。反正末將這輩子就認準一件事了：跟著將軍混，保管有肉吃！」

盧升象不置可否。

郭東漢突然小心翼翼地問道：「聽說太子殿下這趟南行，悠悠蕩蕩去了龍虎山跟地肺山在內很多地方，在廣陵道和江南道更是廣交清流，相互唱和，朝野上下，都盛讚不已。嘖嘖，很有儲君風采嘛。而且還有小道消息說殿下並不讚成對廣陵道苛以重賦，對滅佛一事也有微詞異議，國子監私下都說殿下已有仁君氣象。那個姓晉的右祭酒，似乎就跟太子殿下走得挺近。這傢伙原本跟姚白峰交惡，又給首輔大人跟桓老爺子逐出了門戶，混得很慘，很多士子都嚇得不敢去晉府喝酒了，誰都沒想到竟然又給他東山再起了。」

盧升象皺眉道：「你一個還沒功成名就的武人，別說插手朝堂，就是插嘴都不行，以後我再聽到這種混帳話，你就滾去當馬夫。」

郭東漢苦著臉道：「記下了。」

盧升象突然冷笑著小聲說道：「婦人之仁，務虛不務實，比他老子差了十萬八千里。要是朝廷削藩事成，還湊合，否則把江山火急火燎交給他，我看懸。」

急性子的郭東漢連忙點頭道：「我就說嘛，這個太子殿下的城府，不淺是不淺，可用錯了地方。」

盧升象不愧是笑面虎，皮笑肉不笑道：「反正半年內沒大仗打，你就滾去當半年的馬夫好了。」

郭東漢一臉錯愕，正要撒潑打滾，盧升象已經轉身走向軍營。

◆

太子殿下「偷偷」跑出京城去「遊幸」南方，趙稚這個天底下最有權勢威嚴的婆婆，就多跑了幾次東宮，也不談什麼大事，只是跟天底下最為尊榮的媳婦嚴東吳嘮嘮家常瑣碎。

趙稚母儀天下、坐鎮後宮，那些爭寵的妃子一個個粉墨登臺、一個個黯然離去，不論如何年輕貌美、多才多藝，不論家世如何顯赫嚇人，都沒能打擂臺打過這位姿色並不出眾的婦人。而且皇后娘娘趙稚在一干朝臣的眼中嘴中心中，彷彿也不約而同地獲得了盛譽，極少有雜音異議。

今天東宮之內，除了皇后，連趙家天子也從百忙之中抽出空閒，跟趙稚一同來到嚴東吳眼前，還特地讓司禮監掌印宋堂祿帶了幾壺很地道的北涼綠蟻酒。一家三口沒有太多繁文縟節，只是煮酒品酒暖人心。

喝酒地點，就在一架雕工精細的紅木鳥籠下，裡頭是隻學舌笨拙的呆蠢鸚鵡，也不知如何就入了太子妃的法眼，一直恩寵不減。婦人不得干政，這是離陽祖祖輩輩傳下的鐵律，故而離陽一統春秋之前，不論藩鎮、宦官兩害如何殘害趙室，既然帝王榻上吹不起枕頭風，外戚干政也就沒了肥沃土壤。歷史上趙廷的外戚掌權有自然有，不過比起以往離陽之外各種姓氏的大小朝廷，要好上太多。

不過趙家天子顯然對嚴東吳這個以「女學士」登榜胭脂副評的兒媳婦，相當刮目相看，破例聊起了一些軍國大事，連趙稚都有些遮掩不住的訝異。這份驚心一直蔓延到了夫妻兩人離開東宮。

天子沒有急於回去處理常年堆積成山的奏章，而是跟皇后並肩走在一道朱紅高牆之下，雙手負後，一直沉默望著蔚藍天空。繼承人貓韓生宣權柄的大貂寺宋堂祿遙遙彎腰跟在後頭，這個相貌堂堂不似閹人的天下首宦，眉宇之間隱約有些陰霾。

趙家天子突然停下腳步，開口道：「三十而立，成家立業兩事，我當年都做成了。娶了妳，坐了江山，於己，此生無大憾。四十不惑，我始終力排眾議，把朝權放手交給張巨鹿，讓他跟顧劍棠聯手治理兩遼，容忍張廬、顧廬在眼皮子底下，從未懷疑過這兩支朋黨勢力的忠心和能力，在我看來，用人不疑，就是一個皇帝該有的不惑，當然他們也沒有讓我失望。

我趙家，也呈現出八百年未有的鼎盛，有著等同於大秦的遼闊疆土，有著能征善戰的武臣，有著經國濟世的文臣，這麼多朝廷重臣名卿，隨便拎出來一個，都足以讓北漢、東越這樣的亡國延長國祚，卻在我一人之下，文武璀璨，薈萃一殿。故而我每年祭祀祖輩，皆問心無愧。

現在我五十了，到了張家聖人所謂知天命的年歲了，不知為何，我二十年兢兢業業勤政，親眼看著朝政蔚然，到頭來竟有些不安。都說當皇帝都是奉天承運，可我總覺得知天命這個說法，有悖此言，改元祥符，也出於此，是我希冀著不要親手毀去二十年經營才好。」

從頭到尾，趙家天子就跟尋常百姓人家的當家男子一樣，都是以「我」字自稱，而不是那個讓各朝各代所有亂世梟雄心神嚮往的「朕」字。

趙家天子伸出手，手心在冰涼高牆上抹過，突然笑道：「那年在元本溪的勸說下，擅自帶兵入宮，我走的就是腳下這條路。當時我其實很怕，心裡就一個念頭——成了，要頭一個跟妳報喜；不成，無非是妳替我守孝。那時候的我，不過是個皇子，之所以想當皇帝，就是想著贏過徐驍，讓妳不用去羨慕那姓吳的劍仙女子。男人嘛，誰不好面子？

對於徐驍，我不否認私仇在先，國仇在後，當這個人屠年輕的時候就能跟先帝坐武英殿上喝酒聊天，醉倒到天明，我這個當兒子的，就只能站在遠處看著，羨慕著。我何嘗不想去戎馬邊疆鞭指北莽？可這件事，我的確做得不好，沒有北涼參與的幾場大戰，國庫耗竭，民怨沸騰，如果不是元本溪罵醒了我，別說篡兒當太子，我能不能當皇帝都兩說。

說到這裡，我知道那姓吳的女子跟妳是一樣的女子，妳心底其實並不喜歡她，因為妳們一樣有著很大的野心。篡兒太聰明了，什麼都知道，偏偏什麼都不說。聰明人喜歡鑽牛角尖。我還好，畢竟有元本溪這個口拙卻恍若神明附體的謀士，好似開了天眼，替我盯著太安城和整個天下。可是我的身子骨如何，妳比誰都清楚，我走了，元本溪也走了以後，誰來壓制張顧二人？

這次我極為欣賞的白衣僧人進京，他說他的新曆，可以保證趙室國祚多出八十年，但天下多八十年盛世太平，我趙家的代價巨大，我毫不猶豫地拒絕了，我當時甚至不敢去看元本溪的眼睛。正因為如此，我才不放心張顧二人領銜的兩黨臣子，因為他們身後的趙右齡、殷茂春這些人，大多出身寒士，他們的視線，會不由自主更多地擱在廟堂之外。這種苗頭，得有人去扼殺。

以往許多不惜跟君王死磕的名臣，不過是以死明志，想著踩著皇帝的肩膀名垂青史，這些讀書人千年以來秉性難改的小肚雞腸，我都能容忍，甚至是縱容他們的放肆，但是殷茂春這些臣子，不太一樣，大概是有張巨鹿做了事功極致的典範，他們一下子學聰明了，更圓滑，更知道如何去達成抱負，手段嫻熟，聲譽功名兩不誤，既不做君王的佞人，也不做動輒就要抬著棺材一頭撞死的愚忠之臣。離陽廟堂上這樣的棟梁，一、兩根無妨，可根根如此，個個老奸巨猾，篆兒以後該如何應對？

篆兒不像我，我是滿身鮮血篡位登基的，那些鮮血，雖說早已被皇宮的雨水、雪水掃去痕跡，可在張巨鹿他們心裡，一直還在。但是篆兒在懂事的時候，就已經知道自己會穿龍袍妳坐龍椅，他很能隱忍，這不假，但當皇帝，還是需要魄力的。篆兒現在誤入歧途，以為跟我對著幹，我滅佛，他就在江南道上迎送名僧；我要鐵腕滅西楚，他就要為天下蒼生請命，他覺得這就是他這個太子殿下的魄力了。若是我趙家江山沒有內憂外患，沒有北莽沒有北涼，沒有張巨鹿這些人，也就罷了，他有這份心思也不差，可當下不是時候啊！」

趙稚臉色蒼白。

趙家天子握起拳頭，輕輕砸在牆壁上，「篆兒看不到以後的朝堂——不是黨爭，而是更加複雜的局面了，是豪閥王孫跟寒士子弟的民心之爭，再不是一味圍繞著龍椅轉。元本溪說過，這就是大勢所趨，我以前不信，現在親眼所見，不得不信啊。

元本溪還說，以往官場上那套已經登峰造極的攀龍術，不管用了，他在等一個懂得以屠龍術制衡帝王的傢伙浮出水面，這個人一旦出現，就比以往離陽的藩鎮割據更加可怕。趙稚，難道我就只能等？這才是知天命？所以就算元本溪找不到這個人，我見不著這個人，也要先把幫天下寒士大開龍門的張巨鹿……既然大門已開，大勢如此，我也不願逆勢而為，但是作為在位的皇帝，要拿下一個身在京城的張巨鹿，讓篆兒的勝算更大一些，總不會比對付當年遠在北涼的徐驍更難吧？」

趙稚嘴唇顫抖，問道：「什麼時候？」

趙家天子深呼吸一口氣，陰沉道：「西楚遺民死絕！」

◆

一個叼著草根的年輕人望著滿目的黃色泥缸，身處其中，有點鬱悶。

他瞥了眼身邊頭頂黃庭冠，一身大袖黑衣的俊美男子，有些出乎意料——潔癖到了病態的納蘭先生沾染了許多黃泥，也不見絲毫憤懣，反而伸手去掐下一塊尚未乾涸的黃泥塊，在指尖輕輕碾碎。

兩人身邊除了不計其數的據說一只能賣三兩銀子的泥缸子，還有個正坐在小木板凳上捏泥做缸胚子的老傢伙，滿身汙泥，見著了他趙鑄以及跟千里迢迢專門來見這老頭兒的納蘭先生，也沒出聲，顯然打定主意要把手上的活計做完。

百無聊賴的年輕男子挑起視線，看了看站在遠處的一對年邁夫婦。

納蘭先生說一個是南唐皇室餘孽，一個是當地人，的的確確就是個一輩子跟泥缸打交道的平頭老百姓。納蘭先生還讓他猜測誰是大諜子、誰是普通百姓，趙鑄憑藉直覺琢磨著那個依稀可見當年丰姿的老嫗，該是舊南唐皇族，至於老嫗身邊那個憨憨的老頭，不像是個能躲過趙勾搜捕的頂尖高手。

納蘭先生，被譽為南疆真正藩王的納蘭右慈走近幾步，蹲在小板凳老傢伙腳邊，笑意吟吟，仰頭望著那個當世僅剩的春秋魔頭，笑咪咪道：「喲，黃老農啊，看你氣色好得離譜了，該不會是迴光返照吧？」

老人瞥了眼納蘭右慈，平淡道：「咒我死？這就是求人辦事的禮數？」

姿容柔媚如美人的納蘭先生還是笑，道：「我這可都只差沒跪下來的蹲著了，你還想要如何？我納蘭右慈除了爹娘，這輩子還真沒跪過誰。」

老人冷笑道：「要我當著趙鑄那小王八蛋的面揭穿你老底嗎？」

趙鑄翻了個白眼。

納蘭右慈趕緊擺手求饒道：「怕了你這無所不知的黃三甲，就當我牛皮吹破了，求你老人家留點嘴德。」

正是春秋十三甲獨占三甲的黃龍士嗤笑道：「你們來早了，不是時候。是你的主意還是那小王八蛋的想法？」

納蘭右慈很用心地想了想，「都是。面子上總得過得去，咱們又不是渾水摸魚了，就是來這邊見識見識曹長卿最後的官子風采而已，這要都錯過了，活著多沒勁。」

黃龍士冷笑道：「活著沒勁你怎麼不去死？你這傢伙就只會噁心人，難怪一輩子比不上李義山。」

納蘭右慈搖頭笑道：「我跟李義山的手勁誰強誰弱，這可不好說，你說了都不算。」

黃龍士一臉古怪譏諷，「是得你去陰曹地府，聽他親口說給你聽才算數吧？」

納蘭右慈伸出手摸了摸眉頭，面無表情。

黃龍士擺擺手，有意無意往納蘭右慈臉上甩了好幾滴黃泥，「你一邊涼快去，我跟你相中的小兔崽子問幾句話。」

納蘭右慈輕柔地擦拭去汗跡，站起身，對趙鑄招了招手，這位身具春秋雙甲其實只比黃龍士少一甲的風流謀士慢悠悠地走遠。

黃龍士斜眼看著大大咧咧站在他面前的燕刺王世子殿下，「你趙鑄算老幾，我見你老子的時候，他都得乖乖掃榻相迎，蹲下。」

趙鑄嬉皮笑臉，乾脆一屁股坐下——不聽你的，但禮數夠足了吧？

黃龍士言語玩味道：「跟某人的性子還挺像。行了，我知道答案了，你可以滾蛋了。」

趙鑄瞪眼道：「啥？姓黃的，我冒著被朝廷摘掉世襲罔替的風險跑來見你，你就這麼逗玩我？」

黃龍士回了一記瞪眼，「滾不滾？」

趙鑄一臉吃撐了卻死活拉不出屎的彆扭表情，悻悻然站起身，剛要轉身有所動作，就聽到黃龍士嘿嘿道：「想放屁了？那也要脫了褲子才行，否則就掂量掂量後果。」

趙鑄嘀咕一聲，腳底抹油，跑到納蘭右慈身邊，好奇地問道：「這老頭兒真能未卜先知？」

站在泥缸邊緣的納蘭先生看了眼黃三甲，平靜道：「我不信，可他幾乎次次做到了。」

趙鑄「哦」了一聲。

納蘭右慈習慣性地捏了捏燕刺王世子的耳垂，輕聲笑道：「沒關係啊，又不是真神仙。強弩之末，將死之人，跟他嘔什麼氣。咱們啊，就當敬老了。」

趙鑄一臉無奈，輕輕拍掉納蘭先生纖細白皙如女子的手。

黃龍士突然站起身，對納蘭右慈下了一句大惡至極的讖語：「納蘭右慈，你可要死在我和元本溪前頭。」

趙鑄臉色劇變，納蘭右慈則沉默不言。

納蘭右慈閉上眼睛，陷入沉思，然後對早已坐回板凳不見身影的黃龍士那邊鞠了一躬。

敬他，敬已，敬那個相伴遊學諸國曾經愛慕過的李義山。

敬他們的，也是最後的春秋。

◆

徽山、龍虎兩山對峙，如果不是由於武帝城那緩慢一劍分去一杯羹，最近半年這兩座山幾乎吸引了整個江湖的視線。

先是徽山紫衣在春神湖上大殺四方，一舉成為數百年來唯一一位以女子身分奪魁江湖的武林盟主，只是隨後徽山牯牛降大雪坪被推倒重建，遙望山巔，可以看到那座建築的恢宏骨架，明眼人都看出其中僭越的嫌疑。然後就是龍虎山父子兩真人連袂飛升，天下雷動。緊接著傳出張家聖人的第八十二代嫡長孫、此代衍聖公張儀德親自為徽山題寫牌樓匾額，有說是朝廷暗中授意，才能勞動衍聖公的大駕。可惜徽山封山半年，外人無法近觀那棟高樓的巍峨景象。

清明過後，徽山終於不再封山，有聲望名號傍身的江湖人士魚貫入山，一窺天下第一高樓的「容顏」。徽山盛況空前，豪傑雲集，為那年輕女子鼓吹造勢，下山訪客，都大肆吹捧那棟無名高樓的帝王氣象：十八層，高聳入雲，逢陰霧時分，登頂便如墜雲海，此樓雄踞牯牛降巨岩之頂，琉璃金黃瓦，朱漆大檀柱，漢白玉欄杆，足可讓太安城武英殿諸多殿閣黯然失色……如此一來，人云亦云，加上以訛傳訛，尤其是有兩樣東西最為刺激江湖——一樣是女子，漂亮的女子；一樣是高手，絕頂的高手。

徽山紫衣軒轅青鋒恰好兩樣都占了——山下那些多如過江之鯽的年輕俊彥，用屁股遐想一下，都能想像出一名人間絕色的紫衣女子，身負天象境界，站在人間最高處，俯瞰天下。何況她仍然單身，是不是意味著他們就有機會做她的裙下臣了？

江湖上的男子走火入魔一般蜂擁入山，有些姿色家世的女子也不例外，因為她們想去親眼看一看那女子是否真如傳說那般孤傲動人，不過很多人上山之後才知道徽山分內外兩山，以大雪坪下的牌坊為界，至於想要見到那位武林盟主更是奢望。不過徽山毗鄰道教祖庭龍虎山，自身也是風景旖旎，山上四方英雄齊聚，誰都沒覺得如何敗興。

在今天這個風雨如晦的暮色裡，徽山上水霧深重，一行人正在拾級登山。徽山軒轅氏在遭遇那場大雪坪天雷浩劫後，軒轅青鋒挽狂瀾於既倒，反而獨力將徽山的威望送到頂峰，軒轅子弟的架子因此也大了，無論是達官顯貴還是江湖好漢，山上從無迎客送客一說，擺了一副愛來不來、愛走不走的姿態。

這一行人在遊人如織中不算太過惹眼，有五人給最前頭一個錦衣玉帶、玉樹臨風的公子哥護駕。有兩人地位稍高，一左一右緊隨其後，分別是個沉默寡言的讀書人和一個「精緻」的年邁老人，從服飾細節到顧盼神態，都有股久居高位的陰柔貴氣。之後拉開一段距離的三人，腰間佩刀，卻裹以綢緞遮掩。

為首公子哥停下腳步，回望山腳下的遼闊江面，輕輕喘了口氣，招了招手。老人心有靈犀趕忙後撤幾步，其餘幾名扈從更是無形中默契地擋出一個扇面陣形，唯獨那名三十歲上下的讀書人走上前幾步，仍是沒敢並肩而立。

公子哥微微一笑，也沒刻意讓他走到自己身邊，伸手捏著腰間繫掛的一枚鮮紅魚龍玉佩，柔聲笑道：「去年是三年一度的京察年，趙右齡和殷茂春一主一輔，他們的名頭太大，以至於沒有誰留心你這個從旁協助的起居郎。但今年是六年一度大評，天下矚目。趙右齡因為是吏部主官，跑去主持科舉，他在這一走，依次騰出了位置，你這位新任考功司郎中，多半是要被咱們殷儲相推出來擔當罵名的惡人。一般來說，京察年就是大夥兒和和氣氣聊天喝茶，少有落馬的高官，囊括地方郡守在內所有低級官員的大評則不同，不拿下七、八個郡守說不過去，你心中有數？」

那個讀書人畢恭畢敬地答覆道：「車到山前必有路。」

一口一個趙右齡、殷茂春的俊逸公子看了眼腳下山路，點頭笑道：「這話雙關又應景，難怪父皇始終對你另眼相看。」

三十歲上下的年紀，除了那些少年得志早發科的制藝天才，一般的讀書人，即便才學深厚，也還在眼巴巴想著成功通過會試謀求躋身殿試的資格。這名有著考功司郎中這個偏門頭銜的讀書人沒有作聲。

老百姓倒是誰都知道郡守是大官，刺史更是封疆大吏，至於正二品的六部尚書？那得是多大的官了啊？只是考功司郎中跟起居郎是兩個啥玩意？從沒聽說過。

跟此人隨口閒聊的公子哥自然一清二楚，他搓了搓手，呵了口氣，眺望那條年復一年東去入海的大江，感慨道：「該知道的。都知道你是北涼寒門出身，當年為了能入京趕考，路費還是靠賣詩文給北涼世子殿下掙來的三百兩銀子，殿試成績也平平，莫名其妙就被塞進了東宮做講學，又鬼使神差去當了天子近侍的起居郎。

可惜我那個聰慧內秀的媳婦，一直對你不喜，還教訓我跟你走近了，是玩火自焚。其實你我都知道，你自然不會是什麼北涼處心積慮安插在朝廷裡的諜子，但是我很好奇，也一直想問你，你對那個世襲罔替北涼王的年輕人，怎麼看待？北涼那邊來的讀書人，不管老的、年輕的，一個個都往死裡謾罵徐鳳年的荒誕不經，就跟有不共戴天之仇似的，我實在聽膩歪了，你不一樣，這些年嘴巴一直很牢，什麼都沒說，要不你今兒說幾句真心話給我聽聽？」

讀書人坦然笑道：「這位曾經的世子殿下，其實相處起來不討厭。當年下官不過是個窮酸秀才，囊中羞澀，六十七篇詩文總計一千兩百二十六字，硬著頭皮開價六十兩。他一聽就急眼了，說這是罵他呢，粗略看過了那一摞詩文廢紙，朝下官伸出一隻手掌，說值這個數，一股腦兒就丟給下官五百兩白銀，而不是太子殿下所說的三百兩，不過現銀的確是三百兩，還有四張銀票，下官一直夾在書中珍藏，這些年每當做學問感到疲倦時，都會去翻一翻那本書。

您要說下官給世子殿下說好話，還不至於，當初一手交錢、一手交貨，你情我願，大抵上誰也不虧欠誰，甚至說如果他徐鳳年只是個地方官員，我不介意在此次大評中為他出一把力，徇私舞弊，給他個甲等考評，可他既然是北涼的藩王和朝廷的上柱國，便輪不到下官去獻殷勤。但是要說讓下官去昧著良心跟人起鬨，這就也太為難下官了。做官的確不易，雖說做人相對容易，可也不能太過馬虎了。」

讀書人將年輕人稱之為「太子殿下」，那離陽上下除了趙篆就沒別人了，藩王跟世子殿下都不少，太子可就只有一個。只是不知道為何趙篆先前在近在咫尺的龍虎山欣賞過了真人飛升會，卻又從江南道那邊折返，去而復返。

太子趙篆拿手指點了點這個做人不願馬虎的讀書人，開懷笑道：「你這是在指桑罵槐，連同晉三郎跟我一起罵了，不過實誠比什麼都重要。你也是當時趙珣上疏時唯一一個提出不少異議的另類，那時候京城都對仍是世子殿下的趙珣讚不絕口，唯獨你有一說一，該查漏補缺，該大肆抨擊，該如何就如何。後來宋家兩夫子接連去世，有關頒賜謚號，你又跳出來觸霉頭，惹得父皇私底下龍顏震怒，這才把你丟給趙右齡、殷茂春這兩隻老狐狸去打壓，否則這會兒你早就去執掌翰林院的半壁江山了。」

讀書人苦澀道：「太子殿下的心意，下官何嘗不知，只是下官有心做孤臣，這趟南行大評過後，就甭想了。」

趙篆狡黠一笑，一把扯下腰間那枚價值連城的玉佩，塞到這個讀書人手裡，「才誇你實誠，就露出狐狸尾巴了不是？」

趙篆略微斂去笑意，沉聲道：「我可知道你真正想要什麼——沙場點兵，書生封侯！只要你跟我一起願意等，我趙篆定然不讓你失望！」

讀書人愣在當場，有些不知所措。

趙篆好似什麼都沒有說，什麼都沒有發生過，轉身繼續登山，笑著自言自語道：「上次沒能見過那姓軒轅的紫衣女子，實在是揪心哪，這回我厚著臉皮幫她要來了一塊衍聖公的題匾，還一力幫她擋下劍州言官的瘋狂彈劾，總該賞個臉了吧？」

結果牌樓外，有一位宮中老貂寺隨從的趙篆一行人仍是給毫無懸念地攔下，因為假冒劍州刺史親戚的身分完全不頂用。身負絕學的大宦官怒極，就要痛下殺手。趙篆笑著攔下，又說是京城殿閣大學士嚴杰溪的得意門生，還是挨了一頓白眼。趙篆還是不生氣不惱火，死皮賴臉又報上京城趙氏子弟的身分，跟北地羽衣卿相青城王的兒子以及晉蘭亭都是至交好友。

京城有四趙，趙家天子的趙家，自然是天下頭一份的，接下來便是吏部尚書趙右齡的家族，以及跟楊慎杏同等資歷的大將軍趙隗，最後一個趙家則要較為寒酸，門內拿得出手的不過是一個京官侍郎和一個疆臣刺史，但這擱在地方上，那也是權柄滔天的一等豪閥了。

只是那鎮守牌樓的管事哥們兒橫眉冷對，讓趙篆滾蛋，說咱們徽山跟姓趙的有仇，然後鼻孔朝天指了指鄰居龍虎山，詢問趙篆懂了沒有。

打個噴嚏都能讓劍州上下抖三抖的老宦官已經徹底面無表情，太子殿下倒是一如既往的好脾氣，竟是被逗樂了，笑得不行，連說懂了懂了。在牌樓這邊小有職權的管事這般蠻橫，好在湊巧路過的徽山清客知曉輕重，趕忙致歉幾句，快步去那座高樓傳話，然後沒多久就臉色僵硬地回到牌樓，欲言又止。

趙篆善解人意問道：「敢情是你們山主讓我滾下山去？」

那清客笑臉尷尬，沒有否認。

趙篆客氣笑道：「沒事、沒事，麻煩這位英雄再去一趟樓內，跟山主知會一聲，就說京城趙篆來訪，懇請她老人家施捨點飯食。」

對離陽朝政並不熟悉的清客也沒往深處細想，又跑回去稟報，結果這次趙篆等了半天，乾脆就連那人的身影都瞧不見了。

老貂寺陰惻惻道：「殿下，這徽山當真是人人該死。」

趙篆擺擺手，然後笑道：「看來只能使出闖山的下策了，否則多半是見不著那女子的面嘍。」

就在此時，趙篆驀然抬頭，遙遙望見大雪坪之巔，高樓之頂，依稀可見有一襲紫衣，面朝滔滔大江，負手而立。

趙篆想了想，喃喃道：「此時此景，值了。」

讀書人笑問道：「這就下山？」

趙篆轉身道：「下山。」

大雪坪山巔樓頂，那個跟北涼分道揚鑣的女子，成功躋身天象境之後，越發有氣吞山河之勢。

她一直站到西方最後一抹餘暉斂去。

席地而坐後，她低頭給裙擺挽了一個結，大概是覺得打結打得不好看，解開又結起，結起復解結。

她突然停下手上的無趣動作，轉頭望向西北，有些想喝酒了。

◆

流民之地果然不是省油的燈，確實沒有讓北涼省心，那股在三城之外自立為王的浩大馬賊，乾脆就澈底撕掉蒙羞布，揭竿而起，哪怕知道三萬龍象軍已經形成一個虎視眈眈的包圍圈，仍是不惜作困獸鬥，繞過臨謠古軍鎮，直接就往青蒼撲殺而去。

不過龍象騎軍畢竟把戰線拉得太開，這股兩萬多人的馬賊短時間內也稱不上以卵擊石，事實上就兵力而言，才被劃入北涼轄境的青蒼滿打滿算，不過八千人，恐怕唯一的優勢就是擁有那座城池。

陳亮錫固守己見，坐鎮青蒼。那股悍勇馬賊的狗急跳牆在梧桐院的計算之中，只是陳亮錫給徐鳳年出了不小的難題。原本青蒼城可有可無，徐鳳年要的就是馬賊從暗處闖入明處，給他們一座跟固若金湯沒半顆銅錢關係的破城，又如何？

何況北涼甲士騎戰步戰都是行家裡手，陳亮錫不按常理的莽撞行事，徐鳳年惱火之餘，只能讓本該走完幽州的楊光斗、曹嵬兩人匆忙赴任名義上的北涼道第四州——流州，除此之外，還有接管六千鐵浮圖重騎的徐驍義子齊當國，美其名曰護駕刺史楊光斗，自然是大開殺戒去了。既然決心要打，那就不會跟流民之地客氣了；再者馬賊敢造反，肯定有北莽南朝照應著，指不定大仗惡仗還在後頭，兩萬馬賊多半不過是道涼菜而已。

徐鳳年也擔心南朝冷不丁冒出個腦袋被門板夾過的實權武將，要去流民之地開開葷，真要給北莽在流州一線打出個窟窿，被弄出一條完善的南下通道跟補給線，搖擺不定的臨謠、鳳翔也許就一口氣倒向南朝那邊，如此一來，涼莽大戰就得被迫提前燃起狼煙，東西向疆域並不算太遼闊的北涼，委實不適合幽涼流三州分別出現一座戰場。徐鳳年不怕北莽鐵蹄南下，但並不希望這麼早聽到那群衝鋒起來就喜歡哇哇大叫的蠻子嗓音。

走了楊曹兩人後，徐鳳年身邊又只剩下一個車夫徐偃兵。已經深入幽州腹地，徐鳳年彎腰走出車廂透口氣，坐在徐偃兵身邊，自嘲道：「看來南朝那邊一心歸鄉祭祖的老頭子們也坐不住了，估計是給西楚復國刺激的，趁著還有氣力提刀上馬，一心想要跟西楚裡應外合。我現在擔心青蒼城內不安分，馬賊不足懼，怕就怕青蒼城一丟，流民嘗到甜頭以後，趁勢蜂起作亂，我那趟青蒼之行以及送佛去西的心血就全白費了。這個一根筋的陳亮錫，要是下次見面還能不是他的屍體，算他僥倖不死，老子也要抽得他半死！」

徐偃兵平靜道：「有八百鳳字營擔當守城的主心骨，青蒼應當能抵擋上一陣工夫，不過活下來的肯定不多，現在就看馬賊之中是否藏有北莽的高人了。」

徐鳳年臉色陰沉，背靠車外壁，平靜說道：「現在我還會心疼鳳字營的戰損，以後真打起來，大概連心疼都來不及，到最後更會完完全全麻木，死了多少人，也就只是軍情諜報上的一個籠統數目。」

徐偃兵淡然道：「打仗不都這樣。當初跟隨大將軍一起到北涼紮根的老卒，誰沒見過身邊的人一個個地接著死。也別覺得對不住他們，養了足足二十年，說句難聽的，就是養條狗，該咬人的時候也得使勁咬人不是。」

徐鳳年搖頭道：「畢竟不是狗。」

徐偃兵笑道：「既然是人，那就更有當死則死和死得其所這兩個說法。徐家如今就你們兄弟二人兩個男人，一個都已經親身陷陣，一個也沒躲起來，還要怎樣？難道要二郡主也去沙場廝殺不成？沒這樣的道理。誰敢跟我講這樣的道理，我徐偃兵不管是誰，都要跟他們講一講我徐偃兵的道理。嗯，我的道理，就是我用一根鐵槍，你們用什麼都行，搬出投石車這樣的大陣仗都沒關係。」

徐偃兵這麼個古板男人講了一個挺好笑的話，已經有燃眉之急的徐鳳年卻怎麼都笑不出口——流民之地一旦出現變故，北涼既定的謀劃就要全盤打亂，雖然現在看來主動權還握在自己手裡，但是直覺告訴徐鳳年北莽那邊某個胃口很大的胖子，很有可能要從中作梗橫插一腳，關鍵是這一腳力道不用太大，北涼都會挺難受。這種先天掣肘，不是人力可以抗衡的，只能走一步看一步。

火上澆油的是清涼山禍不單行，類似廣陵春雪樓的梧桐院在失去綠蟻跟黃瓜後，有兩個二等丫鬟也主動請辭批紅女翰林的身分，不管是心灰意冷還是兔死狐悲，都決然離開梧桐院做了別院普通婢女。

所幸赴涼之行歷經磨難的陸丞燕毅然進入梧桐院補上缺口，才勉強沒有中斷梧桐院的運轉。至於她身後的陸家長輩和周圍的陸氏子弟，顯然有點水土不服，並未能夠藉著外戚身分迅速融入北涼官場。

有個陸丞燕的堂弟，不過是被一個涼州將種子弟說了幾句風涼話，就拉上家族長輩一起要死要活，差點沒跑去清涼山訴苦喊冤。在青州，那夜從上柱國陸費墀手中接過竹篾燈籠的陸氏新家主陸東疆，也沒能當機立斷做出決定，只是搗起糨糊當和事佬。

在冷眼旁觀的徐鳳年看來，這無疑是最糟糕的決定，哪怕是毫不猶豫地支持陸家，徐鳳年也還能高看一眼。不過當時還穿著縞素的陸丞燕連夜下山出王府，找出老祖宗陸費墀當年遊學懸佩的名劍，當著父親的面逼迫那個弟弟跪在祠堂外頭，劍雖說沒出鞘，但仍是把那個據說原本才在青州考中解元的年輕人嘴巴打得血肉模糊，掉了好幾顆牙齒，這個女子還厲聲叱問他敢不敢再搬弄唇舌了。那幫陸氏老小興許是誤以為這是他徐鳳年的意思，一個個噤若寒蟬，只能把怨氣藏在肚子裡，連累著陸丞燕也成了族人眼中出嫁女子潑出去的水。

如果說這些還是雞毛蒜皮的小打小鬧，都是家內磕碰，關上門就不影響大局，徐鳳年可以當笑話看待，可幽州這邊就讓他絲毫不敢掉以輕心。破格提拔皇甫枰擔任幽州將軍，利大於弊毋庸置疑，可弊端浮出水面後，無異於雪上加霜，那就是在有心人的推波助瀾之下，自成體系的邊軍還好，幽州境內各級軍伍就有了鼓噪隱患。

按照目前的諜報來看，不甘心在龍睛郡養老到死的鍾洪武肯定是動了手腳，徐鳳年就想知道「幽州王」的燕文鸞到底有沒有扮演不光彩的角色。有無燕文鸞的摻和，直接決定了徐鳳年是否要將北涼步軍「變天」，問題是即便順利把北涼步軍由燕家軍變回徐家軍，少了個能征善戰的老將燕文鸞，一樣是北涼幾乎承受不起的巨大損失。就算有一個舊南唐第一名將的顧大祖可以頂替燕文鸞，但是無法否認，大戰在即，北涼當下無比需要燕文鸞穩定邊境軍心，更需要這個老人的忠心耿耿與誓死守幽。可是這可能嗎？

燕文鸞本就是當初「陽才」趙長陵一系的主要成員，無比希望徐驍自立為帝，以便他們順水推舟成為有扶龍之功的開國功勳。徐鳳年比誰都清楚扶龍這座山頭，包括燕文鸞在內的一大批北涼精銳都被徐驍「打入冷宮」。像燕文鸞，就從熟悉的騎軍明升暗降調入了陌生的步軍，還有那個徐鳳年當年去北莽要找尋的親舅舅，也一樣給強硬打壓下去。

那次動盪，是一道分水嶺，從此之後，趙長陵就跟原本關係不錯的陰才李義山形同陌路，北涼軍內部的騎步兩軍，隨著時間推移，也越來越涇渭分明，只是趙長陵死在西蜀皇城三十里外，稱帝一系的老人缺了這位陽才主持大局，北涼才沒有演變到步騎雙方勢同水火的最壞地步。

山頭難治，自古而然，尤其是那些手裡有刀的軍頭，更是打輕了皮厚不怕、罵重了就敢跟你撂挑子，更狠一點的乾脆就老子氣不過反了你的。有沒有徐驍的北涼，是一個天、一個地，哪怕徐驍老到了只能躺在病榻上，但只要人屠不閉眼，北涼桌面下的場景，亂雖亂，但擺上檯面的造反？沒誰願意也沒誰敢。

如果殺幾個人就能解決難題，那該多輕鬆愜意？

徐鳳年靠著車壁，閉目凝神，咬緊牙關。體內氣機洶湧翻滾，如同鍋底添了無數柴火的一鍋沸水，以至於濺出了大鍋之外。車簾子被猶如實質的絲絲縷縷氣機撕扯，破敗不堪，拉車的那匹馬身上也綻出朵朵血花，嘶鳴躁動不已，徐偃兵乾脆停下馬車。

足足一個半個時辰過後，徐鳳年臉上紫黃雙輝緩緩褪去，滿身大汗淋漓，臉色頹然，他苦笑問道：「徐叔叔，這是第幾次了？」

徐偃兵平靜道：「第六次。『回神』用時越來越久，還剩下三次，只會更加凶險，未必能硬扛過去。這種偽境帶來的潛在癥結，原本可以忽略不計，就算進了指玄也無妨，只是得了柳蒿師的紫雷和袁青山的包子後，就大為福禍相依了。」

徐鳳年笑了笑，「希望能拖到第九次回神，那時候陳亮錫無意中在閣樓找到的最後一只錦囊，才能有意義。」

徐偃兵點了點頭，嘆息道：「這可能是李義山跟趙長陵兩人最後一次聯手布局。」

徐鳳年艱難地呼出一口濁氣。他的走火入魔也許是前無古人、後無來者，根源於接連三次偽境，兩次借助徐嬰陸續躋身指玄、天象，之後跟王仙芝一戰，發生了那場揮退天地萬物的逍遙遊，以及斫琴有悟，才後知後覺自己曾經一隻腳踏入了陸地神仙出竅神遊的門檻。

大黃庭造就的那一方池塘，如今每隔一段時間就會沸水滾滾，用徐鳳年自己的話說就是「去魂」，他要做的就是相對應的「回神」，把千絲萬縷的喧沸氣機一一擺平。既然大黃庭有九重高樓，徐鳳年猜測會有九次去魂和回神，到時候才算功德圓滿。但是這樣的圓滿，對敵天象高手有一戰之力，對上王仙芝仍是毫無勝算，徐鳳年當下眼光所盯著的，江湖上只有王仙芝一人而已，否則沒有任何意義。

趙長陵曾有棋子在皇宮。

李義山在徐鳳年年幼棄刀之時，就接過了趙長陵那一手原本已經斷了生氣的棋子，繼續布局。

目標只有一個。

四百年前以一人之力殺盡天下頂尖高手的忘憂之人。

高樹露！

◆

眾賢盈庭的離陽廟堂掀起一場軒然大波，來得迅猛無匹，以至於所有殿閣大學士和六部尚書侍郎都瞠目結舌。本朝首輔張巨鹿在聖意已決的情況下，仍是執意調動總領北地軍政的顧劍棠，要將這把帝國最鋒利的名刀，搬到西楚脖子上，快刀斬亂麻，而不是先前既定的坐鎮北關。

若僅是如此，朝堂之上也沒誰敢稍稍大聲質疑，碧眼兒這些年雖說鬆懈了對兵部之外五部的控制，唯獨一直把台諫言路死死掌控在手，故而無須首輔大人親自出馬，這些唯張廬馬首是瞻的言官就能幾乎咬死任何人，好在張首輔一向極少刻意針對誰，但只要張巨鹿握有這顆棋子，哪怕從不落子，朝廷上下就沒人敢肆無忌憚。

可惜在祥符元年的春尾，就算言路盡在張巨鹿之手，就算廟堂手段極為高明以至於十幾年無敵手，首輔大人也終於迎來了第一場敗北。無他，因為這次他的對手是坦坦翁，還有桓老爺子身後一干權臣——有六部之首的吏部主官趙右齡，有公認的儲相殷茂春，甚至有新任禮部尚書元虢，還有尚未領命南伐西楚的大將軍趙隗領銜的一大幫子元老武將，更有被碧眼兒鎮壓十數年的旁支皇室宗親。

奇怪的是，這些人事先確實並無任何約定，在桓溫無比鮮明地把矛頭指向首輔大人後，這些人陸續出班奏事，都認為「北顧南用」一策太過冒失，一個迴光返照的西楚遠遠不足以跟北莽百萬控弦之士相提並論。

那一天的朝會，暗流洶湧，除了戶部尚書王雄貴毫無懸念地站在恩師這邊，幾乎所有人都選擇了膽怯的沉默，不敢摻和到這場永徽元年以來最為雲波詭譎的神仙打架裡頭。之所以說是幾乎，是因為除了王雄貴之外，還有個最近十分春風得意的晉蘭亭，出人意料地緊跟王雄貴為張首輔發聲。

有心人都看到退朝之後，坦坦翁目不斜視，直接跟首輔大人擦肩而過，失魂落魄的王雄貴跟在神情淡漠的永徽座師身後，反倒是從不主動湊近首輔的晉右祭酒，腳步堅定地走在張巨鹿身側。

今日的跌宕朝局，讓旁觀者既目不暇接又莫名其妙，退朝之時，竟是只聞珠玉敲擊聲，不聞一句高談闊論和竊竊私語，是離陽朝會二十年僅見的古怪景象。

張巨鹿慢慢走下白玉臺階，沒有去看身邊眉頭緊蹙的年輕右祭酒，只是輕聲笑道：「晉三郎，這次你恐怕要押錯賭注了。」

蓄鬚明志的晉蘭亭搖頭道：「晚生並非冒險押注，故意與滿朝文武為敵，借此討好首輔大人。不過是大丈夫當有所為，僅此而已。」

張巨鹿笑了笑，緩了緩腳步，開門見山道：「當初，我本有意拉你進入張廬，繼而替我掌控那花架子的言路，只是後來既然陛下對你刮目相看，我做臣子的，也就不願奪君主之美。」

不願，非不能。

隔牆尚且有耳，何況這還沒有離開宮城，兩人身邊不遠處不乏腳步遲緩的文武官員。

張巨鹿平淡道：「縱觀歷朝歷代君子小人之爭，有君子美譽的朝臣生前大多輸得很慘，至多死後被下任帝王追贈美諡，於國於民，並無裨益，這種空落落留在青史上的名聲，不要也罷。黨爭一事，無甚不可告人的玄機，越是心繫蒼生，越是需要君子朋黨，更需要同僚之中有一條聰明的惡犬，能吠還能咬人，而不是一夥人都在那兒兩袖清風，只會書生意氣用事，到頭來，無非就是在流放貶謫途中，作幾首讓後世讀書人淚滿衣襟的孤墳詩作，挺無趣的。」

晉蘭亭咂摸了一下，自嘲道：「晚生亦是難逃窠臼。」

張巨鹿轉身拍了拍王雄貴的肩膀，「今日我不當值，你去張廬那兒坐著，有同僚問起，你只以不知二字回應。」

王雄貴點了點頭，快步離去。

執掌一朝權柄的紫髯碧眼兒跟晉蘭亭慢悠悠一路前行，一同跨過了宮城門檻，張巨鹿突然笑道：「當初第一次見你，讓我想起了自己當年的情形，也是像你那般倉皇失措，百般委屈。不過說實話，你比我當年仍是差了許多，也就做宣紙比我厲害些。」

晉蘭亭會心一笑，「能有一事讓首輔大人心甘情願認輸，並且付之於口，足矣。」

見晉蘭亭欲言又止，張巨鹿淡然道：「你在奇怪那個老傢伙為何同室操戈？」

任憑晉蘭亭是天子寵臣，是太子殿下身邊的紅人，前程註定錦繡，這位右祭酒大人此時也不敢言語半句，甚至不敢妄自揣測。

張巨鹿說道：「我與桓溫心中都有一桿秤，都不曾對西楚復國有任何輕視小覷，只是一桿秤的兩端輕重，這些年一直有些差異：我重西楚重於北莽，他則重北莽重於西楚。他有他的謀劃和眼光，他堅持要用北涼耗去北莽國力，生怕顧劍棠一旦南下，此時已經定策先吞北涼再打離陽的北莽改弦易轍，誤以為有機可乘，到時候從北關一直蔓延到我們腳下這座太安城，皆是遍地狼煙。」

張巨鹿指了指南方，「老傢伙不但看見了北邊，除了頑疾北涼，坦坦翁還看到了看似『舉棋不定』的燕剌道，還有那些經不起春風吹拂的春秋亡國，他的顧慮自然可以理解。我是怕西楚成為一座泥潭，牽引春秋亡國死灰復燃，他則是怕北莽由東線南下，導致整個天下都是泥潭，我與他才是一場真正的豪賭。這些事情，你們就算站在了王朝中樞也一樣看不到的。緣於朝堂之上，人人各有所謀，武人想著生前封侯拜將，文人想著死後陪祭張聖廟。之所以與你說這些牢騷，是你晉蘭亭難得糊塗，難得有趣，畢竟在桓老頭兒那邊挨罵不稀奇，挨打就很罕見了。」

晉蘭亭下意識摸了摸被坦坦翁搧過耳光的臉頰，燙手一般，迅速縮回。

張巨鹿輕聲道：「你我就走到這裡。」

晉蘭亭識趣地停下腳步，只聽見首輔大人撂下一句言語，「以後多與新尚書交往。」

晉蘭亭愣了愣——新尚書？是禮部元虢，還是兵部盧白頡？

還是說兩者皆有？

恰巧，今日退朝，這兩位一起走著，兩位在滿目霜白的廟堂上都算青壯年紀的棟梁重臣，有很多相似之處和共同語言，出身不同，卻俱是離陽一等一的風流人物。盧白頡是江南道上的棠溪劍仙，元虢是跟誰都能打成一片稱兄道弟的著名人物。兩人的勝負心都不重，看待許多別人視為珍貴的事物都很輕，在朝野上下兩人口碑極佳，沒有樹敵，也無明顯的山頭派系，又都曾是坦坦翁的座上賓，也都挨過坦坦翁的責罵。

面過聖，進過雙廬，挨過桓溫的罵。離陽朝廷想要成為權臣必經的三大步，這兩位尚書顯然都經歷過了。兩人退朝返回宮外的「趙家英雄甕」時，盧白頡沒有馬上回到異常忙碌的兵部，而是跟著元虢去了與兵部氛圍大不相同的禮部。

在士子名流紮堆的禮部衙門，見著了頂頭上司的尚書大人，眾人都敢調笑幾句。因為元虢這隻老酒蟲新官上任時，堂而皇之地攜帶了一只大箱子，卻不是書籍，而是二十幾瓶皇帝陛下先前賜下的劍南春釀，結果給大駕光臨禮部官邸的陛下撞個正著，然後陛下就自作主張開始跟群臣分酒喝。君臣隨意而坐，微醺盡興之餘，趙家天子還不忘往痛心疾首的元尚書傷口撒鹽，笑著說朕主動幫你籠絡臣僚關係，就別謝恩了，記得回頭拿領了俸祿，買幾壺好酒送宮裡去。

如今禮部上下都開始扳手指算著何時領取俸祿，還玩笑著詢問尚書大人需不需要下官們幫忙湊點份子錢。今日見著了兵部尚書大人，若是顧劍棠大將軍，那自然是一個個頭皮發麻，若是陳芝豹，就要退避三舍，可既然是風流倜儻的棠溪劍仙，就都笑臉招呼元尚書坐會兒，反正禮部只要不碰上重要節日以及嘉慶大典，就是六部裡頭最清湯寡水、優遊度日的衙門。再說攤上元虢這麼個寬以待己又寬以待人的尚書大人，真是所有人的福氣，正因為元虢的入主禮部，以往許多斜眼瞧禮部的五部官員，不管是他們來串門，還是禮部去求人辦事，對方臉面上都多了幾分客氣。反正對於禮部眾位名士而言，給這麼個薄面就足夠了。

死要面子的禮部衙門本就占地甚廣，元虢自然有他單獨的雅室。在走到房門附近的時候，元尚書嘿嘿一笑，趕忙躥入屋子，彎腰撿起一本本書，這才騰出一條路來。

他將書擱在一張本來就有搖搖欲墜書堆的椅子上的，書堆竟是搖晃而不倒，可見他幹這事已經熟能生巧了，大概元虢府邸的書房也是這般雜亂場景。

元虢好不容易搬走書案前那張椅子上的書籍，盧白頡擺手笑道：「不坐了，就一張椅子，我這一坐，豈不是鳩占鵲巢，你元尚書不怕被人取笑，我還怕給人說成是兵部在打壓禮部呢。」

元虢哈哈笑道：「兵部欺壓禮部又不是一天、兩天的事了，盧大人你可別得了便宜還賣乖啊。」

盧白頡直白地說道：「少來這一套，以前兵部對其餘五部一視同仁，都欺負，反正不患寡而患不均，所以到底是誰賣乖還不知道呢。」

元虢摸了摸微紅的酒糟鼻子，「以前不管，以後兵部敢操傢伙來禮部嚇唬人，我就敢去兵部潑婦罵街。」

盧白頡不置可否，環視四周，有些感慨。盧白頡出身於有「琳琅滿目」美譽的洪州盧氏，兄長盧道林從國子監引咎退出，因禍得福，當上了禮部尚書，正是這座屋子的上任主人，盧白頡初入京城，來過一次，今天是第二次。

盧白頡跟兄長關係極好，甚至可以說長兄如父的盧道林之所以離開廟堂退隱山林，有大半原因是給他這個弟弟騰出位置，否則兄弟二人一朝兩尚書，泱州那邊幾個門閥要急紅眼不說，京城這裡也會有非議。

盧白頡在野之時，久居退步園，盧道林先後兩次「退步」，就給他這個弟弟結下了許多椿只可意會不可言傳的香火情，這便是聖賢書籍上極少傳授的學問了。

元虢一拍腦袋，佯怒道：「好你個棠溪劍仙，原來先前的鳩占鵲巢，歸根結底是罵我搶了盧先生的屋子來著？」

盧白頡也沒反駁，笑問道：「酒，藏哪兒了？」

元虢一瞪眼，「早沒了！」

盧白頡玩味地笑道：「當我棠溪劍仙的名頭是胡吹出來的？就算不再練劍，這點酒香會聞不見？」

元虢雙手一攤，「真沒了。」

盧白頡自己走到牆腳根，扒開一堆書，拎起一壺酒，搖了搖。元虢乾笑著趕忙去拿出兩只藏在書桌下的酒杯，拿袖子擦了擦，一人一只，生怕棠溪劍仙就這麼把酒給順手牽羊走了，嘴上還念叨著：「我這不是怕喝酒誤事。若是耽誤了盧大人的兵部軍機大事，我可吃罪不起。不過方才靈光乍現，盧大人劍法超群，想必酒量也不差，喝一、兩杯酒應該沒問題。來來來，咱們小酌一番，小酌，小酌即可。」

盧白頡直截了當地席地而坐，元虢在屁股底下擱了一垛書，前者一飲而盡杯中酒，後者瞇起眼陶然慢飲。

盧白頡微笑道：「咱倆說點醉話？」

元虢瞥了眼屋門，興許是記起了盧尚書是位出類拔萃的武學高手，於是收回視線，點點頭。

「到底怎麼回事？盧某來的路上，有些明白了，有些還是想不明白。」

「你我起身即忘，不傳六耳的醉話？」

「醉話。」

「兵部掌握了許多五部無法得知的隱祕，盧白頡你想明白了首輔大人跟桓老爺子這對同門師兄弟的分歧，不難。想不明白的事情，是為何桓老爺子不在雙方任何一座府邸書房內商量妥當，為何要在廟堂上公然對峙，是吧？」

「嗯。」

「之所以想不明白，是因為你還知道很多人誤以為今日朝會，似乎顯露出一個跡象——曾經的永徽年二十餘載，除了陛下，首輔大人的目中無人，終於在祥符元年迅速走下坡路了，曾經的如日中天也是時候要漸垂西方。但是這是個荒唐至極的假象，你我心知肚明。張盧這麼多年自毀院牆，把學識冠絕永徽的趙右齡摒棄，把老成持重的韓林捨棄，當然我元虢不思進取、一事無成，自然更是被早早丟掉，到頭來只扶持了一個似乎不具備宰輔器格的王雄貴，甚至連翰林院也都一併掃地出門，施捨給了殷茂春。為什麼？首輔大人在想什麼？很簡單，離陽朝廷，張首輔從不覺得有人是他的政敵，只要他站在朝堂上，有句詩說得好啊，春來我不先開口，哪個蟲兒敢出聲？能出聲的，二十年中，只有一人而已。這以後，若是萬一這個人先死，張首輔後死，那麼就一個都沒有了。」

「明白了。」

屋內陷入寂靜無聲的境地。

元虢隱約淚眼朦朧，乾脆拿起酒壺灌了一口酒，問道：「你真的明白？」

元虢自問自答：「你不明白！」

盧白頡嘆息一聲，一言不發，起身離去，幫著掩上門。

獨坐屋內的元虢哭哭笑笑，喝酒不多的尚書大人竟是醉後失態一般，「你不明白的。元虢的恩師，咱們的首輔大人，一旦西楚戰事失利，目光如炬的首輔贏了面子，卻徹底輸了廟堂。當以大度著稱於世的皇帝陛下也不再容忍時，便是首輔大人真正開始日薄西山之日，所以今日朝會，他這是在給桓老爺子謀求退路，將自己逼上死路啊！」

元虢後仰倒去，惜酒如命的禮部尚書丟掉酒壺，泣不成聲，「我輩書生，何懼一死，可恩師你為何偏偏是這般淒慘的死法？」

◆

張巨鹿今日故意讓自己無所事事，也不去想事，這才有機會去心動已久的一座老字號酒樓，喝了小半壺陳釀老酒，可似乎也沒有桓溫他們說的那般美味。

因為沒有脫下朝服，首輔大人的大駕光臨，讓酒樓這邊既是大感蓬蓽生輝又個個戰戰兢兢，遠遠看著首輔大人，只要這位老人手中的筷子夾菜略慢了些，就好像都覺得自己馬上就要被拉出去砍頭。

委實是首輔大人在京城從未在大庭廣眾之下露面，不似其他殿閣重臣六部領袖，各自有各自的脾性嗜好，終歸有常去的清靜地兒，可張首輔不一樣，永遠是只出現於尚書令府邸跟皇宮兩個地方。所以這個消息，以驚人的速度蔓延開去，但是沒有一個好事之徒就算得到確切的小道消息，膽敢跑來湊熱鬧，這恐怕就是張巨鹿真正恐怖的地方了。

京城第一公子哥，王雄貴的幼子王遠燃，自稱跟北涼世子殿下公然叫板的爺們兒，自打少年時代有幸跟隨父親去張府拜過一次年，不過是被首輔大人淡然瞥了眼，那以後就打死也不去張府了。在春秋中建功立業的大將軍趙隗、楊慎杏，他們的後輩算是離陽最矜貴的將種子弟，一樣是二、三十年間就沒見過這位百官之首幾面——不是什麼耗子見貓，根本就是耗子見虎，給人感覺就是見一面就得掉塊肉。

哪怕是昔日最有希望的大皇子趙武，惹上了首輔大人的寶貝閨女，照樣吃不了兜著走，都不用張巨鹿說出口一個字。根正苗純的皇子尚且如此，與當今天子這一脈疏遠的皇親國戚，當初本就是被張巨鹿初掌大權就給往死裡打壓的那撥可憐人，一直敢怒不敢言。

這個的的確確在逐漸衰老，但是始終讓人忘卻歲數的老人，不貪錢財、不好美色、不喜珍饈、不尚清談、不崇佛道、不傳詩作，所有有心之人都在等他自己犯錯，可是他沒有。

他就那麼日復一日、年復一年來往於府邸皇宮，枯燥乏味，並且無懈可擊。

整整二十年，再沒有誰能夠被稱作一人之下、萬人之上。

張巨鹿抬起頭，放好筷子，看到一張熟悉的清麗面龐，她坐在桌對面，托著腮幫，跟她的娘親年輕時候一樣巧笑倩兮。

首輔大人輕聲笑道：「我這一喝酒，都驚動張大女俠了？」

張高峽還是雙手托著腮幫，眨了眨眼眸。

張巨鹿笑道：「說吧，除了看爹，還有什麼事情要求爹的，這次破例先答應下來。」

張高峽嘻嘻笑道：「小嫂子剛剛跟我訴苦呢，說三哥在今年春，三天兩頭跑出去跟人借錢喝花酒不說，還有納妾的念頭。納妾也就罷了，那女子還是青樓女子。小嫂子勸不了犯強的三哥，就只好拉上我到她陣營。我去偷偷見過那女子，青樓不青樓的無所謂，不過水性楊花倒是真的。爹，你就不怕有辱家門啊！」

張巨鹿皺了皺眉頭。

張高峽提高嗓音，「爹，你可答應過女兒了！」

張巨鹿眉頭舒展，點了點頭。

原本不抱半點期望的張高峽瞪大眼眸，可是更匪夷所思的事情還在後頭——在外是首輔大人在家更是首輔大人的老爹，竟然開口說道：「去你三哥府上看一看。」

張高峽喜出望外。要知道他們兄妹四人的親爹當真是一點都不像個父親，除了她這個女兒，三個哥哥都已算是成家立業，他們當年娶妻生子，張巨鹿都不曾露面，不管首輔大人的三個兒子各自是出息還是惹禍，都從不搭理，京城上下都笑話那三位明明出身顯赫卻無依無靠的世家子，多半是路上隨手撿來的孩子。

張高峽的三哥是張首輔最不成材的小兒子，遊手好閒，沒人樂意帶這個膽小鬼玩耍，他就經常隨身攜帶鴿哨，在太安城裡瞎轉悠。大哥好歹步入仕途，雖說攀升緩慢，好歹勉強算是子承父業；二哥是個貨真價實的書呆子，倒也還湊合；三哥張邊關可謂裡外不是人，混得最差，在家裡不受首輔老爹的待見是肯定的，而且京城大點的紈褲都不屑跟他做酒肉朋友。

張高峽比誰都清楚，三個哥哥，在他們的心底，無比希望這個沉默寡言的父親能夠正眼看他們一眼，不奢望有任何稱讚，但哪怕是罵一句也好。

張巨鹿走出酒樓，突然「言而無信」，說道：「不去了。」

張高峽苦著臉，可憐兮兮。

張巨鹿笑道：「雖然不去，但妳帶句話給邊關，天天靠著他大哥、二哥那點俸祿花天酒地，不是個事情。他不是想要投軍入伍嗎，爹跟顧劍棠說一聲，讓他去遼東。還有，家裡不養閒人，妳這心野的丫頭，出京玩去，至於去哪兒，妳走哪兒算哪兒，隨妳，別寫信來跟爹要銀子就行。」

張高峽眼睛一亮，雀躍道：「真的？」

張巨鹿輕輕點了點頭。

張高峽冷不丁冒出一句，大煞風景，「爹，你沒生病吧？是桓伯伯今天把你氣壞了？女兒這就給你找回場子，看我不把桓府吃窮喝窮！」

首輔大人柔聲笑道：「出息！」然後補了一句：「事先說好，離陽哪裡都去得，北涼道第一個去不得，燕剌道第二個去不得，廣陵道第三個去不得。」

張高峽「哦」了一聲，扳手指說道：「江南道第四個去不得，兩遼第五個去不得……」她一口氣把離陽諸道都給數完了，笑道：「那我還是留在家裡混吃混喝一輩子不嫁人算了，反正哪裡也去不得。」

張巨鹿從如履薄冰的酒樓掌櫃手中接過馬韁繩，遞給女兒，笑道：「少跟爹油嘴滑舌，趕緊去給妳的小嫂子報喜。」

張高峽做了個鬼臉，翻身上馬，一騎絕塵而去。

張巨鹿站在原地，那個掌櫃哪裡敢計較首輔大人忘了結帳付錢，再說首輔大人在的時候，是沒人敢來找死，但是掌櫃的敢保證明天酒樓別說坐的地方，連站的地方都不會剩下。

掌櫃的已經悄然轉身，卻被首輔大人輕聲喊住，掌櫃的臉色僵硬轉身，手足無措。

張巨鹿微笑道：「掌櫃的，白吃白喝你一頓酒，別介意。」

掌櫃的使勁搖晃腦袋，打死不說一個字。

張巨鹿走向護衛森嚴的馬車，用只有自己才聽到的嗓音，自言自語道：「食君之祿，忠君之事，兩不相欠。我張巨鹿最後跟天下百姓無非是要了一壺酒喝，不算多吧？」

◆

朝野上下，這次都使勁盯著藩王靖難，哪位最早出兵，哪位出兵最多，誰的兵馬最為雄壯，誰的人馬最是老弱殘兵，都被市井巷弄津津樂道。幾大藩王中，膠東王趙睢為朝廷明令按兵不動，老老實實盯著邊關，這沒什麼值得老百姓去大談特談的嚼頭。廣陵王趙毅本就是局中人，西楚復國就發生在他轄境內，沒有太多浮想聯翩的餘地。一直最為軟弱並且傳言瘋癲的淮南王趙英出兵六千，傾巢而出，讓人刮目相看。

燕刺道出兵最早，只是這位僅僅屈居老涼王之下的藩王趙炳，竟然只是讓世子殿下趙鑄領了一千騎前往廣陵道，何況一路北上，穿境過州，雞飛狗跳，最能讓離陽街頭巷尾聊上幾句。年輕的靖安王趙珣出兵最晚，兵力多寡暫時不知。至於封王就藩西蜀的上任兵部尚書陳芝豹，沒有半點動靜，是朝廷怕他去了西楚就沒別人的事情了，還是白衣兵仙根本不屑帶兵前往，除了太安城的兵部大佬，恐怕無人得知。北涼？離陽這邊沒誰覺得那個比趙珣還年輕的新涼王會這麼好心，都猜測北涼正幸災樂禍，不落井下石就算離陽的萬幸了。

馬蹄一動，弓弦一響，黃金萬兩。

青州邊境上大隊兵馬緩緩向東北推進，有顯眼一騎停馬河邊，牽馬而立。

這名年輕騎將身穿一身明黃蟒袍，就蟒水而言，甚至比廣陵王趙毅還要高出半個品秩。他對身邊一名年輕俊雅書生笑道：「陸先生好不容易幫我攢下的那點家底，這麼一鬧，來也匆匆、去也匆匆，心疼啊。」

雙目緊閉的書生微笑道：「作為勢弱的客人，登門拜訪，禮數要足，吃相要好，吃相好了，反而才能吃得更多。否則勢大的主人下次就乾脆不讓你上桌動筷子。」

正是這一代靖安王的趙珣點頭道：「很淺顯的道理，可就算是明白，難免還是有些鬱悶。」

瞎子陸詡笑而不言。

趙珣耍無賴道：「京城那邊動靜那麼大，小六兒你說得好好琢磨琢磨才能想透，若是好消息，你就趕緊跟我說，是壞消息，就當我沒問，咋樣？」

始終文士青衫退居幕後的陸詡猶豫了一下，咬了咬嘴唇，臉色凝重道：「對青州和靖安王府來說，興許是好壞參半。」

趙珣好奇問道：「何解？」

陸詡輕聲道：「首輔大人故意露出破綻，是坐殿垂釣，不出意外，接下來他手頭上常年積攢下來的撒手鐧，都要循序漸進借用言官的筆刀去殺人，剛好又有殷茂春主持的大評，肯定會死很多人。青黨陸費墀身死，青黨崩塌，夾起尾巴做人，反而能夠僥倖躲過這場風波，風波過後，事情還得有人做，青黨有望東山再起。這次陸詡懇請王府這邊務必精銳盡出，就是讓皇帝陛下和廟堂大佬知曉我們的吃相，以求在接下來的騰挪中搶得先機。

天下是趙家的天下，身為一家之主，膝下兒孫滿堂，他自然會揀選那些做事牢靠又本分『不爭』的子孫，當家的高興了，才樂意多給他們一些錢財，希望他們更爭氣。若是覺得沒出息，一家之主也就要摟緊錢袋子和傳家寶了。

只是陸詡實在無法想像沒有張首輔的廟堂，會是怎樣的光景。有他跟坦坦翁在，對青州局勢看得脈絡清晰，絕不至於太過刁難靖安王府。如果一個家換了管錢管事的大管家，甚至……甚至又換了個家主，青黨若是沒人能挺身而出，在關鍵時刻替我們在新主人耳邊說上話，總歸是隱患。

因此，好處在眼前，壞處在遠處。總的來說，仍然是個壞消息。當然，世間萬事，瞬息變化，看得再遠，一來未必作準，二來也逃不掉走一步、算一步的路數，我們只要步步不差不錯，到時候若仍是謀事不成，大不了就罵幾句老天爺不開眼。」

趙珣錯愕道：「張首輔才五十幾歲，身子骨一直不錯，怎麼會退下來，又有誰能讓他退下來？」

陸詡指了指頭頂天空，沒有作聲。

趙珣臉色陰晴不定，壓低聲音咬牙道：「所以你才早早就要我暗中交好晉三郎跟青城王？」

陸詡點了點頭，對於自己悄無聲息的提早布局，沒有絲毫揚揚得意。

趙珣突然冷笑道：「六兒，你說咱們做客的，小心翼翼折騰出好吃相，當家的，吃相倒是差得一塌糊塗。嘿，確實，坐那麼個位置，家法就是國法，家理就是天理。」

陸詡平淡道：「殿下別忘了，你也姓趙，一家人不說兩家話。」

趙珣笑著摟過趙珣的肩膀，「我跟你，有什麼都不敢講的。」

陸詡一臉無可奈何。

趙珣憂心忡忡道：「六兒，真不跟我一起去啊？沒你幫忙出謀劃策，我心裡沒底啊。」

陸詡平靜道：「我只會出出主意，行軍布陣是外行，況且殿下此行，本就不是奔撈取戰功去的，當然想撈也撈不著，把這六千人一口氣打光了，屆時再衣衫襤褸地與那太子祕密見上一面，就算大功告成。」

趙珣有些於心不忍，「就不能留下兩、三千兵馬？偷偷摸摸留下一千也好啊？」

陸詡面無表情，轉頭「望向」這位在他嘴中始終是殿下的靖安王。

趙珣趕緊雙手舉起，「聽你的還不行嗎。」

見這位陸先生沒有動靜，趙珣戀戀不捨小聲道：「我可真走了啊？」

陸詡伸出一隻手，示意上馬。

趙珣翻身上馬，陸詡猶豫了一下，仰頭叮囑道：「切記，此行就兩件事，盡量贏得趙篆更多的信賴，再就是拿六千條人命贏得天下民心。」

趙珣低頭看著這個為靖安王府鞠躬盡瘁的目盲謀士，重重「嗯」了一聲，策馬遠去。

年輕的藩王，心中有著「我亦有元本溪在身側」的豪氣。

第八章　高樹露橫空出世　逐鹿山三騎攔途

一支聲勢浩大的車隊緩緩南下，陣仗之大，遠勝新封為定鼎大將軍的兵部侍郎盧升象。

兩百餘人中，佩有繡金刀的大內執金吾騎衛有八十人，其餘一百左右騎士俱是身穿黑衫，兵器各異，但無一例外，腰間皆是懸有一枚扎眼的銅黃繡魚袋。

銅黃袋子上所繡鯉魚尾數也有多寡，多則七尾，少則也有四、五尾。這意味著他們是為離陽朝廷授以功勳的江湖武人，已經不算是什麼在野草莽，而是擁有了正兒八經的官府身分。憑藉此袋，進入關隘城池，無須出示戶牒。發跡於江湖的離陽武夫，無不以到手一枚銅黃繡鯉魚袋為榮。

柳蒿師的那枚袋子便編織有八尾金色鯉魚，只是那位天象境高手從不攜佩就是了。此行中懸掛象徵一品高手的七鯉魚袋的有三人，六鯉二品小宗師多達十四人。包括龍虎山、吳家劍塚和東越劍池在內的所有頂尖門派，都有派遣心腹隨行。更多還是那些早早依附龍門的江湖鯉魚，這些年多為刑部賣力，他們給朝廷幫忙刺探消息和追剿遊匪，朝廷賜予他們一張行走江湖的護身符，各取所需。

兩百騎，只護送了一輛馬車。這輛彰顯皇家氣派的豪奢馬車以四匹汗血寶馬拉車，馬車四周是二十幾名宦官，銅黃魚袋繡有六、七尾的一流高手都夾雜其中，各司其職，有條不紮。一路南下，過城而不停，僅是野外紮營，但是沿途所經軍鎮，必定要出動一千到三千不等的輕騎遙遙護送數百里，兩者間距始終嚴格保持在一里路。其間有軍旅犯禁，稍稍靠近了半里路，大概是想要獻殷勤來著，結果弄巧成拙，領兵校尉當天就被剝去甲冑官身。

半旬光景，就算執金吾精銳騎兵跟那些銅黃魚袋高手，也沒有誰見到車簾子徹底拉起過一次。專門有宦官負責飲食遞送，每次都是跪在車簾子前，低聲言語，隨後有手掀起簾子一角，接過食盒，下一次，新盒換舊盒，以此類推。起先也有人揣測裡頭坐著的是那位據說跟陸地神仙只隔著一層窗紗的柳蒿師，只是後來發現還有宦官需要搬運清洗馬桶，就有些吃不準真相了。

他們大多數人都是臨時被趙勾告知需要赴京一趟，做什麼，不清楚，而且在跟趙勾諜子見面之後，就得立馬動身，連門派長輩跟父母妻兒都無法告知，然後就接了這麼一趟談不上怎麼辛苦的差事，就是透著股邪乎。太子殿下南下遊歷，也沒見這般興師動眾的。難不成是去武帝城找王仙芝的麻煩？否則天底下什麼人、什麼物件，值得勞駕他們這些抵得上小半個江湖勢力的一流高手？

馬車上的事實則讓人大出所料。就兩個人，一個垂垂老矣的老宦官，靠著車壁打著瞌睡，一身鮮紅蟒服顯示他的身分的確不俗。他的本名早已湮沒於歲月，是個東越遺民，當年進入東越皇宮以後跟多數宦官一樣，拜了一個前輩宦官為「養父」，被生父地位更高一籌的師父賞臉打賞了個賜名，這才算真正入了門。

須知在春秋亂世裡，心一狠自己割去子孫根，不承想卻做不得宦官的可憐人，不計其數。這個如今配得上貂寺一說的年老宦官，叫趙思苦，到太安城的時候已經四十多歲，他的第二個師父，在太安城皇宮御馬監當差，也沒做成多大的太監，倒是徒弟中最不起眼的趙思苦，慢慢攀爬，曾經陸續掌印過尚寶監跟印綬監，服侍過離陽兩任皇帝，滴水不漏，這麼多年，竟是一樁小錯都沒有犯過，就連韓生宣都對這名同僚不吝笑顏。

趙思苦確是宦官裡頭寥寥無幾、無須見人貓退避的貂寺，其餘二十四衙門的一把手，以往見著了韓生宣，一樣得謹小慎微。趙思苦與如今司禮監掌印宋堂祿的師父是至交好友，兩位老宦官的對食對象，又恰巧死於同年同月同日，宋堂祿成為首宦之後，對所有人都不念舊情，連師父也不例外，唯獨對趙思苦，始終執晚輩禮。接連兩位離陽「站皇帝」，都對一人刮目相看，可見趙貂寺的功力之深。

身子骨孱弱的老宦官盤膝而坐，難掩疲乏地打著盹，動作大了，把自己給驚醒，一臉睡眼惺忪，不知睡夢中夢見了什麼，老人輕輕嘆息一聲。

離陽一手接管了春秋的疆土、金銀、武庫以至於嬪妃，這些或合情合理，或小有瑕疵，都不如何為人所詬病，但是當年離陽先帝的一項舉措，卻是內外都有非議，那就是幾乎全盤接納了春秋八個亡國的宦官，這才導致了太安城皇宮達到了堪稱擁擠而臃腫的地步，足足有十二監四司八局二十四座衙門！

當時無論是離陽武將還是文臣，都對此不太理解——新朝正要趁勢跟北莽蠻子決一死戰，哪裡顧得上這幫只會搬弄唇舌的閹人？可是離陽先帝置若罔聞，老首輔，即張巨鹿的恩師接連上疏，亦是悉數泥牛入海。隨著戰事逐漸停歇，那些宦官安分守己，竟是異常忠心於新主子，二十年間兢兢業業，只聽說一個個老宦官在宮內壽終正寢，從未聽說有誰禍亂內宮，雖說跟人貓韓生宣的功不可沒有關係，但顯然更多還是這幫閹人感恩於先帝的法外開恩，不至於讓他們在亡國後流離失所。別人丟了家國，總歸還能靠著一技之長活下去，他們宦官談何容易？

老貂寺眼角餘光瞥了眼車廂角落，又耷拉下眼皮子，實在是見怪不怪了。角落處坐著個睡態安詳的中年男子，相貌俊雅，眉心一抹豎立猩紅，猶如兩眼之外又開一枚天眼。老貂寺在八年前執掌印綬監，負責內廷誥敕貼黃信符等事，短短兩年就被調任掌管大小玉璽的尚寶監，等人貓「暴斃」之後，原本已經準備安享晚年的老宦官既沒有升任司禮監，也沒有空閒下來，而是被兩位獨立於國子監之外的鍊氣士宗師領去見了一樣「物件」。

趙思苦從匪夷所思到趨於平靜再到最終麻木，不過半年時間，因為再稀罕的玩意兒，也經不起一天到晚瞪大眼睛盯著瞧。從那一天起，趙思苦才接觸到常人幾輩子都無法知曉的祕辛。例如成百上千的扶龍派鍊氣士分發各地，在洞天福地採擷天雷，用以鑄造一座前無古人的「雷池」。還有就是龍虎山歷代天師在自認道法大成之際，都要來太安城為某個物件篆刻符籙一張。這一寫符，往往就是數月甚至是半年，耗盡精氣神。

迄今為止，自離陽建國以來，已有十一代總計十八位大天師代代畫符、人人做籙，只為了鎮壓車廂內這個「人」——「忘憂之人」，唯一一個以真正意義上的天人姿態行走過江湖的高樹露！

當代江湖所謂的一品四境，從根柢而言，盡脫胎於四百年前此人的武學心得，也正是此人將金剛境納入高手範疇，有意無意將原本被儒道打壓得完全抬不起頭的外來佛教擺上了檯面。只是四百年前的那場浩劫，高樹露在十年間走遍大江南北，興之所至便殺人，殺得滿江湖腥風血雨，無一人膽敢自稱高手，死在高樹露手上的高手光是劍仙就有兩位。

天下道門湊出八十一位真人，不惜聯手結就鎮魔大陣，仍是被高樹露於地肺山之巔宰殺殆盡，留下一句「我本是人間仙人，鎮什麼魔」，逍遙遠去。高樹露最後與一位不知名的年輕道人狹路相逢，那一戰的聲勢浩大，至今後無來者，到現在還有人堅信只有斬魔臺齊玄幀或是武當洪洗象出山，去跟王仙芝一戰，才可媲美。

老貂寺趙思苦面對著的就是這麼一個不知該說是活人還是死人的傢伙。當下的「高樹露」不飲不食，不呼不吸，如同蟄蟲冬眠四百年，身軀不見半點萎縮，依舊光潔如玉。除了龍虎山天師的十八道符籙，這之前仍有前任各座道教名山大真人的十八道禁制，其中前九道出自原先的道教祖庭武當山，第一道被後代各山各觀道士稱之為「開山符」的仙人符咒，正是出自那無名無姓卻將如日中天的高樹露打入沉睡的年輕道人手筆，僅僅一張符，就支撐起了後世十數道教名山和鍊氣士宗派的「登天之階」。

趙思苦扯了扯那頂價錢不菲的厚絨貂帽。老人不是什麼高手，從未習武，一萬個趙思苦也不是一個韓生宣的對手，因為上了年紀，故而尤其不耐春寒。趙思苦也想過為何趙室願意讓自己當這個掌匙人，是自己的不諳武藝，是自己二十年的如履薄冰不逾矩，還是韓生宣離宮之時有所「遺言」於君王？

趙思苦扯了扯嘴角，望向對面那尊如同泥塑菩薩的世上天人，欲言又止。這麼多年的謹小慎微，終於還是讓老人沒有自言自語。趙思苦，思苦？老貂寺嘿嘿一笑。這麼多年最怕什麼，最怕自己說夢話，見人說人話、見鬼說鬼話——這有何難？難就難在說真話啊。

趙思苦本以為這輩子也就老死，帶著滿肚子隱祕閉眼，沒料到臨了，小主子效忠的北涼竟然悄無聲息地傳遞了一個消息——是個不起眼的宮女傳的話。趙思苦對此毫不懷疑，陷入沉思。

他出身的綠亭趙氏，那可是曾經的春秋十大豪閥之一，只是不知身為嫡長孫的趙長陵放著好好的家業不去繼承，反而投靠了徐家，可以說沒有趙長陵的家世支持，人屠徐驍絕對不能那麼快從離陽大批將領中脫穎而出。

趙思苦對綠亭趙氏不存在什麼以死效忠，只是清晰地記得小主子的風采，以及對他的回護和知遇之恩。趙思苦能做的，就是把南下詳細路線以及武備底細交付北涼。心底那個祕密塵封二十年後，如啟封了一罈老酒，一飲而盡，一吐為快。

趙思苦習慣性伸出兩根乾枯手指，擰著眉毛，他實在想不透北涼拿什麼來爭奪這位天人。鑰匙有兩把，分為開封兩事。開啟之法，在他趙思苦手上，如何重新封鎖高樹露，則在暗處的鍊氣士那邊，北涼即便得手，那也不過是得了一顆天大的燙手更燙心的山芋。誰都不清楚高樹露在四百年後醒神過來要做什麼，開山符一旦撕去，誰能「封山」，才算勉強能與高樹露說上話，否則一個殺絕天下高手的瘋子，他會樂意聽人說半個字的廢話？

趙思苦望向席地而坐神情恬淡的中年人，輕輕說道：「我這老閹人被師父取了個『思苦』的名字，這麼些年除了勾心鬥角有些累，倒也談不上苦不苦的。你高樹露給說成是忘憂天人，所謂忘憂，咱家聽說用佛門的講法，不過是自封六識之外再封了兩種，才得自在。這樣的自在，咱家是淤泥缸子裡打滾的大俗人，無法想像，只是咱家想啊，給那麼多位道教真人封山了四百年，如何也談不上『忘憂』二字吧？唉，罷了，雖說你見不得聽不得，咱家也不想落井下石……」

老貂寺碎碎念。

尖銳的鳴鏑騦響。

趙思苦非但沒有驚懼，反而有些解脫。老人就是好奇北涼拿什麼來叫陣，雖說這邊已是京畿南境邊緣，可要說北涼在這裡有一支數千兵馬的伏兵，哪怕是臨時策反，那也都太可怕了，這已經無異於間接造反。

真相一定讓老宦官、離陽，乃至於北涼都措手不及。

視野所及的驛路盡頭，唯有三騎，左首一騎是個瘦小年輕人，有著北莽男子的粗糙輪廓，盯著對面浩浩蕩蕩的兩百騎，眼神灼熱，嘿嘿一笑——中原有句話說得好，狼行千里吃肉嘛。

右首一騎提了根斷矛。

居中一騎是位容貌陰柔的白衣人，神逸非凡。

護送高樹露南下針對曹長卿的馬隊不停，繼續策馬前行。老宦官掀起車簾子一角，輕輕「哦」了一聲，原來是逐鹿山的魔頭。趙勾有檔案記載擋下過無用和尚的白衣人，正是那既是北莽也是天下第一魔頭的洛陽，只是不知怎的就入主了逐鹿山。至於身邊兩騎，趙勾那邊也沒有半點風聞。

大秦失鹿，八百年了。

背對高樹露的老宦官自然沒有發現身後那位封山之人，似乎微微睜了睜眼睛。

◆

三騎對陣兩百騎，何況兩百騎身後一里地還跟著獨峰口軍鎮的兩千精騎，以及躲在暗中如影隨形的一撥北地鍊氣士。所以在馬車附近的鍾鼓澄眼中，三騎的這般舉動說好聽點叫慷慨赴死，說難聽一些，就是以卵擊石。

鍾鼓澄一向是無名散仙式的江湖高人，就算身負一品指玄境界，在武林中也並無太大聲望，甚至連個如雷貫耳的綽號都沒有，熟人見著他不過是稱呼一聲老鍾，官府那邊也不過是尊稱一聲鍾大人，不過他不在乎面子輕重，裡子的分量很足就行了。

腰繫七尾金鯉銅黃魚袋的鍾鼓澄在京城刑部是一等一的座上賓，與太安城第一劍客祁嘉節更是莫逆之交，他手上解決了許多大案疑案，在趙家天子那邊也都算是混了個熟臉的。

這趟差事，鍾鼓澄是明面上的負責人，一切大小事宜都得看他點頭還是搖頭。鍾鼓澄的望氣功夫不弱，遙望驛路盡頭的三騎，沒有任何輕視，但是心懷戒備。這並不意味著鍾鼓澄就要心虛，在他看來，整個離陽江湖，只要前頭不是武帝城王老怪、桃花劍神鄧太阿跟大官子曹長卿，這三人之外換成任何人，即便是那新武評上的天下十人之一，都擋不住自己這邊的馬蹄南下。這不是自負，而是莫大的自信，是背後太安城和趙室賦予鍾鼓澄的胸有成竹。

但是，鍾鼓澄萬萬沒有想到此時此刻所要對峙的三騎，有著怎樣驚世駭俗的來頭，因為這三人，的的確確不是武評十大高手中任何一個離陽高手，不是坐鎮東海的王老怪，不是尋覓仙人的鄧太阿，不是忙著西楚復國的曹長卿，不是天下用刀第一人的大將軍顧劍棠，更不會是已經身死的人貓韓貂寺，但是臨近上陰學宮的逐鹿山，在去年來了三個北莽「客人」，又恰好，其中兩人，都在武評十人之列——白衣洛陽、斷矛鄧茂。鍾鼓澄如果早些知道這個恐怖真相，大概就不會如此目中無人了。江湖大戰，何嘗聽說天下十人中有誰跟誰聯手對敵殺人？但是今天偏偏就給他撞上了。

看著檯面上的兩百騎如此托大地直直撞來，既是北莽皇室成員又是軍方新貴的那個矮子耶律東床瞪大眼睛，一臉略顯呆滯的憂鬱，緩緩轉頭對並肩緩緩前行的白衣女子問道：「咋回事，這幫人就這麼不把咱們三人放在眼裡，難道是逐鹿山的名頭在離陽不響亮、不吃香？洛陽，妳坑我啊！妳當時怎麼跟我說來著，說逐鹿山的魔教是眾矢之的，只要我上山，就有殺不盡的高手，結果一個屁都沒有！這也就忍了，畢竟逐鹿山不好找，可咋到了江湖上，還是這般不濟事？嚇唬不了人啊！洛陽，妳不地道，這趟殺完人，我不陪妳在離陽玩了啊，這不姑塞州、龍腰州那邊馬上就要打仗，我得去南朝撈軍功，要不然那個董胖子肯定把我甩到十萬八千里以外。」

洛陽沒有理睬跟個婆娘一樣幽怨念叨的矮小男子，平淡道：「鄧茂，後頭兩千騎交給你去拖延，殺多殺少看你心情。至於隱蔽處的鍊氣士，耶律東床你去殺。驛路上這些，不用你們出手。」

鄧茂點了點頭，沒有異議。耶律東床立即急眼道：「姓洛的，妳欺負老子不是武評十人，對不對，瞧不起我是不是？老子還年輕，十年後看誰更厲害一些……」

洛陽平靜轉頭，看著這個北莽草原上的天之驕子。

耶律東床縮了縮脖子，立即閉嘴不言。

他當初在草原上奉女帝軍令率兵截殺白衣魔頭，結果差點被她給在大軍之中取了上將首級，打那以後就落下了濃重的心理陰影，全天下他只怕三個女人——他可以私下稱呼嬸嬸的女帝陛下，那個從小就喜歡欺負他的死胖妞慕容龍水，再加上一個從沒對他笑過的洛陽。

耶律東床猶豫了一下，還是沒膽量跟洛陽叫板，乖乖調轉馬頭，一騎躥出驛路，去找那些鬼鬼祟祟的鍊氣士的麻煩。

鄧茂瞥了眼車廂，輕聲問道：「方才的異象妳我都察覺到，真的沒有關係？」

洛陽嘴角勾起，說了一句鄧茂也摸不著頭腦的言語，「無妨，最壞的結果，也無非是一場故人相逢，再說此人未必真會摻和。我猜王仙芝不來，就算是我，也未必能讓他真正回過神。」

鄧茂一直不是個喜歡刨根問底的男人，見她不上心，也就懶得杞人憂天，何況對於在武評上排名還要超過自己的白衣魔頭，鄧茂就沒把她當作女人看待——一個能兩次殺穿北莽的魔頭，一個差不多能跟武評前三平起平坐的女子，哪個男人有資格去居高臨下地愛憐疼惜？

鄧茂多看了一眼那輛馬車，之後也就毫不拖泥帶水地繞出驛路，去攔截那兩千騎兵，不讓其搗亂。

洛陽等兩人離去，心中有些不為人知的遺憾，若是自己位於武道巔峰之時，便是加上車廂裡的高樹露又如何？當時還給那人八百年辛苦積攢下來的修為，他雖然跟王仙芝一戰後又還回於她，可一來一去，無形中便折損了兩成。此時的自己，不說原先就有一段差距的王仙芝跟拓跋菩薩，恐怕連對付從修力轉為修心的鄧太阿都未必再有太大勝算。洛陽有些自嘲，到底還是女人啊！八百年後的天下，即便連女子都能做皇帝了，可江湖始終容不得女子當那天下第一人，八百年前、八百年後仍是一個德行。

鍾鼓澄見到兩騎離開驛路後，非但沒有掉以輕心，反而第一次有種如臨大敵的窒息感。兩百騎的陣形向前穩固推移，雙方相距不過百步，眼力最差的三、四尾銅黃魚袋高手，也認清了一夫當關的白衣騎士，竟是個輪廓陰柔卻英氣勃發的女子！離陽江湖不就只有個徽山紫衣的風頭一時無兩嗎？這位又是何方神聖？

位於最前方的六騎快馬加鞭，準備為朝廷拿下頭彩。六人中有成名已久的劍士刀客，有久負盛名的拳師。六騎突出，同時互相掩護，配合嫻熟，這就是到了一個層次後高手該有的境界。是刀客最先發難，使出的是家傳絕學拋刀術，算是飛劍術演變而來的一種冷門武技。一刀裂空而去，直取白衣女子的頭顱。

洛陽沒有去看那記旋轉成圓當空而墜的劃弧滾刀，只是一眼掃去，把包括鍾鼓澄在內一千六七、個金鯉魚袋高手都盡收眼底，一人一馬繼續緩緩前行，然後伸出一指，凌空輕輕點了六下，為首六騎連同那位自認拋刀術已經在刀法大道上登堂入室的朝廷鷹犬，一個個胯下馬匹繼續前奔，而他們的腦袋卻好似被一堵牆壁阻擋，不只腦袋驟然停住，身軀還往後一蕩，然後重重跌落驛路之上，當場死絕。

終於等到那柄「姍姍來遲」的飛刀，點了六指的洛陽併攏雙指，輕輕一抹刀鋒，這把拋刀在她身前轉悠了一圈，以比起來勢迅猛無數的去勢，還以顏色，快到好像這把刀在眾人眼中就直接消失了，然後幾名執金吾衛騎就在馬背上被分屍，這才讓人驚醒這不是什麼雷聲大、雨點小的花哨手段，而是實打實的血腥殺人招式。不僅如此，已經沒了主人的六匹戰馬還直愣愣向前奔跑，臨近那白衣女子二十步時，驛路地面劇烈一震，六騎馬蹄升空，碎裂成六團猩紅霧氣。

白衣女子就這麼閒適恬淡地越過了六攤血水。那柄滾刀終於被一名六魚銅黃袋子高手截下，洛陽面無表情，雙指在肩頭向前一抹，如同向前推出一柄出鞘三尺劍，然後就真被她凝聚出了三尺青紫色劍氣。紫劍一閃而逝，那名小宗師境界的高手根本來不及躲避，眉心隨之炸出一個窟窿，墜馬之時猶是死不瞑目。

洛陽驀然停馬，一副好整以暇的傲慢姿態，這讓已經被打了個措手不及的鍾鼓澄膽寒不已，這位瞧上去極為年輕的女子怎會如此傲慢無禮？竟是絲毫不介意他們做出應對之策？

鍾鼓澄顧不得臉面，跟另外兩名七鯉高手打了個眼色，無須言語交流，便有了一番計較。他們顯然都看出這女子至少是浸淫指玄境界多年的頂尖高手，本身就在指玄境之中的鍾鼓澄甚至隱隱感知到這女子就是想要讓自己見識見識何謂指玄！就算是以鍾鼓澄的超然地位，還是沒有本事去接觸神武城內的祕事，自然更不會知道在那座毀於一旦的城池中，有女子任由十四劍出江湖的劍道大宗師宋念卿幾乎十四新招出盡，才「好心好意」教那位東越劍池的老劍宗「如何用劍」。

但是鍾鼓澄就算知曉這樁驚悚隱祕，也顧不上後怕，兩百騎爆發出與他們實力相符的戰力，執金吾中的十六名神箭手開始挽弓攢射，一些暗器高手也是顧不得什麼壓箱不壓箱的本領，一股腦「傾囊相授」，幾名馭氣高手更是不惜耗竭精氣神，顧不上成效，駕馭兵器遠攻那名女子。這番一大幫高手群起而攻之的恢宏景象，在江湖上可不常見。

在神武城，她曾左手橫放，掌心朝上，右手緩緩下按，併攏天地做那天地之間一線劍，以此逼出了宋念卿死前那最後的地仙一劍。今日她就要隨性許多，仍是併攏雙指，在身前隨意左右一晃，彷彿天地為之所用，亦是左右晃了一晃，那些弓箭暗器更是在掠空途中就開始東倒西歪，在她馬匹兩側周圍紛紛墜地。

鍾鼓澄臉色陰沉，好一個我敢與天地並肩而立的天象境！可這又如何，妳終歸只有一人在驛路，天地之大，畢竟不是妳的走狗，人力有盡頭。一人一世的正心誠意，即便昭告於天地玄黃，換來一時的天地共鳴，哪能妄自托大到真的長久跟天地並駕齊驅？鍾鼓澄抬手狠狠一揮，示意兩百騎繼續盡一切可能地拋射，耗費那女子的內力修為。既然她樂意當箭靶子，那就讓她顯擺去。

年邁宦官趙思苦掀起簾子，揉了揉眼睛，竭力看清驛路上的廝殺。這貂寺是個武道門外漢，也就看著覺得好看而已。乾枯雙臂篆刻有兩道隱祕符籙的老人沒來由心頭一緊，趕忙轉頭，死死盯住那尊半死人。沒察覺到任何異樣，老宦官撇了撇嘴，繼續轉頭盯住驛路。

那女子似乎也有些不耐煩了，準備大打出手。趙思苦笑了笑，反正越亂越好。亂了，北涼那邊才有機會，否則趙思苦真不覺得北涼能從這邊虎口奪食。

就在此時，所有人都心口一震。所有人，甚至連天下第四的洛陽也沒有例外。

她似笑非笑，瞇眼望向那駕馬車。

兩百餘騎癡癡轉頭，望向那個彎腰掀起簾子，伸了個懶腰的中年男子，一張張金光熠熠的符籙從他身上緩緩墜落，頃刻間煙消雲散。得有十六、七道禁制？

男子望向洛陽，沙啞道：「四百年後，又見面了。」

洛陽有些怔怔出神。

那一年，高樹露跟一位年輕道人酣暢淋漓地大戰一場，之後並非如傳言那般高樹露就給封山冬眠，而是兩人在東海之畔進行了一場天人對話，而她恰好在觀滄海，兩人也沒有刻意回避她的旁聽。

負劍神遊天地間卻從未出過一劍的年輕道人跟高樹露打了一個賭，賭高樹露解不開那一符。那時候的高樹露何其自負，眼高於頂，可與天等高。

天下萬物，一物降一物，一物即便已經看似勢大無敵，也總有另外相剋一物悄然應運而生。毒蛇橫生之處，附近總有藥草供人採擷療毒，便是此理。

如果說王仙芝是李淳罡的相剋之人，那麼那名年輕道人就正是高樹露的相剋之人。

一符過後，那道人才回過神，對洛陽歉然一笑，迅速消散於天地之間。才來世間十八年，與她見過一面，就不復相見。

也唯有洛陽才知道，那道人不是什麼呂祖轉世，而是那人罷了。

高樹露盤膝而坐，抬頭望向遙遠西北，「再不來，我可真要大開殺戒了。」

眾人只覺得一陣春風拂面。

一個搖搖欲墜的紫金身影眨眼便至，竟似那傳言中的仙人出竅神遊。

然後兩百騎都驚嚇得紛紛後退。

那個模糊身影跟那張面孔，不是北涼徐鳳年又是誰？

這位「徐鳳年」作勢為白衣女子牽馬，笑望向高樹露，「第九次出神，原本坐在崑崙之巔觀東海。」

徐鳳年跟高樹露，一位出神、一位回神，說著除了洛陽之外無人知曉的天機，而鍾鼓澄這些高手無奈到根本就沒有願意死戰到底的勇氣——一個白衣女子就已經近乎無敵，再加上一個出竅神遊的天人……身上只餘下兩道符籙禁制的高樹露環視四周，深深呼吸了一口氣，滿臉陶醉，對身形縹緲不定的「徐鳳年」說道：「你先還魂崑崙，且再觀一回東海，我隨後就到那……北涼？」

徐鳳年笑了笑，點點頭，卻沒有立即神遊數千里反身，而是為洛陽撥轉馬頭，緩慢走在驛路上，直至漸行漸遠，留下高樹露跟一大幫銅黃魚袋高手。

徐鳳年輕聲說道：「知道妳鍾情於誰，我也不強人所難。換成是我，若是所愛女子失憶，她便已經不是她了。雖說我有些不太一樣，不是少了記憶，而是多了些記憶。大概在妳看來，我這個徐鳳年還是多過於那人。這筆妳算了八百年還沒有算清楚的糊塗帳，歸根結底，要怨就是怨妳自己。當初我大秦方士出海尋覓仙丹，於東海所得兩枚長生藥，妳以為我是要與她背著妳分而食之，因此故意與我說只得一枚，還當面毀掉，卻偷偷將另外一枚藏於驪珠，獨得長生，並且鴆殺了她。其實妳錯了……」

洛陽冷笑道：「錯了又如何？便是可以重返八百年前，我一樣會鴆殺那女子，一樣不讓你得長生，一樣親手毀掉你大秦綿延萬世的念想！」

徐鳳年先轉頭對馬車那邊說了句「帶著那老宦官一同回北涼」，然後轉身望向遠方，微笑道：「妳果然還是妳啊。」

洛陽高坐在馬上，心安理得地讓他牽馬，還不忘記出言譏諷道：「可惜她已經不是她了。」

徐鳳年平靜道：「袁青山說武當李玉斧以後要讓人間事人間了，天上人天上逍遙。我覺得不錯，等我跟王仙芝一戰之後，妳我之間也該有個了斷了。」

洛陽冷笑道：「你要攔腰斬斷天地，然後做個平常人？八百年前的你，不是最憎惡那碌碌無為的凡夫俗子嗎？」

徐鳳年抬頭看了眼白衣女子，一笑置之。身後傳來一陣陣撕心裂肺的哀號，徐鳳年跟洛陽都置若罔聞。

走出一段路程後，徐鳳年鬆開馬韁繩，留下一句話便恍惚而散，「別忘了三年之約。」

洛陽冷哼道：「你先贏了高樹露再說。」

腋下夾著兩顆鮮血頭顱的耶律東床一路小跑過來，好奇問道：「洛陽，那傢伙看上去很霸氣的樣子啊，誰啊，瞧著年紀輕輕的，就能出竅神遊？該不會是童顏永駐的道教大真人吧，跟咱們麒麟國師一個輩分的老頭子？」

洛陽淡然道：「比你年輕。」

耶律東床愕然道：「放屁！天底下就沒有比老子更有武學天賦的傢伙了，洛陽妳騙誰呢！」

洛陽笑道：「他叫徐鳳年，你說他幾歲？」

耶律東床怪叫一聲，很認真地思索了片刻，諂媚笑道：「這樣啊，那我就不回北莽了，讓董胖子先觸霉頭。洛陽，我再跟妳廝混兩年，離陽的大好河山，還沒看夠。妳別誤會，我可不是怕了這新涼王啊。」

鄧茂顯然也察覺到這邊的不同尋常，很快跟洛陽耶律東床會合，一起返回逐鹿山。

等到獨峰口軍鎮剩下的一千六百騎趕到戰場，許多甲士都下馬嘔吐不止。視野所及的驛路之上，都是血肉模糊的噁心光景，少有全屍。領兵校尉顧不得什麼，趕緊讓人確定馬車那邊的安危，只是車廂內空無一人、空無一物，這讓校尉更加如遭雷擊，然後幾十個腰繫黃玉帶的白衣鍊氣士也陸續飄然而至，一個個面面相覷，亦是如喪考妣。

校尉一看這些人間神仙都是這般惶恐之態，確定自己這回是難逃一死了，猶豫了一下，回頭看了眼北方太安城方向，又轉頭看了看舊西楚所在的廣陵道，臉色陰晴不定，然後號令麾下精騎返回獨峰口軍鎮，在歸途中卻跟幾名心腹一番權衡，宰殺了兩個對趙室忠心耿耿的都尉，其餘將領都去獨峰口拖家帶口，帶上一些嫡系甲士火速離開軍鎮，流竄入廣陵道。

◆

在高樹露捎帶老宦官趙思苦悠悠然兩騎前往北涼之時，發生慘劇的驛路以南幾里路外一座山頭，一名青衫中年文士皺了皺眉頭。

他身邊一個曾經親手攪亂一池春秋水的老人嗤笑道：「在老夫操持下，天下氣運由王朝轉入江湖，但也撐不住數十名的陸地神仙，所以八、九個茅坑位置已經是極致，誰想來拉屎，就得走一個。李淳罡一走，是交由鄧太阿躋身境界圓滿的劍仙；兩禪寺龍樹僧人一走，是讓陳芝豹鑽了空子。洪洗象則是託付給了武當當代掌教李玉斧，以後再傳回那孩子。這也是武當最讓人佩服的地方，真真正正做到了代代香火傳承，不服氣不行。至於當年龍虎山跟趙黃巢一璽換一璽的趙宣素飛升不得，魂飛魄散，這才讓你護著的那個小閨女，有了天下名劍共主的氣象。現在高樹露悍然出世，原本就該你曹長卿這個儒聖滾蛋……」

曹長卿搖頭道：「我自有法子跟高樹露一較高下。」

有資格在曹長卿耳邊口出狂言的老傢伙自然就是那黃三甲。老人想了想，「你的打算，老夫大致猜得出，不過老夫一直弄不明白你們這些聰明人，怎就看不透情字，情這個字，筆劃也不多，也不難寫嘛。王仙芝為何能夠居高臨下俯視你曹長卿，還不是因為你們這些天資不輸於他多少的笨蛋，你，還有那個老夫在當世寥寥無幾真心羨慕的李淳罡，再加上個徽山軒轅敬城，一輩子都在為個娘們兒畫地為牢，值得嗎？」

曹長卿神情坦然，微笑道：「要論值得不值得，那便不是情了。情字易寫難放下，你黃龍士沒遇上，你笑話我們癡傻，我們何嘗不笑話你白白聰明了一輩子，不值當？無牽無掛是很好，可有牽有掛，也不壞。」

黃龍士齜牙道：「聰明人一旦病入膏肓，那真是神仙都無藥可以救治。」

曹長卿轉頭問道：「你黃龍士自詡三甲天下，你除了將這個天下揠苗助長，對局勢推波助瀾外，又能做什麼？」

黃龍士「咦」了一聲，「你猜到了？」

曹長卿笑道：「可惜你我時日都不多，否則就跟你好好聊上一聊。」

黃龍士呵呵一笑，轉移了話題，「那個高樹露可真下得了手，一殺就是兩百來人。而且如此一來，趙室雖談不上元氣大傷，但也有了破綻可循，對你們西楚大有裨益。」

曹長卿搖頭道：「江湖武夫身陷沙場，也就那麼回事，從來左右不了戰局。從春秋戰事開始，軍伍早已嫻熟了如何阻殺單槍匹馬闖陣的高手，兩百位高手，真正願意給趙室賣命、去西楚境內廝殺的大概就是半數，一百人丟入接下來動輒數萬人的戰場，杯水車薪罷了。何況逐鹿山也會參與其中，就那一小撮高手而言，鹿死誰手，一開始就不好說。

哦，你黃三甲真正想說的是獨峰口軍鎮校尉的叛逃？這倒是好事，牽一髮而動全身。將近二十年時間不聞硝煙氣味，京畿以南千里疆土，脂粉氣之重，遠遠勝過趙家天子跟滿朝文武的想像啊。認清這一點的，文臣之首的張巨鹿倒是開口說話了，可惜沒人相信，武臣中最有分量的陳芝豹與顧劍棠都不願意廢話，盧升象明知道說了也沒用，這才是機遇所在。」

黃龍士也跟著搖了搖頭，似乎半點都不看好西楚的最終結局。

曹長卿也不以為意，低聲笑道：「你這是打算把江山交給燕剌王世子趙鑄，那麼江湖交給誰？難道是那紫衣女子，軒轅青鋒？」

老人既沒有承認也沒有否認，輕輕說道：「你說我黃龍士只能加快莊稼地的長勢，收成只能是既定的那個收成，你錯啦。」

曹長卿抬頭看了眼依稀可見御劍懸停雲海之中的身影。

黃龍士笑道：「打雷了，下雨了，也要開始不計其數地死人了。」

曹長卿感慨道：「數十年亂世換百世太平，不可能的。」

老人雙手合十，吐出一口霧氣，「挾泰山以超北海，古人不敢，後人不能，我來做。」

曹長卿默然無聲，許久後緩緩說道：「瘋子。」

黃龍士灑然一笑，「很高興認識你們。」

當世數一數二的風流子曹得意突然問道：「曹長卿一直很好奇你心目中的太平盛世應當如何？」

老人「嗯」了一聲，含糊不清道：「太平有道之世，不是君民相親，而是國與民，兩者彷彿兩相忘，但各有真性情。」

曹長卿閉上眼睛，陷入沉思。

黃龍士笑道：「別多想了，小心陷進去出不來，到時候任你是儒家聖人曹青衣，也不過是庸人自擾。我這一肚子的不合時宜、不合世道，我獨自喝酒解悶也就夠了。」

曹長卿睜開眼睛，揉了揉霜白鬢角，問道：「真能接連過了高樹露跟王仙芝這兩關？」

黃龍士平靜道：「其實只要過了高樹露這一關，也就差不多了。因為說到底，就是一關而已。王仙芝之於高樹露，略勝一籌，但這是力氣差距，而不是境界之分。」

曹長卿苦澀道：「說是一關，不異於提前跟王仙芝一戰，不照樣還是九死一生？」

黃龍士白眼道：「那小子自找的，關老夫何事？」

曹長卿笑問道：「當真沒有留下後手？」

老人抬起頭，斬釘截鐵道：「沒有！」

曹長卿的問話是替某人問的，而黃三甲的回答，顯然是對天上之人說的。

年輕女子冷哼一聲，破開雲霄，御劍而逝。

◆

北涼幽州一處僻靜山林，一條濃郁氣息如巨蟒纏繞馬車，徐偃兵看著蟒氣逐漸淡去，如釋重負。

徐鳳年走出車廂，嘆息道：「高樹露很快就到北涼。第七次出神認清了天下氣運的聚散緣由，上次出神記起了東海邊的畫符賭約，這次坐崑崙出神，原本是在看鄧太阿的訪仙歸來，不小心被高樹露撞見，實在是不得不現身。」

徐偃兵問道：「需要我出手？」

徐鳳年搖頭道：「沒用，還得我自己結清這樁因果。」

徐偃兵破天荒地露出幸災樂禍的笑容，道：「我倒是有個提議，爛陀山那女子菩薩既然結了青絲，不妨一結解一結。這個法子不聰明，但好歹也算是個法子。」

徐鳳年趕忙道：「別，要是給洛陽知道了，她還不得直接從逐鹿山跑來北涼跟我鬧，這娘們兒真的會殺人的。」

一聲呵呵。

一聲嗤笑。

從兩名女子嘴中同時響起，明顯都帶著瞧不起的意味。

呵呵姑娘不用多說，這段時日一直在遠處扛著枯稈子閒逛。

至於另外那位，則屬於說菩薩菩薩就到。

徐鳳年無可奈何地瞥了眼估計挖陷阱讓自己跳的槍術宗師，回神之際，體內氣機處於最為動盪不安的危險時期，對於周邊的感知也就談不上敏銳。徐偃兵作為北涼第一把好手，當然可以輕鬆獲知西域女菩薩的到來，徐鳳年卻不行，此刻聽到她那充滿譏諷意味的冷笑聲，也沒覺得丟人現眼，靠坐著車外壁，也沒刻意起身相迎，對這位來自爛陀山的六珠上師雙手合十行禮，然後朝她招了招手，示意她上車一敘。

徐偃兵很識趣地走開，呵呵姑娘蹲在遠處，拿著向日葵枯稈子在地上劃沙。女菩薩沒有進入車廂，僅是站在馬車旁邊，神態祥和，與徐鳳年對視。

徐鳳年則有些感慨。當年初至穩坐春秋釣魚臺的襄樊，這女子牽引萬鬼夜遊出城，差點誤以為她便是白衣觀音，那時候對於這個能讓羊皮裘老頭兒出手的娘們兒打心眼裡敬畏得很，再後來皇子趙楷持銀瓶赴西域，他跟她已經是陣營對立的生死大敵，之後情勢急轉直下，兩人又成了一雙眉來眼去的狗男女——北涼暗中用鐵騎幫她排除異己，登頂爛陀山，她則用密教僧侶幫助北涼滲透流民之地。

徐鳳年看著眼前這個果真滿頭青絲宛如世間女子的菩薩，不過人間菩薩到底還是不缺仙氣，頭髮簡簡單單繫了個白麻絲結，挽繞在脖子上，令人見而忘俗。徐鳳年如今跟她不但是大體上平起平坐的盟友，反而還有些俯視的本錢——除了爛陀山要矮於清涼山一頭外，僅以武力來算，徐鳳年也有信心付出一些可以承受的代價，成功殺掉哪怕身具六異相的她。

徐鳳年心平氣和，心境不起波瀾，笑問道：「上師怎麼親自來幽州了？」

這尊在西域如日中天的六珠菩薩，似乎有著讓人感到如沐春風從而心生歡喜的本事，笑容恬淡，一如壁畫上的自在天人，美中不足的是她的語氣略顯疏離，「龍象軍從一萬倉促擴充到三萬，能否保證西域不受北莽鐵蹄侵擾？」

徐鳳年扯了扯嘴角，「號稱有兩萬人的馬賊圍攻青蒼城一旬，無法破城，只留下兩千具屍體，結果六千龍象精騎用三天時間就宰了一萬兩千馬賊，光是砍腦袋就砍到人人換了涼刀，到頭來就給跑掉幾百人，總算知道了什麼狗屁兩萬人，不過就是一萬四千的馬賊。

上師也許會說這些馬賊跟正規軍相比不值一提，毫無章法，只能打一些至多一千人參與其中的接觸戰，靠悍勇取勝，人數稍多，就要露出不諳戰陣的致命缺陷。但北涼諜報上顯示，這一萬四千人的馬賊，其中作為主心骨的兩千匪寇，一律依照北莽南朝精銳騎軍裝備配備有良馬弓弩、戰刀甲冑，領兵之人，本就是南朝一名老資歷的校尉。馬賊的不堪一擊，根源就在於這股馬賊被黃蠻兒親自擊潰。上師，有沒有興趣猜一猜當時黃蠻兒身邊有多少龍象軍？」

六珠菩薩面無表情。

徐鳳年也不以為意，伸出一隻手掌，自問自答：「五百騎而已。當然，我也不否認，龍象軍本就是北涼精銳騎兵，這五百騎又是銳士中的銳士。上師問我能不能保證西域得到北涼的庇護，答案顯而易見，可以。但是，流民之地才是涼莽戰線的重點。西域遠離正面戰場，它的最後歸屬以及戰爭意義，撐死了就是隱蔽有一支奇兵，什麼時候能用上，誰都不敢確定，甚至從頭到尾都有可能決定不了戰局，反倒成了拖累大局的雞肋。再說了，當初妳我交易，就是一錘子買賣，我扶持妳掌控西域，妳幫我鉗制鳳翔古軍鎮，雙方出價都很公道，所以咱們妳情我願，合作還算愉快。我憑什麼要額外出力護著西域的安危？」

六珠菩薩微笑問道：「你如何得大自在？」

徐鳳年一臉古怪，「雙修？」

尋常女子，早就會嬌羞難耐，可這位密教上師依舊神情自若，點了點頭，好似說了句天經地義的佛理。

徐鳳年毫不猶豫地擺了擺手，「我剛才不是開玩笑，我誰都敢惹，就是不能惹那個娘們兒。」

六珠菩薩笑了笑，「我能等。」

徐鳳年笑道：「隨妳。」

六珠菩薩走上馬車，坐在另外一邊，輕聲道：「兵法講究奇正相合，涼莽戰事一起，幽州、涼州是正，流民之地是奇，而西域是奇後之奇，遠非北涼王嘴上說的那麼輕巧。換作別的離陽藩王把西域說成雞肋，我也就信了。北涼？北涼何時有了未戰先慮敗的習慣了？」

確實祕密答應給矮子曹嵬一萬輕騎趕赴西域的徐鳳年被人當面揭穿老底，再厚臉皮也難免有些尷尬，尷尬之後則有些沉重——她看得穿，北莽南朝高人輩出，會不會早早就有應對之舉？徐鳳年抬頭看了眼天色，雖說人無遠慮必有近憂，可人有遠慮更是他媽的必有近憂啊。現在天下大勢，從廟堂之高到江湖之遠，處處皆是暗流湧動，而他徐鳳年跟北涼，無疑是將來真正風起雲湧之時，頂在最前頭的那一個。

呵呵姑娘跳到馬車上，坐在徐鳳年跟六珠菩薩中間，她手上不知何時多了一條不幸被她逮著的黃色四腳蛇，北涼這邊都稱呼為石黃龍，少女攥住那條小可憐的尾巴不停打旋，樂此不疲。

少女突然停下動作，提著那條已經沒有力氣活蹦亂跳的石黃龍，懸掛在六珠菩薩面前，呵呵一笑，問道：「老嬸嬸，玩不玩？」

殺機四伏。

駕馬的徐偃兵輕輕咳嗽了一聲，徐鳳年眼觀鼻、鼻觀心，求個不聞不問觀自在。

第九章　徐鳳年大殺幽州　燕文鸞心悅誠服

一行人緩緩進入幽州腹地。因為徐鳳年的九次出神次次都毫無徵兆，只能心無旁騖，以至於他沒辦法過多關注幽州軍政事務，耽擱了許多正經事。

馬車進入幽州將軍官邸所在的百泉城，城內以泉眼過百著稱於北涼，都說是呂祖當年劍氣直達九泉之下所致。徐鳳年當然也有一份戶牒，不過沒誰會把戶牒上的姓名跟北涼王聯繫在一起。

進城之後，一行人隨便在鬧市挑了座不在吃飯光景都生意興隆的酒樓，因為徐鳳年瞥見了酒樓掛有用來招徠生意的醒目招子。自打他當上北涼王之後，許多相關事蹟浮出水面，一時間就成了說書先生掙錢營生的首選，不光是北涼如此，離陽中原那邊也不例外，至於是說好話還是惡評，就看各地看官食客的喜好了，總要投其所好才能讓人掏出賞錢。

酒樓生意好到出奇，徐鳳年不得已多付了幾兩銀子才好不容易要到一個湊合的位置，除了聽書怡情，更多還是為了讓呵呵姑娘飽腹。離那說書先生登臺還有些時候，少女一向狼吞虎嚥，幾下工夫就將飯食掃蕩一空。徐鳳年一直在想著該如何跟幽州將軍皇甫枰處置境內盤根交錯的豪橫勢力，對於四周的竊竊私語以及投向六珠菩薩身上的垂涎視線，都沒怎麼上心。

既然呵呵姑娘已經吃飽喝足，一行人就付帳離去。很快就有幾夥人面紅耳赤地爭搶他們騰出的那張桌子，差點就大打出手。徐鳳年穿過擁擠人群，已經臨近門口，突然聽聞一聲略顯熟悉的琵琶聲，不由轉頭望去，又仔細看了兩眼，一時愣在當場。

有一年元宵，在涼州城裡，有一對爺孫女，目盲老人酗酒說書，說著世子殿下第一次遊歷江湖的經歷，面黃肌瘦的青澀少女，抱有一具劣質的白木背板琵琶。之後在北莽見到少女分發纖薄招子，那時她彈琵琶附和爺爺的說書，第一根弦已是將斷未斷，當時戴有面皮的徐鳳年身邊還有個拖油瓶陶滿武，最後請了這對爺孫女一頓酒，還傳授了少女幾乎已成當世絕響的曹家武琵琶技法，一場遠在他鄉的萍水相逢，盡歡而散。徐鳳年還聽目盲老人說了許多北涼往事，見過了老卒手背上的昔年刀傷，還有被老人喚作二玉的少女，她那份視廉價琵琶如命的誠心。

少女懷捧琵琶登場，只是這一次卻沒有了那位目盲老人。

而當她坐下，端起身前小板凳上的一壺酒一飲而盡時，徐鳳年只聽到四周瘋狂起鬨和喝倒彩聲，都在謾罵嘲諷這少女是北莽蠻子穿過的破鞋，丟了北涼的臉面，早該自己死在關外，還回幽州做什麼，掉錢眼裡的娘們兒！

女子無動於衷，輕拂乾枯琵琶的將斷之弦。

幾桌刻意霸占住近水樓臺的披甲兵爺，蹺著二郎腿，少女每次說書彈琵琶，他們就各自丟出一串銅錢，狠狠砸在她身上，顯然早已熟門熟路，把這件事情當作找樂子。

然後眾人就看到一名年輕公子哥走到臺上，蹲在少女身前。

一時間嘩啦啦，銅錢如雨墜。

徐鳳年柔聲問道：「二玉？」

眼神冷漠的少女並未理睬，繼續彈奏琵琶。

徐鳳年擠出一個笑臉，一個字一個字，咬牙重複了當年所說言語：「就白木琵琶而言，音質算好的了，若是銀錢允許，可以稍稍補膠。老先生說書內容尤其苛求琵琶的脆爆二項，還有第一弦已是離斷弦不遠，不過在我看來，既然是彈琵琶給看官們欣賞，彈斷琵琶弦也是一樁所有人都會喜聞樂見的美事，大可不必忙著換這第一弦。我再與妳說一些南派大國手曹家琵琶的技法，妳能記住多少是多少……」

少女仍是沒有抬頭，琵琶聲不斷。

似乎不敢去看這名在北莽境內偶然相逢，並且曾經好心教她琵琶的男子。

徐鳳年蹲在她腳邊，紅著眼睛說道：「對不起，上次忘了跟妳爺爺說，我不但是北涼人，而且我就是妳爺爺一直所說的那個人。我叫徐鳳年，如今是北涼王。」

坐在小竹椅上才與眼前男子等高的少女猛然抬頭。

徐鳳年伸手輕輕挽過她的腦袋，擱在自己肩頭，從來沒有跟誰說過「對不起」這三個字的他，又一次哽咽著重複說道：「對不起。」

第一次，是他徐鳳年說對不起。

第二次，是北涼說對不起。

少女壓抑著哭腔低聲道：「沒關係。」

徐鳳年背對眾人，緩緩起身。

徐偃兵跟六珠菩薩同時跨出一步，眼神異常凝重，像是那個背影，變成了王仙芝，或者是新出江湖的高樹露。

九樓之上有高樓，方可自稱忘憂天人。

徐偃兵怒喝道：「徐鳳年！萬萬不可強行第十次出神，遠去北莽！」

六珠菩薩雙手合十，這棟酒樓外的天空，六尊法相迭出，做出鎮壓此樓之威勢，沉聲道：「皆，大歡喜。」

◆

北莽龍腰州有南朝第一雄鎮瓦築，緊隨其後又有君子館、離谷、茂隆三鎮，構建起一個完整的防線，進可攻、退可守。北莽在這些軍鎮身上投入的人力物力精力財力，不計其數，可仍是被一萬龍象軍跟大雪龍騎聯手碾壓成了一只破篩子，五、六萬雄關甲士戰死的戰死，投降的還是死，甚至是慘絕人寰的就地坑殺，驛路跟烽燧兩大系統毀去十之八九，南朝廟堂文官大多噤若寒蟬，武將也不復前些年的自負。

北涼鐵騎的驚人戰力，造就了一好一壞兩個局面。好事是棋劍樂府的洪敬岩出山，接管三座軍鎮全部的柔然鐵騎，給風聲鶴唳的南朝吃了一大顆定心丸。壞事則是姓董的胖子在北莽南境邊軍中，隱約可以與那幾位大將軍跟持節令的地位並肩，權柄相當，用女帝陛下的話說就是「董胖墩兒你可是又他娘的升官了呀」。

據傳那姓董的得了便宜還賣乖，在南朝大殿上笑嘻嘻地跟陛下說「皇帝姐姐，對呀對呀，他娘的總算升官了，其實啊，把南朝軍權一股腦都給我那才叫真妥了」。之後也沒有下文，女帝陛下既沒有責備這胖子的荒唐無禮，也沒有在意他的糟糕吃相，當然也沒有讓這膽大包天的死胖子順杆子往上爬，不過還是給南朝留下了那位帝師，即棋劍樂府的太平令大人，為董胖子撐腰，如此一來，在南朝寥寥無幾可以壓制董卓的那幾位，例如南院大王黃宋濮，劉珪、楊元贊兩位大將軍以及龍腰州持節令，都識趣地避其鋒芒。

今日在瓦築跟君子館之間的破損驛路之上，蹲著一個身穿輕甲、內嵌正二品武將官服的胖子，手裡攥著一捧沙礫，他腳底下的驛路，依舊沒有修復，距離西京更近一些的離谷、茂隆兩鎮，倒是藉著女帝陛下祕密巡狩南朝的契機，動用民夫二十餘萬，以驚人的速度修繕得七七八八。

這個胖子體型很大，卻沒有什麼臃腫肥碩之感，反而讓人瞧著尤為結實雄壯。此人正是「北褚南董」之中的那個南朝董，是一個能跟北涼褚祿山齊名的胖子，新晉升為北莽第十三位大將軍的董卓。

胖子身邊並無親兵，只有一大群精銳烏鴉欄子在四周極富規律地游弋著。在董卓得勢之後，第一件事不是大肆砸銀子招兵買馬與人搶占山頭，而是擴充北莽唯一能夠跟北涼白馬斥候抗衡的烏鴉欄子。按照有心人的保守估計，原先的千餘隻「烏鴉」，在沒有大程度折損戰力的前提下，數目足足翻了一番。

董卓在那兒習慣性地自言自語著。在董卓還是個小胖墩的時候，經常被人嘲笑譏諷，這個少年沒有任何朋友，也沒有任何人會覺得他將來會有什麼出息，所以董卓只能自己跟自己說話，久而久之，就喜歡神神叨叨。投軍以後，越演越烈，每次戰事結束，他總去跟那些死人碎碎念。很難想像這麼個不可理喻的怪胎，竟然可以在南朝廟堂快速崛起。

董胖子自說自話，念叨著什麼：「老傢伙死撐著不願辭去南院大王這個虛銜，咋的，在給那洪敬岩鋪路？你這強老頭兒，真打死都不願意交給老子？老子也不是記仇的人啊，再說了跟你也沒到不共戴天那一步，你黃宋濮到底在怕什麼？你難道是想賣棋劍樂府一個天大人情，換一個安度晚年？」

董卓傾斜手掌，任由沙礫滑落，唉聲嘆氣，確實有些想念大媳婦跟小媳婦了，不過當下貴為公主的大媳婦的娘家那邊雞飛狗跳，得她去鎮場子，小媳婦成天想著跟那新涼王報仇，都沒以前那麼開朗活潑了。好在身邊帶了個丫頭，這讓死胖子心頭陰霾散去不少。

董卓轉過頭，眼神溫柔地望向遠處一個牽著匹鮮紅小馬駒的小姑娘——陶滿武，她是董卓投軍之後結拜為異姓兄弟的陶潛稚的遺孤。董卓暫時沒有子女，對這個小丫頭那是恨不得掏心掏肺去寵溺，他甚至跟兩個媳婦明說了，就算以後有了親生孩子，多半也不會這般疼愛了，大媳婦還好，一向善解人意，進入董家家門稍晚的小媳婦氣得小半年沒讓他上床睡覺。

董卓看著身世淒涼的陶滿武，粉雕玉琢的小姑娘似乎在哼著小曲兒，那匹馬駒是董叔叔給她找來的玩伴，她一直不捨得騎乘，這趟跟隨董叔叔南下，年幼的馬駒都可以沾光進入那輛寬敞馬車。

董卓站起身，想去跟小滿武說說話解解悶，突然看到小姑娘猛然側身，直愣愣望向一處。極其敏銳的董卓瞇起眼，順著視線望去，無果，這個胖子一頭霧水，百思不得其解，也沒細想，趕緊跑向小姑娘，看到小滿武在那裡抬臂擦眼睛。

她的眼睛有些紅腫，也不知是哭的還是被粗糙風沙吹的。董卓蹲下身，柔聲問道：「咋了？」

小丫頭視線微微偏移，使勁搖頭。董卓與她朝夕相處，哪裡會不清楚她在撒謊，可這有什麼關係呢？小滿武不想說，董卓也就不去問，只是拇指按住鼻尖，做了個豬頭逗她樂。

小丫頭伸手拿下董卓的手指，幫他揉了揉臉，一本正經說道：「董叔叔，那些叫烏鴉欄子的大哥哥們都說你當了大官，可不許再胡鬧了。」

董卓笑道：「這有甚打緊的，董叔叔就算哪天老到騎不上馬、提不動矛了，還是會對小滿武做鬼臉的。」

陶滿武擠出一個笑臉，瞥了眼遠方，輕聲道：「董叔叔，我想唱那支曲謠了，你想不想聽？」

董卓哈哈大笑，把陶滿武扛到自己寬闊的肩頭上坐著。

小姑娘大聲哼唱著。

青草明年生，大雁去又回。春風今年吹，公子歸不歸？

青石板、青草綠，青石橋上青衣郎，哼著金陵調。誰家女兒低頭笑？

黃葉今年落，一歲又一歲。秋風明年起，娘子在不在？

黃河流、黃花黃，黃河城裡黃花娘，撲著黃蝶翅。誰家兒郎刀在鞘？

董卓心中嘆息，小滿武大概是在思念那個分不清是仇人還是恩人的公子了吧？

約莫是受到小姑娘曲子的感染，附近那撥單兵作戰無與倫比的烏鴉欄子也不知誰起了頭，一起輕輕哼唱獨屬於他們七萬董家軍的小曲子：「董家兒郎馬上刀、馬上矛，死馬背死馬旁。家中小娘莫要哭斷腸，家中小兒再做董家郎……」

小滿武坐在董卓肩頭，望向某處，猶豫了一下，紅著眼睛，悄悄搖了搖纖細手臂，當作告別。

◆

柔然山脈作為北莽南朝至關重要的一道天然屏障，以提兵山為核心，又設置有柔玄、老槐、武川三座軍鎮。巔峰時也沒有超過九萬人數的柔然鐵騎，亦是一支名動天下的雄兵。去年涼莽之戰，柔然鐵騎因為提兵山第五貉的暴斃，沒有參與其中，南朝官員都堅信這支勁旅便是對上北涼龍象軍，勝負也在五五之間。

提兵山還是第五這個古怪姓氏的提兵山，不過柔然鐵騎卻跟隨詞牌名「更漏子」的主人姓了洪，北莽本就不如中原那般重視出身，但是更尊崇武力，原本天下第四人的洪敬岩入主柔然，並沒有任何風波起伏。以一己之力壓制提兵山的更漏子從未登山拜訪過第五氏，甚至極少出現在提兵山附近，尤其是第五貉的女兒——北莽第十三位大將軍董卓的妻子坐鎮元氣大傷的提兵山後，就有人說洪敬岩為了避嫌，這輩子都不會登山了。

綿延不絕的柔然山脈，去時山腳小麥青黃不接，來時離夏季收麥還有些時候，故而仍是這般光景。

大風驟起，風吹麥搖，一名身材修長的偉岸男子毫無徵兆地出現在麥田邊緣，他那雙讓人望而生畏的銀色雙眸，死死盯住遠處一個遠遊之「人」。

頭髮依舊灰白，只是與先前青蒼城所見相比灰黑漸多，白霜漸少。被視為有望成為拓跋菩薩之後北莽武道扛鼎人物的男子站在北方，攔截視線中那個莫名其妙由南赴北的傢伙。

這在更漏子的意料之外，在生而「有眼無珠」的洪敬岩看來，北涼鐵騎不論如何戰力冠絕天下，畢竟受限於北涼先天不足的地利人和，只有北莽南下的份，萬萬沒有北涼北上的機會。所以洪敬岩從沒有想過有一天那人可以帶兵馬踏柔然，能否守住中原西北大門，都得看北莽的耐心。

洪敬岩看到他，就想起了被人屠賜姓的那名用槍之人。當時為了護送種涼返回北莽，前不久那次交手，心高氣傲的洪敬岩竟是眼睜睜讓別人占盡上風，這讓眼中素來只有王仙芝跟北莽軍神兩人而已的更漏子，心境不可避免地受到微妙的折損，微妙到他洪敬岩必須戰敗鄧太阿、鄧茂之流屈指可數的武評高手，方可恢復到昔日的境界頂點。

若是往常，見到此「人」神遊此地，洪敬岩早就嘗試著出手當場截殺，可現在洪敬岩卻要去擔心此人只是個極具誘惑的誘餌，本名劉偃兵的王繡師弟極有可能等待在暗處給予其致命一擊。

那位出竅神遊的年輕「天人」穿梭在青綠麥田中，心意所至，便是身形所至，也沒有托大到湊近殺氣勃勃的更漏子，站在百丈外的麥田中，伸手撫過尚未結穗的麥子，火上澆油地笑問道：「接連跟洛陽和徐偃兵兩戰落敗後，你洪敬岩已是落魄到這般淒慘田地了嗎？都不敢出手？你這樣的心境，別說是我於人間無敵手的王仙芝，恐怕過不了一年，連我也不是對手了。」

洪敬岩平淡道：「口舌之爭，有何意義？」

兩人嗓音不大，但是各自清晰入耳。

出竅神遊的年輕人點頭笑道：「你天賦太高，總覺得天下第一人是天經地義的囊中之物，於是很早就志在廟堂，可以說一開始就誤入歧途，以後的江湖，恐怕就沒有你什麼事情了。」

洪敬岩冷笑道：「徐鳳年，就算你已能神遊，試圖融匯三教，藉機摸著了陸地神仙的門檻，可你當真有資格對我妄加評論？」

「徐鳳年」搖了搖頭，視線躍過洪敬岩，望向柔然山脈的北方，「我等你帶著柔然鐵騎一同送死。現在，讓開路。」

洪敬岩嘴角翹起，「你也知被我盯上，我不挪步，你便無法北上？徐鳳年你何時如此有自知之明了？」

一腳踏在天象、一腳踩入陸地神仙境界的年輕「神遊之人」攤開雙手，兩柄刀——一柄過河卒，一柄春雷——從數千里之外的徐鳳年腰間出鞘，一瞬握住在手。

看來洪敬岩不讓路，無非就是一戰而已，就看此生已經嘗過兩次敗仗的洪敬岩信不信事不過三。

洪敬岩皺了皺眉頭，然後眉頭舒展，側過身，示意視線中的年輕人繼續北上。

北涼都不在他眼中，慕容寶鼎許諾的北院大王都不在他眼中，一個徐鳳年算什麼？

「徐鳳年」一閃而逝，留下笑聲，嘲諷之意重重錘打在更漏子的心口。

心如磐石的洪敬岩沒有因為「徐鳳年」的笑聲而影響心境，只是怔怔站立原地，捫心自問：「天下第一跟天下共主，無法兼顧？」

◆

北莽太平令為女帝打譜的那座皇宮廣場之上，憑空出現了一道飄忽不定的身影。皇城震動。

身影一步步凌空登天，走到了大殿之頂，負手而立，似乎在遙望太安城。片刻之後，煙消雲散。

聞訊趕來的女帝抬頭望向先前那人所站的地方，並未動怒，只是略帶悲憫神色，輕聲笑道：「傻孩子，大勢所趨，就算北莽吃不下整座中原，小小北涼還是不在話下的，你一人僥倖舉世無敵又能如何，大不了就是第二個曹長卿罷了。」

◆

幽州邊境貧瘠荒涼，但越是如此，勞作越是艱辛，容不得半點鬆懈，否則哪能從老天爺牙縫裡硬生生摳出活命的糧食。有一家三代五、六口男丁百姓在綠洲沙田裡耕作，不論老幼，汗水流淌。

如今差不多整個北涼都知道北莽要大舉南侵了，富裕家庭已經開始悄然動作，把值錢家當要麼往東、要麼往南遷徙，可是有能力躲避災難的富人總歸是少數，像這一家的窮人還是多數，他們只能聽天由命，田地在哪兒，他們就只能留在哪兒，守著莊稼，守著收成，只能寄希望於那個年紀輕輕的新藩王，真的可以為他們扛下北莽鐵騎的潮水攻勢。

老人其實並無太多遺憾，好歹過了二十來年的太平日子，可就是有些放心不下家裡的孩子們。一位白髮蒼蒼的老農看了眼跟隨長輩一起勞作的孫子，忍不住咧嘴笑了笑，這娃兒念書隨他爹，他爹又隨自個兒，都是瞧著書上那些字就頭疼，不過老人還是覺得多念一天書、多識一個字也是好的，不算浪費銀錢。

老人摸了摸被越來越毒辣的日頭曬紅臉龐的孫子那顆小腦袋，讓他去蔭涼處歇息會兒。孩子嘿嘿一笑，小跑往田邊蹲著偷懶，結果彷彿瞧見了一個俊逸公子哥，可揉了揉眼睛後，又不見了，再揉，又瞧見了。這讓孩子摸不著頭腦，直到那人走到他身邊坐在田埂上，孩子才確定不是自己白天見鬼了。質樸的孩子壯起膽問道：「喝水不？」

那個在南則聚、在北則散的身影微笑著搖搖頭，望著田間那些面朝黃土背朝天的身影，輕聲問道：「今年收成會好嗎？」

孩子愣了愣，憨憨地說道：「年末雪大，該是不錯的吧。」

那位公子哥笑問道：「家裡有人投軍嗎？」

孩子難為情道：「沒呢，我爹以前倒是想去，可沒選上。」

似乎是怕被身邊的公子哥看輕了，孩子一臉認真地說道：「等我大些，一定要去的，殺北蠻子，掙大錢寄給家裡。嗯，還有護著咱們家。還有，我告訴你啊，嘿，公子你可別跟其他人說，咱們村裡阿梅長得可好看了，可她一直不搭理我，我長大一定要娶她做媳婦兒，因為她姐就嫁了一個在邊關那邊當兵的人，我前幾年見過一次，可威風了！所以我也要去打仗！」

公子哥點了點頭，一大一小一起都忙裡偷閒，望向遠方。

等孩子終於回過神，身邊的公子哥不知何時已經離開。

孩子後知後覺，蹦跳起來，跟爺爺嚷嚷道：「我見著神仙了！」

老人笑了笑，直起腰抹了抹汗水，喃喃道：「這孩子。」

酒樓這邊起先都還有些忌憚那佩刀公子哥，不過當他起身後，也不見他如何氣急敗壞要讓誰好看，就那麼傻乎乎地蹲在捧琵琶說書女子的身邊，自然而然就給當成了一只有心要英雄救美卻沒力氣拔刀相助的繡花枕頭。

這樣膽子小的富家子弟，在北涼可不多見，那幾桌丟錢砸人的兵痞子大多有些家世依靠，否則也不敢在巡城當值的工夫跑來酒樓喝酒吃肉、聽人說書，再者，他們本就是在城內負責監視將種子孫是否違法亂紀的甲士，可以說那小子只要膽敢拔刀，他們就可以順勢擒拿，狠狠抽上幾十鞭子再丟入大牢，沒有兩、三百兩銀子根本別想把自己撈出去。

懷抱琵琶的二玉仰頭望著那個眼神渙散的公子哥。雖然相貌變了，可她確定他就是他，那個遊歷北莽跟她爺爺同桌而坐的公子哥。不知過了多久，自稱北涼王的他似乎清醒過來，死氣沉沉的眼神復歸神采奕奕，轉過身背對她。

徐鳳年對流露出如釋重負神情的徐偃兵平靜說道：「守住大門，皇甫枰很快就到。」

那青絲綰起的女子，喚出六尊法相仍是沒能阻止天人遠遊，臉色古怪，好似第一次認識了這個男子。徐偃兵欲言又止，最終還是沒有出聲，走到酒樓門口，閉目凝神。有酒客察覺到情況不妙，想要腳底抹油，只是尚未走近大門，就給撞飛出去。

徐鳳年緩緩走到那幾桌紛紛起身的甲士附近，手指按住一柄從腰間解下擱在桌上的北涼刀。那名本該在城中管束世家子的幽州遊騎，使出吃奶的勁頭都沒能抽走佩刀。

十幾名甲士以一位壯碩都尉為首，他眼力不差，知道碰上了扎手的貨色，卻也沒有刻意示弱，沉聲道：「這位公子，本尉黃弈，出身沂河郡黃氏，你自行掂量掂量。你我今日各讓一步，本尉還能當你是個兄弟，走出這酒樓，你再在沂河郡境內喝酒，保證不需要你開銷一顆銅板兒。」

徐鳳年面無表情道：「這話，稍後你跟皇甫枰說去。」

出自沂河郡望的都尉心頭巨震，正要開口，就聽到酒樓外傳來一陣急促卻不顯紊亂的馬蹄聲。聽馬知兵，這是老卒都該有的本事，這名都尉雖然作風跋扈，可一身戰陣武藝並不馬虎，幽州兵就算是比邊軍次一等的境內戍卒，比起那陵州還是要強上無數。

都尉一咬牙，陰沉冷笑道：「幽州將軍是官大，可家父當年跟隨燕大將軍南征北戰多年，卻也不是皇甫枰想惹就能惹的！」

徐偃兵任由穿著武將官服不曾披甲的皇甫枰大步走入樓內。今天第二次見著了那位北涼藩王，這位幽州將軍也不言語，五體投地，磕頭跪拜。

徐鳳年提起那柄普普通通的北涼刀，不理會滿樓駭然的酒客，走到皇甫枰身前，問道：「我只問你一句，酒樓之事，你知道不知道？」

皇甫枰趴在地上，顫聲道：「官邸離此不過三條半街，末將有所聽聞！只是末將身為幽州將軍，只敢治理一州軍務，不敢越界插手一州政務。」

徐鳳年笑了笑，「真是個恪守本分的稱職將軍，把幽州軍權交給你，本王想不放心都難啊。」

堂堂正三品而且實權得不能再實權的幽州將軍，就這麼大氣不敢喘一下地死死趴著。

徐鳳年伸出一腳，直接把皇甫枰本就緊貼冰涼地面的頭顱一腳踩下，砰然作響。附近看客都瞧見幽州將軍臉面觸及的地面上，淌出血水來，可這位曾經在初春葫蘆口大閱上登臺露面的將軍，仍是一動不動。

徐鳳年眼神冷漠望著皇甫枰的後腦勺，自言自語道：「給了你權柄，你既然不敢得罪人，本王自己來便是。」

徐鳳年突然伸出一臂，還來不及叩見北涼王的都尉黃弈，健壯的身軀不由自主被向前扯出一個狼狽踉蹌，北涼刀出鞘，地上多了一顆頭顱。

徐鳳年隨手推開頹然前撲的無頭屍體。那些再傻也知道遇上了新涼王的甲士，拔刀相向是打死都不敢，北涼王的身分就足以讓他們不敢動彈，何況這位微服私訪幽州州城的北涼王，都被說成是一個親手宰掉提兵山第五貉的絕頂高手，他們的家世背景都不如都尉黃弈，沒什麼拿得出手的保命符，那就只好跪下來告罪求饒了。

徐鳳年抬起那柄北涼刀，刀身雪亮如光潔鏡面，雖然還沒有換成新出爐暱稱「重孫」的第六代涼刀，可依然是當之無愧的天下鋒銳第一戰刀。隨著徐鳳年的雙指抹過，那些跪著的遊騎甲士一一腦袋墜地，加上頭一個遭殃的都尉黃弈，十六人，死得一乾二淨。

徐鳳年將手中涼刀歸鞘，丟在皇甫枰身邊，順便丟下一句「你就跪著好了」，然後對徐偃兵說道：「把幽州副將樂典喊進來。」

一名青壯將軍快步走入酒樓，跪在皇甫枰附近，不敢去看滿地分屍的場景，更不去看那下跪得黑壓壓一大片的酒客，只聽北涼王輕描淡寫撂下一句言語，「樓內所有人，家產抄沒，只要是有一官半職在身的，馬上拖出去殺掉。地上這些遊騎屍體，你派人掛在幽州將軍官邸影壁上，你放話出去，本王就坐在將軍府上，誰想見本王，收屍也好，求情也罷，將軍府門那邊都不攔著。」

徐鳳年走過去牽起二玉的手走出酒樓。女子懷抱著琵琶，黯然無語。

坐入馬車，緩緩駛向那座幽州將軍府邸，徐鳳年正襟危坐，沒有去看女子，只是輕聲道：「為我說書，不值當。我方才這趟出竅神遊，就是想知道你們爺孫二人，一個搭上性命，一個搭上女子貞潔，還是要為北涼說話，值當不值當。我走了很多個地方，答案都是否定的，直到最後一處，見到了一家不知什麼天下大勢只知辛勤勞作的北涼老百姓，才覺得很多事情談不上值當不值當。

我已經對不起你們，就不能再去對不起那些良善百姓。二玉，我不敢奢望妳開口跟我索要回報，以便讓我心安幾分，我只想跟妳，還有妳死去的爺爺保證，我肯定會死守邊關，我只要活著一天，你們這樣的北涼百姓，就多一天安穩日子，多一天也好。」

無怨言更無怨氣的苦命女子嫣然一笑，抬起頭，望向他的側臉，正要出聲尊稱北涼王，但是馬上收住，搖頭柔聲道：「徐公子，你不欠我們什麼。我爺爺說你是個好人，我也覺得是這樣，二玉相信爺爺泉下有知，也不會覺得有什麼遺憾。我就不去將軍府了，讓我下車吧？」

徐鳳年轉頭望向這名少女。她的笑容很乾淨，眼神很清澈，掩嘴輕聲笑道：「徐公子忘了？二玉只會說書給人聽啊。」

馬車停下，少女跳下馬車，走出了一段路程，轉過身，懷抱琵琶，朝馬車那邊微微屈膝施了一個萬福。

原先一直在附近屋頂跳躍的呵呵姑娘蹲下身，蹲在瓦片上，扛著那根不願離身的向日葵枯稈子，默然無言。

六珠菩薩等少女遠去，這才進入馬車，跟這位北涼王相對而坐，後者雙拳緊握擱在膝蓋上，沉聲道：「滾出去！」

來自爛陀山的女子仙師並未生氣，反而心平氣和道：「自身自在是小自在，還有大自在可求。」

徐鳳年抬起頭，冷笑道：「滾妳娘的大自在！」

◆

這一日幽州將軍府邸，陸續有將種家族前往或者收屍和或者勸諫，然後影壁上的屍體越掛越多。沂河黃氏更是一口氣死了半數，很快沂河城外就發生了一連串的嘩變炸營，副將樂典率領一千精兵殺得手軟，殺到最後，都不忍心再舉刀，是一個對幽州而言十分陌生的提矛男子代勞，隨後殺到了幽州兩名校尉也近乎叛變行徑，得拔營趕赴幽州州城示威的地步。

皇甫枰的親兵不得不從一千騎猛增到三千，繼續內訌對殺。勝負則是毫無懸念，兩顆校尉頭顱就給掛在沂河城正城門的牆頭，再殺到大半的沂河權貴豪橫要麼跪在將軍府邸外的大街上「逼宮」，要麼逃出城外聯合姻親和城外權貴，一起用各種方式向那個人強行施壓。城內權貴無一例外都被剝去官身，悉數抄家充軍，以至於皇甫枰跟樂典的親兵營也有人叛逃。

祥符元年的春尾，這場幽州自上而下的大動盪，絲毫不見平息的跡象，因為幽州軍政兩界自以為是的劇烈反彈，竟然引來了涼州八千大雪龍騎深入幽州腹地！再加上陵州汪植新近增添的三千嫡系傾巢出動，直撲幽州邊境！更別提還有從未出關的潼門關校尉辛飲馬，也帶著六千精騎緊急出動。除此之外，北涼都護褚祿山親自調兵遣將，下令讓寧峨眉領著半數鐵浮屠重騎跟兩千白羽弩騎，浩浩蕩蕩開拔，駐紮在幽州西邊，虎視眈眈。

如果說懷化大將軍鍾洪武曾經是大半個陵州的影子主人，那麼幽州從邊軍到境內駐軍，就從頭到尾都算是燕文鸞大將軍的私家護院。號稱擁有八百將種門庭的幽州，絕大多數都算是燕文鸞這個老軍頭的徒子徒孫，他們越演越烈的反抗，終於讓一個坐鎮邊關的老人坐不住了，但是他沒有興師動眾帶兵南下，只是輕車簡從，悄無聲息來到了幽州沂河城。

馬車停在城外，瞎了一隻眼的老人獨自走入城中，走在充滿肅殺氣的大街上，老人一直走到那座血腥氣濃重無比的將軍府邸。老人本以為那個年輕的瘋子會傲慢到拒不接見，甚至乾淨俐落就把他這個北涼步軍統領就地擒拿，最不濟也會把他晾上個幾天幾夜再讓他進門，可老人都猜錯了，那個年輕人就孤零零地坐在府外臺階上，似乎一直在等自己。

人屠死後，在北涼軍中威望已是無人可及的老將軍質問道：「徐鳳年！為什麼？」

徐鳳年雙手攏袖，沒有去看這個當年一心想要徐驍登基稱帝的燕文鸞，望著街道盡頭，平靜地說道：「以前我聽說過一個說法，陵州姓鍾，幽州姓燕，只有涼州才姓徐。徐驍從不放在心上，這一點我知道，你燕文鸞知道，鍾洪武可能就不太知道，因為鍾洪武一聽說朝廷不光有意栽培他兒子鍾澄心，還給他一個大將軍當一當，只要西楚復國揭竿而起，趙室就許諾他可以替淮南王趙英帶兵，去分一杯羹，於是他就開始對幽州煽風點火，想把你拉下水，然後他好趁亂逃離北涼。這些天，我一直讓鷹隼盯著你，但是你始終沒有動靜，到最後，也只是一個人進入沂河城。」

老將軍怒道：「大將軍尚且可以一生不反離陽，我自是一生不反北涼！他鍾洪武算什麼狗玩意兒，能跟我燕某人相提並論？你徐鳳年就這麼急不可耐要我燕文鸞從邊境捲舖蓋滾蛋，好讓你的心腹去占位置？你當真以為燕文鸞霸著步軍統領的茅坑不退，是貪戀權位？你徐鳳年當真以為這把交椅，是誰都能坐上去的，又是誰都能坐穩當的？若非我敬你徐鳳年還有膽子不收那狗屁聖旨，總算做了件不辱沒大將軍的對事，老子早就帶兵十萬，一舉南下，到時候騎軍步軍分裂，你當什麼北涼王？拿什麼去抗拒蠢蠢欲動的北莽鐵騎？」

徐鳳年笑了笑，「我知道老將軍不會這麼做的。」

老將軍氣惱得差點就要動手，一巴掌拍死這個狡猾的兔崽子。

徐鳳年拍了拍身邊臺階，示意老將軍坐下說話聊天。燕文鸞冷哼一聲，徐鳳年也不堅持，繼續說道：「我師父跟碧眼兒鬥法鬥了整個後半輩子，老將軍可知我師父最佩服張巨鹿哪一點？」

提起李義山，燕文鸞情緒平穩了幾分。

整個天下，李義山最無愧北涼。

燕文鸞雖然是陽才趙長陵那一脈的主心骨武將，對於僅是道不同才不相為謀的李義山，仍是沒有半點不敬。

徐鳳年輕輕說道：「不是老將軍想像的什麼張巨鹿把趙家天下修補得蒸蒸日上，也不是他那獨掌廟堂大權的手腕，而是在他發跡卻未成就大勢之時，就早早把父母家族遷往了太安城，不給任何人指摘他張巨鹿的機會。因為這位首輔大人當時就已經知道，只要他成為天下官員之首，不論他如何潔身自好，他畢竟還有家族、有親戚、有子弟，一旦雙方遠隔千里，總歸會有人藉著他的名頭在地方上作威作福，即便朝野上下所有人都只能腹誹，也仍是不敢當面彈劾，可支撐著張巨鹿治理天下的那股子氣，難免就要弱了。所以這才是我師父最佩服張巨鹿的地方。再回過頭來看咱們北涼。徐驍、我師父，其實不指望你們人人都有張巨鹿這樣的胸襟和眼界。徐驍死前，還不放心，對我說要有容人之心，要容得別人犯錯。以前，我就是這麼做的，在陵州官場，我忍著，沒有殺人，一個都沒有殺。」

燕文鸞臉色依舊陰沉，只是比起先前要好看一兩分。

徐鳳年繼續自顧自說道：「可是我發現徐驍沒有說錯，但是也沒有全對。我們腳下的北涼，名義上是徐家的，說到底還是北涼百姓他們自己的，我徐鳳年其實可以完全不介意你們如何目無法紀，只要給我徐家在沙場上賣命殺敵就夠了，我當這個北涼王也就當得心安理得了，說不定還能因此在青史上留名，正史不去說，在野史裡或許僥倖會有幾句好話。

都說既然老子把腦袋拴在褲腰帶上打下了天下，那麼坐天下就是老子應得的，我徐鳳年也沒說你們就不該享福，可享福沒錯，惜福總也不是壞事吧？老將軍，你跟我，要不就當跟徐驍說句良心話，幽州、陵州，還有涼州，這些個將種子孫，有幾個是把老百姓當人看的？我不是待在清涼山王府關起門來說風涼話，而是親自在幽州走走停停，這才一步一步走到了沂河城。

我其實很想對北涼道所有當官的說一句，靠自己本事當上官也好，靠父輩功蔭當官也罷，要享福，你們放寬心享福去，可別害人害得太慘，只是這種話，卻是不可以放開了去公之於眾的。而且這種話，就算我誠心誠意說給鍾洪武聽，他也只會覺得是個不好笑的大笑話，我能如何？他自己尋死，我就只好讓他去死了。哦、對了，告發鍾洪武的人，正是龍睛郡郡守大人，他的兒子鍾澄心。」

燕文鸞臉色陰晴不定。

徐鳳年望向遠處，咬了咬嘴唇，「管不好幽州，是皇甫枰的錯，更是老將軍你的錯。當然，以後守不住北涼，歸根結底，還是我的錯。」

老人猶豫了一下，走上臺階，一屁股坐在徐鳳年腳下幾級的臺階上。

徐鳳年突然笑道：「聽徐驍說過，老將軍當年做夢都想著騎著馬，像先前進入北漢皇城一樣，大搖大擺進入太安城皇宮。」

背對北涼王的老人咧咧嘴，無聲地一笑。

徐鳳年輕聲道：「這個老將軍就甭想了。不過我前幾天出竅遠遊北莽皇宮，那裡也不比太安城差太多。老將軍，要不你退而求其次一下？咱們爭取去那裡策馬揚鞭？」

燕文鸞轉頭，問道：「當真？」

徐鳳年反過來笑問道：「只是有這個想法，至於有沒有本事，老將軍，你真覺得我一個人可以做得到？」

燕文鸞愣了一下，低下頭，罵罵咧咧道：「他娘的，跟大將軍年輕那會兒，一個德行！當年就騙我說，只要跟他混，就能騎馬騎到屁股都給磨光為止。老子就還真就傻乎乎上鉤了……」

燕文鸞停頓了許久，抬起頭望向天空，呢喃道：「可大將軍真沒騙我，不是嗎？」

老人收回視線，猛然站起身，沉聲道：「如果真有那一天，就算我燕文鸞已經老到騎不上戰馬，還希望北涼王你能讓人抬著我去，如果我已經死了，既然北涼王都可以答應給那個魚鼓營老卒許湧關抬棺，那麼不介意為燕文鸞抬棺一次吧？」

徐鳳年跟著起身，平靜道：「徐鳳年謝過燕老將軍。」

老人走下臺階，轉過身，面對徐鳳年，抱拳喝聲道：「魚鼓營騎卒燕文鸞，許湧關袍澤，參見北涼王！」

老人然後轉身，徑直遠去，離開沂河，離開幽州，遠赴邊關。

徐鳳年坐回臺階，揉了揉臉頰。

一旁的徐偃兵感慨萬分道：「當初西壘壁一戰，魚鼓營只剩下十六人，連我也不知道燕文鸞是其中一人。」

徐鳳年點了點頭，「徐驍都沒有說起過。」

徐偃兵說道：「馬踏北莽，要不也算我一個？」

徐鳳年笑道：「又不是搶媳婦，這有什麼好搶的？」

徐偃兵一笑置之，坐在了這位北涼王附近，眼神堅毅，緩緩說道：「放心，有你在，北涼就不止有三十萬鐵騎。」

兩人長久地默然。

呵呵姑娘不知何時坐在徐鳳年身後，不知為何那柄如影隨形的向日葵稈子已經不知所蹤，她雙手托腮，安安靜靜地望著他的背影。

「北涼參差百萬戶，其中多少鐵衣裹枯骨？」

徐偃兵開始拍膝而歌。

壯懷激烈。

哪家少年不羨慕那青衫仗劍走江湖？

哪家兒郎不渴望那黃沙萬里博功名？

好男兒，莫要說那天下英雄入了吾彀。

小娘子，莫要將那愛慕思量深藏在腹。

來來來，試聽誰在敲美人鼓。

來來來，試看誰是陽間人屠。

來來來，試問誰與我共逐鹿……

◆

太安城春雨初霽，整座京城彷彿一下子就清爽乾淨了許多，廟堂再鬧騰，那也是官老爺們的事情，老百姓該吃吃、該睡睡，大多總還得老老實實過著起早貪黑的日子。然而也有些遊手好閒的，不過這些被貶低為納架子玩主兒的貨色也分三六九等。有本事玩得起花魁的，是頭一等，玩名馬玩古珍的是第二等；差一些的也該是去玩手釧盤核桃，最不濟也得弄幾隻魚蟲撐場面。可位於京城西南角陋巷斜眼街上的一個年輕人，就徹底不入流了，不過既然住在了升斗小民雜居的巷弄，玩得起好物件那才叫怪事——沒能投好胎，就得要認命不是？

這個年輕人跟滿大街姓張的京城百姓一樣，攤上了個離陽名列前茅的大姓，卻沒能有大出息，成天不見他做正事，除了跟人借錢喝花酒，就只會帶著鴿哨瞎逛悠，卻連隻像樣的鴿子都養不起，這擱在太安城，就叫打腫臉也要去窮講究，連什麼都不講究的窮人都要瞧不上眼，張邊關就是這麼個誰都可以看不起的浪蕩子。

在街坊鄰居眼裡，這個傢伙所幸剩下點不知哪輩子修來的福氣，還能娶到個姿色不錯的媳婦，張邊關也從來不懂知足，依舊不肯待在家裡好好跟媳婦滾被窩，只知道天天往外邊跑，早出晚歸，空手出門、空手返家，就這麼渾渾噩噩一天是一天，時間長了，即便心善的老街坊也都逐漸懶得理睬。前不久，姓張的貌似還給人打了，鼻青臉腫得厲害，這幾天才消腫，卻依舊嘻嘻哈哈沒個正形，逢人就笑著打招呼，「叔叔嬸嬸」殷勤地喊著，也不管別人是不是搭理他。

天候越來越熱，穿得也就越來越清涼，張邊關離家在外的時間順勢也就越來越長——畢竟京城這麼大，街上能少得了妙齡女子？這一天臨近黃昏，張邊關遊蕩回了斜眼街不遠處，聽見了頭頂那忽急悠悠的悠揚鴿鳴，他習慣性抬起頭，嘴角勾起，手腕上有一隻用綠絲纏繞著的陳舊鴿鈴，常年摩挲把玩。

他就這麼呆呆瞇眼望著天空。他這個這麼多年了一直被笑稱吃剩飯、踩狗屎都不會的末流之輩，沒人知道他到底在想什麼，反正也沒有人感興趣。大致清楚他脾性的人，只知道這個沒用的膽小鬼應該還是想玩的，但偏偏不敢陪有錢人一起玩那些上檔次的風雪場所，到頭來就只能看那些不用花錢的死物——多彩的閣樓卯榫、灰沉沉的不知名巷弄、走兵的崇武門、走糧的朝陽門、走酒的頂山門、鼓樓上那只離陽建朝幾年便蹲了幾年的石麒麟。

遊蕩天空之上的鴿鳴有起便有終，張邊關戀戀不捨收回視線，覺著天色還早，沒到回家的時候，想了想，就跑去斜眼街臨街唯一拿得出手的那口鎖龍井邊上蹲著。這口古井一直乾涸，井口邊上有一座黃泥磚頭砌成的判官，市井傳言說是離陽以火壓天下之水。

這尊泥塑坐姿便有等人高，袒胸露腹而坐，張口而笑，每逢中秋，老百姓都要為他添柴加火，火苗青煙就一股腦從泥塑判官口鼻中躥冒而出。

張邊關一如既往地蹲在井邊泥塑腳下，偶爾抬起袖口擦擦嘴角。前段時日他給一夥人打得不輕，大概是誤以為張邊關的老爹終於要失勢了，是時候教訓這個給京城世家子丟人現眼的王八蛋了，不過拳打腳踢才過足癮，第二天就發現離陽朝廷的天還是那個天，沒變，這小子的老爹更是破天荒一發狠，把幾大撥人都給收拾得哭爹喊娘，那麼靠著這幾撥人混吃混喝的打人者，立即就躲起來，都沒膽量去跟張邊關道一聲歉。後來戰戰兢兢了足足大半旬，也沒等到丁點兒報復，這才不約而同鬆了口氣，聚在一起，越發嘲笑姓張的是個大廢物，白白有個他們燒香拜佛都求不來的老爹，也不知道扯虎皮大旗享福，活該他被當成一坨踩了都嫌髒了鞋子的爛狗屎。

張邊關唯一的長處就是開小差神遊萬里，等他驀然發現身邊多了個氣韻清雅的年輕人，只是瞥了眼，也沒說話，等了半天，終於笑問道：「真不是來打我出氣的啊？」

那名士子模樣的讀書人笑著搖頭，「哪敢揍首輔大人的公子，再說真打起來，我也不是你的對手，何必自取其辱？就算你不還手，任我打罵，也無非是被你當成了逗樂的傻子。」

張邊關「咦」了一聲，「原來是個明白人。你不是京城人士吧？有你這種眼光的，京城本地人，他們乾脆就不來見我。」

讀書人問道：「你承認自己是聰明人了？」

張邊關嗤笑一下，自嘲道：「我這就算聰明人？那我爹該是啥了？」

讀書人點頭道：「也對。」

張邊關趴在井口上，望著黑黝黝深不見底的井口，不再理會這個明白事理就沒趣了的不知名讀書人。

讀書人靠井口而坐，淡然說道：「我知道你喜歡看宮室閣樓的勾心鬥角，因為它們只會相得益彰，比人與人之間的相互禍害，要可親可愛許多。我還知道你在離開張府自立門戶的時候，在家裡種下了一棵桃樹。太安城裡的人，都喜歡院子裡有樹，多子多福的石榴、早生貴子的棗樹，柿樹椿樹也常見，唯獨不見桃樹，因為桃字諧音『逃』，不吉利。太安城是離陽的根，樹挪死，離陽百姓沒了太安城，能逃哪裡去？你張邊關不笨，是種給你爹的，可你爹，我們離陽的首輔大人視而不見，他不逃，你這個做兒子的，自然也就只能繼續留在太安城混吃等死了，希冀著將來好歹能送個終，能在清明上個酒，那是更好。」

張邊關平淡地「哦」了一聲，繼續看著井口。

讀書人微笑道：「你肯定猜出我就是那個從北涼跑來跟坦坦翁求官的孫寅了。」

張邊關轉過頭，「孫寅是吧？那你說說看，鼓樓上那只石麒麟默默凝視天下數百年，到底在等什麼？」

孫寅如今已經不動聲色不起波瀾地進入中書省，成功傍上了坦坦翁這棵參天大樹，雖然是個芝麻大小的散官，但既然入了桓老爺子的法眼，平步青雲不是指日可待？寥寥無幾的明白人自然早就明白這一點，絕大多數的糊塗人也未必會一直糊塗下去。

孫寅跟這個碧眼兒的幼子直直對視，搖頭道：「我怎麼知道一只石麒麟在等什麼，反正不是在等那扶搖大風起，吹起了狼煙，到頭來生靈塗炭，如果說只將穿龍袍的人換來換去，好玩嗎？」

張邊關笑了笑，摸了摸胡茬下巴，「是不好玩。」

張邊關跟孫寅並肩而坐，晃了晃脖子，呼出一口氣，又吸了口氣，這才嘿嘿一笑，抬起手腕，給孫寅看了那只樸拙鴿鈴，說道：「我以前收了隻別人贈送的鴿子，一等一的絕品，黑中泛紫，比起北涼王徐鳳年的那頭隼，價格也差不了多少。那會兒我爹還沒當上首輔，才是個三品官，爹就找到我，也沒罵我——你應該清楚我爹這麼個人，罵人那是抬舉你了，除了桓老爺子，他這輩子幾乎就沒罵過誰——他就問我，這隻鴿子是爹如今的身價，你張邊關算什麼東西，值這個價？你是蠢，還是，真蠢？

我那年十四歲，一氣之下就把鴿子還人，那個人，當著我的面，笑咪咪說他可沒有收回禮物的習慣，然後用手掐死了鴿子，嗯，他就是當今太子殿下趙篆。從那一天起，我就發誓再不跟這些人廝混。我寧願跑去聽小門小戶吱吱呀呀的開門聲，也不樂意聽他們相互奉承阿諛，我寧願看那那些無人問津的死物，也不想看著那些放個屁都能當黃金白銀售賣的權貴子弟。久而久之，也就沒人喜歡帶我玩了，我也樂得一個人清淨。」

說到了父親張巨鹿，張邊關不由自主陷入沉思。

他還記得爺爺奶奶在自己爹從翰林院脫穎而出後，早早從老家遷到城裡後，在酷暑季節，兩位老人就尤其喜歡躺在樹蔭下的籐椅上，幫著膝下孫子孫女們搖扇子搖啊搖，一下復一下，一夏復一夏，搖著搖著，就只剩下奶奶了，再後來，都沒了。他們的爹，也沒守孝，朝廷比那個當兒子的文官還要急不可耐，直接下旨奪情起復，他們這幫子女也沒從父親臉上發現什麼異樣。

張邊關清楚記得那時候的太安城，一開始是滿大街的流言蜚語，都說他們父親為了當官都顧不得做人了。只不過隨著父親的官帽子越來越大，這樣的聲音也越來越小，直到澈底無人提起。他張邊關這麼多年無所事事，比起大哥二哥離家也晚，反而比兩個哥哥看待家事看得更清晰一些。張家的家事，是從什麼時候開始等同於京城事、天下事了？

張邊關神情落寞，後腦勺擱在井口上，仰望著暮色中灰濛濛的天空。小時候，府外不遠處有座獅子橋，有一回一家人難得出門遊玩，爹讓他們去數一數橋上到底有幾隻石刻獅子。大哥最像爹，做什麼都認真，數得一板一眼；二哥是個書呆子，反正從小到大爹說什麼就做什麼，大哥做什麼他就學著做什麼。他張邊關年紀比妹妹張高峽只大了幾個月，趁著爹娘打道回府，直接就帶著妹妹去橋下結冰的河面上玩去了，玩累了，見大哥、二哥還在那兒傻愣愣地數，張邊關直接就跑去無所不知的桓溫桓伯伯那裡問出了答案，結果大哥、二哥大半夜才回去，就見著他這個弟弟跪在地上。

打那以後，吃過苦頭的張邊關就知道那些小聰明不是什麼真的聰明。不過事後娘親偷偷給他帶了碗熱飯，爹撞見了，也沒生氣，只是摸了摸他的腦袋，說了句他很多年後才明白的話，「你比兩個哥哥聰明太多，可既然你跟爹姓了張，這就不是好事。」

張邊關輕輕抽了抽鼻子，拿一隻袖子覆蓋住臉。

孫寅正要說話，聽到一串不加掩飾的腳步聲，就閉上嘴。

然後見到一名佩劍的高挑女子姍姍而來。

張邊關聽著再熟悉不過的腳步，趕忙糊里糊塗隨意抹了抹臉龐，「喲」了一聲，嬉皮笑臉道：「稀客啊，張大女俠，要不發發善心，打發小的一些碎銀子？」

張高峽瞪眼道：「江湖上講究一個救急不救窮，你覺得我會打賞你這個窮光蛋一袋子銀錢？我跟你姓！」

張邊關白眼道：「咱倆本就一個姓。」

張高峽嘴角翹起，說了句「所以啊」，然後高高拋出沉甸甸的一袋銀子。

張邊關毫不意外，接過銀子，開懷大笑道：「這位女俠果真菩薩心腸！以後肯定能找著一位玉樹臨風、才高八斗外加權傾天下更會心疼媳婦的如意郎君！在這之前，商量個事，女俠大人，要不妳收了我吧，把我拖回家得了，管飯就行，有肉是最好，有酒就好得不能再好了……」

張高峽不去跟這個三哥插科打諢，冷冷瞥了眼她知根知底的中書省雜品小官——孫寅。

孫寅獨自站起身，留下張邊關一個人坐著，望向首輔大人的愛女張高峽，無視她能把人剜掉魂魄的冷冽眼神，問道：「張姑娘，孫某有句話，不知當講不當講。」

張高峽冷聲道：「那你就閉嘴。」

張邊關緩緩起身，拋著銀袋子，一臉幸災樂禍，過河拆橋說道：「孫寅啊孫寅，姚祭酒把你說成是連中三元的大才子，可惜我這妹妹向來不喜歡舞文弄墨的讀書人，你就別奢望她會對你另眼相看了。要是非要說大道理呢，那就是你厲害是你的事情，我喜歡是我喜歡的事情，不過你要是真死心不改，想要娶我妹妹過門，我是無所謂，但你得先打過她，還得被她看得順眼，再得是我爹欽點認可的女婿，這樣鳳毛麟角的年輕俊彥，上哪兒找去，你這個自己送上門的，肯定不算。」

孫寅略顯無奈道：「我喜歡一個早就心有所屬的女子做什麼？」

張高峽冷笑道：「孫寅，你倒是知道得不少。」

孫寅不以為意，平靜地說道：「我反正這輩子註定跟首輔大人說不上半句話，能跟首輔大人的兒子說上一說，就當彌補遺憾了。至於妳張高峽張女俠，只是意外之喜。放心，妳喜歡的人，我也喜歡，我卻不會跟你搶。」

張高峽譏笑道：「妳喜歡男人？」

孫寅笑了笑，「喜歡是喜歡，卻不是女子喜歡男人的那種，打心眼裡欣賞一個人，也算喜歡。打個比方，就像我很喜歡首輔大人沒能寫出『安得廣廈千萬間，大庇天下寒士俱歡顏』這樣的絕好詩詞，但他卻腳踏實地做到了這件前無古人的壯舉。六部衙門，總計四千間屋子，以後豪閥世族子弟越來越少，寒庶子孫越來越多，這不異於前輩李淳罡在江湖上的劍開天門，為後輩開山。」

孫寅轉身離去，悠悠然說道：「想當然覺得別人會喜歡什麼，就送給對方什麼，好像這就是付出了，卻從不問一問對方想不想要、願不願收，這種人，再掏心掏肺，也不過是自以為是，自以為豁達大度問心無愧了，其實還是自私。是在講男女情愛也好，是在說兄弟交往也罷，都可以去套。因為對人好，不容易，但不算太難，但真的能設身處地去尊重別人，就很難了。

古人以『知己』這個說法來形容至交好友，因此如何才算『知己』，是大學問啊。孫寅是個蠢人，不知將來千百年是如何一個世道，但是咱們身處的這個世道，還算看得透，渾人不少，可總歸還是有些人不重利、不重名，不重好劍、不重謚號，不重朋友的好心好意，不重死得其所，不重一家一姓香火傳承，乃至於不重一人之社稷江山……」

張高峽皺起狹長好看的眉頭，問道：「這傢伙胡言亂語什麼，是在罵咱們爹，自顧自成全了『忠義』二字，卻獨獨對不住了桓伯伯？可後頭好像又在誇啊，這豈不是自相矛盾？」

張邊關漫不經心道：「恐怕他自己也犯迷糊。人太聰明了，就喜歡自己跟自己對著幹，翻來覆去，兩手空空。」

張高峽瞪眼道：「孫寅胡說八道什麼，我不知道，你在罵咱們爹，我還聽得出來！」

張邊關解下那只鴿鈴，隨手丟入鎖龍井，做了個玩世不恭的鬼臉，笑道：「爹懶得罵我，我就偷偷罵他，妳又不會告狀去，我怕什麼？」

張高峽語氣沉重了幾分，問道：「你真不順著爹的意願，去遼東投軍？」

張邊關輕輕搖頭，「做兒子的，既然幫不上什麼忙，總得送一送爹。生兒無非養老送終兩件事，我這個兒子總得盡力做成其中一件吧。」

張高峽坐在井口上。

張邊關一臉訝異道：「跟妳說這種事，妳也不哭一哭？」

張高峽平淡道：「我不是那樣的女子。」

張邊關「嗯」了一聲，「其實我們都不如妳像爹。」

張邊關似乎記起什麼，說道：「妳馬上要離京遊歷江湖，聽哥一句話，爹嘴上說不讓妳去哪裡，其實就是心底最想妳去的地方。」

張高峽低下頭，「別說了，再說我就真要哭了。」

張邊關伸出雙掌狠狠拍了拍臉頰，「他娘的，妳一個女子還沒哭，哥哥一個大老爺們兒就已經先扛不住了。有個人，有句話，說得果然是千真萬確！哥哥這輩子就沒聽過比這句話更有道理的，張聖人聽了也得甘拜下風！」

張高峽抬起頭。

張邊闕眨了眨眼睛，「他說大丈夫流血不流淚算個屁英雄好漢，天下女子每個月都流血不流淚！」

張高峽深呼吸一口，又深呼吸一口，這才平復下想殺人的衝動。

張邊闕柔聲道：「妳去吧！天下大亂，到時候肯定會是英雄梟雄狗熊一窩蜂冒頭的風景，妳別錯過，就當給咱們爹多看幾眼。」

張高峽沒有答應，也沒有拒絕。

只是這一天，太安城不復見那佩劍的張女俠。

◆

張邊闕跟往常沒什麼兩樣，在夜色中走回斜眼街。

院子裡泛起昏黃燈光，是在等他回家。那個不算太漂亮的笨媳婦就算惱極了他喝花酒，仍是這麼等著，日復一日，大概她會覺得這輩子都沒有盼頭更沒有盡頭了。

別的女子，不說嫁給了張家這樣整個離陽王朝獨此一家別無分號的高門，就算嫁給三、四品官員的子弟，那也是風風光光，不光是她自己錦衣玉食，她將來的孩子也能一輩子衣食無憂，以後長大成人，想要鮮衣怒馬就鮮衣怒馬，想要經國濟世就經國濟世。

張邊闕正要像以往那樣大大咧咧推開院門，吆喝著要自己媳婦好酒好肉伺候著，沒來由猛然蹲下，然後就聽到行人腳步，又趕忙起身，推門歸家。

女子一如既往默不作聲，端上溫熱適宜的飯菜，小筷子夾菜吃著，偶爾打量一眼那個一隻腳架在長凳上只顧自己狼吞虎嚥的男子。從不願與她多說一句話的男子，便是她的夫君了，卻也從來不見她如何把幽怨委屈擺在那張清清秀秀的臉面上。

張邊關總喜歡說她之所以這般好脾氣，是因為畏懼他的家世——瘦死的駱駝比馬大，他張邊關再沒出息，也是張巨鹿的兒子，她能不小心翼翼伺候著？只是每次說到這點，張邊關總要自己給自己一個大嘴巴，說花鳥魚蟲才用「伺候」這兩個混帳字。然後她就偷著笑，直到張邊關瞪她，她才撇過頭，只是嘴角那份淡淡笑意不見清減就是了。

這一晚的深夜，張邊關在她熟睡之後，悄悄嗚咽起來。

「我是怕自己喜歡妳，更怕妳喜歡上我，才這樣的啊。我怎麼會不想要一個聽話懂事的孩子？兒子女兒都很好啊。可我是張巨鹿的兒子，我做得越多，錯得就越多。如果我把真相跟妳說了，妳是逃走？可妳能逃到哪裡去？不逃，活得就能比當下更輕鬆了？妳再笨，陪著我死的時候也會醒悟過來，可我寧肯到那個時候妳再來恨我。只想著讓妳這會兒糊糊塗塗埋怨著我不爭氣、沒出息、不當家。媳婦，這輩子就當我欠妳了，如果真有下輩子，我肯定還妳……」

張邊關滿臉淚水，胡亂擦乾淨以後，漸漸昏昏沉沉睡去。

那個背對他面牆而睡，整夜紋絲不動的溫婉女子，直至聽到夫君的鼾聲，這才緩緩睜開眼。她的眼神，溫柔依舊，一如她當年走下轎子那一天，被他掀起紅蓋頭那一刻。

第二天清晨，張邊關又沒心沒肺般吃過早點，大步出門離家。

張邊關出門之後，走在斜眼街上，望向西北，輕聲道：「高峽，一定要去北涼啊。只有那裡才會是亂在一時，而非一世。」

今天的首輔大人幼子，依舊還是那個太安城甚至是天底下最值得嘲弄的世家子。

可那女子呢？

女子安安靜靜做著一件又一件的瑣碎家務，她手頭沒有事情的時候，就斜坐在內院門檻上，望向院門，等著他回家。

◆

如果說去年的陵州官場，那會兒還是兼著陵州將軍的世子殿下那番攪局，僅是暗流湧動，最終是場雷聲不大、雨點更小的鬧劇，那麼幽州軍政在新涼王的血腥鐵腕下，完全就是一場導致風雨飄搖、人人自危的慘劇了。

春雨貴如油，北涼春季尾巴上的雨水，更是如此，雨水一落，血水一沖，也給幽州大小衙門省去不少麻煩。要知道這次北涼前所未有的變故，光是校尉就死了三個，實權都尉更是一雙手都數不過來，剝去一身官皮充軍邊關的達官顯貴則不下百人，幽州境內盤根交錯的所謂八百將種門戶，雖說肯定是個誇大的虛數，但三百戶肯定有，結果大半都給波及，捲入慘案的家族，竟是毫無還手之力。

其餘那些耐著性子在等燕文鸞大將軍雷霆震怒的人，更是心寒，大將軍不光是袖手旁觀這麼「好說話」，更是親自調動六營燕家嫡系精銳步卒，憑此控扼幽州北地幾處關隘，這根本就已經是不但翻臉不認人，還算是自己往自己身上捅了一刀子。

有大雪龍騎滲入幽州腹地，涼州東邊上還有老涼王義子齊當國親自出馬，陵州北方則有汪植和辛飲馬兩支屬於北涼不同序列的騎軍厲兵秣馬，步軍副統領顧大祖這個北涼「新貴」，以及劉元季、尉鐵山這些不管退位的在位的功勳老將，哪怕跟幽州有千絲萬縷的牽連，仍然都毫不猶豫地選擇同時公開支持新涼王。

這時候，幽州豪橫將種就算不明白為什麼新涼王在陵州那麼好脾氣，怎麼到了幽州就如此不念舊情了，但都切膚之痛地明白了一件事——北涼姓徐。在北涼有本事有資歷跟那個年輕藩王掰一掰手腕的老傢伙、老軍頭，就他媽沒一個肯給他們說句公道話。

總之，一切都晚了。

舊人去，新人來，而且一來就來了數批人。有的是被徐鳳年喊來的，有的則是不請自來，後者還都不太客氣。隱約成為北涼臺面上士子領袖的黃裳就差沒有跳腳罵人，上陰學宮的王大先生則優哉游哉，勸說著黃裳怒傷肝這類廢話。

兩位儒雅老人都是剛從邊境欣賞過了大漠風光，就馬不停蹄匆忙趕往幽州沂河。不過越是臨近沂河，王大先生就越是老神在在，照理說最該樂於見到此時此景的文人黃裳，卻成了那個罵北涼王得最凶的傢伙。罵徐鳳年戾氣太重，還罵他才是真的人屠，比徐驍還心狠手辣，說他有本事到北莽殺人去，殺自己人算什麼本事。

徐鳳年沒笑沒惱沒言語，只是在幽州將軍府邸越俎代庖地一手全權處置軍政，對黃裳的痛罵，全然無動於衷，連眼皮子都沒有抬一下。

在王大祭酒跟黃裳兩老之後，又有從流民之地火急火燎趕來的新任流州刺史楊光斗，這位墨家巨匠倒是沒半點大動肝火的模樣，只是說了兩句話：「差不多就行」、「陳亮錫做得相當不錯」，之後便來也匆匆、去也匆匆，甚至沒來得及喝上一口熱茶、吃上一口熱飯。

除了這幾位白髮蒼蒼的老頭子，剩下的就要起碼年輕一輩。涼州刺史胡魁，白馬斥候前身列炬騎的真正締造者，他身邊還跟了一個曾經寫出過〈涼州大馬歌〉的郁鸞刀。殷陽郁氏的長房長孫，這傢伙單槍匹馬去流民之地兜了一個大圈，似乎也沒被殺，也沒殺人。還有才當上陵州別駕沒多久的宋岩，以及陵州黃楠郡水經王氏家主王熙樺，這兩位，曾經是一個郡內政見不同的對手，倒也談不上是什麼死敵，以一手道德文章著稱北涼的王熙樺跟一心鑽營事功二字的經略使大人李功德，這一對那才算真正的死敵。

等這些人都齊聚幽州將軍府邸後，第二天清晨，風雨如晦，徐鳳年喊上他們一起前往新建成的青鹿洞書院。最近都沒有機會露臉的皇甫枰負責帶一百親騎護駕，面沉如水，看不出半點悲喜。短短一旬內就攤上殺人如麻「樂大劊子手」這個罵名的幽州副將樂典更是憂心忡忡。只有那個幽州文官之首的刺史大人王培芳，吊尾在隊伍後頭，高坐馬背，並不如武人健壯的清瘦身軀隨著馬背起伏，一晃一晃，難掩臉上的喜氣。

福禍相依，尤其是由禍轉福，他王培芳就算定力再好，如何能夠不倍感喜慶？

幽州大亂，可青鹿山麓上的這座書院，稱得上是幽州僅剩的一塊淨土，已經有將近百位士子書生入此安心求學，低頭則埋首典籍，聚首則切磋學問。美中不足的恐怕就只有暫領書院領袖的兩位先生了，新涼王要他們每月都拿出一篇有急功近利嫌疑的事功文章，字數多多益善，比如北涼鹽鐵應當如何，如何應對朝廷的漕運約束，如何根治黨爭桎梏，如何解決胥吏之禍，如何界定名相權相，甚至還有如何制衡相權等等，許多題目無疑都是做學問之人的雷池禁地，可還是有士子實在抵不過每篇當月奪魁文章可得白銀一百兩到五百兩不等的巨大誘惑。

古語有云，書中自有黃金屋、千鍾粟、顏如玉，且不說黃金屋，後兩者難道不都需要真金白銀？先賢不過是把話說得含蓄了點而已，其中的道理再實在不過了。青鹿洞書院雖然還只是個粗胚子，一座書院最重要的精氣神更是空落落的，但黃裳在登山之後，心情顯然大好，也顧不上對北涼王擺什麼臉色，撚鬚笑吟吟，滿懷欣慰。

朝廷雖說不禁名士清談，但北涼更是連大逆不道的言辭都可以不加理睬，甚至反過來助長氣焰。在老言官黃裳看來，這才是讀書種子真正的土壤所在，心有所想，便可以口有所言，付諸筆端，從而留書青史，任由後世評點，這就是天下讀書人真正的大幸事。

黃裳站在書院門口，沒有急於跨過門檻，仰頭看著那塊北涼王徐鳳年親手書寫的匾額，駐足不前，一下子熱淚盈眶，嘴唇顫抖，問道：「當真能容下我輩書生有一天像黃裳昨天那般，痛痛快快罵你徐鳳年，罵北涼？」

徐鳳年點頭道：「罵人無妨，只要你們讀書人能夠獨善其身就夠了，要是還能想著真心實意去兼濟天下，更好。如果有一天，哪個北涼擅權的武夫敢拿刀殺你們，只要道理在你們心裡嘴裡，不在他們手上刀上，我就護著你們。」

黃裳接連說了幾個「好」字，大袖飄搖，與王大祭酒一同大踏步走入青鹿洞書院，走出一段路程後，猛然間發現那個年輕徐家人並未跟上，而是站在原地。黃裳轉過頭，一臉疑惑。

徐鳳年說道：「從今往後，北涼武人只要是披甲佩刀，一律不得入書院半步，你們讀書人，放心去做學問。我不奢望北涼境內的文人、武人明天就可以相敬如賓、融洽相處，但最不濟也得井水不犯河水，各司其職。

但是醜話說在前頭，讀書人沽名釣譽，借此博取名望清譽，我徐鳳年可以睜一隻眼、閉一隻眼，但要是敢以三寸舌和手中筆亂政擾民，肯定是要掉好幾層皮的。到時候別說你黃裳罵我食言，就算你跟我拚命，我翻臉無情還是輕的，殺了你黃裳都半點不會手軟。」

黃裳欲言又止。

早早上了北涼賊船的王祭酒在黃裳身邊輕聲笑道：「黃老頭，你哪來那麼多迂腐酸氣，要不得啊。書生窮不怕，可文人一酸，寫出來的東西可就要比酸菜還不值錢嘍。」

黃裳嘆了口氣，不再堅持。

郁鸞刀想要跟著走入書院，涼州刺史胡魁悄悄拉住這名從豪閥門第裡走出的年輕大材，輕輕搖頭。

不承想郁鸞刀摘下家傳名刀「大鸞」，交給胡魁，然後微笑道：「我就是無聊了想進去瞅瞅。我讀書讀了二十幾年，讀得夠多了，以後就是戰死沙場的命，按照北涼王的說法，這輩子多半都沒機會再踏足這兒半步，還不得趁著沒披甲又沒佩刀，多看幾眼書院？風聲雨聲，做什麼都不耽誤聽見，馬蹄聲、廝殺聲更是能聽到耳朵起繭子了，可從小就熟悉的書院讀書聲，以後真沒機會了。」

徐鳳年望著那個與自己差不多歲數的年輕人背影，從胡魁手中要過那柄刀，沒有拔刀出鞘，只是屈指輕彈刀鞘，笑問道：「你叫郁鸞刀？」

在廣陵道上被譽為曹長卿之後「郁氏又得意」的年輕人轉過身，笑道：「是啊。」

這段時日一直給人陰沉印象的年輕藩王輕聲笑道：「哪怕你是離陽的諜子，就憑你的相貌，北涼也願意捏著鼻子收下你了。」

郁鸞刀一臉哀怨，「我又不是那待字閨中的女子，北涼王以貌取人，我委實開心不起來啊。」

徐鳳年把大鸞刀交還給胡魁，然後笑著擺擺手，示意郁鸞刀進入書院。

等郁鸞刀慢悠悠走入青鹿洞書院，徐鳳年轉身走到書院前頭的廣場圍欄，朝王培芳招了招手。這位幽州刺史身為正兒八經的文人名士，卻沒有進入書院，外頭這幫人又都是貨真價實的武將，王培芳有些裡外不是人的尷尬。

要說以往，王刺史怕歸怕，可那是怕徐鳳年是大將軍徐驍的嫡長子，是怕這年輕人板上釘釘的世襲罔替，即使後來徐鳳年成功上位，王培芳自認以臣子身分面對新涼王還能留下點文人傲骨，可惜這點氣魄，親眼看著新涼王在幽州眼皮子底下大開殺戒之後，就半點不剩了！

王培芳小心翼翼站在新涼王身後。

徐鳳年眺望遠方，「你跟胡魁對調位置。涼州刺史一直比幽州刺史高上半階，你王培芳在外人眼中也算升官發財，不過你與名義上貶官的胡魁，你們兩人在本王心中的輕重，你心知肚明。」

王培芳額頭滲出汗水，又彎腰了幾分，小聲答道：「卑職清楚。」

徐鳳年「嗯」了一聲，「你去書院。」

王培芳趕忙轉身小跑進入書院。

徐鳳年眼皮跳了跳，微微轉移視線，望向山腳。片刻後，開口對胡魁說道：「胡魁，你是武將出身，知道幽州這麼個地方，不比有李功德坐鎮的陵州，這裡差不多是病入膏肓，遍地的將種門庭，這幫傢伙都習慣了拿拳頭、拿刀講道理，跟他們磨破嘴皮子，沒用。接下來就看你的本事了。」

歷經起伏的胡魁重重點頭，沒有半個字的豪言壯語。

徐鳳年繼續說道：「樂典，你明日就去涼州邊境，給袁左宗打下手，這次本王知道你最憋屈。」

幽州副將樂典低頭抱拳道：「末將領命！末將是個粗人，不會說好話，只願為北涼效死！」

徐鳳年轉過身，盯著皇甫枰，「你還是當你的幽州將軍。其實那天在酒樓，你說得沒有錯，只不過有些事，談不上對錯。本王跟你，跟胡魁又不太一樣，也不用說什麼廢話，把你擺在幽州將軍這個位置上，該說的就已經說完了。但是有一點你該明白，皇甫枰已經不是那個做任何事情都得束手束腳看人臉色的江湖人，在北涼，本王不給你臉色，誰能給你？誰又敢？」

一直在徐鳳年面前夾著尾巴做條狗的皇甫枰，破天荒嘿嘿一笑，「有這幾句話，讓皇甫枰去油鍋裡炸上一百回，也賺回本了。」

第十章　無憂人終得無憂　徐鳳年境界大漲

徐鳳年不露聲色，在斜風細雨中，獨自下山。

迎向登山兩人。

千里迢迢從京畿之南趕赴北涼的老宦官趙思苦。

還有連那張開山符都已在登山之初便剝落退散的高樹露。

徐鳳年知道這場相逢才是真正的生死未卜。但是只有過了這一關，徐鳳年才能心無雜念地面對北莽鐵騎。

才能在糟糕到不能再糟糕的局勢中，再次孤身走一趟北莽。

呵呵姑娘不知何時跟在了他身後，徐鳳年停下腳步，對她搖頭。

她也搖頭。

徐鳳年笑罵道：「妳傻啊？」

少女刺客呵呵一笑。

這回竟是真的在笑。

風聲雨聲還在，沒有了臨近書院的讀書聲，不過有呵呵聲。

徐鳳年走近這個小姑娘，幫她擺正了插在髮髻裡的一支熟悉的金釵，「妳像妳娘，也好看。」

少女皺了皺鼻子，也不知道是開心還是傷心了。

她看了他一眼，蹲在臺階上，不跟著他下山了。

徐鳳年轉過身，雙手按住春雷跟過河卒，毅然下山。

離山腳不遠處，高樹露扯住太安城老貂寺的袖口，往山下一丟，就將之飄然扔回山腳，身子骨孱弱無比的年邁宦官毫髮無損。

高樹露張開雙臂，盡情呼吸了一大口氣。

然後他就將尚未墜地的山上風雨，全部給托回了更高的九天之上。

與此同時，兩袖青蛇從山上滾落而下。

高樹露視野所及，皆是銀河倒瀉一般，從山上洶湧滾落的青色劍氣，對其迎面撲來。高樹露神情恬淡，雙手負後，不退反進，繼續拾級登山，只是當他左腳踏及石階後，右腳才抬起，浩然充沛的青蛇劍氣便撲殺而至。

高樹露雖然沒有做出任何動作，劍氣卻恰如洪水觸礁從他兩側滑過，但是他的雙鬢髮絲仍是劇烈飄拂，而懸空右腳也沒能意料之中地落在臺階上，而是撤回低於左腳一級的臺階上。

高樹露伸出右手，橫向截住青蛇劍氣的一些餘韻，收手後攥在手心，劍氣遊走縈繞指間，單手負於身後的高樹露低頭望去，略微訝異「咦」了一聲，如同行家見著了心動之物，又伸出一手，雙手掌心相對，輕輕一抹，形成一柄猶如劍胚的三寸劍氣。

高樹露將這柄青蛇劍氣凝聚而成的飛劍抵在食指指尖，輕輕凝視。這尊「苟延殘喘」四百年的魔頭，竟是目中無人到了看也不去看下山之人的地步。

與此同時，以兩袖青蛇開門見山的徐鳳年雙刀出鞘，左手倒提春雷刀，右手過河卒對著高樹露就當頭一劈——是那脫胎於劍氣滾龍壁的開蜀式。高樹露手指輕彈，用作揣摩第一道浩大劍氣精髓的三寸劍氣瞬間煙消雲散。

他伸出手掌破開刀芒，輕描淡寫地按住那柄鋒銳無匹的過河卒，五指指肚裂出一絲血痕，但不等綻出血花，便恢復常態。眨眼之間，如此反復了不下六次，過河卒始終沒能割掉此人的五指，甚至都沒有見血！這已經不僅僅是金剛體魄那麼簡單，而是一品四境中金剛境與天象境的圓滿契合，恐怕只有佛門聖人龍樹僧人的大金剛才能媲美。

過河卒受制於高樹露紋絲不動的五指，但是這位號稱前無古人、後無來者的忘憂天人，也並非真的全然紋絲不動，最不濟他一前一後的雙腳就下陷一尺有餘，被磅礴刀氣壓頂，最終踩裂了臺階。

高樹露的視線一直逗留在那柄將出未出的倒提短刀之上，顯然在他看來，高手搏命對決，真正值得上心的，都是那些蓄勢待發的後手。再好的先手，哪怕妙至巔峰，高樹露見識過，拆解過，也就那麼回事，四百年前殺光幾乎所有的江湖頂尖高手，僅是陸地劍仙就有兩位，他領教過的玄妙招數上乘手段還少嗎？不過明知他是高樹露，還敢如此近身廝殺的所謂高手，四百年前那座烏煙瘴氣的江湖，屈指可數。

那倒提短刀，出乎意料，才提起幾寸，就驀然收刀，不僅如此，頭頂那柄長刀也被那人從指縫間拔出。高樹露皺了皺眉頭，一個膽敢出竅神遊到他面前的傢伙，空有不俗的開端，可這麼快便技窮了？難道又是四百年前江湖上那些只懂三板斧的半吊子武夫？真是如此，四百年後的江湖，又有何趣味，值得他剎去開山符希冀著能夠全力一戰？難道真是來北涼不如去東海武帝城？

懶得乘勢追殺的高樹露才皺眉就笑顏，不知何時，他手背上有幾尾形同赤蛇的紅繩，如同初春雨後的荒原野草，長勢瘋狂，不光如此，九柄劍胎圓潤如意的飛劍在自己四周嗡嗡飛旋，搭建起一座看似不可逾越的雷池。當然，在高樹露看來這些都是障眼法，真正的殺招在於隱藏於先前那當頭一刀，從青色劍氣滾落下山起，那年輕人就開始鋪墊這一刀了。

徐鳳年身形倒退飄搖，面朝高樹露倒著飄掠上山，一步一臺階，說不盡的寫意風流。

春雷歸鞘。歸鞘之時，遠處方寸起雷！

高樹露第一次雙手同時揮袖，瞬間在身邊連拍五次，雲淡風輕，不像是什麼殺機四伏的見招拆招，反而像是一個風流名士隨意隨心的指點江山，只是片刻過後，青鹿山五聲雷響，炸出五處大坑，幾欲震破耳膜。

在高樹露拍退方寸雷之後，劍陣收縮，高樹露興許是忙於剎去手背上的赤蛇紅繩，並未出手阻擋，更多是躲避，竟是沒有再度自負到不理不睬。

徐鳳年站在高處，雙指併攏，駕馭飛劍。原本劍胎大成之後，飛劍隨神意而動，不拘泥於劍招禁錮劍術窠臼，才算大成。只是徐鳳年這回以氣馭劍，出乎尋常地按部就班，一絲不苟，而那高樹露也沒有半點輕視之心，比較方才出手驅散方寸雷，重視程度相當。

徐鳳年對此沒有任何得意，兩種手段，就招數而言，南轅北轍，但是追求的結局，如出一轍，顧劍棠的方寸雷要殺的就是陸地神仙，而鄧太阿在東海以飛劍釘殺的物件，正是龍虎山出竅天人趙宣素！

徐鳳年下山，高樹露上山，兩人相逢後，細數徐鳳年的迎客之禮，不可謂不驚世駭俗！有羊皮裘老頭兒的兩袖青蛇，以劍氣滚龍壁開蜀，有天下用刀第一人顧劍棠的壓軸絕學方寸雷，有陸地神仙之下無敵手人貓韓生宣的紅繩，更有鄧太阿的飛劍術。徐鳳年跟高樹露真是一點都不客氣，不過就目前情形看來，高大魔頭還是挺客氣的。

躲過了釘殺天人的飛劍，高樹露沒有惱羞成怒，反而有些不合時宜地怔怔出神，輕聲感慨道：「天下武學，在高某看來，不過『意氣』二字，大多數高人，難免或者意長氣短，或者氣長意短，尤其是劍道之劍氣、劍意之爭，在高某名動天下之前的百年，呂祖便已有道劍法劍之分。意氣俱是風發，殊為不易。當年與高某人同處一個江湖的高手，僅以劍而言，比較意氣高低，似乎都要輸給你偷師的兩位用劍對象。先前劍氣下山，自有先人不及的氣概，隨後飛劍釘殺天人竅穴，更是真正到了劍術的巔峰。敢問這兩位劍士，是誰？可還在世？」

徐鳳年平靜道：「一位叫李淳罡，無師門無宗派，可惜已經死了。一位叫鄧太阿，出自當時劍主為你所殺的吳家劍塚，現在出海訪仙，尚未歸來。」

高樹露微笑道：「劍道能夠獨茂武林，確實不是沒有理由的，千年以來，天下劍山，歷來是一峰更比一峰高，從未有過崇古貶今的惡習。」

高樹露突然轉頭望向山外，「你養刀意的路數很罕見，我等了這麼久，是不是差不多了？」

徐鳳年笑了笑，一手敲在春雷刀柄上，連刀帶鞘都刺入身後石階中，不光如此，還把原先在手的過河卒也插入臺階，就只剩下過河卒的刀鞘還懸掛在腰間。

徐鳳年身無所依，但是氣勢卻驟然攀升，居高臨下，「一品四境的劃分，沿用了整整四百年，如今的江湖人士，大多數人都不清楚其實出自你高樹露之手，我很好奇你如何看待偽境一說。」

高樹露自有大宗師的氣度胸襟，哪怕此刻兩人生死相向，仍是直截了當說道：「偽境不偽，大致相當於佛陀的顯密兩法。密宗有立地成佛的捷徑，卻也不是人人可得，關鍵在於誰在修行。」高樹露停頓了一下，笑道：「人生在世不稱意，求自在之人往往不自在，有所求必然是有所不得，道理再簡單不過……」

說話間，兩人相遇之後，才跨上半步臺階的高樹露瞬間長掠上山，直撞徐鳳年，後者心有靈犀，記起當初在武當山上騎牛的那一手攬雀在手雀不能飛之勢。

高樹露一手探出，卻被徐鳳年雙手握住，腳尖一擰，高樹露雙腳離地就給甩出去，但徐鳳年亦是沒能掙脫高樹露的牽引，兩人一起離開登山石階，往山外墜落。

高樹露被徐鳳年一記仙人撫頂砸下，徐鳳年則被高樹露一掌托住下巴，高高躍起，兩人距離頓時拉到四十餘丈，高低相望。

高樹露凌空而站，瀟灑依舊。徐鳳年身形高拋的勢頭趨於平緩，雙袖一捲，青鹿山上被高樹露先前推回九天的萬千雨點，隨著徐鳳年的下墜，同時砸落。天上雨珠又有高低之分，同一條直線的雨珠子，在氣機牽引下，更高雨點墜落勢頭更為疾迅，於是雨珠串雨珠，珠珠相串成劍。若僅是成就一線雨水一柄長劍，那無非是叩指悟天機的指玄境界，可當萬千雨滴串聯成一張珠簾劍網，那無疑已然是天象境界的恢宏氣魄了。

這還不止，徐鳳年伸出一手，雨簾隨之一扯，劍尖所指，就在手邊，跟隨徐鳳年下落的身影，一起指向了那位負手仰首的高樹露。

借法天地，往往勢之所去，不由自已，而這也是為何天象境之上還有陸地神仙的根源所在。

串珠成劍是指玄，雨劍成簾是天象，而下令劍簾所指，則是當之無愧的陸地神仙。

青鹿山先前在高樹露的天人手筆下，已經不復見風雨如晦的陰沉光景，使得青鹿山獨占光明，此時劍幕當空蓋頂，黑壓壓一片，大雨摧山。青鹿洞書院眾人先前不聞風聲，不聽一滴雨水敲打屋簷聲，本就覺得妙不可言，此時更是停下翻書聲竊竊私語聲，一起走出屋子，瞧見那條劍氣龍捲急劇落下山去，都驚駭得面面相覷，無一不是面無人色。

郁鸞刀急匆匆跑出書院，跟胡魁、皇甫枰一起站在圍欄旁邊，抬頭看著那名當空牽引龍捲的年輕藩王。這位廣陵道上最得意的年輕世家子，此時此刻有些呆滯，有些神往。

郁鸞刀喃喃自語道：「人生天地間，當頂天立地，才算真逍遙。」

高樹露扯了扯嘴角，打了個懶洋洋的哈欠，終於出竅神遊。

高樹露身軀瞬間落地，應當稱之為神遊天人的高樹露則來到雨幕劍簾之上的九天雲霄，地上之人托出一掌，天上之人則拍下一掌。

你徐鳳年有法天象地萬千劍，我高樹露不過一劍而已。

此劍面前，有何陸地神仙，有何地仙一劍？

這與洛陽那天地一線劍，有異曲同工之妙。

暫時落盡下風的徐鳳年毫無懼色，輕輕一笑，「你真當我不曾飽覽九樓之上的風光？」

徐鳳年打了個響指，任由萬千雨滴失去牽引，看似雜亂無章紛亂墜落，他則盤膝席天而坐，一手托腮，閉上眼睛。你高樹露自成天地又何妨？我就一直在等你此時此舉！

徐鳳年輕輕一揮手，如臨書桌，一手推拂桌上雜物，之後又抬臂有五，跟他與王仙芝一戰後的逍遙遊如出一轍，輕聲道：「山嶽、江河、城樓、草木、日月、眾生，都且退散。」

兩尊高樹露之間，天地氣象，異常扭曲，那些雨劍都被攪碎而稀爛。

只是這種亂象，卻在徐鳳年說出一句話後再起變化，「劍來。」

萬千雨劍再度凝聚。

萬劍雨劍，僅剩一劍，一劍成符。

符名封山。

四百年前有一符開山，四百年後有一符封山。

這一道符，來自李淳罡的兩劍兩願，來自鄧太阿的倒騎毛驢看江山，來自洛陽的雨水做劍，來自柳蒿師的雷池，來自韓生宣的無雙指玄，來自宋念卿死前的地仙一劍，來自軒轅敬城的坦然赴死，來自曹長卿的觀禮太安城，來自姜泥的御劍直過十八門等等，來自徐鳳年這輩子所遇世間風流子的一切風流，以及來自他的第十次出神，他的坐崑崙觀滄海，他的練刀養意，他在春神湖上請下的真武大帝，以及某次出神之時看到四百年的她，以及「自己」的那一符。

一符既出，徐鳳年就不再去管，亦是出竅神遊，來到高樹露身邊坐下。

那位神遊天人沒有任何氣急敗壞，反而神色怡然，悠悠然俯瞰天地。

徐鳳年輕聲問道：「高樹露，你要是本本分分跟我比試武道實力，我必敗無疑，你為何要揀選境界來一較高低？」

高樹露淡然道：「必勝之局，對於我高樹露而言，有何妙趣？四百年前就未嘗一敗，四百年後再多一場，又能如何？」

徐鳳年搖了搖頭。

高樹露平靜道：「登山之時，我只想知道這一代的忘憂之人，是否真的可以忘憂。說實話，我先前對你並不看好，你若是能算忘憂，天底下就沒有心懷憂慮之人了。我當初選擇走火入魔來忘卻一切，不知我者謂我何求，看似知我者，謂我心憂，其實不過還是一知半解。四百年來，大概還是只有你真正知我。」

徐鳳年一語道破天機，緩緩說道：「你高樹露在四百年前，曾經是大奉王朝即將登基為帝的皇子，只是你一心求仙，不想做那百年人間帝王，才去訪當時的道教祖庭武當山，問一個問題：『仙』字何解。當時呂祖轉世尚未開竅，無人可解，你又去了龍虎山，也是無人可解，或者說只給出一字半解，直到後來那人應運而生，才幫你給出答案。

『仙』之一字，有兩解。如今兩山，武當和龍虎，前者解半字『人』，後者解半字『山』。龍虎山想著成仙，就要上山，做個山上人，一心成仙，不理會山下事。武當山則繼承呂祖意旨，山上修道，但是得道於山下，修己更修他人，更契合你高樹露所求。可惜當時山上道士分明有這個心，卻沒能說出這個道理，不過就算說明白了，也未必全合你心意。

在你高樹露看來，做仙不忘做人，過了天門，位列仙班，已不是人，這個仙，想要下山降世，亦是要遵循世上氣運，哪裡稱得上逍遙天和地，所以你想要做的，是陸地之上獨一無二的天人，而不是九天之上的山上之人。」

高樹露感慨道：「是啊，天下分合，我有何憂？」

徐鳳年笑了笑。

高樹露收回視線，「海上有劍士反身，訪仙歸來，劍指南海某處，該是你所說的那個鄧太阿了。我最後想問一問，你所求為何？」

徐鳳年雙手籠袖，平靜道：「不去想前世來世，今生無憾就足夠。」

高樹露略顯遺憾道：「四百年後的江湖有趣太多了，可惜支撐我四百年形神不壞的意氣，終歸是強弩之末。四百年前大奉王朝幾乎一統天下，卻為北地蠻子踏破京城。要不？」

徐鳳年點頭道：「就等你這句話。」

徐鳳年叩指一彈，解開那道封山符。

地上高樹露一躍而來，與天上高樹露形神融合。

徐鳳年第十一次出神之後也回神。

高樹露站起身，回首看了眼天下，笑著向徐鳳年走去。

四百年前真正是一人就是一個江湖的高樹露跟徐鳳年擦身卻無過，而是就此消散。

來時無憂去無憂。

我已知生死，又不懼死，奈何以死懼之？我已證長生，又不戀長生，奈何以長生誘之？

就在此時，天雷滾滾，紫氣結雲，電閃雷鳴。

青鹿山之上，隱約是大劫將至的驚人氣象。

似乎還有天人駕馭天龍於雲霧之中時隱時現，繞雷而出，要替天行道。

徐鳳年緩緩抬起頭，嘴角冷笑不止。

身後盤踞起一條氣運凝聚而成的數千丈雪白巨蟒，身具九爪，張開足可吞山的大嘴，朝天咆哮！

然後便沒有然後了。

因為很快天地之間便澈底寂靜無聲了。

◆

老宦官沒有習過武，只是太安城皇宮裡頭從來不缺高手，老人又是最拔尖的那一小撮貂寺巨宦，見多識廣，眼力還是有些的，山上如此這般能教風雨雷鳴聽命於人的神仙打架，看得老人一陣抽冷氣。

北涼春末的陰風陰雨，又尤為入骨，趙思苦就越發難熬了，尤其是當老人看著那個修長身影緩步下山，每走一步，都像踩在他本就不堪重負的心口上，只覺得牙疼得厲害。

等那個佩刀的年輕男子走到山腳，趙老貂寺抱著早死早投胎的悲壯心情，小跑上前，正要開口阿諛幾句，不奢望這位北涼王伸手不打笑臉人，在他手下有個輕鬆些的死法也是好的，不承想那人擺了擺手，率先開口道：「本王替北涼謝過趙老先生。咱們這兒比不得太安城繁花似錦，不過能讓老先生安度晚年的歇腳地方，本王還是能給老先生騰出來的。」

趙思苦愣了愣，就聽到已經走近的那人繼續笑道：「徐家欠了趙長陵太多，但是還無可還，既然老先生是咱們北涼趙陽才的故舊，此番又為北涼冒死建功，沒有讓本王的師父失望，所以老先生你放心。本王說這麼多，其實就是希望老先生真的能夠放心。」

年邁老人灑脫一笑，略帶自嘲道：「咱家一個人人唾罵的宦官，也配『先生』這個稱呼？王爺如此措辭，該不會是又要咱家賣命吧？真要是如此，僅憑『先生』二字，可不太夠啊。」

徐鳳年哈哈笑道：「就說趙老先生不會真正放心的。」

老人彎下腰，疑惑地問道：「咱家真能在北涼想怎麼活就怎麼活，想怎麼死就怎麼死？」

徐鳳年微笑著點了點頭。

趙思苦重重嘆氣一聲，抬頭望向變作雲淡風輕的青鹿山山巔，以宦官獨有的尖細嗓音輕聲說道：「既然王爺厚道，那咱家就斗膽說句大逆不道的心裡話。當初小主子看好陳芝豹，畢竟這位白衣兵仙沒有掌權北涼，也不能就說小主子就看錯人了，但若是小主子真能活到今天，大概也不會有太多憤懣。」

徐鳳年搖頭道：「趙長陵要是不死，北涼多半就沒有本王什麼事情了。」

趙思苦深深打量了一眼年輕藩王，感慨道：「王爺心性如何，咱家一時半會兒看不透，可說出口的話，倒是實在，聽著舒服。」

老宦官轉頭望向太安城那邊，「那兒的人，可就喜歡雲遮霧繞了，頭頂著再好的天氣，也讓人覺著陰森森的。」

徐鳳年對此沒有妄加評斷，只是柔聲道：「北涼這邊常年風沙粗糙，冬天酷寒也尤為難熬，不過站在哪兒，視野都還算開闊，待久了，便是心裡頭有些鬱氣，大風一吹，大雪一壓，總會少點。」

老宦官由衷開顏笑道：「借北涼王的吉言哪，本來只當是完成了小主子的遺願就知足，不承想還能念著能多活幾年。」

徐鳳年轉身看到雙手空空的呵呵姑娘，這位少女正百無聊賴地晃著手腕，他又轉回身對趙思苦說道：「老先生不妨去山上看看風景，到時候跟胡魁、皇甫枰幾人一同下山便是。」

老人笑道：「是得趁著腿腳還利索，多走走看看。」

年老宦官跟少女擦肩而過，老人自言自語道：「當年大秦失鹿，天下英雄共逐之。八百年分分合合，也就四百年前的大奉王朝有一統南北的跡象，可到頭來卻開了被北蠻子南侵中原的先河，那之後的歷朝歷代，就沒一個能對北邊省心的，本朝更是不能例外。

首輔大人張巨鹿執掌朝政二十年有餘，有一半時間都盯著北地邊境，聯手大將軍顧劍棠，也不過是把劣勢拉到均勢。如今離陽要自殺其鹿，天下又當如何？唉，這個世道，咱家一輩子都沒看懂，讀書人容不得宦官，讀書人還容不得匹夫，讀書人最後甚至容不得讀書人，張家聖人的傳世典籍，咱家一本不落都看過，沒瞧出這樣的道理啊！思來想去，大概是上有所好下必甚焉，咱家倒真要睜大眼睛看一看這兒的書院，這裡的讀書人，是不是會稍稍不一樣。」

徐鳳年低聲笑道：「不愧是趙長陵所在家族走出的人物。」

少女歪著腦袋，徐鳳年牽起她的手，柔聲道：「咱們不想那麼多。」

她輕聲道：「老黃想得更多。」

徐鳳年拉著她一起坐入停在山腳的馬車，始終沒有出手的徐偃兵打量了一眼徐鳳年，兩人各自點頭，盡在不言中。

徐鳳年難得能夠真正喘口氣，跟這位少女如同隨口閒聊說道：「就謀士來說，自身器格大小是一事，立足點高低又是一事。在其位謀其事，元本溪在春秋謀士中排名一直比我師父李義山、陽才趙長陵，還有燕剌王幕後的納蘭右慈都要高出一籌，其實未必就是半截舌元本溪的才學要高於其餘幾人，只不過他所站位置，註定了他可以有更大的謀劃餘地，手裡頭也能攥緊更多東西，這就像巧婦有了豐足的柴米油鹽，做出來的飯菜自會更為豐盛。

我們北涼這邊，目前有徐北枳跟陳亮錫，如果北涼能夠不被北莽踏破，他們未來的成就肯定不低，但要說有多高，也很難，襄樊城的陸詡也是一樣的道理。這也是鑽研屠龍術的孫寅為何不願留在北涼的癥結所在。北涼池中有蟒無龍，他瞧不上眼啊。

但是身在離陽朝廷，有好也有壞。壞處就是天子眼皮子底下可用之人實在太多，亂花迷人眼，就算有徐北枳、陳亮錫這樣的天縱之才，一來很難像在北涼這樣迅速脫穎而出，二來正如趙貂寺所說，讀書人難容讀書人，文人相輕，趙室朝廷那邊規矩又多，許多文人的壯志難酬，絕大多數都是無病呻吟，但到底還是真有些人，的的確確是生不逢時，懷才不遇。黃龍士如果生在當下，恐怕別說成為春秋大魔頭的黃三甲，就是想當個上陰學宮的大祭酒，都會難如登天。」

徐鳳年瞥了眼呵呵姑娘，有些無奈道：「瞪我做什麼，我又不是說妳家老黃的壞話，誇他呢。我師父都說他是非常之人，超世之傑，我哪敢小看黃龍士？」

徐鳳年隨即有些思緒飄遠，「趙鑄這傢伙運氣好到可以說成是氣運好了，能讓黃龍士、北莽國師麒麟真人袁青山和納蘭右慈這三位同時看上眼。死在鐵門關外的那個趙楷，只有楊太歲和韓生宣兩個師父，比起趙鑄還是要差上好些氣數。至於四皇子趙篆，已經是一國儲君，不用多說，反正以後離陽江山的歸屬，就看這兩位了。」

◆

返回沂河城內幽州將軍府邸的途中，遇到了兩撥以卵擊石的刺殺，甚至不需要駕車和坐車的三位出手，就都被鷹隼諜子截殺殆盡。

北涼民風尚且彪悍，更不用說將種門庭豢養的心腹死士。這些門戶裡的武人，性子多半剛烈，不把別人的性命當值錢玩意兒看待，甚至都不把自己的命當命，都講究一個你養我十幾、二十年我便能報答你一命，樂意把此視為義字當頭，是豪氣干雲，是大俠風骨，這樣的講究，外人都不好說這是對還是不對。

徐鳳年期間掀起簾子望向倒在血泊中一雙死不瞑目的眼睛，談不上什麼惻隱之心，只是想到了很多北涼之外的事。就說那趙家天子，僅就一姓天子而言，足以在青史上成為百年一遇的明君，但是他登基之後就要殺徐驍，如今更是要再殺離陽功臣張巨鹿。

這並非是這個皇帝當得不好，此人能容翰林院士子風流，能容張顧兩廬，能容八國遺民以筆墨興風作浪，實在是當家天下的皇帝，就必然有一家之主的難言之隱，他再願意為天下蒼生去日夜勤政，終歸還是先要為趙氏考慮得失。

張巨鹿可以為不計自身得失，給天下寒士樹起一道鯉魚化龍的進階大門，甚至可以說，碧眼兒不光是以一人死換來當世六部衙門的四千間屋子，更換來了此後的寒庶子弟在廟堂上的立足之地。恰巧趙家天子又不是那目光短淺之輩，就算他身後百年內，寒門士子依舊可以恪守君臣禮節，一心為帝王謀，但是兩百年以後保證還能如此嗎？

若是廟堂之上，人人皆如張巨鹿這般兼顧趙氏與天下，甚至重百姓重過君王，以至於只顧天下不顧趙氏，這道大門已開，到時候誰能關門？這並非危言聳聽。寒門士子不如豪閥子弟有這樣那樣的規矩，世族子弟穿習慣了好鞋子，就捨不得脫掉，可寒族本就是光腳的，若是不管不顧起來，反正又有才學傍身，輔佐誰不是輔佐，甚至乾脆我自己來坐龍椅又如何？

所以趙家天子殺張巨鹿，是殺離陽本朝頭一號功臣不假，卻更是把大開之門盡力掩回一些的無奈之舉。

這些事，師父李義山看得到，黃龍士、元本溪肯定也都看得到，張巨鹿本人更是如此。至於是好是壞，徐鳳年不做皇帝，不用操這個心。

徐鳳年自言自語道：「幽州這麼一亂，離陽那邊應該覺得是耗子扛刀窩裡橫。我剛好也要緩一緩，嗯，是得好好休養生息一下。」

小姑娘伸出一隻手掌，直勾勾地望向頭髮灰白越發轉黑的徐鳳年。

徐鳳年笑著搖頭。

少女彎曲起一根手指，以眼神詢問。

四？

徐鳳年還是搖頭。

她又緩緩彎下一根手指。

徐鳳年繼續搖頭。

她將剩下兩根手指併攏的時候，徐鳳年笑道：「沒跟拓跋菩薩打過，第二、第三還不好說。」

少女神采奕奕。

徐鳳年輕聲道：「但是只要有王仙芝在世，是第二、第三還是武評墊底的第十，都沒有太大意義。」

少女伸出手指，揉了揉徐鳳年額心隱約浮現的一枚紫金「眼眸」，不太像是夏秋時節向日葵花的金黃顏色，不過她還是挺喜歡。

小時候，她家裡除了那個只知道賭從不當爹的男人，就只有她跟她娘，還有那塊田地裡金黃金黃的葵花。那些被那個男人帶回家的陌生男人，也曾經在田地裡糟蹋她的娘親，她就只敢躲在遠處。每次娘親穿好衣裳，理順頭髮，走出田地，都會找到她這個哭都不敢哭的女兒，朝她輕輕笑，然後遞給她一根摘下的向日葵，一起回家。後來娘死了，她就只能一個人看著那些向日葵了。

◆

幽州動盪，沂河又是波瀾跌宕的中心地帶，這場慘劇，僅沂河一城，就有二十四個姓氏、四十餘大小將種家族遭難，當場殺死於沂河城內的地方豪横不下七百人，株連卻未死之人，大多充軍邊關。

當初識趣選擇明哲保身的地頭蛇，根據諜子密探的持續稟報，如今怨氣倒是不大——很簡單，死了人，就多出了地盤，除了大頭給北涼拿走，剩下的殘羹冷炙也相當可觀，都由他們這些牆頭草家族接手，給糧給錢便是娘的扈從僕役，原本便心儀垂涎的別家婦人婢女，賤賣的珍玩字畫，都是實打實的好處。

徐鳳年入城之後，幾次掀起簾子望出去，都能看到許多冰冷的眼神——麻木、憎惡、畏懼、仇恨，不一而足。

徐鳳年回到將軍官邸，宋岩跟王熙樺還未回府。沂河的收尾，這兩個臨時調入幽州的陵州高官並不直接插手具體事務，更多是將軍皇甫枰和刺史王培芳兩位幽州主官主持。

徐鳳年也不知道他們這對政敵怎麼就能湊到一起，當時下定主意要將這位一起拉壯丁喊來幽州，有意讓宋岩擔任幽州別駕，輔佐武將出身的新任刺史胡魁。倒不是信不過在涼州刺史任上事功極其突出的胡魁，而是未來北涼道四州，文武相互補充以及相互制衡是必然大勢，這種趨勢，不僅僅局限於表面上的將軍、刺史兩職，至於文章學問在北涼出類拔萃的王熙樺，有點像是為腥風血雨白事不斷的幽州「沖喜」，而且青鹿洞書院也需要拿得出手的文壇大家鎮場子。

萬事開頭難，士子赴涼，不可能一下子全部都塞進北涼官場，這是一個循序漸進的過程，何況讀書人之中不乏濫竽充數之徒，先在書院這只篩子裡晾曬抖落一番，以便分出個大致準確的三六九等。

徐鳳年坐在皇甫枰那座異常簡陋的書房中，書籍沒有幾本不說，連裝飾擺設都欠奉，是個寡淡陰冷的屋子，跟皇甫枰的性子確實相像。

有腳步聲傳近，來人在書房門口止步。徐鳳年正在翻閱一本不入流的相書，見狀頭也不抬地說道：「進來。」

入屋之人姓柳，是沂河城的諜子頭目，跟北涼王稟報了今日搜集到的見聞，都是宋岩、王熙樺兩人的零碎言談。原來這兩位在目睹幽州血腥後，又知曉了事情緣由，對於沂河黃氏的處置並無異議，但是就酒樓聽客的抄家一事，兩人就有了嚴重分歧——王熙樺堅持認為那六十五個聽說書之人，不論百姓還是豪紳，都罪不當北涼王如此重罰，一向推崇法家的宋岩則以為人人罪有餘辜。兩人趕赴幽州，原本不出意外宋岩是擔任幽州別駕，王熙樺則掌管一州學政，兩人爭執不下，就有了個賭約，若是王熙樺勝出，兩人交換官位，而宋岩竟說他必贏無誤，以後官職照舊，不過王熙樺以後見著他宋岩便必須執下官拜見上官禮節。

聽到這裡，徐鳳年放下書，笑道：「兩位大人還真是有閒情雅致，難不成六十五人一一查詢過去？」

柳諜子輕聲道：「並非如此，王熙樺只揀選了三人。」

徐鳳年點頭道：「書生意氣，是怕勝之不武。你繼續說，揀選了哪三人。」

貌不驚人的沂河大諜子恭聲道：「分別是沂河曹氏子弟曹升、齊記綢緞鋪的掌櫃戚豐年、村夫韓來財。三人中曹升是靜怡軒酒樓的老主顧，曹氏則是沂河將種門戶的末流；戚豐年是個上門女婿，在沂河西大街風評不錯；韓來財則是假意入樓買酒喝，實則囊中羞澀，躲在後頭藉機聽那說書。這些事情，宋岩、王熙樺賭約之後都曾仔細翻閱檔案，王熙樺在一炷香內挑選出三人，宋岩點頭認可。」

徐鳳年起身道：「王熙樺相信人性本善，人人皆有惻隱之心，宋岩所學，卻是人性本惡，兩人之爭，不是道德文章之爭，說到底是書籍之外的人性之爭。要我猜，輸是肯定道德家王熙樺輸了，但勝之不武的是老狐狸宋岩，若是換過來，從惡人堆中找尋善事善舉，輸的自然會是宋岩，只不過宋岩也不會答應這樣的賭約。」

姓柳的諜子頭目猶豫了一下，還是鼓足勇氣道：「在卑職看來，宋岩也非勝之不武。除了曹升身負兩樁命案外，像那富賈戚豐年與村野百姓韓來財，按律本就該有牢獄之災。」

徐鳳年搖了搖手，「咱們北涼這種地方，俠氣是重，但俠骨未必重，犯事很容易，不犯事就難了。」

諜子默然。

徐鳳年笑道：「這次沂河城許多家族都在忙著大撈油水，柳景興，你不妨從他們手上截下些金銀，就當犒勞你的兄弟們了，沒理由你們辛苦做事的乾瞪眼，不辦事的占盡便宜，諒他們也不敢不鬆嘴吐出點肥肉。不過本王與你事先說好，這回只是特例，不是你們以後做事的新規矩。」

柳景興咧嘴樂呵，依舊沒有半點外人印象中那精明諜子該有的狡黠，倒是越發憨厚樸實了，哪裡像是一個直呼宋岩、王熙樺名諱的陰冷諜子。

徐鳳年繼續拿起書，柳景興便識趣告辭，在他跨過門檻並且輕輕掩門的時候，眼角餘光瞥見一個小姑娘，嚇了他一大跳。

從頭到尾，柳景興都沒有留意到這麼個少女。她頭斜金釵，蹲在一只半人高的青花瓷瓶旁邊，在跟柳景興對視。柳景興迅速收斂視線，低下頭，澈底關上門。

柳景興走了沒多久，暫時還是陵州別駕的宋岩敲門而入。徐鳳年握住書指了指桌對面的椅子，宋岩坦然坐下。

徐鳳年打趣道：「咱們王功曹還真自己一頭撞進你的陷阱了。」

宋岩不奇怪今日之事被諜子知曉，這段時日沂河城眼線遍布，加上他跟王熙樺又惹眼，是情理之中的事情，宋岩有些無奈道：「王熙樺本來算是北涼道上比較圓通的文官，尚且如此，可見北涼之治，任重道遠。」

徐鳳年對呵呵姑娘笑道：「勞煩拎兩壺酒來。」

少女悄無聲息地離去，果真給拎了兩壺綠蟻酒回來。

徐鳳年跟宋岩一人一壺酒，徐鳳年感慨道：「以前知道當家不易的道理，不過只有真正坐上這個位置才能體會當家如何不易。與人鬥，與惡人鬥，像沂河黃氏這樣的，還要跟好人鬥，譬如黃裳、王熙樺這樣的。更要與天鬥，以往聽雨賞雪，都是樂事，如今就得考慮轄境收成。

我現在手頭上就有一摞密信要處置，有說是王府管事勾結官員，為侄子篡改譜品。陸家子弟侵吞良田，被人揭發，還有陸家一位長輩重金購置字畫，竟然是贗品，退換不得，就要鬧事。一名小宗師在涼州喝花酒，跟將種子孫爭風吃醋，後者喊人圍毆，前者痛下殺手，雙方都不是什麼好東西，照理說，兩個都殺了才省心。

更有步軍副統領尉鐵山的小兒子裹挾財物搬遷到鄰居河州，光是違例的真金白銀就裝了八、九箱子，被巡關士卒扣押下，很快就傳出邊境甲士侮辱尉副統領兒媳婦在先的傳言。還有顧大祖器重的一名年輕都尉，莫名其妙在關外就給人打得半死。」

宋岩平淡道：「只要拖家帶口，就會有矛盾，父子之間、夫妻之間尚有間隙，何況是這麼大一個北涼？」

徐鳳年笑道：「以後幽州巨細政務，都交給你跟胡魁、皇甫枰這兩位大人一同勞心勞力了。經略使大人一直為你打抱不平，說你宋岩空有法術勢，卻沒有用武之地，希望把你弄到幽州以後，能夠有些用武之地。」

宋岩點頭道：「理當鞠躬盡瘁。」

徐鳳年不去拎起還剩大半的酒壺，站起身，跟宋岩一起走出書房，宋岩告辭離去。徐鳳年找到暫居將軍官邸一棟偏院的王熙樺，跟他說要去見一個人。

王熙樺一頭霧水跟著走出府邸，坐入馬車，離開沂河城來到郊外。這裡有一條灌溉溝渠，養育出一片還算茂盛的蘆葦蕩，北涼地產貧瘠，用處還算頗多的蘆葦就都成了千金草。

蘆葦蕩附近有幾座臨河而聚的小村落，涼風習習，春暉融融，走在狹窄泥路上，空氣中都是青葦的草香。有三五成群的村子稚童在採擷嫩芽，徐鳳年跟王熙樺緩緩來到河邊的一座小渡口，一叢叢蘆葦婀娜依偎，是北涼少見的柔情旖旎風光。

徐鳳年手中有一截青綠蘆葦的空莖，形似一支粗糙的蘆笛，徐鳳年坐在鵝卵石砌成的渡口上，吹響蘆管，嗚咽幽幽。

王熙樺沒有坐下，站在河邊，心中想著，大概是年輕藩王不滿於自己為何要跟宋岩立下那個賭約，為何要質疑他在幽州的舉措，不過是念在自己還算半個心腹的情分上，才沒有用常見的官場御下手腕收拾自己。

徐鳳年停下吹奏蘆笛，抬起頭，伸手指了指東北，「有個北涼寒士，赴京七年，終於出人頭地，前年已經做到了天子近臣的起居郎，去年又當上了考功司郎中，輔佐吏部尚書趙右齡跟儲相殷茂春主持京評，今年更是要參與大評離陽地方四品官員，初春跟太子趙篆私訪南方，回京之後大婚，皇帝親自賜下府邸，太子殿下與太子妃同時出席，蓬蓽生輝。

新婚之夜，大紅燭，紅蓋頭，那女子是姓趙的金枝玉葉。這名讀書人，以後註定是要平步青雲的，哪怕入閣拜相，也都指日可待。七年中，送給北涼的密信僅兩封，一次是太子人選，一次是趙家皇帝的身體狀況。這麼一個有大功於北涼的讀書人，只是在兩封密信結尾分別寫了兩個字，讓北涼轉告一人。」

徐鳳年停頓了一下，平淡道：

「勿念。」

「勿等。」

王熙樺嘆息一聲。

徐鳳年繼續緩緩說道：「在這名讀書人飛黃騰達之前，這裡就來了個趙勾諜子盯著，盯了很多年。所以哪怕是這麼簡單的四個字，那個掛念之人，等候之人，仍是從不知道。」

王熙樺輕聲問道：「那癡情女子還在等？」

徐鳳年點了點頭，伸手拍了拍身邊的渡口石頭，「當初她就是在這裡送讀書人去京城趕考，然後不曾婚嫁，若是想念，就會來這裡等一等，因為他當年親口答應過她，不論能否考取功名，都會返鄉迎娶她入門。」

王熙樺由衷感嘆道：「這樣的讀書人，這樣的女子，本該結成良人美眷，便是北涼王為他們親自主持婚事也不為過。」

徐鳳年置若罔聞，說道：「去年年尾以後，女子就不再來渡口等人。」

王熙樺愣了愣。

徐鳳年把蘆葦空管拋入水中，沒有轉頭，但是伸出手指，指向王熙樺身側遠處，「她死在了蘆葦蕩裡，也葬在了那裡。」

徐鳳年雙手伸入袖口，「我來幽州，來沂河，就是殺人來的。你王熙樺在心底說我濫殺無辜，我想那些權貴人物再無辜，總不如這個女子無辜。何況，這樣的女子，這樣的慘事，幽州數都數不過來。你們讀書人，口口聲聲一心為天下謀太平，我徐鳳年覺得天下太平實在太遠，身邊太平這麼近，總要先做好。」

王熙樺臉色蒼白。

徐鳳年起身抖了抖袖，面朝蘆葦蕩一座小墳頭作揖。

然後轉身離去，留下頹然坐地的王熙樺。

徐鳳年邊走邊沉聲道：「有幸生而做人，卻不把別人當人，既然自己不做人，在北涼，本王見一個殺一個。」

蘆葦蕩有百餘幽州死士現身，自以為逮住機會，要把這個落單的人屠藩王斬殺當場。

徐鳳年雙手負後，一氣呵成，把百人皆是一撞分屍。

◆

幽州胭脂郡因為靠近邊境，跟沂河城有些遠，便是有些牽連禍事，比起幽州腹地那邊的血流成河，幾乎也可以稱之為世外桃源了，不過還是有些將種子弟給殃及池魚，丟了官帽子，於是這段時日不斷有外地士子帶著官文擁入此郡，占據衙門大小位置，這些新登龍門的讀書人大多有出自刺史府邸的印信，以及黃裳這些文壇大佬的推薦信。

胭脂郡郡守洪山東這一旬來迎來送往，忙得焦頭爛額，才入夏，便不知道喝掉了多少壺降火茶，就怕怠慢了任何一個依有靠山的不知名大人物。如今新涼王崇文抑武那是明擺著的，在幽州大開殺戒，不都是武人？洪山東哪敢在這個節骨眼上擺架子。

胭脂郡境內轄有七縣，上縣只有一個。離陽律例產糧十萬石才屬上縣，北涼這兒折半都是一等一的大縣了。這趟士子進入本郡為官，擔當縣令一人、縣丞三人、主簿六人、縣尉一人，所幸都在中縣、下縣任職，算是沒有往郡守大人的心窩子上捅刀子。

新官上任，拜會一郡主官洪山東，是人之常情，也是該有的規矩，不過仍是有一位主簿、一個縣尉沒有露面，約莫是文人風骨作祟，直接赴任當地，本就是讀書人出身的洪山東也懶得計較這類繁文縟節，境內勉強有個糊塗太平就很知足。

碧山縣是個鳥不拉屎的貧瘠下縣，空有胭脂郡最大轄境的架子，加之地方勢力抱團厲害，歷來在這裡當縣令當得憋屈，更別提什麼三年清知縣、十萬雪花銀的好事了。這回幽州官場巨震，碧山縣從上到下，不用誰發話，從縣令到縣尉自己跑了個一乾二淨，能去別縣高就是最好，沒這份能耐的，也都趁機自降一階去別地兒當肥差撈油水。

結果這個縣的那座老舊縣衙，縣令、縣丞、主簿等父母官們會聚一堂後，大眼瞪小眼，相互都是生面孔。縣令馮瓘，是上陰學宮的讀書人，才至而立之年，據說是連王大祭酒也瞧得上眼的美玉良材，在如今北涼道上自然成了一等一的搶手貨，洪郡守收了此人的見面禮，卻悄悄送了一份更重的回禮。

縣丞左靖，名頭上就要稍遜一籌，當初是跟隨青州陸家一起入涼的讀書人，無甚功名傍身，不過既然能跟「皇親國戚」的陸家搭上線，也無人膽敢小覷。都尉白上闋，喜好懸佩一柄私家刀，正是那個沒去拜會洪郡守的膽大之人，身材魁梧，不以士子自居，就是在縣衙大堂之上，亦是斜眼看人。剩下一個主簿，官職在一縣內坐頭幾把交椅的大人物中官職最為半桶水，叫徐奇，不佩刀劍也不懸玉，年紀輕輕，倒是有副真正的好皮囊。

四位父母官，馮瓘恃才傲物，又是縣令，對誰都不冷不熱。左靖有過交好白上闋的舉止，可惜後者不領情，只好退而求其次，跑去跟徐主簿稱兄道弟。總算沒白費工夫，幾次往還下來，二人也就熟識，閒來無事就一起離開衙門去街上喝酒。其間左靖言語中三番五次試探，獲悉此人是跑來窮鄉僻壤避禍的將種子弟，一開始喝酒都是他左大人做東的酒席，後來就轉為都讓那位年輕主簿掏錢付帳了。

起先左靖還有些忐忑，生怕這個小將種身上草莽氣太重，一言不合就手腳相向，後來喝酒次數一多，越發關係熟稔，就確定這只官場雛兒極好說話，肯吃虧，但在左靖心底也就越發看輕了，只當作一個冤大頭的酒肉朋友，要不然，士子執掌北涼政務是大勢所趨，你徐奇一個裡外不是人的小小將種子弟，日後有個屁的出息？

但徐奇有一點很對左靖的胃口，那就是自己針砭時事的時候，徐奇不懂便是不懂，樂意豎起耳朵聽他這位縣丞大人的授業解惑。反正碧山縣事務並不繁重，馮縣令又搶著去做，白縣尉則成天神龍見首不見尾，左靖跟徐奇兩位有的是喝酒聊天的工夫，忙裡偷閒？閒裡偷忙還差不多！

縣衙正門對著的　轆街不長，店鋪也是小貓小狗三兩隻，而且酒樓就僅有一棟，賣來賣去也就只有綠蟻酒寥寥幾種，左靖實在是喝不慣入口燒喉的廉價綠蟻，今天就跟酒樓要了一壺剛到店裡的劍南春釀，要酒時，特意瞥了眼徐奇的臉色，見他有些肉疼又刻意藏掖的表情，左大人忍著笑意，之後大口喝酒的時候就越發心情舒坦了。

喝著解饞的好酒，左靖只覺得豪氣盈胸，直撲牙關，不吐不快，才喝完一杯，那徐奇就又識趣地趕忙伸手倒滿一杯，左大人端起酒杯，也不急於飲酒，悠悠然說道：「上回與你說到碧眼兒跟坦坦翁公然決裂，大快人心，今日就要好好說上一說後續波瀾。這位張首輔把持離陽言路，終於派上了用場，啪嚓一聲，這柄刀在朝堂上猛然一落，雖未死人，卻讓有資格入殿朝會的廟堂諸公丟了兩個爵位，外加十六頂官帽子啊！徐奇，你說厲害不厲害？」

徐奇輕聲笑道：「厲害，確實是一記霸道至極的回馬槍，不輸給陳芝豹的梅子酒。」

左靖本是想自問自答，被打斷言辭，下意識就想瞪眼，不過迅速收斂，眼前所坐之人畢竟是與他相同品秩的實權官員，他慢飲一口，醞釀了下情緒，這才繼續說道：「廟堂群臣那是既灰頭土臉，又惴惴不安，但是這不打緊，很快就柳暗花明又一村嘍！那位碧眼兒有意要開鑿蓮子河以啟廣陵水患，以修練閉口禪著稱的工部尚書破天荒直言上書，陳述利害，條理清晰，竟是竭力駁回了首輔大人！要我看啊，本朝兩個站皇帝，人貓不管怎麼個死法，終歸是死了，還頂著首輔頭銜的這位紫髯公，也已是搖搖欲墜的暮色光景。」

說到這裡，縣衙之內最有望接任縣令的左靖也是唏噓不已。既是文人，不論嘴上如何置評碧眼兒，心中又如何不會心神嚮往？習武不登武帝城，不算英雄；從文不識碧眼兒，何談為官？

左靖喝了口酒，嘖嘖出聲，結果聽到一句大煞風景的問話，「左大人，張首輔離我徐奇太過遙遠，我反而更好奇如今的江湖。」

左靖難免腹誹你徐奇算什麼個東西，別說碧眼兒，就是太安城都跟你離了十萬八千里，至於江湖，你就真的能近幾分了？不過心中不屑歸不屑，左靖喝著人家請客的好酒，臉面上還是笑意吟吟，緩緩說道：「江湖嘛，本官也有所耳聞，雖未上心，可既然你問起了，給你說上幾句閒話也無妨。恰逢朝局變動，從廣陵道那邊流傳出了天下新三評，將相評且不去說，都是意料之中的人物，也就本朝殷茂春與北莽董卓兩位略有新意，單就說你問及的這份武評，委實是百年不曾有過的大手筆，由十人增添為十五人……」

徐奇那廝又拆臺笑問道：「這麼多，是不是不值錢了點？」

左靖冷笑道：「不值錢？這回比歷屆武評都要值錢！以往離陽武評十人，以及上一次北莽越俎代庖出爐的武評，都不曾把三教中人加入此列，更不敢去碰武帝城和吳家劍塚這些地方。這次的武評十五人，那才算真真正正的世間頂尖高手！」

徐奇低頭喝了口酒，然後瞇眼笑著。

左靖瞥了眼桌對面的年輕主簿，相貌平平的左縣丞肚子裡難免有些憤懣，這個將種公子哥倒是生了一副容易拐騙女子的皮囊。不知何時酒樓的少東家也湊過來，也不知道帶壺反正賣不了幾個銅錢的綠蟻酒，就那麼枯坐著，不蹭酒，就是傻笑。

左靖瞧著心煩，只得眼不見為淨，不怎麼想浪費口水，拗不過那寒酸少東家的渴望眼神，左靖抽了抽嘴角，見到徐奇又跟掌櫃的要了壺劍南春釀，這才展顏一笑，說道：「王老怪王仙芝，依舊是當之無愧的天下第一，無人能撼動，哪怕是訪仙歸來一劍翻南海的桃花劍神鄧太阿也只得乖乖屈居第二。」

粗眉大眼的酒樓少東家一驚一乍，大聲道：「咋回事，拓跋菩薩變作第三了？」

左大人懶得理睬這隻學淺眼拙的井底之蛙，慢悠悠道：「有何稀奇，北莽拓跋菩薩給鄧太阿趕到了第三了唄，武道巔峰前三，位次有變，但人還是那三人，雷打不動。說過了這三位陸地神仙，接下來本官且說後五人，評點之人約莫是還有些忌諱，三教中的佛道領袖，都不入前十之列，像那已經被封山的兩禪寺白衣僧人——天下無禪李當心，北莽國師——麒麟真人袁青山，武當新掌教李玉斧，就都在十名之外，跟斷矛鄧茂和咱們北涼的徐偃兵，不分先後，並列占據這五席位置。若是擱在十年前，這五人誰不是穩居前五的神仙人物？」

酒樓少東家樂呵道：「咱們北涼了不得哇，李掌教跟徐將軍都上榜啦。哥今兒高興，等下請你們喝酒，絕對是上好的綠蟻，找遍碧山縣，保准都沒一個地兒能賣！左大人，快說快說，還有那七位英雄好漢到底是哪些？」

左靖有心逗樂，促狹道：「先拿酒來，否則免談。」

少東家急不可耐道：「急啥，稍後一定請縣丞大人你喝兩壺綠蟻酒！小的還有膽子坑你左大人不成？」

徐奇啟封第二壺劍南春釀，左靖手中酒杯給倒滿之後，也就不去跟一個鄉野村夫斤斤計較，猛喝半杯，滿臉愜意地亂了一口，這才說道：「第四是西楚儒聖曹長卿，第五是逐鹿山魔頭洛陽，第八是更漏子洪敬岩，第九是大柱國顧劍棠，第十是素王劍之主──吳家劍塚當代家主！」

少東家愣神，扳了扳手指頭，納悶問道：「還有第六、第七跑哪兒去了？縣丞大人，敢情被你老人家喝酒喝掉了？」

左靖正要伸筷子去小瓷碟裡夾一粒花生米，聞言作勢要打這憨子，白眼道：「第七正是從你們北涼走出去的新蜀王，陳芝豹。」

那年輕人嘿嘿笑道：「啥叫你們北涼，縣丞大人你喝酒喝糊塗了吧？是咱們北涼，這才對。」

左靖微微悚然，微醺的酒勁散去大半，但很快恢復泰然神情，微笑道：「第六嘛，則是咱們北涼王了。」

年輕人張大嘴巴，瞪圓眼珠子。

左靖斜眼這廝，不掩飾滿臉的譏諷，冷哼道：「不信？裴矩，你小子是不敢相信還是不願相信啊？嗯？」

姓裴的年輕小夥子咧嘴傻笑道：「天大的好事，信信信，不信我就跟你縣丞左大人一個姓！」

左靖忍不住開始掉書袋，顯擺他的學問，嗤笑道：「裴姓放在二十年前是大姓不假，可如今連屁都不如，比本官之左姓在本朝譜品上差了六十好幾。」

裴矩小雞啄米般狠狠點頭道：「對對對，姓裴就是丟人現眼，走哪兒都不受待見，我現在就恨不得哪天找位大家閨秀把自己送出去，入贅改姓才好。」

徐奇低聲感慨道：「第六。看來是黃三甲有意手下留情了。」

左靖疑惑問道：「你說什麼？」

徐奇搖頭笑道：「只是覺得不管第幾，能登榜武評就很能嚇唬人了。」

裴矩面對鼻孔朝天的縣丞大人，還有些老百姓對父母官該有的敬畏，對於這個對誰都和和氣氣的徐奇也就習慣了順杆子往上爬，這些日子偶爾相處，一向大大咧咧，言行無忌。

他抓了一把花生米丟到嘴裡，含糊不清道：「何止是嚇唬人，我要是見著一個，那還不得被嚇破膽，要是沒被嚇死，就是抱著他們的大腿，也得哀求他們收下我做徒弟，僥倖學成了一招半招，再出門行走江湖，打誰不是打？打不過也能把師父搬出來撐腰鎮場子，誰還敢欺負咱？那可不就是急著投胎？」

徐奇欲言又止，終於還是忍不住開口說道：「你有這樣的想法，是練不成好劍，做不成高手的。」

裴矩翻了翻白眼，沒好氣道：「我也不練劍，你看看，天下前三，練劍的就一個，算上十五大高手，就還有個吳家劍那個啥字來著的老傢伙也練劍，還是前十裡墊底。」

徐奇笑道：「也對。」

裴矩突然眼睛一亮，死死盯住那位才學淵博的縣丞大人，猴急問道：「那胭脂評呢，有哪些大美人？」

左靖到底是男人，會心一笑，小酌一口醇酒，回味片刻，說道：「這份胭脂評倒是沒如何更改，無非是少了個殉情的靖安王妃裴南葦，多了個西楚亡國公主姜姒。」

裴矩想了想，「這位，我曉得的，御劍直過皇城十八門嘛，以後誰敢娶？那咱們的武林盟主徽山紫衣呢，不都說她也生得禍國殃民嗎？」

左靖低聲笑道：「西楚公主不敢娶，這位大雪坪女主人就有男子敢染指了？你要清楚，軒轅青鋒雖未躋身武評十五人，卻跟南宮僕射一起給點評之人單獨拎了出來，說前者只差一關，後者只差一樓，都有望以女子身分登頂武林，就看誰更快一步了，誰慢了一步，便步步慢，再難並肩。要本官看哪，這作評的老狐狸，也是一肚子壞水，恨不得這兩位大美人打起來才好。裴家小子，本官問你，不去說高不可攀的她們，就說你假使認識兩位臨街的美嬌娘，你自己吃不到，樂意不樂意瞧見她們在大街上扭打起來？」

裴矩只顧著嘿嘿笑，答案不言自明。

既然有不用花錢的酒喝，左靖說話就多了，這之後又給孤陋寡聞的兩個年輕後生說了許多江湖新事。比如東越劍池的宋念卿無緣無故死了，西蜀春貼草堂的劍法大家謝靈箴也死得蹊蹺，這些宗門失去了定海神針，江湖地位一落千丈，已經不復當年傲視江湖的盛況，被龍虎山、吳家劍塚遠遠拉開，只得跟許多新崛起的宗門並列十大門派。

北涼這回確是不折不扣的大贏家，在這一樁離陽是離陽、北莽是北莽的評點上，又有一個原先誰都沒聽說過的魚龍幫一鳴驚人，雖然是末尾，可第十又如何，出門在外，自報名號，那總是自稱咱魚龍幫是整個離陽江湖十大門派之一，而不會愣頭青到說是第十的。縣丞大人說到這裡的時候，裴矩就已經尋思著是不是該跑去陵州加入魚龍幫了。

閒聊最後，裴矩一拍大腿，後知後覺地問道：「左大人，那尊大魔頭人貓咋不上榜？給人比下來了？落魄到前十五都擠不進去？」

左靖哭笑不得，拿筷子指了指這個偏居一隅只能一輩子坐井觀天的年輕人，「你傻啊！」

碧山縣主簿徐奇，一笑置之。

裴矩突然搗住肚子，說要去蹲茅廁，腳底抹油就不見人影了。

左大人等喝完最後一杯劍南春釀，這才猛然醒悟——這傻小子不是真傻，而是耍小聰明躲那兩壺事先說好的綠蟻酒了。

左靖笑了笑，起身離桌，那徐奇說要再坐一會兒，縣丞大人便獨自走出酒樓，嘀咕道：「傻便是傻，酒樓在這兒，能跑到哪裡去，躲得過初一躲不過十五。本官堂堂六品縣丞，別說要喝你兩壺破酒，便是要你半座酒樓又有何難？」

等左靖離開酒樓，年輕人馬上跑回酒桌坐下，笑道：「徐奇，你說這傢伙笨不笨，朝三暮四的道理也不懂，白讀那些聖賢書了。」

徐奇笑問道：「朝三暮四難不成還有額外的道理講究？」

裴矩蹺著二郎腿，拎起劍南春釀的酒瓶，仰起頭，就喝了瓶底幾滴酒，但也心滿意足了，抹嘴道：「你讀書肯定比我還少。朝三暮四是說啊，一個耍猴人給猴子早上三顆橡子晚上四顆，猴子不答應，耍猴人就說早上四顆、晚上三顆。我小時候一聽這別人眼中的笑話，就覺得這猴子真他娘聰明。早上就能多拿到手一顆橡子，早到手早省心，不是比啥都強？再說了，咱們這世道，做生意的人，誰不是鬼話連篇？所以說嘛，猴子聰明著呢！那位縣丞大人就很笨了，也不曉得他咋當上的縣丞，要我看，還不如我去當這個父母官。」

徐奇望向窗外，平靜道：「是你說的這個理。可其實有些時候做事做人，都不用這麼聰明的。」

裴矩「呸」了一聲，譏笑道：「徐奇啊徐奇，你這話沒意思了啊，不聰明點，能出人頭地？街上野狗都知道逮著窮酸乞丐咬，你看牠敢不敢咬我，咬縣丞大人？」

徐奇默不作聲，走出酒樓。

走在行人稀稀落落的大街上，他抬起頭，任由陽光刺眼，無動於衷。

裴矩趴在視窗，看著那個漸行漸遠的身影，心底一直嫉妒那個主簿衣衫相貌還有官身的酒樓少東家，撇嘴嘀咕道：「人模狗樣有卵用，你也配跟老子講道理？」

徐奇獨自走著。

喂。

溫華。

你的兄弟，已經是名義上的天下第六。

如果將來那一天，我還能不死，你也還活著。那麼你不要的那一份，我也自作主張幫你加上了。

咱倆加在一起，弄個天下第一，不過分吧？

◆

徐奇自然就是徐鳳年。

他這個主簿沒有住到縣衙後堂。縣令馮瓘攜帶的藏書多僕役多，占去許多屋子，縣尉白上闋也額外清理出一間習武房，也不跟誰客氣，一副誰不滿意誰來問過本官腰間刀的架勢，他這個主簿就很識趣地在外頭置辦了一棟小宅院，離著縣衙就一盞茶由熱到涼的工夫。巷弄僻靜幽深，院中有一口汲水不易的小井，有一架才泛新綠的葡萄藤，倒也馬馬虎虎算是幽靜宜人。

徐鳳年回到住處的時候，一個頭斜金釵的小姑娘正趴在井口上，撅起屁股蛋兒，也不管這個姿勢雅觀與否。徐鳳年脫去嵌有從六品官補子的文官公服，搬了條小板凳坐在井邊，原本他是沒福氣如此優遊度日的，不過家裡二姐知曉他目前的狀況後，寧願自己勞累些，也執意要他這個弟弟暫時不去觸碰堆積成山的案牘政務。

要知道這些奏疏文本，搬山一空之後，可以馬上就再成一山，只是她說是下人勞力、中人勞智、上人勞人，就當是給他最後大半年的悠閒日子。反正講道理，徐鳳年從沒贏過她，也就安安心心等待下一個春暖花開，到時候就算自己想偷懶，想必二姐也要揪著他耳朵到書桌前。

他這個不大不小的主簿，在胭脂郡碧山縣，當然是將種子弟出身的徐奇，這個化名在北莽在離陽江湖都曾用過，可等到一年守孝結束，等到披上金縷織造局耗費大量人力財力精心打造的那件衣服，他也就該離開這裡，離開幽州了。

在碧山縣，除了半旬一封的家書密信，不會有任何人打攪他的清修，所以類似武評、胭脂評、將相評這些事情，還真得從縣丞左靖那裡聽說，以至於當主簿的那點俸祿，都給左大人喝酒喝得七七八八。

這次新武評，無疑是黃三甲再一次故意掀起妖風，這其中龍虎山是最大的輸家，一對父子大真人連袂飛升，盛況空前，卻好似掏空了這座道教祖庭的所有家底，此次無一人登榜，而至今杳無音信的武當李玉斧一躍入評，與袁青山、李當心並肩，武當山的地位肯定要水漲船高，而徐偃兵跟他這個天下第六的橫空出世，北涼儼然是最大的贏家。

他靠著藤架，自言自語道：「十次出神逍遙遊，居高臨下，看過了許多地方，順勢見識到一時一地的氣運聚散。都說一方水土養育一方人，在這一方水土的局限中，人與人的言行相互滲透，所以此水土與彼水土，兩地人士寫出來的文章味道都會不同，再放大了說，以廣陵江為界，南北之分，南人北人的性格更是截然不同。

出神看大，回神看小，就說我如今看北涼新人左靖，看舊人裴矩，看他們的一言一行，最終氣數混淆，都融為北涼的氣運，都有啟發。如今北涼身負氣運之地，有武當山，不過得等到李玉斧回山。清涼山在姜泥跟羊皮裘老頭兒都走後，換成了雌雄莫辨的白狐兒臉以及呼延觀音。但是這幾人，在或不在，都遵循天理昭昭四個字，強求不得。

很多故人，都真的成了已故之人，還有些，也不知道哪天就要成為作古之人，像那跟在劉松濤身邊的王小屏，不知為何依舊沒有登榜武評的隋斜谷，還有不知所蹤的李子姑娘和南北和尚，不過說起來，跟我沾上關係的，多半沒有好下場。」

一直聽徐鳳年念叨的呵呵姑娘抬起頭，扶了扶微斜的金釵，平靜道：「我十幾年前就該死了。」

徐鳳年被逗笑，好奇問道：「既然是妳的救命恩人，那妳還殺我？那幾次，妳有手下留情，但也有的確是痛下殺手的時候啊。」

少女一屁股坐在井口上，望著他，眨了眨眼睛，「老黃說你活得那麼慘，死在我的手上，總好過死在別人手上。我覺得……」

徐鳳年無奈道：「妳覺得挺有道理的？」

少女呵了幾聲，顯然挺高興。

她突然像是記起一事，一閃而逝，起身說走就走，留下一個孤苦伶仃的徐鳳年「獨守空閨」。徐鳳年不知道她去哪裡，卻感覺得到她一時半會兒不會再露面。他嘆了口氣，坐在小板凳上發呆。

這些時日，大體就是去縣衙點卯打個照面，然後便沒有他主簿大人什麼事情了。碧山縣新老交替，百廢待興，縣衙上下本該是最辛苦的時日，不過縣令馮瓘強勢無比，獨攬大權，左靖幾次明爭暗鬥，皆爭權落敗，也就無所事事，似乎是想從身後靠山那邊謀求一些支持，暫時選擇休憩蟄伏，且看馮大人橫行到幾時。白上闋志不在一縣一郡，多去胭脂郡一處關隘遊歷「散心」，結交於北涼道實權都尉——如今的北涼道，不說十四名新校尉，任何一位手握兵符的都尉都已是炙手可熱的大貴人。

徐鳳年之所以選擇碧山縣作為落腳點，一來是幽州風波餘韻猶在，他還得盯著新刺史胡魁和幽州將軍皇甫枰能否一起唱好紅白臉，二來胭脂郡臨近邊境，徐鳳年對幽州境內戍守將卒大失所望，順帶著對幽州邊軍也信心不大，想著有空就去邊關上瞧一瞧，再就是更想親身體會親眼見識下北涼官場的新氣象，見微知著，比起道聽塗說甚至是諜子密報都要來得準確全面。就像現在的情形，碧山縣內馮瓘跟左靖的內耗，以及縣尉跟縣令、縣丞的離心離德，就已經讓徐鳳年心生憂慮。

徐鳳年看了眼天色，起身去灶房，無奈發現米缸子已經見底，雖說如今他已經與道教真人的辟谷無異，玄妙境界甚至遠有超出，不過自古聖賢皆言修道而不說修仙，再說為了得證長生，在未修成仙人之前，就早早把自己修得不是個人，又有何裨益。

徐鳳年這段時日，吃喝睡一樣都沒有落下。他在桌上拿上一袋銀錢，就打算出門去買一袋子米。大概是碧山縣窮山惡水出刁民的緣故，當地盤根交錯的豪橫家族，對於他們幾個新官上任一把火也燒得挺旺的父母官都沒什麼好臉色，以朱氏為首的家族更是迄今為止頭面人物都閉門謝客，打定主意要跟他們劃清界限。

徐鳳年才要出門，就有個年輕人風風火火撞入小院，肩上扛了一袋子米，徐鳳年也不跟他客氣，笑著接過米袋子，回身倒入米缸。

身邊年輕人就姓朱，名正立，是喝酒認識的，是個土生土長於碧山縣的當地人，自稱是被胭脂郡大戶人家拒婚的小門小戶寒酸子弟。徐鳳年哪裡猜不到他便是個貨真價實的朱氏子孫，不過既然朱正立不願意承認，他也不去揭穿。

朱正立性情灑脫，是少有作風正派的大族子弟，約莫是那點北涼遊俠風骨作祟，在碧山縣跟其他膏粱子弟廝混不到一塊，反而多有爭執，前些年因為一事還牽連家族跟上任縣令鬧得不可開交。須知千萬別不把縣令當官，「破家縣令」可不是白叫的，縣令官不大，卻是刺史、郡守之下的土皇帝，能夠坐上這個位置，既有不容小覷的背景，也得有不俗的官場學問，讓老百姓家破人亡那是信手拈來。

朱正立敢惹縣令，他自己不諳人情世故是一個，再者碧山縣朱家也確實有份底蘊，若是真的朱家當家之人發話，別說縣令，就是胭脂郡太守洪山東也要乖乖噤聲，只是朱家這些年的退隱，才使得碧山縣官老爺猴子稱大王。

朱正立是個喜歡碎碎念的傢伙，此時在笑話徐奇這個主簿做得太寒磣，撈不著油水，想不兩袖清風都難，還說徐奇肯定是家裡掏光了積蓄才捐了這麼個芝麻綠豆大小的破官，否則哪裡會淪落到炊而無米的淒涼地步，徐鳳年也不反駁，只是笑著提醒這傢伙在矮子面前不說揭短的言語，朱正立哈哈大笑，卻也不再念叨徐奇的落魄處境。

徐鳳年拿出一壺綠蟻酒，兩人坐在葡萄架下一人一只大白瓷碗碰起來。北涼的日頭尤為毒辣，才入夏便有江南酷暑的難熬光景，只是有個好，那就是只要待在陰涼處，風一吹，就可燥熱頓消，加上一人一碗綠蟻酒，兩個同齡人更是逍遙勝神仙。

徐鳳年喝了口酒，醉然瞇眼笑問道：「今兒幽州哪裡都有實缺，你跟長輩說一說，去鑽空子？狠下心，拿出幾百兩銀子去找個後門，再找個有點聲望的名士討要一封舉薦信，不說如我這般的一縣主簿，謀個官身總不是難事，以前遊俠兒在北涼道上就混不出大出息，以後更沒這個可能了，還是當個文官有前途啊。」

朱正立撥浪鼓般搖頭，「當官有啥好的，騎在老百姓頭上拉屎撒尿，也不算出息。不說我是破落戶出身，就算真有錢，也不花這個冤枉錢。真想當官，還是去邊關從軍，靠本事弄到手實打實的軍功，那才叫舒服。」

徐鳳年打趣道：「就你這三腳貓的身手，尋常戰事還好說，否則不說碰上烏鴉欄子，就是撞上北莽的二流騎兵，也跟送死差不多，當官再無趣，當個死人就有趣了？」

朱正立嘆息一聲，使勁揉了揉下巴，「所以我奶奶怎麼都不願我去投軍，說寧肯我在碧山縣混吃等死，也好過她白髮人送黑髮人，還說只要我敢偷溜出胭脂郡，就找人打斷我的一條腿。嘿，我奶奶向來說話算數，我們家所有人都怕她，見她都跟老鼠見著貓似的。我小時候倒是不怕，大了以後越來越怕。」

徐鳳年促狹地問道：「你那個對白縣尉一見鍾情的妹妹，如何了？」

朱正立一聽到這個就牙疼，苦著臉道：「我就納悶了，你小子跟白上闋那繡花枕頭好歹是一樣大的官帽子，而且長得也比那小白臉俊俏幾分，奇怪了，我這妹妹就是不待見你，非要湊到那姓白的傢伙身邊去，女子該有的矜持都沒了。這也就罷了，古話都說男追女隔座山，女追男一層紗，我也沒覺得那個姓白的給我妹妹一點好臉色啊。愁，愁死了。而且那個整天擺張臭臉的傢伙真要成了我的妹夫，我非要跟他們……徐奇，有句話怎麼說來著？」

徐鳳年笑道：「雞犬之聲相聞，老死不相往來。」

朱正立一巴掌拍在徐主簿肩膀上，還不忘趁機揩去手上的酒漬，笑道：「徐奇，怪不得你能當上咱們碧山縣的主簿，還是讀過幾天書的嘛。我就不行，一碰書就發昏，想睡覺。讓我練武的話，幾天幾夜不休息都沒問題，不過我奶奶死活不肯讓我去習武，唉，兄弟我空有一身天賦天資啊。」

徐鳳年微笑著直言不諱道：「你的天資平平，好不到哪裡去，是朋友才跟你說實話。」

朱正立也不生氣，瞪眼道：「王仙芝剛出道的那會兒，還給江湖前輩說成天賦平常呢！再說了，我習武又不是非要做那名動天下的大俠，在鄉里能揍幾個欺男霸女的無賴混子也行啊。」

徐鳳年點了點頭。